R

SÉRIE MUNDO EM CAOS • VOL. 2

A PERGUNTA E A RESPOSTA

PATRICK NESS

Tradução de Edmundo Barreiros

intrínseca

Esta edição inclui o conto "O vasto, vasto mar", publicado originalmente em 2014.

TÍTULO ORIGINAL
The Ask and the Answer

PREPARAÇÃO
Ilana Goldfeld
Sheila Louzada

REVISÃO
Carolina Vaz

DIAGRAMAÇÃO
Julio Moreira | Equatorium Design

ARTE DE CAPA E ILUSTRAÇÕES

ADAPTAÇÃO DE CAPA E ILUSTRAÇÕES
Julio Moreira | Equatorium Design

CIP-BRASIL. CATALOGAÇÃO NA PUBLICAÇÃO
SINDICATO NACIONAL DOS EDITORES DE LIVROS, RJ

N378p
Ness, Patrick, 1971-
A Pergunta e a Resposta / Patrick Ness ; tradução Edmundo Barreiros. - 1. ed. - Rio de Janeiro : Intrínseca, 2021.
528 p. ; 23 cm. (Mundo em caos ; 2)

Tradução de : The Ask and the Answer
ISBN 978-65-5560-138-1

1. Ficção americana. I. Barreiros, Edmundo. II. Título. III. Série.

21-68491 CDD: 813
CDU: 82-3(73)

Camila Donis Hartmann - Bibliotecária - CRB-7/6472

[2021]

EDITORA INTRÍNSECA LTDA.
Rua Marquês de São Vicente, 99, 3º andar
22451-041 – Gávea
Rio de Janeiro – RJ
Tel./Fax: (21) 3206-7400
www.intrinseca.com.br

NOTA DA EDITORA

A série *Mundo em caos* é repleta de singularidades. Lançado originalmente no Reino Unido em 2008, o primeiro volume repercutiu em todo o mundo, sendo publicado em mais de trinta países. Patrick Ness se tornou referência não só para a literatura jovem, como também para escritores de fantasia e ficção científica.

O universo distópico de *Mundo em caos* é estruturado de forma bastante detalhada, criativa e coerente; nele, a linguagem marca o nível social e cultural dos personagens, além de ter papel fundamental na trama. Os leitores já tiveram esse gostinho no volume 1, e agora Todd, Viola, o Novo Mundo e os Ruídos estão de volta em uma trama arrebatadora e imperdível.

Nesta edição de *A Pergunta e a Resposta*, também optamos, em determinados momentos, pela linguagem coloquial a fim de respeitar o estilo do autor em sua língua de origem, o inglês. Ao longo de toda a história o leitor encontrará marcas de oralidade que não são mero acaso. Diversas ocorrências de colocação pronominal, ortografia e formas verbais, consideradas inadequadas pela gramática normativa da língua portuguesa, fazem parte de nossa tentativa de recriar o vasto universo de Patrick Ness.

É hora de embarcar mais uma vez nessa jornada.

BOA LEITURA!

Para Patrick Gale

Ao lutar contra monstros
tome cuidado para não se transformar
em um deles.
Ao olhar fixamente para o abismo,
o abismo olha para você.

Friedrich Nietzsche

O FIM

— Seu Ruído revela você, Todd Hewitt.

Uma voz…

Na escuridão…

Abro os olhos. Tudo é sombras e borrões, e parece que o mundo está girando, meu sangue está quente demais, meu cérebro está entupido e não consigo pensar e está escuro…

Eu pisco de novo.

Espera aí…

Não, *espera*…

Agora mesmo, *agora mesmo* a gente estava na praça…

Agora mesmo ela estava nos meus braços…

Ela estava *morrendo* nos meus braços…

— Cadê ela? — Eu cuspo no escuro, sentindo gosto de sangue, a voz rouca e meu Ruído subindo que nem um furacão aparecendo do nada, alto, vermelho e furioso. — CADÊ ELA?

— Quem faz as perguntas aqui sou eu, Todd.

Essa voz.

A voz *dele*.

Em algum lugar no escuro.

Em algum lugar atrás de mim, em algum lugar que não dá pra ver.

O prefeito Prentiss.

Eu pisco de novo e a escuridão começa a tomar a forma de um cômodo enorme. A única luz vem de uma janela, um círculo largo, alto e lá longe, não de vidro transparente, mas colorido e com as formas do Novo Mundo e suas duas luas, a claridade jorrando inclinada sobre mim, e mais nada.

— *O que você fez com ela?* — pergunto bem alto, piscando várias vezes porque o sangue fica escorrendo e caindo no meu olho.

Eu tento levantar o braço pra limpar o rosto, e nisso eu descubro que as minhas mãos estão presas às costas, e meu pânico aumenta e eu tento me soltar. Minha respiração fica mais rápida e eu grito de novo:

— *CADÊ ELA?*

Um soco vem do nada direto na minha barriga.

Eu me dobro pra frente com a dor, e aí percebo que estou amarrado numa cadeira de madeira, meus pés presos nas pernas da cadeira. Minha camisa ficou perdida em algum lugar no alto de uma encosta empoeirada, e, enquanto estou vomitando mesmo de estômago vazio, reparo que o chão é forrado, um carpete com as mesmas formas do Novo Mundo e suas luas, formando um padrão que se repete sem fim pra todo lado.

Começo a lembrar que estávamos na praça, na praça pra onde eu corri segurando ela, carregando ela, falando pra ela ficar viva, pra ficar viva até a gente achar um lugar seguro, até a gente chegar em Refúgio — e eu poder salvar ela...

Mas não tinha *nenhum* lugar seguro, nenhum, era só *ele* e os homens dele, e eles levaram ela, *arrancaram* ela dos meus braços...

— Percebe que ele não pergunta onde está? — fala a voz do prefeito, saindo dali, de algum lugar. — A primeira coisa que diz é *Cadê ela?*, e o Ruído diz o mesmo. Interessante.

Minha cabeça está latejando, assim como minha barriga, e estou despertando mais e me lembrando que *lutei* contra eles, lutei contra eles quando eles levaram ela, até que a coronha de uma arma me atingiu na têmpora e me derrubou na escuridão...

Engulo o nó na garganta, engulo o pânico e o medo...

Porque isso é o fim, não é?

O fim de tudo.

O prefeito me pegou.

O prefeito pegou ela.

— Se você machucar ela... — digo, a barriga ainda doendo do soco.

O sr. Collins está parado na minha frente, meio na sombra. O sr. Collins, que plantava milho e couve-flor e que cuidava dos cavalos do prefeito e que agora está bem aqui com uma pistola no coldre, um rifle nas costas e o braço já pronto pra me dar outro soco.

— Ela já parecia bem machucada, Todd — o prefeito diz, impedindo o soco do sr. Collins. — Pobrezinha.

Cerro os punhos amarrados. Meu Ruído parece desajeitado e meio surrado, mas mesmo assim fica mais alto quando lembro da arma de Davy Prentiss apontada pra gente, e ela caindo nos meus braços, ela sangrando e arfando...

Então eu faço ele ficar ainda mais vermelho, porque fico pensando em mim dando um soco na cara do Davy Prentiss, no Davy Prentiss caindo do cavalo, o pé prendendo no estribo e ele sendo arrastado feito um monte de lixo.

— Bem — o prefeito diz —, isso explica o mistério por trás do paradeiro do meu *filho*.

E se eu não conhecesse ele muito bem podia pensar que ele está achando isso quase *divertido*.

Mas percebo que só consigo reparar nisso pela voz dele, uma voz mais penetrante e inteligente do que qualquer velha voz de Prentisstown que ele podia ter tido, e que o nada que eu ouvi vindo dele quando cheguei correndo em Refúgio ainda é um grande nada nesse cômodo, e é o mesmo grande nada vindo do sr. Collins.

Eles não têm Ruído.

Nenhum deles.

O único Ruído aqui é o meu, berrando feito um bezerro ferido.

Tento virar a cabeça pra ver o prefeito, mas dói demais virar muito. Só consigo perceber que estou sentado bem onde cai esse único facho de luz do sol empoeirado e colorido, no meio de um cômodo tão grande que eu quase nem enxergo as paredes lá longe.

Então eu vejo uma mesinha no escuro, mas está afastada preu não ver o que tem em cima.

Só vejo o brilho do metal, prometendo coisas que eu não quero pensar.

— Ele ainda pensa em mim como prefeito — diz a voz dele, que sai leve e divertida outra vez.

— É presidente Prentiss agora, garoto — o sr. Collins grunhe. — É melhor você se lembrar disso.

— O que vocês fizeram com ela? — pergunto, tentando me virar outra vez, de um lado pro outro, e me encolhendo com a dor no pescoço. — Se você *tocar* nela, eu...

— Você chegou na minha cidade hoje de manhã — o prefeito me corta. — Sem ter nada, nem uma camisa, carregando uma garota que tinha sofrido um acidente terrível...

Meu Ruído aumenta de volume.

— Não foi nenhum *acidente*...

— Um acidente muito sério, na verdade — o prefeito continua, a voz mostrando pela primeira vez a impaciência que ouvi quando a gente se encontrou na praça. — Tão sério que ela está quase morta, e aqui está o garoto que gastamos tanto tempo e tanta energia tentando encontrar, o garoto que nos causou tantos problemas. Ele está se entregando *espontaneamente*, está se oferecendo para fazer qualquer coisa que desejarmos, contanto que *salvemos a garota*, e ainda assim, quando tentamos fazer exatamente isso...

— Ela está bem? Está segura?

Aí o prefeito para de falar e o sr. Collins vem pra perto de mim e me dá um tapa com as costas da mão. A dor se espalha pela minha bochecha por um momento que dura um tempão e eu fico ali sentado, arfando.

Então o prefeito avança pro círculo de luz, fica bem na minha frente.

Ele continua com as suas roupas boas, bem-passadas e limpas de sempre, como se não tivesse nenhum homem por baixo delas, só um bloco de gelo falante. Até o sr. Collins está com marcas de suor e sujeira e o cheiro que seria de se esperar, mas não o prefeito, ele não.

O prefeito faz você parecer uma sujeira que precisa ser limpa.

Ele me encara e se abaixa pra me olhar bem nos olhos.

Então ele vem e me pergunta, como se fosse só por curiosidade:

— Qual o nome dela, Todd?

Fico surpreso.

— O quê?

— Qual o nome dela? — ele repete.

Claro que ele sabe o nome dela. Aposto que isso aparece no meu Ruído...

— Você sabe o nome dela — respondo.

— Eu quero que você me diga.

Olho pro sr. Collins, ali parado de braços cruzados, o silêncio dele não ajudando em nada a disfarçar essa cara de que ficaria muito feliz em me bater até me derrubar no chão.

— Mais uma vez, Todd — o prefeito diz, num tom animado. — E eu quero muito que você responda. Qual o nome dela? A garota do outro mundo.

— Se você sabe que ela é de outro mundo, deve saber como que ela se chama.

Então o prefeito sorri, um sorriso *de verdade*.

O que me deixa com mais medo que nunca.

— Não é assim que funciona, Todd. Funciona assim: eu pergunto e você responde. Agora me diz: qual o nome dela?

— Onde ela está?

— Qual o nome dela?

— Me diz onde ela está e eu digo o nome dela.

Ele dá um suspiro, como se estivesse decepcionado comigo. Então acena com a cabeça pro sr. Collins, que chega mais perto e me dá outro soco na barriga.

— É muito simples, Todd — o prefeito diz enquanto eu vomito no chão. — É só você me dizer o que eu quero saber e isso acaba. A escolha é sua. Eu não quero te machucar mais.

Estou respirando com dificuldade, curvado pra frente, a dor na barriga tão forte que me falta o ar. Sinto o peso do meu corpo puxando as amarras nos meus punhos e sinto o sangue grudento secando no meu rosto. Olho com a visão embaçada pra além dessa minha pequena prisão de luz no meio desse cômodo, esse cômodo sem saída…

Esse lugar onde eu vou morrer…

Esse lugar…

Esse lugar onde ela não está.

E alguma coisa dentro de mim faz a escolha.

Se isso é o fim, então alguma coisa dentro de mim decide.

Decide não dizer.

— Você sabe o nome dela — falo. — Me mata se quiser, mas você já sabe o nome dela.

E o prefeito só fica me olhando.

O minuto mais longo da minha vida se passa com ele me observando, me analisando, vendo que estou falando sério.

Então ele vai até a mesinha de madeira.

Eu tento ver, mas as costas dele escondem o que ele está fazendo, só ouço ele mexendo numas coisas em cima da mesinha e um barulho de metal raspando a madeira.

— *Faço qualquer coisa que você mandar* — ele diz, e entendo que ele está repetindo pra mim as minhas próprias palavras. — *Salva ela que faço qualquer coisa que você mandar.*

— Eu não tenho medo de você — digo, mesmo com o meu Ruído dizendo o contrário, e fico imaginando todas as coisas que podem estar naquela mesa. — Não tenho medo de morrer.

Mas não sei se é verdade.

E aí ele vira pra mim, as mãos nas costas preu não ver o que ele pegou.

— Porque você é um homem, Todd? Porque um homem não tem medo de morrer?

— É. Porque eu sou um homem.

— Se lembro bem, ainda faltam 14 dias para o seu aniversário.

— Isso é só um número. — Estou respirando com dificuldade, minha barriga parece dar cambalhotas. — Isso não significa *nada*. Se eu estivesse no Velho Mundo, eu teria…

— Você não está no Velho Mundo, *garoto* — o sr. Collins cospe.

— Acho que não foi isso o que ele quis dizer, sr. Collins — o prefeito responde, ainda me encarando. — Não é mesmo, Todd?

Meu olhar vai de um pro outro.

— Eu matei — falo. — Eu matei.

— Sim, eu acredito que você matou — o prefeito diz. — Consigo ver a vergonha que você sente por isso estampada no seu rosto. Mas a pergunta é quem. *Quem* você matou?

Ele vai pra dentro da escuridão, fora do círculo de luz, levando escondido o que ele apanhou na mesa, e anda atrás de mim, me contornando.

— Ou devo perguntar *o quê*?

— Eu matei Aaron — respondo, tentando acompanhar o movimento dele, mas não consigo.

— Foi mesmo?

A falta de Ruído dele é uma coisa horrível, ainda mais assim, quando não consigo ver ele. Não é como o silêncio de uma garota, o silêncio de uma garota ainda é uma coisa ativa, ainda é uma coisa viva que cria uma forma em todo o Ruído barulhento em volta.

(penso nela, penso no silêncio dela, na dor do silêncio dela)

(não penso no nome dela)

Mas com o prefeito, seja lá como ele conseguiu isso, seja lá como ele fez pra ele e o sr. Collins não terem Ruído, é como se fosse um nada, feito uma coisa morta, sem ter mais forma nem Ruído nem vida no mundo que uma pedra ou uma parede, uma fortaleza inconquistável. Imagino que ele esteja lendo meu Ruído, mas como é possível ter certeza com um homem que se transformou em pedra?

Mas eu mostro o que ele quer. Trago pra frente do meu Ruído a igreja debaixo da cachoeira. Mostro todo o embate com Aaron, toda a disputa e o sangue, mostro quando lutei com ele e surrei ele e derrubei ele no chão, mostro eu sacando a faca.

Mostro eu esfaqueando Aaron no pescoço.

— Aí tem verdade — o prefeito diz. — Mas será que é toda a verdade?

— É — respondo, aumentando meu Ruído pra bloquear qualquer outra coisa que ele possa ouvir. — É a verdade.

A voz dele ainda soa como quem está se divertindo.

— Acho que você está mentindo para mim, Todd.

— Não tô, não! — Eu praticamente grito. — Fiz o que Aaron queria! Matei ele! Eu me tornei um homem pelas suas próprias leis, e você pode me ter no seu exército, eu faço qualquer coisa que você quiser, só me conta o que fez com ela!

Vejo o sr. Collins perceber um sinal do prefeito, que está atrás de mim, e ele se aproxima outra vez, o braço levantado e...

(não consigo evitar)

Tento me afastar dele com tanta força que arrasto a cadeira pro lado alguns centímetros...

(cala a boca)

Mas o soco nunca vem.

— Ótimo — o prefeito diz, e agora ele parece calmo e satisfeito. — Ótimo.

Ele volta a se mexer no escuro.

— Deixa eu explicar algumas coisas para você, Todd. Você está na sala principal do que antes era a catedral de Refúgio e que ontem se tornou o palácio presidencial. Eu trouxe você para a minha casa na esperança de te ajudar. Te ajudar a ver que você está equivocado nessa luta inútil contra mim, contra nós.

A voz dele se move atrás do sr. Collins...

A voz dele...

Por um segundo parece que ele não está falando em voz alta...

É como se ele estivesse falando dentro da minha cabeça...

E aí passa.

— Meus soldados devem chegar aqui amanhã à tarde — ele continua, ainda caminhando. — Você, Todd Hewitt, vai primeiro responder à minha pergunta, depois vai cumprir sua palavra e me ajudar a criar uma nova sociedade.

Ele volta pra área iluminada e para na minha frente, as mãos ainda às costas, ainda escondendo o que pegou na mesinha.

— Mas o que eu quero iniciar aqui, Todd, é um processo em que você aprende que eu não sou seu inimigo.

Fico tão surpreso que deixo de ter medo por um segundo.

Não é meu inimigo?

Eu abro bem os olhos.

Não é meu inimigo?

— Não, Todd. Não sou seu inimigo.

— Você é um assassino — falo sem pensar.

— Eu sou um general. Nem mais, nem menos.

Fico encarando ele.

— Você matou gente na sua marcha até aqui. Você matou as pessoas de Galholongo.

— Coisas lamentáveis acontecem em tempos de guerra, mas essa campanha agora está acabada.

— Eu vi você atirar neles — digo, odiando que as palavras de um homem sem Ruído pareçam tão concretas, tanto quanto uma rocha, impossível de mover.

— Eu mesmo, em pessoa, Todd?

Eu engulo um gosto azedo.

— Não, mas era uma guerra que *você* começou.

— Foi necessário — ele argumenta. — Para salvar um planeta doente e moribundo.

Minha respiração está acelerando mais e mais; minha mente fica mais confusa; minha cabeça, mais pesada que nunca. Mas meu Ruído também está mais vermelho.

— Você matou Cillian.

— Um acontecimento extremamente lamentável. Ele teria sido um bom soldado.

— Você matou minha mãe — digo, com a voz falhando (cala a boca), meu Ruído se enchendo de fúria e tristeza, e aperto os olhos pra segurar as lágrimas (cala a boca, cala a boca, cala a boca). — Você matou todas as mulheres de Prentisstown.

— Você acredita em tudo que ouve, Todd?

Isso cria um silêncio, um silêncio de verdade, enquanto até meu próprio Ruído digere o que ele disse.

— Não tenho o desejo de matar mulheres — ele continua. — Nunca tive.

Eu fico boquiaberto.

— Teve, sim!

— Agora não é hora para uma aula de história.

— Você está *mentindo*!

— E você acha que sabe tudo, não é? — Ele diz isso num tom frio e se afasta de mim.

O sr. Collins me acerta com tanta força na lateral da cabeça que eu quase caio no chão.

— Você é um MENTIROSO E UM ASSASSINO! — grito, as orelhas ainda zumbindo do soco.

O sr. Collins me acerta mais uma vez, no outro lado, com a força de um bloco de madeira maciça.

— Eu *não* sou seu inimigo, Todd — o prefeito repete. — Por favor, pare de me obrigar a fazer isso com você.

Minha cabeça dói tanto que eu não digo nada. Não *consigo* dizer nada. Não consigo dizer as palavras que ele quer que eu diga. Não consigo dizer mais nada, ou vou desmaiar.

Esse é o fim. Só pode ser. Eles não vão me deixar vivo. Não vão deixar *ela* viva.

Deve ser o fim.

— Espero que *seja* o fim — o prefeito comenta, com a voz dando bem a impressão de que ele está dizendo a verdade. — Espero que você me conte o que eu quero saber para que a gente possa acabar com tudo isso.

Então ele diz...

Então ele diz...

Ele diz:

— Por favor.

Eu levanto a cabeça e pisco várias vezes, meio sem acreditar, mesmo com os meus olhos já começando a inchar.

Eu vejo no rosto dele uma expressão de preocupação, uma expressão quase de *súplica*.

Que diabo? Mas que diabo?

E aí eu ouço outra vez o zumbido dentro da minha cabeça...

Diferente de ouvir o Ruído de alguém...

POR FAVOR, como se fosse dito pela minha própria voz...

POR FAVOR, como se viesse de mim...

Me pressionando...

Dentro de mim...

Fazendo eu sentir como se quisesse dizer isso...

POR FAVOR...

— As coisas que você acha que sabe, Todd — o prefeito diz, a voz dele ainda se revirando dentro da minha cabeça. — Essas coisas não são verdade.

Então eu lembro...

Eu lembro de Ben...

Lembro de Ben me dizendo a mesma coisa...

Ben, que eu perdi...

E nesse ponto meu Ruído fica mais duro.

Interrompendo o prefeito.

Ele perde a expressão de súplica.

— Tudo bem — ele admite, franzindo um pouco a testa. — Mas lembre que a escolha foi sua.

Ele se endireita.

— Qual o nome dela?

— Você sabe o nome dela.

O sr. Collins me bate na cabeça, me fazendo pender pro lado.

— Qual o nome dela?

— Você já sabe...

Bum, mais uma pancada, dessa vez do outro lado.

— Qual o nome dela?

— Não.

Bum.

— Me diz o nome dela.

— Não!

BUM!

— Qual o *nome* dela, Todd?

— Vai se ferrar!

Só que eu não digo "ferrar", e o sr. Collins me bate com tanta força que a minha cabeça chega vai pra trás, e a cadeira bambeia e eu vou pro chão com cadeira e tudo. Eu caio no carpete, meu corpo batendo com força, e como estou com as mãos amarradas não consigo me segurar, e minha visão se enche de Novos Mundos minúsculos até eu não enxergar mais nada além disso.

Fico arfando no chão.

A ponta das botas do prefeito chegam perto do meu rosto.

— Eu não sou seu inimigo, Todd Hewitt — ele diz mais uma vez. — É só me contar o nome dela e isso tudo acaba.

Eu respiro fundo e só consigo soltar o ar tossindo.

Depois respiro fundo de novo e digo o que tenho pra dizer:

— Você é um assassino.

Mais silêncio.

— Você que sabe — o prefeito diz.

Vejo os pés dele se afastarem e aí sinto o sr. Collins levantar minha cadeira do chão, me levantando junto, meu corpo gemendo com o próprio peso, até que estou sentado mais uma vez no círculo de luz colorida. Meus olhos agora estão tão inchados que mal consigo enxergar o sr. Collins, mesmo ele estando bem na minha frente.

Ouço o prefeito junto da mesinha outra vez. Ouço ele mexer em coisas em cima dela. Ouço metal arranhando de novo.

Ouço quando ele se aproxima, vem pro meu lado.

E, depois de tanta promessa, chegou, finalmente.

Meu fim.

Desculpa, penso. *Desculpa mesmo*.

Quando o prefeito apoia a mão no meu ombro eu me encolho, tentando me afastar, mas ele mantém a mão ali, fazendo pressão pra baixo, sem parar. Não consigo enxergar o que ele está segurando, mas ele aproxima alguma coisa de mim, do meu rosto, e é algo duro, de metal e cheio de dor, pronto pra me fazer sofrer e acabar com a minha vida, e tem um buraco dentro de mim que eu preciso rastejar pra dentro dele, pra longe de tudo isso, pro fundo e pra escuridão, eu sei que esse é o fim, o fim de todas as coisas, nunca vou conseguir escapar daqui e ele vai me matar e vai matar ela também, e não tem vida, não tem esperança, nada.

Desculpa.

Então o prefeito põe um curativo no meu rosto.

Engasgo em seco com a sensação fria da atadura e tento me afastar, mas ele continua apertando de leve o galo na minha testa e os ferimentos no meu rosto e no meu queixo. Ele está tão perto que sinto o cheiro dele, o cheiro de limpeza, o odor amadeirado do sabão que ele usa, a respiração dele roçando a minha bochecha, os dedos tocando meus machucados quase com carinho, cuidando dos inchaços em volta dos meus olhos, dos cortes na minha boca. Sinto os curativos começarem a fazer efeito quase na mesma hora, o inchaço diminuindo, os analgésicos circulando pelo meu corpo, e por um segundo eu penso no quanto os curativos são *bons* em Refúgio, como são parecidos com os *dela*, e o alívio que vem quando penso isso é tão rápido, tão inesperado que minha garganta fecha e tenho que engolir em seco.

— Não sou o homem que você acha que sou, Todd — o prefeito diz em voz baixa, quase no meu ouvido, botando outro curativo no meu pescoço. — Não fiz as coisas que você acha que fiz. Eu pedi ao meu filho para trazer você de volta. Não pedi a ele para atirar em ninguém. Não pedi para Aaron te matar.

— Você é um mentiroso — digo, mas minha voz sai fraca e estou tremendo com o esforço de engolir o choro (cala a boca).

O prefeito põe mais curativos nas feridas do meu peito e da minha barriga. Ele faz isso com tanta delicadeza que mal consigo suportar, com tanta delicadeza que é como se ele se preocupasse em não me causar mais dor.

— Eu me *importo*, Todd. Você vai ter tempo para perceber que isso é verdade.

Ele então vai pra trás de mim e aplica mais um curativo em torno das amarras nos meus punhos, pegando minhas mãos e esfregando elas com o polegar preu voltar a sentir elas.

— Você vai ter tempo para começar a confiar em mim. Para você talvez até começar a *gostar* de mim. Para até pensar em mim, um dia, como uma espécie de pai para você, Todd.

Parece que meu Ruído está derretendo com todas as drogas, com toda a dor que desaparece, que estou desaparecendo com ela, como se ele estivesse, no fim das contas, me matando, mas com a cura em vez da punição.

Não consigo mais impedir que o choro alcance a garganta, os olhos, a voz.

— Por favor — peço. — Por favor.

Mas não sei o que quero dizer.

— A guerra acabou, Todd — o prefeito diz. — Estamos criando um mundo novo. Esse planeta vai finalmente fazer jus ao seu nome, de verdade. Pode acreditar quando eu digo: quando você o vir, vai *querer* fazer parte dele.

Eu apenas respiro na escuridão.

— Você podia ser um líder de homens, Todd. Você já demonstrou ser muito especial.

Continuo só respirando, tentando me concentrar nisso mas sentindo como se estivesse me perdendo.

— Como posso saber? — pergunto, por fim, a voz saindo rouca e arrastada, nem parece que é a minha voz de verdade. — Como vou saber se ela está viva?

— Não vai saber. Você só tem minha palavra.

E ele espera outra vez.

— E se eu concordar? — pergunto. — Se fizer o que você tá pedindo, você salva ela?

— Vamos fazer tudo que for necessário.

Sem dor, sinto quase como se não tivesse corpo, quase como se eu fosse um fantasma, um fantasma sentado numa cadeira, cego e eterno.

Como se eu já estivesse morto.

Por que como você sabe se está vivo se não sente dor?

— Nós somos as escolhas que fazemos, Todd. Nem mais, nem menos. Eu queria que você resolvesse me contar. Queria muito que isso acontecesse.

Por baixo dos curativos só existe mais escuridão.

Só eu, sozinho no escuro.

Sozinho com a voz dele.

Eu não sei o que fazer.

Não sei de nada.

(o que eu faço?)

Mas se houver uma chance, se houver mesmo uma *chance*…

— É mesmo um sacrifício tão grande assim, Todd? — o prefeito pergunta quando ele escuta os meus pensamentos. — Aqui, no fim do passado? No início do futuro?

Não. Não, não posso. Ele é um mentiroso e um assassino, não importa o que diga...

— Estou esperando, Todd.

Mas ela pode estar viva, ele pode manter ela viva...

— Sua última oportunidade está acabando, Todd.

Eu levanto a cabeça. O movimento faz os curativos abrirem um pouco, e eu ergo os olhos apertados na direção da luz e do rosto do prefeito.

Ele está inexpressivo como sempre.

É a parede vazia e sem vida.

Parece que eu estou falando com um poço sem fundo.

Parece que eu *sou* o poço sem fundo.

Desvio o olhar. Olho pra baixo.

— Viola — respondo pro chão. — O nome dela é Viola.

O prefeito solta o ar bem demorado, com um som de satisfação.

— Muito bem, Todd — ele diz. — Obrigado.

E aí ele vira pro sr. Collins:

— Tranque-o.

PARTE I

TODD NA TORRE

1

O ANTIGO PREFEITO

[TODD]

O SR. COLLINS VAI ME EMPURRANDO por uma escadaria estreita e sem janela, me fazendo subir, subir, subir, passando por uns patamares com umas curvas fechadas, mas sem nunca parar de subir. Justo quando eu penso que as minhas pernas não aguentam mais, chegamos numa porta. Ele abre e me empurra pra dentro com força e eu caio no piso de madeira, os braços tão rígidos que não consigo nem me proteger, e eu rolo de lado gemendo.

Dou de cara com uma queda de uns trinta metros.

Ele ri quando eu tento ir pra longe da beirada. Estou numa plataforma que a largura não é mais que cinco tábuas de madeira e que pega todo o contorno de um aposento quadrado. O meio é só um buraco enorme com umas cordas penduradas no centro. Seguindo as cordas com o olhar, vejo lá no alto o maior conjunto de sinos que já vi, dois deles presos numa única viga de madeira. São enormes, tão grandes que bem que daria pra morar dentro deles. Nas laterais da torre tem uns arcos que é o que faz o badalar dos sinos ser ouvido lá fora.

Levo um susto quando o sr. Collins bate a porta e passa a tranca, fazendo um *trá-tunc* que não dá lugar pra ideia de fuga nenhuma.

Levanto do chão e me apoio na parede até conseguir respirar de novo.

Fecho os olhos.

Eu sou Todd Hewitt, penso. *Sou o filho de Cillian Boyd e Ben Moore. Meu aniversário é em 14 dias, mas já sou um homem.*

Eu sou Todd Hewitt e sou um homem.

(um homem que contou o nome dela pro prefeito)

— Desculpa — sussurro. — Desculpa mesmo.

Depois de um tempo eu abro os olhos e vejo como é o lugar. Tem umas pequenas aberturas retangulares no nível dos olhos nesse andar da torre, três em cada parede, o restinho de luz do dia cruzando a névoa de poeira.

Vou até a abertura mais próxima. Estou na torre do sino da catedral, isso é óbvio, bem no alto, olhando de frente pra praça lá embaixo, onde eu entrei na cidade pela primeira vez hoje de manhã mesmo, mas que parece ter sido em outra vida. Está anoitecendo, então devo ter ficado apagado por um tempo antes do prefeito me acordar, um tempo em que ele pode ter feito qualquer coisa com ela, em que ele pode...

(cala a boca, vê se cala a boca)

Observo a praça. Ainda está vazia, ainda aquele ar quieto de uma cidade silenciosa, uma cidade sem Ruído, uma cidade esperando um exército aparecer e conquistar ela.

Uma cidade que nem tentou lutar.

Foi só o prefeito aparecer e já entregaram ela. Às vezes o rumor de um exército é tão eficiente quanto o próprio exército, ele me disse, e não é que tinha razão?

Todo esse tempo a gente correndo até aqui o mais rápido que podia, sem pensar como seria Refúgio quando a gente chegasse, sem dizer em voz alta mas com a esperança que fosse um lugar seguro, com a esperança que fosse um paraíso.

Há esperança, Ben disse.

Mas ele estava errado. Aquilo não era Refúgio.

Era Nova Prentisstown.

Sinto um aperto no peito e olho pra área à esquerda depois da praça, por cima das árvores que se espalham entre as casas e ruas silenciosas e mais distantes, até a cachoeira, que despenca da borda do vale a uma pequena distância, a estrada em zigue-zague que sobe o morro do lado, a estrada onde enfrentei Davy Prentiss Jr., a estrada onde Viola...

Viro de volta pra dentro.

Meus olhos estão se ajustando ao restinho de luz, mas parece que não tem mesmo nada aqui além de tábuas e um leve fedor. As cordas dos sinos pendem a uns dois metros de distância de qualquer lado. Olho pra cima para observar onde elas estão bem amarradas aos sinos para fazer eles soarem. Olho pra baixo pelo buraco, mas está escuro demais e não consigo ver direito o que pode ter lá no fundo. Provavelmente só tijolos duros.

Dois metros não é muita coisa. Dá pra saltar facinho e se agarrar numa corda pra descer por ela.

Mas depois...

— É bem engenhoso, na verdade — uma voz diz do canto mais distante.

Eu me afasto depressa, os punhos erguidos, meu Ruído crescendo. Um homem estava sentado e agora está levantando, outro homem sem Ruído.

Só que...

— Se você tentar escapar descendo pelas cordas deixadas ao alcance de maneira tão tentadora — ele continua —, todo mundo na cidade vai saber.

— Quem é você? — pergunto, meu estômago na boca, mas com os punhos cerrados.

— É. Eu sabia que você não era de Refúgio.

Ele se afasta do canto e deixa a luz iluminar seu rosto. Vejo um olho roxo e um lábio cortado que parece ter acabado de formar uma casca. É óbvio que nenhum curativo foi entregue pra ele.

— É engraçado como se esquece rapidamente o *volume* — ele diz, quase consigo mesmo.

É um homem pequeno, mais baixo que eu, mais largo também. Mais velho que Ben, não muito, mas reparo que ele é todo delicado, delicado até no rosto. Uma delicadeza que eu posso bater, se necessário.

— Sim — ele diz. — Imagino que poderia.

— Quem é você? — pergunto mais uma vez.

— Quem sou eu? — o homem delicado que fala delicado repete, mas então ele levanta a voz como se estivesse numa solenidade. — Eu sou Con Ledger, meu garoto. Prefeito de Refúgio.

Ele dá um sorriso meio estranho.

— Mas não prefeito de Nova Prentisstown. — Ele balança um pouco a cabeça quando olha pra mim. — Até demos a cura aos refugiados quando eles começaram a chegar aos montes.

Então eu vejo que o sorriso dele não é um sorriso, na verdade é uma *careta*.

— Meu Deus, garoto, como seu Ruído é alto.

— Não sou um garoto — rebato, ainda pronto pra briga.

— Eu realmente não consigo entender que diferença isso faz.

Tem dez milhões de coisas que eu queria dizer, mas minha curiosidade ganha de todas.

— Então quer dizer que *existe* uma cura? Pro Ruído?

— Ah, sim — ele diz, o rosto dando uma contorcida quando ele me olha, como se tivesse com um gosto ruim na boca. — Planta nativa com um neuroquímico natural misturada a algumas coisas que conseguimos sintetizar e pronto. O silêncio finalmente cai sobre o Novo Mundo.

— Não sobre *todo* o Novo Mundo.

— Não, bom... — ele diz, virando pra olhar pelo retângulo com as mãos entrelaçadas nas costas. — É muito difícil fazer a cura, certo? Um processo longo e demorado. Só conseguimos acertá-lo no fim do ano passado, e isso depois de vinte anos de experiências. Fizemos o suficiente para a população local, e estávamos perto de começar a exportá-la quando...

Ele para de falar, olhando de um jeito intenso pra cidade lá embaixo.

— Quando vocês se renderam — digo, meu Ruído ressoando baixo, mas vermelho. — Feito covardes.

Ele vira pra mim, e o sorriso de careta sumiu, sumiu *totalmente*.

— E por que eu deveria me importar com a opinião de um garoto?

— Eu *não sou* um garoto — repito.

Ainda estou com os punhos cerrados? Sim, estou.

— É óbvio que é. Pois um *homem* saberia que certas escolhas são inevitáveis quando se está diante da própria destruição.

— Não tem nada de novo que você possa me ensinar sobre destruição — digo, meio que quase fechando os olhos.

Ele pisca algumas vezes, vendo a verdade no meu Ruído como se ela fosse uns clarões fortes tentando cegar ele, e depois fica de ombros caídos.

— Perdão. Eu não sou assim.

Ele esfrega o rosto, e parece sentir dor ao tocar o hematoma em volta do olho.

— Ontem eu era o prefeito benevolente de uma bela cidade. — Ele parece rir de alguma piada interna. — Mas isso foi ontem.

— Quantas pessoas vivem em Refúgio? — pergunto, não totalmente pronto para desistir.

Ele me encara.

— Garoto...

— Meu nome é Todd Hewitt. Você pode me chamar de sr. Hewitt.

— Ele nos prometeu um novo começo...

— Até *eu* sei que ele é um mentiroso. *Quantas pessoas?*

Ele suspira.

— Incluindo refugiados, três mil e trezentas.

— O exército dele não tem um terço desse tamanho. Vocês podiam ter lutado.

— Mulheres e crianças. Agricultores.

— Mulheres e crianças lutaram em outras cidades — digo. — Mulheres e crianças *morreram*.

Ele dá um passo pra frente, parecendo indignado.

— Isso, e agora as mulheres e crianças desta cidade *não* vão morrer! Porque *eu* consegui criar paz.

— Uma paz que te deixou com o olho roxo. Uma paz que te deixou com a boca sangrando.

Ele me olha por mais um segundo e depois solta um bufo cheio de tristeza.

— As palavras de um sábio — ele diz — na voz de um caipira.

Então ele vira pra olhar pela abertura.

E nesse momento eu percebo o **zumbido**.

Pontos de pergunta enchem o meu Ruído, mas antes que eu possa abrir a boca, o prefeito, o *antigo* prefeito, diz:

— Sim, sou eu quem você está ouvindo.

— Você? E a cura?

— Você daria a seu inimigo, que foi conquistado, o remédio preferido dele?

Passo a língua pelo lábio superior.

— Ele volta? O Ruído?

— Ah, volta. — Ele vira pra mim de novo. — Se você não tomar sua dose diária, com certeza. — Ele retorna pro canto dele e senta devagar. — Você vai perceber que não há banheiros. Peço desculpas antecipadamente pelo aborrecimento.

Fico olhando ele sentar, meu Ruído ainda chacoalhando vermelho, dolorido e cheio de perguntas.

— Foi você, ou estou enganado? — ele pergunta. — Hoje de manhã. Aquele para quem a cidade foi esvaziada. Aquele que o novo presidente recebeu pessoalmente a cavalo.

Não respondo. Mas meu Ruído, sim.

— Afinal, quem é você, Todd Hewitt? O que o torna tão especial?

Essa, sim, é uma pergunta muito boa.

* * *

A noite cai rápido, e o prefeito Ledger fala cada vez menos e fica cada vez mais impaciente, até que acaba não aguentando e começa a andar de um lado pro outro, seu **zumbido** ficando cada vez mais alto, até que chega um ponto que mesmo se a gente quisesse conversar ia precisar gritar pra conseguir se ouvir.

Parado na parte da frente da torre, vejo as estrelas nascerem e a noite cobrir o vale.

E estou pensando e tentando não pensar, porque quando faço isso meu estômago embrulha e fico enjoado, ou minha garganta fecha e fico enjoado, ou meus olhos ficam molhados e fico enjoado.

Porque ela está lá fora em algum lugar.

(*por favor*, que ela esteja lá fora em algum lugar)

(*por favor*, que ela esteja bem)

(*por favor*)

— Mas que droga, por que você tem que ser sempre tão *barulhento*? — o prefeito diz de repente.

Eu viro pra ele pronto pra retrucar, mas ele levanta as mãos como quem se arrepende.

— Perdão. Eu não sou assim.

E começa a mexer com os dedos, impaciente outra vez.

— É difícil quando alguém tem a cura retirada de forma tão abrupta — ele diz.

Olho de novo lá pra fora, pra Nova Prentisstown, as luzes começando a acender na casa das pessoas, que aliás não vi praticamente ninguém ali fora o dia inteiro, todo mundo em casa. Deve ter sido ordem do prefeito.

— Todos eles lá fora vão passar por isso, então? — pergunto.

— Ah, todo mundo tem seu pequeno estoque em casa. Acho que eles vão ter que arrancá-los das mãos das pessoas.

— Acho que isso não vai ser problema quando o exército chegar.

As luas nascem, subindo devagarzinho pelo céu como se não tivessem nenhum motivo pra se apressar. O brilho delas é suficiente pra iluminar

Nova Prentisstown e é o que me permite ver como o rio corta a cidade, mas não tem muita coisa além disso, só campo, tudo vazio ao luar, depois uma elevação de penhascos que formam a parede norte do vale. Também dá pra ver nessa direção uma estrada saindo dos morros antes de seguir pro interior da cidade, a outra estrada que Viola e eu não pegamos depois de Galholongo, mas que *o prefeito* pegou e que por isso chegou primeiro.

Pra leste, o rio e a estrada principal seguem em frente direto só deus sabe pra onde, com curvas e colinas distantes, a cidade desaparecendo aos poucos pelo caminho. Tem mais uma estrada, não muito pavimentada, que segue pro sul partindo da praça e passa por mais casas e prédios, entra numa floresta e sobe um morro com um desfiladeiro no alto.

E é isso a cidade de Nova Prentisstown.

Lar de três mil e trezentas pessoas, todas escondidas em casa, num silêncio tão quieto que bem podiam estar mortas.

E não tem ninguém mexendo nem um dedo sequer pra evitar o que vem por aí, crentes que, se forem bem dóceis, se forem bem *fracas*, o monstro não vai devorar elas.

Gastamos todo o nosso tempo correndo pra chegar *nisso*.

Vejo um movimento na praça, uma sombra rápida, mas é só um cachorro. **casa, casa, casa**, escuto ele pensando. **casa, casa, casa**.

Cachorros não têm os problemas das pessoas.

Cachorros podem ser felizes o tempo todo.

Fico respirando fundo por um minuto pra aliviar a pressão que me dá no peito, pra parar com a água vindo no meu olho.

Levo um minuto pra parar de pensar no meu cachorro.

Quando consigo voltar a olhar pra fora, vejo alguém e definitivamente não é um cachorro.

Ele está com a cabeça curvada pra frente e andando devagar pela praça da cidade do lado de um cavalo, os cascos batendo nas pedras do calçamento, e apesar do **zumbido** do prefeito Ledger a essa altura já ter virado um incômodo tão grande que não sei como vou conseguir dormir, ainda escuto o que vem lá de fora.

Ruído.

Do outro lado do silêncio de uma cidade à espera eu ouço o Ruído do homem.

E ele ouve o meu.

Todd Hewitt?, ele pensa pra mim.

Ouço também o sorriso se abrindo no rosto dele.

Encontrei uma coisa, Todd, ele diz do outro lado da praça na direção da torre, me procurando no luar. **Encontrei uma coisa que é sua.**

Não digo nada. Não *penso* nada.

Só fico olhando quando ele pega das costas uma coisa e levanta na minha direção.

Mesmo longe, mesmo só com a luz das luas, eu sei o que é.

O livro da minha mãe.

Davy Prentiss está com o livro da minha mãe.

2

O PÉ NO PESCOÇO

[TODD]

LOGO CEDO NO DIA SEGUINTE, uma plataforma com um microfone é construída bem rápido e bem ruidosa perto da base da torre, e os homens de Nova Prentisstown aos poucos vão se reunindo diante dela enquanto o dia dá lugar à tarde.

— Por quê? — eu pergunto, olhando pra eles.

— O que você acha? — o prefeito Ledger devolve, do canto escuro em que está sentado, pressionando as têmporas, o **zumbido** do Ruído dele como que serrando o ar, quente e metálico. — Pra conhecer o novo homem no comando.

Os homens não dizem muito. Estão todos pálidos e de cara fechada, mas como é que se pode saber o que estão pensando se eles não emitem Ruído? Eles pelo menos parecem mais limpos que os homens da minha cidade, têm cabelo mais curto, a barba feita, roupas melhores. Um bom número deles é redondo e delicado como o prefeito Ledger.

Refúgio devia ser um lugar confortável, onde os homens não lutavam todo dia pra sobreviver.

Talvez conforto demais fosse o problema.

O prefeito Ledger bufa, mas não diz nada.

Os homens do prefeito Prentiss estão a cavalo em pontos estratégicos da praça, uns dez ou doze, os rifles prontos, pra garantir que todo mundo se comporte, apesar da ideia de chegar um exército ter dado conta disso. Vejo o sr. Tate, o sr. Morgan e o sr. O'Hare, homens com quem eu cresci, homens que eu estava acostumado a ver todos os dias trabalhando na terra, homens que eram só homens até que de repente viraram outra coisa.

Não vejo Davy Prentiss em lugar nenhum, e meu Ruído começa a ressoar outra vez quando penso nele.

Deve ter chegado pela encosta de onde quer que seu cavalo tenha arrastado ele e encontrado a mochila. Dentro só tinha um monte de roupa estragada e o livro.

O livro da minha mãe.

As palavras da minha mãe pra mim.

Escrito quando eu nasci. Escrito até pouco antes dela morrer.

Antes dela ser assassinada.

Meu filho maravilhoso que, eu juro, vai ver este mundo ficar bom.

Palavras lidas pra mim por Viola porque eu não sabia...

E agora *o maldito Davy Prentiss...*

— Será que você podia — o prefeito Ledger diz entre dentes cerrados —, por favor, pelo menos *tentar*... — Ele não termina a frase e me olha de um jeito arrependido. — Perdão — diz pela milionésima vez desde que o sr. Collins nos acordou com o café da manhã.

Antes que eu possa dar alguma resposta, sinto uma pressão súbita e forte no coração, que me surpreende tanto que quase engasgo em seco.

Olho lá pra fora.

As mulheres de Nova Prentisstown estão chegando.

Elas começam a surgir mais de longe, em grupos, pelas ruas secundárias afastadas do núcleo de homens, mantidas ali pelos homens do prefeito patrulhando a cavalo.

Eu sinto o silêncio delas de um jeito que não consigo sentir o dos homens. É como uma perda, como grandes agrupamentos de tristeza contra o som do mundo, e tenho que esfregar os olhos outra vez, mas eu me aperto mais junto da abertura pra tentar ver elas, tentando ver cada uma delas.

Tentando ver se ela está ali.

Mas não.

Não está.

Elas parecem os homens, a maioria de calça e camisa só que com um corte diferente, algumas de saia longa, mas a maioria parecendo limpa, confortável e bem alimentada. Os cabelos variam mais: presos, no alto, curtos ou compridos, e nem tantas são louras como são no Ruído dos homens de onde eu venho.

E vejo que entre elas têm mais braços cruzados, mais caras desconfiadas.

Mais raiva no rosto delas que no dos homens.

— Alguém desafiou a sua decisão? — pergunto pro prefeito Ledger, ainda olhando lá fora. — Alguém não queria desistir?

— Isto é uma democracia, Todd. — Ele dá um suspiro. — Você sabe o que isso significa?

— Não faço ideia — respondo, ainda olhando, ainda sem encontrar.

— Quer dizer que a minoria é ouvida. Mas a maioria decide.

Olho pra ele.

— Todas essas pessoas queriam se render?

— O presidente fez uma *proposta* ao Conselho eleito, prometendo que a cidade sairia ilesa se concordássemos com isso — ele responde, tocando o corte no lábio.

— E vocês acreditaram nele?

Ele tem um brilho nos olhos quando me encara.

— Você ou está esquecendo ou não sabe que nós já lutamos uma grande guerra, uma guerra para acabar com *todas* as guerras, aproximadamente na época em que você nasceu. Se for possível evitar que qualquer coisa parecida com aquilo se repita...

— Então vocês estão dispostos a se entregar a um assassino.

Ele dá mais um suspiro.

— A maioria do Conselho, liderado por mim, decidiu que essa era a melhor maneira de salvar o máximo de vidas. — Ele descansa a cabeça na parede. — Nem tudo é preto no branco, Todd. Na verdade, quase nada é.

— Mas e se...

Trá-tunc. A fechadura da porta abre e entra o sr. Collins, com a pistola apontada.

Ele fala pro prefeito Ledger:

— Levanta.

Eu olho de um pro outro.

— O que está acontecendo? — pergunto.

O prefeito Ledger levanta, lá no canto dele.

— Parece que devemos aceitar as consequências, Todd — ele diz, tentando soar leve, mas escuto o **zumbido** dele se agitando de medo. — Esta era uma bela cidade. E eu era um homem melhor. Lembre-se disso, por favor.

— Do que você tá falando? — pergunto.

O sr. Collins pega ele pelo braço e empurra ele pra fora.

— Ei! — grito, indo atrás. — Pra onde você tá levando ele?

O sr. Collins levanta o braço pronto pra me dar um soco...

E eu me encolho.

(*cala a boca*)

Ele ri, sai e tranca a porta.

Trá-tunc.

Fico sozinho na torre.

Conforme o **zumbido** do prefeito Ledger desaparece escada abaixo eu passo a escutar.

Marchar marchar marchar, vindo bem de longe.

Vou até uma abertura.

Eles estão ali.

O exército conquistador, marchando pra Refúgio.

* * *

Eles descem a estrada em zigue-zague como um rio negro, empoeirado e sujo, se aproximando como se fossem estourar uma represa. Marcham em fileiras de quatro ou cinco, e a primeira delas desaparece nas árvores distantes ao pé do morro quando a última chega finalmente no topo. A multidão acompanha, os homens de costas pra plataforma que construíram, as mulheres nas ruas secundárias.

O *marchar marchar marchar* fica cada vez mais alto, ecoando por todas as ruas da cidade, feito um ponteiro de relógio descendo e fazendo tique-taque.

A multidão espera. Eu espero junto.

Então, através das árvores, na curva da estrada...

Ali estão eles.

O exército.

O sr. Hammar na frente.

O sr. Hammar que em Prentisstown morava no posto de gasolina, o sr. Hammar que pensava coisas malvadas e violentas que nenhum garoto não devia nunca ouvir, o sr. Hammar que atirou nas pessoas em Galholongo pelas costas enquanto elas fugiam.

O sr. Hammar lidera o exército.

Agora, ouço ele gritando palavras de ordem pra manter todo mundo no tempo certo da marcha. *O pé*, ele grita no ritmo da marcha.

O pé.

O pé.

O pé no pescoço.

Eles entram marchando na praça e viram pro lado, abrindo caminho entre os homens e as mulheres como uma força impossível de ser contida. O sr. Hammar agora está tão perto que daqui consigo ver o sorriso dele, um sorriso que eu conheço muito bem, um sorriso que fere, um sorriso que bate, um sorriso que domina.

E quando ele se aproxima minha certeza aumenta.

É um sorriso sem Ruído.

Alguém, talvez um desses homens a cavalo, saiu pra encontrar o exército na estrada, alguém levando a cura. O exército não faz nenhum barulho além dos pés e do coro.

O pé, o pé, o pé no pescoço.

Eles dão a volta na praça marchando e vão até a plataforma. O sr. Hammar para numa esquina e deixa os homens entrarem em formação atrás da plataforma, em fileiras de costas pra mim, mas de frente pra multidão, que agora virou de volta pra olhar pra eles.

Começo a reconhecer os soldados que se enfileiram. O sr. Wallace. O jovem sr. Smith. O sr. Phelps, o comerciante. Homens de Prentisstown e muitos, muitos homens além deles.

O exército que cresceu pelo caminho.

Vejo Ivan, de Galholongo, o homem que me contou em segredo que eram vários aliados, lá está ele diante de uma das formações, e atrás dele está a confirmação do que ele disse, todos com os braços em posição e os rifles prontos.

Os soldados que faltavam chegam em seus lugares com uma última frase em coro.

O pé no PESCOÇO!

E aí não tem mais nada além de silêncio soprando sobre Nova Prentisstown como um vento.

Até eu escutar as portas da catedral abrirem.

E o prefeito Prentiss sai pra se dirigir à sua nova cidade.

— Neste momento — ele começa, no microfone, depois de prestar continência pro sr. Hammar e subir na plataforma —, vocês estão com medo.

Os homens da cidade só olham pra ele, sem dizer nada, sem nenhum som de Ruído nem de zumbido.

As mulheres continuam nas ruas secundárias, também em silêncio.

O exército fica parado em posição de sentido, pronto pra qualquer reação.

Percebo que estou prendendo a respiração.

— Neste momento, vocês acham que foram dominados. Acham que não há esperança. Que estou aqui para anunciar sua destruição.

Ele está de costas pra mim, mas os alto-falantes escondidos nos quatro cantos da praça espalham a voz dele bem nítida por ali, pela cidade, provavelmente por todo o vale e além. E quem mais que está por aí pra ouvir ele falar? Quem mais existe em todo o Novo Mundo que não esteja reunido aqui ou que não foi enterrado?

O prefeito Prentiss está falando com o planeta inteiro.

— E vocês têm razão — ele continua, e ouço o sorriso dele, tenho certeza. — Vocês *estão* dominados. *Estão* derrotados. E eu anuncio sua destruição.

Ele faz uma pausa pra deixar as pessoas digerirem isso. Meu Ruído se agita. Vejo alguns dos homens olharem aqui pro alto da torre e tento acalmar meu Ruído, mas quem são essas pessoas? Quem são essas pessoas limpas e confortáveis e nada famintas que acabaram de se entregar?

— Mas não fui eu quem dominou vocês — o prefeito continua. — Não fui eu que venci vocês, que derrotei ou escravizei vocês.

Ele faz outra pausa e observa a multidão. Está todo de branco, chapéu branco, bota branca, e isso tudo e mais os panos brancos cobrindo a plataforma e ainda o sol forte da tarde quase deixam a gente cego.

— O que escraviza vocês é sua inatividade. Vocês foram derrotados por sua complacência. Vocês estão *condenados*... — E a voz dele de repente fica mais alta, ele pronuncia *condenados* com tanta força que metade da multidão leva um susto. — ... por suas boas intenções!

Ele está ficando empolgado, o prefeito Prentiss, dá pra ouvir a respiração dele mais pesada no microfone.

— Vocês se permitiram ficar tão *fracos*, tão *débeis* diante dos desafios deste mundo que durante o intervalo de uma única geração se tornaram um povo que se rende por conta de um *RUMOR*!

Ele começa a andar de lá pra cá no palanque, levando o microfone na mão. Cada um dos rostos assustados na multidão, cada um dos rostos do exército se vira pra acompanhar ele, de um lado pro outro, de um lado pro outro.

Eu também.

— Vocês deixam um exército *aparecer* em sua cidade e, em vez de forçá-lo a tomá-la, vocês *a oferecem espontaneamente*!

Ainda andando de um lado pro outro, falando mais e mais alto.

— Então vocês sabem o que eu fiz. Eu a *tomei*. Eu tomei *vocês*. Tomei a liberdade de vocês. Tomei a cidade de vocês. Tomei o futuro de vocês.

Ele ri, como se não acreditasse no que aconteceu.

— Eu esperava uma guerra.

Algumas pessoas na multidão baixam a cabeça, parece que elas evitam olhar umas pras outras.

Será que estão envergonhados?

Tomara.

— Mas, em vez de uma guerra, fui recebido com uma conversa. Uma conversa que começou com *Por favor, não nos machuque* e terminou com *Por favor, tome tudo o que quiser.*

Ele para no meio da plataforma.

— Eu esperava uma GUERRA! — ele grita, sacudindo o punho no ar.

E eles se encolhem.

Se for possível uma multidão se encolher, essa aqui faz isso.

Mais de mil homens se encolhendo diante do punho de um único homem.

Não vejo a reação das mulheres.

— E como vocês não me deram uma guerra — o prefeito diz, de um jeito suave —, vão arcar com as consequências.

Ouço abrirem as portas da catedral de novo e vejo o sr. Collins sair empurrando o prefeito Ledger, com as mãos amarradas pra trás. Ele empurra o prefeito Ledger através das fileiras do exército.

De braços cruzados, o prefeito Prentiss só observa o outro ser trazido. Finalmente começam a surgir murmúrios entre os homens reunidos pra ouvir, mas são mais altos entre as mulheres, e os homens a cavalo agitam um pouco os rifles pra parar com o burburinho. O prefeito não está nem aí, como se essa reação fosse coisa tão inferior a ele que nem vale a pena mostrar que está ouvindo. Fica só olhando pro sr. Collins forçando o prefeito Ledger a subir a escada atrás da plataforma.

O prefeito Ledger para no alto dos degraus, olhando presse monte de gente. As pessoas encaram ele de volta, algumas apertando os olhos quando reparam no **zumbido** agudo do Ruído dele, um **zumbido** que eu bem reparei que está começando a gritar palavras de verdade, palavras de medo, *imagens* de medo, imagens do sr. Collins deixando ele com o olho roxo e o lábio cortado, imagens dele concordando em se render e ser trancado na torre.

— Ajoelhe-se — o prefeito Prentiss diz.

Apesar dele dizer isso baixo, apesar dele dizer isso longe do microfone, mesmo assim eu ouço como se fosse um sino badalando dentro da minha cabeça, e, pelo jeito que as pessoas na multidão reagem, fico achando que elas ouviram do mesmo jeito.

E antes que dê a impressão de que ele sequer saiba o que está fazendo, o prefeito Ledger se ajoelha na plataforma, parecendo surpreso por estar ali abaixado.

Toda a cidade olhando.

O prefeito Prentiss espera um momento.

Depois vai até ele.

E saca uma faca.

É uma tremenda de uma faca, das grandes, brilhando no sol forte.

Que o prefeito levanta bem alto, acima da cabeça.

Ele se vira devagar, pra todo mundo poder ver o que está prestes a acontecer.

Pra todo mundo poder ver a faca.

Sinto um embrulho no estômago e por um segundo penso...

Mas não é a minha...

Não é...

Então alguém grita do outro lado da praça:

— Assassino!

Uma única voz, sendo carregada por cima do silêncio.

Vem das mulheres.

Meu coração para por um segundo...

Mas claro que não pode ser ela...

Mas pelo menos alguém. Pelo menos *alguém*.

O prefeito Prentiss vai calmamente até o microfone.

— Seu inimigo vitorioso se dirige a vocês — ele diz, quase com educação, como se a pessoa que gritou só não estivesse entendendo as circunstâncias. — A execução de seus líderes é um resultado inevitável da derrota.

Ele vira pro prefeito Ledger, ajoelhado ali na plataforma tentando parecer calmo, mas está todo mundo ouvindo que ele não quer morrer e vendo como os desejos dele soam infantis, vendo que o Ruído dele voltou faz pouco tempo e agora já está jorrando por toda a volta.

— E agora vocês vão entender que tipo de homem é seu novo presidente — o prefeito Prentiss diz, virando de volta pra multidão. — E o que ele vai exigir de vocês.

Silêncio, ainda silêncio, exceto pelos gemidos do prefeito Ledger.

O prefeito Prentiss vai até ele, a faca brilhando. Mais um murmúrio começa a se espalhar pela multidão conforme eles enfim entendem o que estão prestes a assistir. O prefeito Prentiss se posiciona atrás do prefeito Ledger, e aí ele levanta de novo a faca e fica ali parado, encarando a multidão que encara ele, observando os rostos enquanto eles olham e escutam o ex-prefeito tentar, só tentar, segurar o próprio Ruído.

— CONTEMPLEM — o prefeito Prentiss grita — SEU FUTURO!

Ele ajeita a faca num ângulo bom pra apunhalar, como se quisesse repetir *contemplem*...

O murmúrio da multidão fica mais alto…

O prefeito Prentiss levanta o braço…

Uma voz, uma voz feminina, talvez a mesma, grita:

— Não!

Então, de repente, eu percebo que sei exatamente o que vai acontecer.

Naquela sala, quando eu estava na cadeira no círculo de luz colorida, ele me levou à derrota, ele me levou à beira da morte, ele me fez *ter certeza* que a morte viria…

E depois ele pôs um curativo nos meus machucados.

Foi só *então* que eu fiz o que ele queria.

A faca chia no ar e corta as amarras nas mãos do prefeito Ledger.

Ouço um suspiro coletivo do tamanho de uma cidade, do tamanho de um *planeta*.

O prefeito Prentiss aguarda um momento antes de dizer, mais uma vez em voz baixa, nem mesmo no microfone:

— Contemplem seu futuro!

Mas está ali novamente, bem dentro da sua cabeça.

Ele guarda a faca no cinto e volta pro microfone.

E começa a botar curativos na multidão.

— Não sou o homem que vocês pensam que sou. Não sou um tirano vindo para massacrar seus inimigos. Não sou um louco vindo para destruir aquilo que o salvaria. Eu *não sou*… — ele olha pro prefeito Ledger — … seu carrasco.

Nesse momento, a multidão, homens e mulheres, está tão quieta que a praça podia muito bem estar vazia.

— A guerra *acabou* — o prefeito continua. — E uma nova paz vai tomar seu lugar.

Ele aponta pro céu. As pessoas olham pra cima, como se ele pudesse estar conjurando alguma coisa pra cair sobre elas.

— Vocês podem ter ouvido um boato de que há novos colonos chegando.

Meu estômago se revira mais uma vez.

— Eu digo a vocês, como seu presidente, que o boato é verdade.

Como ele sabe? Como é que o maldito *sabe*?

As pessoas começam a murmurar, homens e mulheres. O prefeito permite que façam isso e fala num tom alegre, mais alto que eles:

— Nós vamos estar prontos para recebê-los! Seremos uma sociedade orgulhosa, pronta para recebê-los em um novo Éden! — Ele está levantando a voz de novo. — Vamos mostrar a eles que deixaram o Velho Mundo e entraram no PARAÍSO!

Muito mais murmúrios agora, por toda parte.

— Eu vou tirar a cura de vocês — o prefeito diz.

E o murmúrio do nada *para*.

O prefeito deixa, deixa o silêncio crescer, e só então completa:

— Por enquanto.

Os homens olham uns pros outros e de novo pro prefeito.

— Estamos entrando em uma nova era. Vocês vão conquistar minha confiança ao se unirem ao meu esforço para criar uma nova sociedade. À medida que essa nova sociedade for construída e nos depararmos com nossos primeiros desafios e celebrarmos nossos primeiros sucessos, vocês vão conquistar o direito de serem chamados de homens outra vez. Vão conquistar o direito de ter sua cura devolvida, e é nesse momento que todos os homens serão realmente irmãos.

Ele nem olha pras mulheres. Os homens na multidão também não. A recompensa não tinha uso pras mulheres, tinha?

— Vai ser difícil — ele continua. — Não vou mentir. Mas vai ser *gratificante*.

Ele faz um gesto na direção do exército.

— Meus oficiais já começaram a organizar vocês. Vocês vão continuar a seguir as instruções deles, mas eu lhes garanto que elas jamais serão penosas demais e que vocês logo vão ver que eu não sou seu conquistador. Eu não sou sua destruição. Não sou… — Outra pausa. — … seu inimigo.

Ele vira a cabeça pra multidão de homens pela última vez.

— Eu sou seu salvador.

E mesmo sem ouvir nenhum Ruído vindo da multidão, eu vejo todos se perguntarem se existe alguma chance dele estar dizendo a verdade, se talvez as coisas vão dar certo no fim das contas, se talvez, apesar do que temiam, conseguiram escapar.

Vocês não escaparam, penso. *Muito pelo contrário.*

A multidão nem começou a ir embora, agora que o prefeito terminou, e já ouço o *trá-tunc* na porta.

— Boa noite, Todd — o prefeito diz, entrando na nossa cadeia-catedral e olhando em volta, fazendo uma leve careta ao sentir o cheiro aqui dentro. — Gostou do meu discurso?

— Como você sabe que estão chegando colonos novos? Você tem falado com ela? Ela está bem?

Ele não responde, mas também não me bate. Apenas sorri e diz:

— Tudo a seu tempo, Todd.

Ouvimos Ruído subindo pela escada. **Vivo, estou vivo**, ele diz, **vivo vivo vivo**, e o prefeito Ledger entra, empurrado pelo sr. Collins.

Ele para de andar quando vê o prefeito Prentiss ali.

— Vão chegar camas novas amanhã — o prefeito Prentiss diz, ainda olhando pra mim. — Assim como privilégios de banheiro.

O prefeito Ledger está movendo a boca, mas as palavras só saem depois de algumas tentativas.

— Senhor presidente…

O prefeito Prentiss ignora ele.

— Seu primeiro trabalho também vai começar amanhã, Todd.

— *Trabalho*? — pergunto.

— Todo mundo tem que trabalhar, Todd. O trabalho é o caminho para a liberdade. Eu vou trabalhar. Assim como o sr. Ledger.

— Eu vou? — o prefeito Ledger pergunta.

— Mas nós dois estamos presos — falo.

Ele sorri de novo, um toque de divertimento no sorriso, enquanto eu me pergunto como estou prestes a ser atormentado.

— Durma um pouco — ele diz, indo até a porta e me olhando no fundo dos olhos. — Meu filho vem buscar você bem cedo.

3

VIDA NOVA

[TODD]

MAS NA VERDADE não é Davy o que me preocupa quando me arrastam pro frio da manhã, na frente da catedral. Não é nem pra Davy que eu olho.

É o cavalo.

Menino potro, o animal diz, mudando o apoio do corpo de um casco pro outro e me olhando, me olhando com os olhos arregalados naquela loucura de cavalo, como se eu precisasse de uma boa pisoteada.

— Eu não sei nada de cavalos — comento.

— Ela é do meu rebanho particular — o prefeito Prentiss diz de cima do próprio animal, Morpeth. — O nome dela é Angharrad e ela vai se comportar com você, Todd.

Morpeth está olhando pro meu cavalo, e tudo que ele pensa é ***submeta-se submeta-se submeta-se***, deixando meu cavalo ainda mais nervoso, uma tonelada de bicho nervoso que eu vou ter que montar.

— Qual o seu problema? — Davy Prentiss diz, num terceiro cavalo. — Está com medo?

— Qual o seu problema? — digo de volta. — Papai ainda não te deu a cura?

Na mesma hora o Ruído dele fica mais intenso.

— Seu merdi...

— Minha nossa — o prefeito diz. — Nem dez palavras, e já estão brigando.

— Foi ele que começou — Davy se defende.

— E aposto que ele é que ia terminar também — o prefeito diz, olhando pra mim, lendo o estado vermelho e agitado do meu Ruído, cheio de perguntas urgentes sobre Viola e outras perguntas que quero arrancar do couro de Davy Prentiss. — Venha, Todd — o prefeito chama, enquanto puxa as rédeas do próprio cavalo. — Pronto pra ser um líder de homens?

— É uma divisão simples — ele explica enquanto trotamos muito mais rápido do que eu gostaria, no início da manhã. — Os homens vão se mudar para a extremidade oeste do vale, a área em frente à catedral, e as mulheres para a área atrás, no leste.

Estamos cavalgando pro leste pela rua principal de Nova Prentisstown, a que começa na estrada em zigue-zague perto da cachoeira, segue pela praça da cidade, dá a volta na catedral e dali avança pelo vale a perder de vista. Pelas ruas menores tem pequenos grupos de soldados marchando pra cima e pra baixo. Cruzamos com homens de Nova Prentisstown que passam pela gente a pé, carregando mochilas e outras bagagens.

— Cadê? Me amostra, que eu não tô vendo mulher nenhuma — Davy comenta.

— Me *mostra* — o prefeito corrige. — Morgan e Tate supervisionaram a transferência do restante das mulheres ontem à noite.

— O que vocês vão fazer com elas? — pergunto, e sinto que estou apertando a sela com força.

— Nada, Todd — o prefeito responde. — Vão ser tratadas com o cuidado e a decência condizentes com a importância delas para o futuro do Novo Mundo. — Ele vira o rosto. — Mas, por enquanto, é melhor manter homens e mulheres separados.

— O senhor botou as vagabundas no lugar delas! — Davy exclama.

— Você não vai falar desse jeito na minha frente, David — o prefeito diz, com calma mas num tom de quem não tá pra brincadeira. — Mulheres vão ser sempre respeitadas e vão receber todo o conforto. Embora, tirando o sentido vulgar do seu comentário, você esteja correto. Nós todos temos lugares. O Novo Mundo fez com que os homens esquecessem os deles, e isso significa que os homens devem ficar longe das mulheres até que todos nos lembremos de quem somos, de quem devemos ser.

Ele parece que começa a se empolgar enquanto fala.

— As pessoas vão receber bem essas medidas — ele continua. — Eu ofereço lucidez onde antes existia apenas o caos.

— Viola está com as mulheres? — pergunto. — Ela está bem?

Ele me olha de novo.

— Você fez uma promessa, Todd Hewitt. Preciso lembrá-lo disso mais uma vez? Acredito que suas palavras exatas foram *Salva ela que eu faço qualquer coisa que você mandar*.

Passo a língua nos lábios, nervoso.

— E como é que eu vou saber se você está cumprindo sua parte do acordo?

— Você não vai saber — ele responde, os olhos nos meus, como se estivesse vendo através de todas as mentiras que eu pudesse lhe contar. — Eu quero que você tenha fé em mim, Todd, e fé quando se tem prova não é fé.

Ele vira pra seguir a estrada e me deixa com Davy rindo de um jeito debochado do meu lado, por isso eu só sussurro pra minha égua:

— Opa, garota.

Ela tem pelo marrom-escuro e uma faixa branca descendo pelo nariz, e uma crina tão bem penteada que estou tentando não segurar nela pra não irritar a égua.

Menino potro, ela pensa.

Ela, penso. Ela. Então penso numa pergunta que nunca tive a chance de fazer, porque as ovelhas da nossa fazenda tinham Ruído também, e se as mulheres não têm Ruído…

— Porque as mulheres não são animais — o prefeito responde. — Não importa o que digam, eu acredito que elas são naturalmente sem Ruído, só isso. — E acrescenta, mais baixo: — O que as torna diferentes.

A maioria das construções na beira dessa parte da estrada é loja, lojas fechadas, salpicadas entre as árvores, sabe-se lá quando vão reabrir, e as casas nas ruas menores se estendem tanto na direção do rio à esquerda quanto na do morro do vale à direita, quase todas, se é que não todas, a uma boa distância umas das outras. Imagino que é assim que você planeja uma cidade grande antes de descobrir uma cura pro Ruído.

Passamos por mais soldados marchando em grupos de cinco ou dez, mais homens seguindo pro oeste levando seus pertences, ainda nenhuma mulher. Observo os homens que passam, vão concentrados na rua, nos pés, nenhum deles com muita cara de quem está pronto pra lutar.

— Opa, garota — sussurro de novo, já que montar um cavalo está se revelando muito desconfortável pras minhas partes íntimas.

— E lá vem o Todd — Davy diz, se aproximando de mim. — Já está gemendo.

— Cala a boca, Davy.

— Vocês vão se dirigir um ao outro como sr. Prentiss Jr. e sr. Hewitt! — o prefeito grita lá de longe pra gente.

— *Como é que é?* — Davy diz, o Ruído subindo. — Ele ainda não é um homem! Ele é só...

O prefeito cala a boca dele só com o olhar. Então diz:

— Um corpo foi encontrado no rio essa madrugada. Um corpo com muitos ferimentos terríveis e uma faca grande enfiada no pescoço. Morto há não mais que dois dias.

Ele me encara, observando meu Ruído mais uma vez. Mostro as imagens que ele quer ver, fazendo minha imaginação parecer verdade. Porque o Ruído é isso, é tudo o que a gente pensa, não só a verdade, e se você pensar com força suficiente que fez alguma coisa, bom, então pode ser que você realmente fez.

Davy zomba.

— *Você* matou o pastor Aaron? Duvido.

O prefeito não diz nada, só manda o cavalo ir um pouco mais rápido. Davy me encara com desdém e depois bate os calcanhares no cavalo pra ir atrás do pai.

— Seguir — Morpeth relincha.

— Seguir — o cavalo de Davy relincha de volta.

Seguir, pensa meu cavalo, partindo atrás deles, me fazendo quicar ainda mais.

Enquanto cavalgamos, não deixo de procurar ela em volta, mesmo sabendo que não tem a menor chance de ver ela por aqui, porque mesmo que ainda esteja viva ela não deve estar conseguindo andar, e mesmo se estiver conseguindo andar ela vai estar trancada com as outras mulheres.

Mesmo assim eu continuo procurando...

(porque vai que ela escapou...)

(vai que está me procurando também...)

(vai que...)

Então eu ouço.

EU SOU O CÍRCULO E O CÍRCULO SOU EU.

Perfeitamente nítido, bem dentro da minha cabeça, a voz do prefeito, se entrelaçando com a minha própria voz, como se estivesse falando direto no meu Ruído, tão de repente e tão real que eu me estico pra trás e quase caio do cavalo. Davy faz uma cara de surpresa, e o Ruído dele tenta entender o que estou fazendo.

O prefeito segue cavalgando tranquilamente, como se nada tivesse acontecido.

* * *

Quanto mais a gente se afasta da catedral indo pro leste, menos civilizada fica a cidade, e logo estamos cavalgando sobre cascalho. As construções ficam mais simples também, casas de madeira compridas, distantes umas das outras como tijolos que largaram numa clareira no meio das árvores.

Casas que irradiam o silêncio de mulheres.

— Isso mesmo — o prefeito diz. — Estamos entrando no novo Alojamento das Mulheres.

Sinto meu coração apertar quando a gente passa, o silêncio levantando que nem uma mão se esticando pra agarrar.

Tento ficar sentado no cavalo com as costas mais retas.

Porque é aqui que ela estaria, é onde ela estaria se recuperando.

Davy se aproxima de mim outra vez, o bigode ralo ridículo dele se curvando num sorriso feio. **Vou te dizer onde é que tá a sua puta**, o Ruído dele diz.

O prefeito Prentiss vira pra trás.

E então emite um flash de som muito estranho, como um grito, mas silencioso e pra longe de mim, coisa de outro mundo, parece um milhão de palavras ditas todas juntas, tão rápido que eu juro que sinto meu cabelo ser soprado pra trás como se passasse um vento.

Mas é Davy quem reage...

A cabeça dele é jogada pra trás como se ele tivesse sido atingido, e ele tem que segurar as rédeas do cavalo pra não cair, fazendo o animal girar. Os olhos de Davy estão arregalados e confusos, a boca aberta, um pouco de baba escorrendo.

Mas que porcaria é essa?

— Ele não sabe, Todd — o prefeito diz. — Qualquer coisa que o Ruído dele lhe disser sobre ela é mentira.

Olho pra Davy, que ainda está confuso e piscando por causa da dor, e depois viro de novo pro prefeito.

— Isso quer dizer que ela tá bem?

— Significa que ele não sabe. Sabe, David?

Não, pai, responde o Ruído de Davy, ainda abalado.

O prefeito Prentiss ergue as sobrancelhas.

Vejo Davy cerrar os dentes.

— Não, pai — ele diz em voz alta.

— Eu sei que meu filho é um mentiroso. Sei que ele é intimidador e bruto, e que ignora as coisas que eu valorizo. Mas ele é meu filho. — O prefeito olha pra estrada. — E eu acredito em redenção.

O Ruído de Davy está quieto enquanto avançamos, mas nele tem um fervilhar vermelho e escuro.

Nova Prentisstown some lá longe, e quase não tem mais construção nenhuma na estrada. Campos agrícolas começam a aparecer vermelhos e verdes por trás das árvores e subindo os morros, com algumas plantações que reconheço e outras que não. O silêncio das mulheres começa a ceder um pouco, e o vale se torna um lugar mais selvagem, com flores crescendo nas valas, esquilos-cera trocando insultos entre eles e o sol brilhando bem claro e tranquilo como se não tivesse mais nada acontecendo.

Depois de uma curva do rio, damos a volta numa colina, e vejo uma grande torre de metal se projetando do cume e se estendendo pro céu.

— O que é aquilo? — pergunto.

— Você bem que gostaria de saber — Davy diz, mas fica na cara que ele também não sabe o que é.

O prefeito não me responde.

Logo depois da torre a estrada faz outra curva e segue um muro de pedra comprido que surge no meio das árvores. Um pouco mais adiante, o muro se liga a um grande portal arqueado com um conjunto de portas de madeira, que é a única abertura no muro bem comprido que eu vejo. A estrada depois é terra, como se a gente tivesse chegado ao fim.

— O primeiro e único mosteiro do Novo Mundo — o prefeito comenta, parando no portão. — Construído como um refúgio para nossos homens mais elevados contemplarem em silêncio. Construído quando ainda se acreditava que podíamos derrotar o Ruído com abnegação e disciplina.

— Ele completa num tom mais duro: — Abandonado antes mesmo que estivesse totalmente concluído.

Ele vira pra encarar nós dois, e ouço uma faísca de felicidade aparecendo no Ruído de Davy, mas o prefeito Prentiss lança um olhar de alerta pro filho.

— Você está se perguntando por que indiquei meu filho como seu supervisor — ele me diz.

Davy continua satisfeito.

— Você precisa de pulso firme, Todd — o prefeito diz. — Seus pensamentos, mesmo agora, são sobre como escapar na primeira oportunidade para tentar encontrar sua querida Viola.

— Onde ela está? — pergunto, mesmo sabendo que não vão me responder.

— E eu não tenho dúvida de que David vai ter um pulso bem firme com você — o prefeito continua.

Davy dá um sorrisinho que aparece na cara e no Ruído dele.

— Em troca, David vai aprender o que é a verdadeira coragem.

O sorriso de Davy desaparece.

— Ele vai aprender como é se comportar de modo honrado, como é se comportar como um homem de verdade. Como é se comportar como você, Todd Hewitt.

Ele olha pro filho uma última vez e depois faz Morpeth dar a volta.

— Mal posso esperar para ouvir sobre o primeiro dia de vocês dois juntos.

Sem dizer mais nada, ele começa a voltar pra Nova Prentisstown. Fico me perguntando por que ele veio até aqui, quando é óbvio que tem coisas mais importantes pra fazer.

— Sem dúvida — o prefeito diz sem olhar pra trás. — Mas não se subestime, Todd.

Ele se afasta, montado no cavalo. Davy e eu esperamos até ele estar longe o suficiente pra não ouvir a gente.

Eu é que falo primeiro.

— Pode ir me contando o que aconteceu com Ben, ou eu arranco fora a sua cabeça.

— Eu sou seu chefe, garoto — Davy diz, com aquele sorrisinho de novo, saltando do cavalo e jogando a mochila no chão. — É melhor me tratar com respeito, senão meu pai…

Mas eu já desci de Angharrad, e dou um soco na cara dele com toda a força, tentando acertar aquela tentativa ridícula de bigode, mas ele revida rápido. Eu ignoro a dor, ele também, e caímos nós dois no chão, numa confusão de soco e chute e cotovelo e joelho. Ele ainda é maior que eu, mas só um pouco, e não parece uma grande diferença, mas ainda é vantagem suficiente, porque depois de um tempo ele me derruba e pressiona minha garganta com o antebraço. A boca dele está sangrando, a boca e o nariz. O meu pobre rosto também sangra, mas não é isso que me preocupa no momento, porque Davy leva a mão pra trás e saca uma pistola.

— Seu pai nunca que vai deixar você atirar em mim — digo.

— É. Mas eu ainda tenho uma arma e você, não.

— Ben derrotou você — lembro, rosnando mesmo imobilizado. — Ele te impediu de avançar na estrada e a gente escapou.

— Ele não me impediu nada. Ele virou meu prisioneiro, não foi? E aí eu levei ele de volta pro meu pai, que me deixou torturar ele. Me deixou torturar ele até a *morte*.

E o Ruído de Davy…

Eu…

Eu não consigo dizer o que tem no Ruído de Davy (é um mentiroso, um *mentiroso*), mas isso me dá forças pra empurrar ele pra longe. A gente volta a lutar. Davy se defende com a coronha da arma, até que, finalmente, eu acerto o cotovelo no pescoço dele e derrubo ele.

— Lembra de uma coisa, garoto — Davy diz, tossindo, com a arma ainda na mão. — Quando meu pai diz todos esses negócios legais sobre você… Foi ele que me fez torturar o seu Ben.

— É mentira. Ben acabou com você.

— Ah, é? Então cadê ele? Tá vindo te salvar?

Dou um passo pra frente com os punhos erguidos, porque claro que ele está certo, não é? Meu Ruído aumenta quando penso que perdi Ben, como se estivesse acontecendo de novo aqui, na minha frente.

Davy está rindo e se arrasta pra longe de mim até colar as costas no portão de madeira.

— Meu pai consegue ler você — ele diz, e arregala os olhos em provocação. — Ele lê você como se você fosse um *livro*.

Meu Ruído fica ainda mais alto.

— Você vai me *dar* aquele livro! Ou eu juro que te mato.

— Você não vai fazer nada comigo, *sr. Hewitt* — Davy diz, levantando, as costas ainda apoiadas no portão. — Você não quer botar sua vadia amada em perigo, ou quer?

E ali está.

Eles sabem que me pegaram.

Porque eu não vou botar ela em mais perigo.

Minhas mãos estão prontas pra causar mais machucados em Davy Prentiss como fizeram antes quando ele feriu ela, quando ele *atirou* nela…

Mas não vou fazer isso agora…

Embora eu *possa*…

Porque ele é fraco.

E nós dois sabemos disso.

O sorriso de Davy desaparece.

— Você acha que é especial, por acaso? — ele diz. — Acha que meu pai vai ficar do seu lado?

Fecho as mãos, mas depois abro.

E fico no mesmo lugar.

— Meu pai conhece você. Meu pai *leu* você.

— Ele não me conhece. Nem você me conhece.

Davy zomba outra vez.

— É mesmo? — Ele segura a maçaneta de ferro fundido do portão. — Então vem conhecer seu novo rebanho, Todd Hewitt.

Ele empurra o portão com o corpo, entra no pátio e sai da minha frente, preu ter uma visão completa.

De cem ou mais Spackle me encarando.

4

FAZENDO UM NOVO MUNDO

[TODD]

A PRIMEIRA COISA que eu penso é virar e sair correndo. Correr, correr e correr, não parar nunca.

— Eu ia *adorar* ver isso! — Davy diz, parado do lado do portão e sorrindo como se tivesse acabado de ganhar um prêmio.

São muitos Spackle, um monte de rostos compridos me encarando com aqueles olhos grandes demais, a boca pequena demais e cheia de dente e muito em cima comparada com o resto do rosto, as orelhas nem um pouco parecidas com as de um homem.

Mas ainda dá pra ver um rosto de homem ali, não dá? Ainda dá pra ver um rosto que tem emoções e sente medo…

E sofre.

É difícil diferenciar os machos das fêmeas, porque todos têm o mesmo líquen e musgo crescendo na pele como se fosse roupa, mas parece ter *famílias* inteiras de Spackle ali, Spackle maiores protegendo crianças Spackle e o que imagino que sejam maridos Spackle protegendo esposas Spackle, abraçados bem juntos. Todos eles em silêncio…

Silêncio.

— Não é?! — Davy fala. — Você acredita que eles deram a cura pra esses *animais*?

Os Spackle viram pra Davy, e depois noto um estalo esquisito passando entre todos eles, com olhares e acenos de cabeça trocados entre o grupo.

Davy levanta a pistola e avança pra área do mosteiro.

— Estão pensando em tentar alguma coisa? — As palavras saem da boca dele como que cuspidas. — Eu só preciso de um motivo! Vamos lá! ME DEEM UM MOTIVO!

Os Spackle se encolhem, tornando seus pequenos grupos mais compactos, e se afastam de Davy o máximo possível.

— Entra aqui, Todd. Temos trabalho a fazer.

Eu não me mexo.

— Eu mandei entrar aqui! Eles são animais. Não vão fazer *nada*.

Ainda não me mexo.

— Ele assassinou um de vocês.

— *Davy!* — grito.

— Cortou a cabeça dele com uma faca. Serrou e serrou...

— Para com isso!

Eu corro na direção dele pra fazer ele calar a droga da boca. Não sei como ele sabe, mas ele sabe e tem que calar a droga da boca *agora mesmo*.

Os Spackle mais próximos do portão se afastam quando me aproximo, saindo do meu caminho o mais rápido possível, olhando pra mim com umas caras assustadas, pais entrando na frente dos filhos pra proteger eles. Empurro Davy com força, mas ele só ri, e é quando eu percebo que estou dentro do mosteiro.

E vejo quantos Spackle tem ali.

O muro de pedra do mosteiro cerca um pedaço de terra *enorme*, mas tem só uma construção pequena, tipo um depósito, e o resto do espaço é dividido em campos menores, separados por cercas de madeira velhas com portões baixos, a maioria cheia de mato. Dá pra ver o capim denso e os arbustos espinhosos se estendendo até o muro dos fundos a uns bons cem metros daqui.

Mas o que se vê mesmo são Spackle.

Centenas e centenas deles espalhados pelo local.

É capaz de ter até mais de mil.

Eles se apertam contra o muro do mosteiro, encolhidos do outro lado das cercas apodrecidas, sentados em grupos ou parados em fila.

Todos me observam num silêncio sepulcral, enquanto meu Ruído se derrama por toda parte.

— Isso é mentira! — digo. — Não foi assim! Não foi assim mesmo!

Mas como foi? Como é que eu posso explicar?

Porque eu *fiz* aquilo, não fiz?

Não do jeito que Davy disse, mas foi quase tão ruim quanto, e aquilo aparece absurdamente forte no meu Ruído, forte demais pra esconder dos olhares de todos eles, forte demais pra cercar de mentira e embaralhar a verdade, forte demais pra não pensar nisso enquanto uma multidão de Spackle me encara.

— Foi um acidente... — explico, a voz sumindo, olhando de um rosto pro outro sem entender os estalos que eles fazem e por isso sem entender menos ainda o que está acontecendo. — Não foi minha intenção.

Mas nenhum deles diz nada em resposta. Eles não fazem nada além de me encarar.

O portão às nossas costas range quando é aberto de novo. Viramos pra olhar quem é.

É Ivan de Galholongo, o que preferiu se juntar ao exército em vez de enfrentá-lo.

E olha só como foi uma boa decisão. Está com um uniforme de oficial e trouxe um grupo de soldados.

— Sr. Prentiss Jr. — ele cumprimenta, acenando com a cabeça, e Davy responde acenando também. Ivan então vira pra mim com uma expressão que eu não consigo decifrar, sem nenhum Ruído pra ser ouvido.

— É bom vê-lo com saúde, sr. Hewitt.

— Vocês se *conhecem*? — Davy pergunta.

— Já fomos apresentados — Ivan responde, ainda olhando pra mim.

Mas eu não estou dizendo nada pra ele.

Estou ocupado demais trazendo imagens pro meu Ruído.

Imagens de Galholongo. Imagens de Hildy, Tam e Francia. Imagens do massacre que aconteceu lá. O massacre que não incluiu ele.

Ele parece irritado por um momento.

— A gente vai aonde está o poder — diz. — É assim que a gente se mantém vivo.

Eu trago à tona uma imagem da cidade dele em chamas, homens, mulheres e crianças queimando.

Ele fecha a cara e diz:

— Esses homens vão ficar aqui como guardas. Eles têm ordens pra botar os Spackle pra limpar os campos e garantir que eles recebam alimento e água.

Davy revira os olhos.

— A gente sabe disso...

Mas Ivan já deu meia-volta e está saindo, deixando pra trás dez homens com armas que assumem posição em cima do muro do mosteiro, já estendendo rolos de arame farpado.

— Dez homens armados e nós dois contra todos esses Spackle — digo em voz baixa, mas tomando todo o meu Ruído.

— Ah, vai ser moleza — Davy diz.

Ele aponta a pistola pro Spackle mais perto, que parece uma fêmea com um bebê Spackle no colo. Ela afasta o bebê, protegendo ele com o corpo.

— Eles não são do tipo que enfrenta.

Eu vejo o rosto da Spackle protegendo o bebê.

Ela está derrotada, acho. Todos estão. E eles sabem disso.

Sei como se sentem.

— Ei, seu mijo de porco, olha só isso — Davy diz pra mim.

Ele levanta os braços e chama a atenção de todos os Spackle.

— Povo de Nova Prentisstown! — grita, gesticulando com os braços. — Eu trago para vocês a sua *destruiçãããããããão*!

E se acaba de rir.

Davy decide supervisionar os Spackle que estão tirando o mato dos campos, mas só escolheu fazer isso porque assim sobra pra mim pegar toda a ração do depósito preles comerem e depois encher os cochos preles beberem.

Mas isso é trabalho de fazenda. Estou acostumado. Todas as tarefas que Ben e Cillian me mandavam fazer todos os dias. Todas as tarefas de que eu vivia reclamando.

Enxugo os olhos e sigo no trabalho.

Os Spackle tentam manter o máximo de distância possível de mim. Preciso admitir que isso não me incomoda nem um pouco.

Porque descubro que não consigo olhar nos olhos deles.

Fico sempre de cabeça baixa, pegando ração com uma pá.

Davy diz que o pai contou pra ele que os Spackle trabalhavam como criados ou cozinheiros, mas que uma das primeiras ordens dele foi pra todo mundo trancar eles em casa, até que o exército recolheu eles ontem de noite, enquanto eu dormia.

— Eles moravam no *quintal* das pessoas — Davy diz, me observando ocupado com a pá enquanto a manhã acaba e comendo o que era pra ser o almoço de nós dois. — Dá pra acreditar? Como se fossem da *família*.

— Talvez fossem.

— Bom, não são mais — Davy diz, levantando e pegando a pistola. Ele sorri pra mim. — Você, de volta ao trabalho.

Pego do depósito a maior parte da ração, mas mesmo assim parece não ser suficiente. Além disso, três das cinco bombas d'água não estão funcionando, e até o fim da tarde só consegui consertar uma.

— Hora de ir — Davy diz.

— Não terminei ainda.

— Beleza — ele diz, indo na direção do portão. — Fica aqui sozinho, então.

Observo os Spackle. Agora que o dia de trabalho terminou, eles se afastaram o máximo possível dos soldados e dos portões.

O mais longe possível de mim e de Davy, também.

Meu olhar vai deles até Davy indo embora. Eles não têm comida suficiente. Não têm água suficiente. Não têm nenhum lugar pra fazerem as necessidades e nenhum tipo de abrigo.

Estendo as mãos vazias na direção deles, mas isso não oferece nenhum tipo de explicação. Eles apenas me encaram enquanto abaixo os braços e saio atrás de Davy.

— É difícil ser um homem de coragem, hein, mijo de porco? — Davy diz enquanto solta as amarras do cavalo, que ele chama de Armadilha Mortal, mas que parece atender apenas por Bolota.

Eu ignoro ele porque estou pensando nos Spackle. Pensando que vou tratar eles bem. Vou mesmo. Vou cuidar pra que recebam água e comida e vou fazer tudo o que puder pra proteger eles.

Eu *vou*.

Prometo isso a mim mesmo.

Porque ela ia querer isso.

— Ah, vou te contar o que ela *realmente* quer — Davy diz.

Brigamos outra vez.

Quando eu volto pra torre, descubro que colocaram camas novas ali. Um colchão e um lençol de um lado pra mim, e outro do outro lado pro prefeito Ledger, que já está sentado no dele com o Ruído estridente, comendo ensopado.

O fedor também desapareceu.

— Verdade — o prefeito Ledger diz. — Adivinha quem teve que limpar?

Na verdade, ele foi posto pra trabalhar de lixeiro.

— Trabalho honesto — ele diz, dando de ombros, mas tem outros sons no Ruído cinza dele que me fazem pensar que ele não acredita muito que seja honesto. — É para ser simbólico, imagino. Do melhor para o pior. Seria poético se não fosse tão óbvio.

Deixaram ensopado pra mim do lado da minha cama. Levo a tigela até a janela que dá pra cidade.

Que está começando a zumbir.

Conforme a cura deixa o organismo dos homens da cidade, a gente começa a escutar eles, dentro das casas e dos prédios, nas ruas menores e atrás das árvores.

O Ruído está voltando a Nova Prentisstown.

Pra mim já era difícil andar pela *velha* Prentisstown, que tinha só 146 homens. Nova Prentisstown deve ter dez vezes isso. E garotos.

Não sei como vou suportar.

— Você se acostuma — o prefeito Ledger diz, terminando de comer. — Lembre que eu vivi aqui por vinte anos antes que encontrássemos uma cura.

Fecho os olhos, mas tudo o que vejo é um rebanho de Spackle me encarando.

Me julgando.

O prefeito Ledger me dá um tapinha no ombro e aponta pra minha tigela de ensopado.

— Não vai comer, não?

Essa noite eu sonho...

Com ela...

O sol está brilhando atrás dela, e eu não consigo ver seu rosto. Estamos numa encosta, e ela diz alguma coisa, mas a cachoeira atrás da gente faz muito barulho. Eu pergunto:

— Quê?

E quando estendo o braço, eu não toco nela, mas minha mão volta coberta de sangue…

— Viola! — chamo, sentando no colchão no escuro, respirando com dificuldade.

Olho pro prefeito Ledger no colchão dele: o rosto está virado pro outro lado, mas o Ruído dele não é um Ruído de sono, é o tipo de Ruído cinzento de quando ele está acordado.

— Sei que você não tá dormindo.

— Você sonha muito alto — ele diz sem olhar pra mim. — Ela é alguém importante?

— Não é da sua conta.

— Nós só temos que aguentar isso, Todd. Isso é tudo o que qualquer um de nós tem que fazer no momento. Só permanecer vivo e aguentar.

Viro pra parede.

Não tem nada que eu possa fazer. Não enquanto eles estão com ela.

Não enquanto eu não sei.

Não enquanto eles ainda podem machucá-la.

Permanecer vivo e aguentar, penso.

Penso nela em algum lugar lá fora.

E sussurro, sussurro pra ela, onde quer que ela esteja.

— Permanece viva e aguenta.

Permanece viva.

PARTE II

A CASA DE CURA

5

VIOLA DESPERTA

{VIOLA}

— ACALME-SE, MINHA GAROTA.

Uma voz...

Na claridade...

Abro os olhos.

Tudo é de um branco tão claro que é quase um som, e nele há uma voz, e minha cabeça está zonza, e sinto uma dor na lateral do corpo, e está claro demais, e não consigo pensar...

Espera aí...

Espera aí...

Ele estava descendo o morro me carregando...

Agora mesmo ele estava me carregando morro abaixo na direção de Refúgio, e depois...

— Todd? — chamo com a voz rouca, cheia de algodão e saliva, mas me forço a falar com toda a energia que tenho, obrigando-a a sair e adentrar as luzes que cegam meus olhos. — *TODD*?

— Falei para você se acalmar.

Não reconheço a voz, uma voz de mulher...

Uma mulher.

— Quem é você? — pergunto enquanto tento me sentar, estendendo as mãos para sentir o que está em volta, o frescor do ar, a maciez de...

Uma cama?

Sinto o pânico aumentar.

— *Cadê ele?* — grito. — *TODD?*

— Não conheço nenhum Todd, minha garota — diz a voz enquanto as formas começam a se definir, enquanto a claridade vai se espaçando em porções menores. — Mas sei que você não se encontra em condições de exigir informação.

— Você levou um *tiro* — diz outra voz, outra mulher, mais jovem que a primeira, à minha direita.

— Cale sua boca, Madeleine Poole — manda a primeira mulher.

— Sim, mestra Coyle.

Continuo a piscar e começo a ver o que está bem à minha frente. Estou em uma cama branca e estreita em um quarto branco e estreito. Visto uma fina bata branca que amarra nas costas. Uma mulher alta e gorducha está na minha frente, usando um jaleco branco com uma mão azul estendida bordada. Ela tem uma expressão dura. Mestra Coyle. Atrás dela, na porta, segurando um recipiente de água fumegante, vejo uma garota não muito mais velha que eu.

— Meu nome é Maddy — apresenta-se a garota, dando um sorriso discreto.

— Fora — diz mestra Coyle, sem sequer virar a cabeça.

Ao sair, os olhos de Maddy encontram os meus, e ela sorri de novo para mim.

— Onde estou? — pergunto à mestra Coyle, com a respiração ainda acelerada.

— Você está perguntando do quarto, garota? Ou da *cidade*? — Ela não tira os olhos dos meus. — Ou mesmo do planeta?

— Por favor — digo. Meus olhos de repente começam a lacrimejar, e fico com raiva por isso, mas falo mesmo assim: — Eu estava com um garoto.

Ela dá um suspiro e desvia o olhar por um segundo, em seguida aperta os lábios e se senta em uma cadeira ao lado da cama. Seu rosto é sério, e o cabelo está puxado para trás em tranças tão apertadas que provavelmente daria para escalá-las. Seu corpo é maciço e grande, e sua aparência deixa bem claro que é desaconselhável criar problemas com ela.

— Desculpa — diz ela, quase com carinho. Quase. — Não sei nada sobre garoto nenhum.

Então fecha a cara.

— Infelizmente, não sei nada sobre nada — continua ela. — Só sei que você foi trazida para esta casa de cura ontem de manhã e estava tão perto da morte que eu não tinha muita esperança de que conseguiríamos evitá-la. Só que nos informaram em termos categóricos que *nossa* sobrevivência dependia da *sua*.

Ela espera para ver como eu reajo a isso.

Eu não tenho ideia de como reagir a isso.

Onde será que ele está? O que fizeram com ele?

Eu me viro para não ficar de frente para ela e tento *pensar*, mas meu tronco está tão envolto em bandagens que não consigo me sentar direito.

Mestra Coyle passa alguns dedos na testa.

— E, agora que você acordou, não sei se vai nos agradecer ao ver o mundo para o qual te salvamos.

Ela me conta da chegada do prefeito Prentiss a Refúgio à frente de um suposto exército, um exército grande, tão grande que poderia acabar com a cidade sem o menor esforço, tão grande que deixaria o mundo todo em chamas. Ela me conta que um tal de prefeito Ledger se rendeu, que ele impediu, aos gritos, as poucas pessoas que quiseram lutar, e que a maioria concordou que ele "desse a cidade de bandeja e embrulhada para presente".

— Então as casas de cura de repente viraram prisões para as mulheres que moravam nelas — diz mestra Coyle, com uma raiva genuína transparecendo na voz.

— Então a senhora é médica? — pergunto, mas só consigo pensar na pressão que sinto no peito, que murcha como se estivesse sob um peso enorme, murcha porque falhamos, murcha porque ultrapassar o exército acabou não adiantando de nada.

Ela dá um pequeno sorriso, discreto, como se eu tivesse deixado escapar algo. Mas a expressão em seu rosto não é cruel, e já estou com menos medo dela, do que este quarto pode significar, com menos medo por mim mesma e com mais medo por *ele*.

— Não, minha garota — diz ela, inclinando a cabeça de lado. — Como tenho certeza de que você sabe, não há mulheres médicas no Novo Mundo. Eu sou uma curandeira.

— Qual a diferença?

Ela torna a passar os dedos na testa.

— Exato. Qual a diferença? — Então pousa as mãos no colo e as encara. — Apesar de estarmos trancadas, ainda ouvimos boatos, sabe? Boatos de homens e mulheres sendo separados por toda a cidade, boatos de que o exército talvez chegue hoje mesmo, boatos de massacre se aproximando pelo morro para nos dizimar, por mais tranquilamente que tenhamos nos *rendido*.

Ela agora me dirige um olhar severo.

— E tem você.

Desvio o olhar.

— Eu não sou ninguém especial.

— Não é?

Ela não parece convencida.

— Uma garota que fez toda a cidade ser evacuada para a chegada dela? Uma garota que recebi ordens de salvar se eu quisesse *me* salvar? Uma garota... — Ela se inclina para a frente para garantir que eu ouça. — ... recém-chegada da grande escuridão do além?

Paro de respirar por um segundo e torço para que ela não perceba.

— De onde a senhora tirou uma ideia dessas?

Ela sorri de novo, sem maldade.

— Sou uma curandeira. A primeira coisa que vejo é a pele, por isso eu conheço bem o assunto. A pele conta a história de uma pessoa, onde esteve, o que comeu, quem é. Você tem algum desgaste na superfície, minha garota, mas, fora isso, sua pele é a mais macia e mais branca que eu já vi em vinte anos fazendo esse belo trabalho. Macia e branca demais para um planeta de lavradores de terra.

Continuo não olhando para ela.

— E também tem boatos, é claro, trazidos pelos refugiados, de que mais colonos estão vindo. Milhares deles.

— Por favor — digo em voz baixa, meus olhos se enchendo de lágrimas outra vez.

Tento contê-las.

— E nenhuma garota do Novo Mundo jamais perguntaria a uma mulher se ela é médica — conclui mestra Coyle.

Engulo em seco. Levo a mão à boca. Onde será que ele está? Não me importo com nada disso que ela diz, porque *onde ele está*?

— Sei que você está com medo — diz mestra Coyle. — Mas estamos sofrendo de um *excesso* de medo aqui nesta cidade, e não tem nada que eu possa fazer em relação a isso.

Ela toca meu braço com a mão áspera.

— Mas talvez você possa fazer alguma coisa para *nos* ajudar.

Engulo em seco, mas não digo nada.

Só tem uma pessoa em quem posso confiar.

E ele não está aqui.

Mestra Coyle se recosta na cadeira.

— Nós salvamos a sua vida. Saber um pouco das coisas nos confortaria muito.

Inspiro fundo, olhando ao redor, observando a luz do sol que entra por uma janela que dá para árvores e um rio, *o* rio, o que seguimos rumo ao que deveria ser segurança. Parece impossível que alguma coisa ruim possa estar acontecendo em algum lugar nesse dia tão claro, que haja algum perigo se aproximando, que haja um exército chegando.

Mas *tem* um exército chegando.

Tem.

E ele não vai ser gentil com mestra Coyle, seja lá o que tenha acontecido com...

Sinto uma leve dor no peito.

Mas respiro fundo.

E começo:

— Meu nome é Viola Eade.

— Mais colonos, hein? — diz Maddy, com um sorriso.

Estou deitada de lado enquanto ela desenrola a bandagem comprida envolvendo meu tronco. A parte que encostava no corpo está coberta de sangue, e minha pele tem manchas cor de ferrugem deixadas pelo sangue seco. Há um pequeno buraco na minha barriga, que foi fechado com uma linha fina.

— Por que isso não dói?

— Tem raiz-de-jeffers nas bandagens — explica Maddy. — Um opiáceo natural. Você não vai sentir nenhuma dor, mas também não vai conseguir ir ao banheiro por um mês. Além disso, vai estar dormindo profundamente em cinco minutos.

Toco de leve, bem de leve, a pele em torno do ferimento. Há outro nas minhas costas, por onde a bala entrou.

— Por que eu não morri?

— Você preferia ter morrido? — Ela torna a sorrir ao mesmo tempo que faz uma cara de estranhamento. É o cenho franzido mais sorridente que já vi. — Eu não devia brincar com isso. Mestra Coyle está sempre dizendo que não tenho a *seriedade apropriada* para uma curandeira.

Ela enfia um pano numa bacia com água quente e começa a limpar meus ferimentos.

— Você não morreu porque mestra Coyle é a melhor curandeira da cidade, melhor que qualquer um desses tais *médicos* que eles têm aqui em

Refúgio. Até os invasores sabem disso. Por que acha que trouxeram você para cá em vez de te levarem para um posto de saúde?

Maddy usa um jaleco branco e comprido igual ao de mestra Coyle, mas também um gorro branco pequeno bordado com a mão azul estendida. Ela me disse que é o que as aprendizes usam. Maddy não pode ser mais que um ou dois anos mais velha que eu, seja lá como eles medem a idade neste planeta, mas ela cuida dos ferimentos com mãos confiantes, delicadas e firmes.

— Então — diz ela, forçando um tom leve —, esses invasores são só maus ou muito maus?

A porta se abre. Uma garota baixa com gorro de aprendiz se inclina para dentro do quarto. Ela é jovem como Maddy, mas tem a pele marrom-escura e um ar de preocupação.

— Mestra Coyle disse que você precisa terminar agora mesmo.

Maddy não tira os olhos das bandagens novas que está colocando na minha barriga.

— Mestra Coyle sabe que só tive tempo de fazer a metade.

— Fomos convocadas — diz a garota.

— Você diz isso como se fôssemos *convocadas* o tempo todo, Corinne.

As bandagens são quase tão boas quanto as que eu trouxe da minha nave, e o remédio nelas já está aliviando minha dor e deixando minhas pálpebras pesadas. Depois que termina na frente, Maddy se vira para cortar mais bandagens para minhas costas.

— Estou no meio de uma cura.

— Veio um homem com uma arma — avisa Corinne.

Maddy para.

— Todo mundo foi chamado para a praça da cidade — prossegue Corinne. — Isso inclui você, Maddy Poole, esteja curando ou não.

Ela cruza os braços, frustrada.

— Aposto que é o exército chegando.

Maddy me olha. Eu viro o rosto.

— Finalmente vamos ver como será o nosso fim — diz Corinne.

Maddy revira os olhos.

— Você é sempre tão alto-astral. Diga a mestra Coyle que já vou.

Corinne lhe dirige um olhar ressentido, mas vai embora. Quando Maddy termina os curativos nas minhas costas, mal estou conseguindo me manter acordada.

— Durma — diz ela. — Vai ficar tudo bem, espere só para ver. Por que eles salvariam você se depois fossem...

Ela não conclui o raciocínio, apenas contrai os lábios e em seguida sorri.

— Sempre digo que Corinne tem seriedade suficiente para todas nós juntas.

Seu sorriso é a última coisa que vejo antes de adormecer.

— *TODD!*

Acordo sobressaltada outra vez, o pesadelo escapulindo, Todd fora do meu alcance...

Ouço um barulho e vejo um livro cair do colo de Maddy enquanto ela pisca várias vezes na cadeira ao lado da cama. A noite caiu e o quarto está escuro. Há apenas uma pequena lâmpada acesa onde Maddy devia estar lendo antes de eu acordar.

— Quem é Todd? — pergunta ela, bocejando e já sorrindo. — Seu *namorado*?

A expressão em meu rosto faz com que ela mude de tom.

— Alguém importante?

Faço que sim, ainda arfando com o susto do pesadelo, o cabelo grudado de suor na testa.

— Alguém importante.

Ela me serve um copo d'água de um jarro na mesa de cabeceira.

— O que aconteceu? — pergunto, tomando um gole. — Você foi convocada.

— Ah, sim, aquilo — diz Maddy, voltando a se recostar na cadeira. — *Aquilo* foi interessante.

Ela me conta que todo mundo da cidade (que não se chama mais Refúgio, agora é Nova Prentisstown, um nome que faz meu estômago embrulhar) se reuniu para ver o exército chegar marchando e o novo prefeito executar o antigo.

— Só que ele não fez isso — continuou Maddy. — Ele o poupou. E disse que ia poupar todos nós. Que estava recolhendo a cura do Ruído, mas os homens não gostaram disso. Meu Deus, como foi bom não ouvi-los pensando nos últimos seis meses... Mas ele disse que todos nós precisamos saber qual é o nosso lugar e nos lembrar de quem somos, e que vamos criar juntos um novo lar em preparação para a chegada de todos os colonos.

Ela arregala os olhos, esperando que eu diga algo.

— Não entendi metade disso — admito. — Existe uma cura?

Ela balança a cabeça, mas não é uma resposta negativa.

— Nossa, você não é mesmo daqui, é?

Eu abaixo o copo, me inclino para a frente e falo num sussurro:

— Maddy, tem alguma central de comunicação perto daqui?

Ela me olha como se eu a tivesse convidado para ir morar comigo numa das luas.

— Para eu entrar em contato com as naves — explico. — Seria uma grande antena parabólica curva... Ou talvez uma torre...

Ela parece pensativa.

— Tem uma velha torre de metal nas montanhas — responde, também sussurrando. — Mas não sei nem se é uma torre de comunicação. Está abandonada há séculos. Além do mais, você não vai conseguir ir até lá. Tem um exército inteiro lá fora, Vi.

— De que tamanho?

— Grande o suficiente. — Ainda estamos sussurrando. — Estão dizendo que vão separar as últimas mulheres esta noite.

— Para fazer o quê?

Maddy dá de ombros.

— Corinne contou que uma mulher na multidão disse que eles reuniram os Spackle também.

Eu me sento, fazendo pressão contra as bandagens.

— Os Spackle?

— Uma espécie nativa daqui.

— Eu sei quem eles são.

Eu me sento mais ereta, mesmo com a dificuldade de movimento imposta pelos curativos.

— Todd me contou algumas coisas, falou do que aconteceu. Maddy, se o prefeito está separando mulheres e Spackle, então estamos correndo perigo. Estamos correndo o *pior tipo* de perigo.

Afasto os lençóis para me levantar, mas de repente sinto como se um raio tivesse atravessado minha barriga. Solto um grito e caio para trás.

— Arrebentou um ponto — repreende Maddy, ficando de pé.

— Por favor. — Cerro os dentes para suportar a dor. — Precisamos sair daqui. Precisamos *fugir*.

— Você não está em condições de fugir para lugar nenhum — diz ela, levando a mão ao meu curativo.

E é nesse momento que o prefeito entra no quarto.

6

LADOS DA HISTÓRIA

{VIOLA}

ELE CHEGA CONDUZIDO por mestra Coyle, que está mais séria do que nunca. A testa está franzida, o queixo com um quê de contrariedade. Mesmo a tendo visto apenas uma vez, percebo que não está nada feliz.

Ele para atrás dela. Alto, magro, mas com ombros largos, todo de branco, até o chapéu que ele continua usando.

Eu nunca o tinha visto direito. Estava sangrando, morrendo, quando ele se aproximou de nós na praça da cidade.

Mas é ele.

Só pode ser.

— Boa noite, Viola — diz ele. — Esperei muito tempo para conhecê-la.

Estou me debatendo com o lençol e Maddy estende o braço na minha direção.

— Algum problema, Madeleine? — pergunta mestra Coyle.

— Pesadelo — responde Maddy, captando meu olhar. — Acho que ela arrebentou um ponto.

— Vamos cuidar disso depois — diz mestra Coyle, e o jeito calmo e sério com que ela fala garante a total atenção de Maddy. — Por enquanto, dê a ela quatrocentas unidades de raiz-de-jeffers.

— Quatrocentas? — repete Maddy, perplexa. Mas, ao ver a expressão no rosto de mestra Coyle, tudo o que diz é: — Sim, senhora.

Ela aperta minha mão uma última vez e sai do quarto.

Os dois me observam por um momento quase interminável e em seguida o prefeito diz:

— Isso é tudo, mestra.

Mestra Coyle me lança um olhar silencioso ao sair, talvez para me tranquilizar, talvez para me perguntar alguma coisa ou me *contar* alguma coisa, mas estou com medo demais para descobrir do que se trata antes que ela saia do quarto e feche a porta.

E então fico sozinha com ele.

Ele deixa que o silêncio se prolongue até ficar claro que devo dizer alguma coisa. Estou segurando o lençol junto ao peito com força, ainda sentindo o raio de dor percorrer a lateral do corpo quando me mexo.

— Você é o prefeito Prentiss — digo.

Minha voz sai trêmula, mas digo mesmo assim.

— *Presidente* Prentiss — corrige ele. — Mas você deve me conhecer como prefeito, é claro.

— Cadê o Todd? — Eu o encaro. — O que você fez com ele?

Ele torna a sorrir.

— Inteligente em sua primeira frase. Corajosa na segunda. Ainda podemos ser amigos.

— Ele está ferido? — Engulo em seco para tentar diminuir a queimação surgindo no peito. — Está vivo?

Por um segundo, parece que ele não vai me responder, que não vai sequer dar qualquer indicação de que ouviu minhas perguntas, mas então o prefeito diz:

— Todd está bem. Está vivo e perguntando por você sempre que tem oportunidade.

Percebo que prendi a respiração esperando a resposta.

— Isso é verdade?

— Claro que é verdade.

— Eu quero vê-lo.

— E ele quer ver você. Mas tudo a seu tempo.

Ele continua sorrindo. Quase amigável.

Aqui está o homem de quem passamos tantas semanas fugindo, aqui está ele, no meu quarto, onde eu mal consigo me mexer de tanta dor.

E ele está *sorrindo*.

E é quase amigável.

Se ele fez mal a Todd, se encostou um *dedo* nele...

— Prefeito Prentiss...

— *Presidente* Prentiss — corrige ele mais uma vez, e em seguida fala em tom animado: — Mas pode me chamar de David.

Eu não digo nada, apenas aperto o curativo com mais força, em reação à dor.

Tem alguma coisa estranha nele. Algo que não consigo identificar direito...

— Isso se eu puder chamar você de Viola.

Alguém bate na porta. É Maddy, trazendo um frasco.

— Jeffers — diz ela, os olhos fixos no chão. — Para a dor.

— Sim, é claro — responde o prefeito, afastando-se da minha cama com as mãos às costas. — Vá em frente.

Maddy me serve um copo d'água e me observa engolir quatro cápsulas de um gel amarelo, o dobro do que eu tomei antes. Ela então pega o copo de volta e, de costas para o prefeito, me lança um olhar firme e intenso, sem sorrir, mostrando todo tipo de bravura, e isso faz com que eu me sinta um pouco melhor, um pouco mais forte.

— Ela vai ficar cansada muito rápido — avisa Maddy ao prefeito, ainda sem encará-lo.

— Entendo — diz ele.

Maddy sai e fecha a porta. Logo começo a sentir a barriga queimar, mas ainda demora um pouco para a dor passar ou para cessarem os tremores por todo o meu corpo.

— Então… — recomeça o prefeito. — Posso?

— Pode o quê?

— Chamá-la de Viola?

— Não posso te impedir.

— Ótimo — diz ele, sem se sentar, sem se mexer, o sorriso ainda fixo no rosto. — Quando estiver se sentindo melhor, Viola, eu gostaria muito de ter uma conversa com você.

— Sobre o quê?

— Ora, sobre as naves, é claro. As que estão mais próximas a cada instante.

Engulo em seco.

— Que naves?

— Ah, não, não, não. — Ele balança a cabeça em reprovação, mas ainda sorri. — Você começou com inteligência e coragem. Está assustada, mas isso não a impediu de se dirigir a mim com calma e clareza. Tudo isso é admirável. — Ele inclina a cabeça. — Mas a isso temos que acrescentar a honestidade. *Temos* que começar sendo honestos um com o outro, Viola, senão como vamos prosseguir?

Prosseguir para onde?, penso.

— Eu já contei que Todd está vivo e passa bem. E é verdade.

Ele apoia a mão na grade ao pé da cama.

— E vai *permanecer* bem. — Ele faz uma pausa. — E você vai me dar sua honestidade.

Eu entendo, sem que ele diga com todas as letras, que uma coisa depende da outra.

O calor está começando a irradiar para o resto do meu corpo, fazendo tudo parecer mais lento, mais suave. A dor que sinto na lateral do tronco está desaparecendo, mas meu estado alerta também. Por que *duas* doses, se isso me faz dormir tão rápido? Tão rápido que não vou nem conseguir falar com...

Ah.

Ah.

— Eu preciso ver Todd para acreditar em você.

— Em breve. Há muito a ser feito em Nova Prentisstown primeiro. Muito para ser *desfeito*.

— Quer as pessoas queiram ou não.

Minhas pálpebras estão ficando pesadas. Eu me obrigo a ficar de olhos abertos. Só então percebo que disse isso em voz alta.

Ele torna a sorrir.

— Eu me vejo dizendo isso com muita frequência, Viola: a guerra acabou. Não sou seu inimigo.

Surpresa, ergo os olhos enevoados para ele.

Estou com medo dele. Estou.

Mas...

— Você era o inimigo das mulheres de Prentisstown. Você era o inimigo de todo mundo em Galholongo.

Ele fica um pouco tenso, embora tente disfarçar.

— Um corpo foi encontrado no rio hoje de manhã — diz ele. — Um corpo com uma faca no pescoço.

Tento impedir que meus olhos se arregalem, mesmo sob efeito da raiz-de-jeffers. Ele agora está me examinando de perto.

— Talvez a morte do homem tenha sido justificada — continua ele. — Talvez o homem tivesse *inimigos*.

Eu me vejo fazendo aquilo...

Eu me vejo enfiando a faca...

Fecho os olhos.

— Para mim — diz o prefeito —, a guerra acabou. Meus dias de soldado chegaram ao fim. Agora vêm os dias de liderança, de unir as pessoas.

Separando-as, penso, mas estou respirando mais devagar. O quarto branco está ficando ainda mais branco, mas de um jeito suave que me dá vontade de mergulhar nessa brancura e dormir, dormir, dormir... Afundo a cabeça no travesseiro.

— Estou indo — diz ele. — Nós nos veremos de novo.

Começo a respirar pela boca. Está ficando impossível lutar contra o sono.

Ele me vê começando a adormecer.

E faz a coisa mais surpreendente.

Dá um passo à frente e me cobre com o lençol, como se estivesse me colocando para dormir.

— Tenho um pedido para fazer antes de ir.

— O quê? — pergunto, tentando a todo custo permanecer acordada.

— Gostaria que você me chamasse de David.

— *O quê?* — pergunto com a voz pesada.

— Eu gostaria que você dissesse: *Boa noite, David*.

A raiz-de-jeffers desconectou tanto minha mente do corpo que as palavras saem antes que eu perceba.

— Boa noite, David.

Em meio ao atordoamento provocado pela droga, vejo que ele fica um pouco surpreso, até um pouco decepcionado.

Mas se recupera rápido.

— Boa noite para você também, Viola.

Ele se despede com um aceno de cabeça e se dirige à porta.

E percebo o que é, o que há de tão diferente nele.

— Não estou escutando você — sussurro, deitada na cama.

Ele para e se vira.

— Eu falei boa noi...

— Não. — Minha língua mal se mexe. — Não estou *escutando* você. Não estou escutando você pensar.

Ele ergue as sobrancelhas.

— Espero que não.

E acho que pego no sono antes mesmo de ele sair.

* * *

Demoro muito, muito mesmo para acordar, até que finalmente sinto a luz do sol no rosto e desperto, sem saber o que foi real e o que foi sonho.

(... meu pai estendendo a mão para me ajudar a subir a escada até a escotilha, sorrindo e me cumprimentando: "Bem-vinda a bordo, capitã...")

— Você ronca — diz uma voz.

Corinne está sentada na cadeira, passando uma agulha com linha por um pedaço de tecido. Seus dedos se movimentam tão depressa que aquilo nem parece estar sendo feito por ela, é como se as mãos raivosas de outra pessoa usassem o colo dela como apoio.

— Eu, não — retruco.

— Como uma vaca no cio.

Afasto as cobertas. Meus curativos foram trocados e não sinto mais dor, então o ponto deve ter sido refeito.

— Quanto tempo eu dormi?

— Mais de um dia. — Ela fala isso num tom que parece me repreender. — O presidente já mandou homens duas vezes para verificar como você estava.

Levo a mão à lateral do corpo, hesitando ao apertar de leve a ferida. Quase não dói.

— Então você não tem nada a dizer sobre isso, minha garota? — pergunta Corinne, a agulha numa velocidade feroz.

— Dizer o quê? Eu nunca o tinha visto antes.

— Mas ele estava nitidamente ansioso para conhecer você, não estava? Ai!

Ela inspira, sibila e chupa a ponta do dedo.

— Enquanto isso, ele nos aprisionou — diz ela, sem tirar o dedo da boca. — Enquanto isso, não podemos nem sair deste prédio.

— Não vejo como isso é minha culpa.

— Não é sua culpa, minha garota — diz mestra Coyle, entrando no quarto. Ela dirige um olhar sério a Corinne. — E ninguém aqui acha que é.

Corinne se levanta, faz uma pequena mesura para mestra Coyle e sai sem dizer mais nada.

— Como se sente? — pergunta mestra Coyle.

— Grogue.

Eu me sento mais ereta, achando muito mais fácil dessa vez. Também percebo que minha bexiga está tão cheia que chega a ser desconfortável. Informo isso a mestra Coyle.

— Certo — diz ela. — Vamos ver se você consegue ficar de pé sozinha para resolver isso.

Respiro fundo e me viro para apoiar os pés no chão. Minhas pernas não querem se dobrar muito rápido, mas elas chegam lá, e por fim consigo ficar de pé e caminhar até a porta.

— Maddy bem que falou que a senhora é a melhor curandeira da cidade — digo, admirada.

— Maddy não mente.

Ela me acompanha por um corredor comprido e branco até um banheiro. Quando termino, me lavo e, ao abrir a porta, vejo que mestra Coyle está segurando uma camisola branca mais pesada para eu vestir, mais longa e muito mais bonita que a bata que estou usando. Eu a visto pela cabeça e voltamos pelo corredor. Estou um pouco cambaleante, mas andando mesmo assim.

— O presidente tem perguntado por sua saúde — diz ela, me firmando com a mão.

— Corinne me contou. — Eu olho para ela pelo canto do olho. — É só por causa das naves dos colonos. Eu não o conheço. Não estou do lado dele.

— Ah — faz mestra Coyle, me guiando de volta ao quarto e à cama. — Então você reconhece que há lados.

Eu me deito, cerrando os dentes.

— A senhora me deu o dobro da dosagem de raiz-de-jeffers para que eu não tivesse que falar com ele por muito tempo? Ou para que eu não conseguisse contar a ele muita coisa?

Ela faz que sim, como se para me dizer que sou inteligente.

— Seria a pior coisa do mundo se fosse um pouco dos dois?

— A senhora podia ter perguntado.

— Não dava tempo — justifica ela, sentando-se em uma cadeira ao lado da cama. — Só o conhecemos pelo que dizem dele, minha garota, e o que dizem é ruim, bem ruim. Ele pode falar até cansar sobre uma nova sociedade, mas há bons motivos para querer estar bem preparada caso ele inicie uma conversa.

— Eu não o conheço — repito. — Não sei de nada.

— Mas, se agir do jeito certo, pode *descobrir* coisas de um homem que se interessa por você — diz ela com um sorrisinho.

Eu tento interpretá-la, interpretar o que ela está tentando me dizer, mas claro que as mulheres daqui também não têm Ruído.

— O que a senhora quer dizer com isso?

— Quero dizer que é hora de você comer alguma coisa.

Ela se levanta, limpando fiapos invisíveis do jaleco branco.

— Vou mandar Madeleine trazer o café da manhã.

Ela vai até a porta e leva a mão à maçaneta.

— Mas saiba de uma coisa — acrescenta ela, sem se virar. — Se *existem* lados e nosso presidente está em um deles... — Mestra Coyle se vira e olha para mim. — ... então eu com certeza estou no outro.

7

MESTRA COYLE

{VIOLA}

— SÃO SEIS NAVES — afirmo, deitada, pela terceira vez em três dias, dias em que Todd está em algum outro lugar, dias em que não sei o que está acontecendo com ele nem com mais ninguém lá fora.

Das janelas do meu quarto, vejo soldados marchando o tempo inteiro, mas é só isso que eles fazem. Todo mundo aqui na casa de cura esperava que eles irrompessem pelas portas a qualquer momento, prontos para fazer coisas terríveis, prontos para impor a vitória.

Mas não. Só passam marchando. Outros homens nos trazem comida pela porta dos fundos, e as curandeiras são deixadas em paz para fazer seu trabalho.

Ainda não podemos sair, mas o mundo lá fora não parece estar acabando. Ninguém esperava por isso, muito menos, pelo visto, mestra Coyle, que está convencida de que isso só significa que algo pior está demorando a acontecer.

Não consigo deixar de pensar que ela deve estar certa.

Mestra Coyle franze a testa para suas anotações.

— Só seis?

— Oitocentos colonos adormecidos e três famílias de cuidadores em cada uma — explico.

Estou ficando com fome, mas a essa altura já aprendi que só vou comer quando ela disser que a consulta terminou.

— Mestra Coyle...

— E você tem certeza de que são oitenta e uma pessoas nas famílias de cuidadores?

— Se alguém tem certeza disso, sou eu. Estudei com os filhos deles.

Ela ergue os olhos de seus registros.

— Sei que isso é entediante, Viola, mas informação é poder. As informações que damos a ele. As informações que *obtemos* dele.

Dou um suspiro, impaciente.

— Eu sou *péssima* em espionar.

— Não é espionar — diz ela, voltando a suas anotações. — É só descobrir coisas.

Ela escreve mais um pouco.

— Então... 4.881 pessoas — diz ela, quase para si mesma.

Sei o que isso significa. Mais gente que toda a população do planeta. O suficiente para mudar tudo.

Mas mudar como?

— Quando ele vier aqui de novo — recomeça ela —, você não pode contar sobre as naves. Faça com que ele continue tentando descobrir. Não deixe que ele saiba o número certo.

— Ao mesmo tempo que tento descobrir o que puder.

Ela fecha o bloco. A consulta terminou.

— Informação é poder — repete.

Eu me sento na cama, cansada daquela conversa.

— Posso fazer uma pergunta?

Ela se levanta e pega o jaleco.

— Claro.

— Por que a senhora confia em mim?

— Por causa da cara que você fez quando ele entrou no quarto — diz mestra Coyle sem hesitar. — Você parecia ter acabado de encontrar seu pior inimigo.

Ela fecha os botões do jaleco embaixo do queixo. Eu a observo atentamente.

— Se eu pudesse apenas encontrar Todd ou chegar àquela torre de comunicação...

— E ser levada pelo exército?

Não há reprovação ou algo do tipo em seu rosto, mas há um brilho em seus olhos.

— Perder nossa única vantagem? — Ela abre a porta. — Não, minha garota, o presidente vai vir visitar você, e quando ele fizer isso, as informações que você conseguir dele vão ser de grande ajuda para nós.

Mestra Coyle sai.

— *Nós* quem? — grito.

Mas ela já foi embora.

— ... e a última coisa que eu lembro é ele me pegando e me carregando por um morro que não terminava e me dizendo que eu não ia morrer, que ele ia me salvar.

— Uau — diz Maddy, suspirando de leve, fios de cabelo escapando do gorro enquanto caminhamos devagar por um corredor depois do outro para que eu fique mais forte. — E ele salvou você mesmo.

— Mas ele não consegue matar. Nem para se salvar. Essa é a questão com ele, por isso que o queriam tanto. Ele não é como os outros. Ele matou um Spackle, e você devia ter visto como sofreu com isso. E agora *pegaram* ele...

Preciso parar, piscar muito e olhar para o chão.

— Eu preciso *sair* daqui — digo, entredentes. — Não sou uma espiã. Preciso encontrá-lo e preciso chegar àquela torre e *alertá-los*. Talvez eles possam mandar ajuda. Eles têm mais naves de exploração que conseguiriam chegar aqui. Eles têm armas...

Maddy fica tensa, como sempre acontece quando falo desse jeito.

— Ainda não temos nem permissão para sair...

— Você não pode apenas aceitar o que te mandam fazer, Maddy. Não pode *fazer* o que mandam se estiver errado.

— E *você* não pode enfrentar um exército sozinha.

Com delicadeza, ela me obriga a dar a volta no corredor e sorri para mim.

— Nem mesmo a grande e corajosa Viola Eade.

— Já fiz isso antes. Com *ele*.

Ela baixa a voz:

— Vi...

— Eu perdi meus pais — digo, minha voz saindo rouca. — E não tenho como recuperá-los. E agora eu o perdi também. E, se tiver uma chance, se tiver ao menos uma chance...

— Mestra Coyle não vai permitir — diz ela.

Porém, algo em sua voz me chama a atenção.

— Mas...?

Maddy não diz mais nada, apenas vai até a janela de onde se avista a estrada. Uma tropa de soldados passa sob o sol forte, enquanto uma carroça cheia de um grão roxo empoeirado é levada na direção contrária, e o Ruído da cidade que nos alcança aqui, vindo pela estrada, dá a impressão de ser, por si só, um exército.

No início era diferente de qualquer Ruído que eu já tivesse ouvido, um som estranho de zumbido de metal raspando metal. Depois se tornou ainda mais alto, como mil homens gritando ao mesmo tempo, o que, eu acho, é basicamente o que esse Ruído é, tão alto e confuso que torna impossível identificar qualquer indivíduo ali no meio.

Tão alto que torna impossível localizar um garoto.

— Talvez não seja tão ruim quanto todos pensamos. — Maddy fala devagar, avaliando cada palavra como se as estivesse testando pela primeira vez. — Quer dizer, a cidade parece pacífica. *Barulhenta*, mas os homens que entregam comida para a gente dizem que as lojas estão prestes a reabrir. Aposto que o seu Todd está lá fora, vivo e seguro, fazendo algum trabalho e esperando para reencontrar você.

Não sei se ela está dizendo isso porque acredita ou se está só tentando *me* fazer acreditar. Esfrego o nariz com a manga da camisola.

— Pode ser.

Ela fica me olhando um tempão, nitidamente pensando em alguma coisa que não diz. Então se vira de novo para a janela e fala:

— Escute o roncar deles.

Há três outras curandeiras além de mestra Coyle: mestra Waggoner, uma mulher baixa e gorducha com rugas e bigode; mestra Nadari, que trata de casos de câncer e que eu só vi uma vez muito rápido; e mestra Lawson, que cuida de crianças em outra casa de cura, mas acabou ficando presa aqui porque estava visitando um paciente no momento da rendição e desde então vive aflita pensando nas crianças doentes.

Há mais aprendizes também, uma dúzia além de Maddy e Corinne, que, por trabalharem com mestra Coyle, parecem ser as duas melhores aprendizes de toda a casa, talvez de toda Refúgio. Eu raramente vejo as outras, exceto quando estão seguindo uma das curandeiras, com estetoscópio no pescoço, o jaleco branco esvoaçando ao caminharem depressa, à procura de algo para fazer.

Porque a verdade é que, com o passar dos dias e a continuação do que quer que esteja ocorrendo na cidade do outro lado destas portas, a maioria de nós, pacientes, está melhorando, e não estão chegando novos. Segundo Maddy, todos os pacientes homens foram levados daqui na primeira noite, estivessem eles em condições de viajar ou não, e nenhuma mulher foi trazida, embora invasão e rendição não impeçam ninguém de ficar doente.

Mestra Coyle se preocupa com isso.

— Bom, se ela não puder curar, quem é ela? — diz Corinne, apertando um pouco demais a tira elástica que prende no meu braço. — Ela administrava todas as casas de cura, não só esta. Todo mundo a conhecia, todo mundo a respeitava. Por um tempo ela foi até presidente do Conselho da Cidade.

Isso me surpreende.

— Ela já foi líder da cidade?

— Anos atrás. Pare de se mexer. — Corinne enfia a agulha no meu braço com mais força que o necessário. — Ela sempre diz que ser líder é fazer com que as pessoas que você ama a odeiem um pouco mais a cada dia. — Ela capta meu olhar. — Coisa que eu acredito.

— O que aconteceu? — pergunto. — Por que ela não é mais a líder?

— Ela cometeu um erro — diz Corinne, de maneira afetada. — E pessoas que não gostavam dela tiraram proveito disso.

— Que tipo de erro?

Seu cenho franzido, que está sempre presente em sua expressão, fica mais pronunciado.

— Salvou a vida de alguém — responde, e solta a tira elástica com tanta força que deixa uma marca no meu braço.

Mais um dia se passa, e depois outro, e nada muda. Ainda não temos permissão para sair, nossa comida ainda é entregue e o prefeito ainda não pediu para me ver de novo. Seus homens verificam como estou, mas a conversa que ele prometeu nunca acontece. Até agora, só está me deixando aqui.

Ninguém sabe por quê.

Mas ele é o assunto de todas as conversas.

— Sabem o que ele fez? — pergunta mestra Coyle durante o jantar, o primeiro em que tenho permissão de ir à cantina. — A catedral não é apenas sua base de operações. Ele a transformou em sua *casa*.

Ouve-se um som geral de desgosto das mulheres à sua volta. Mestra Waggoner até afasta seu prato.

— Ele agora acha que é *Deus* — comenta ela.

— Mas ele não incendiou a cidade — digo, pensando em voz alta do outro lado da mesa.

Maddy e Corinne erguem o rosto de seus pratos com olhos arregalados. Mesmo assim, eu continuo:

— Todas nós achávamos que ele faria isso, mas não fez.

Mestras Waggoner e Lawson lançam um olhar expressivo para mestra Coyle.

— Você demonstra o quão jovem é — observa mestra Coyle. — E não deveria desafiar seus superiores.

Fico surpresa.

— Não foi minha intenção. Só estou dizendo que não aconteceu o que esperávamos.

Mestra Coyle come mais um bocado enquanto olha para mim.

— Ele matou todas as mulheres da cidade dele porque não podia ouvi-las, porque não podia *conhecê-las* do jeito que podia conhecer os homens antes de existir a cura.

As outras mestras assentem.

Abro a boca para falar, mas ela me interrompe:

— Também é verdade, minha garota, que seus amigos lá de cima não sabem de tudo que passamos desde que aterrissamos neste planeta. A surpresa do Ruído, o caos que se seguiu. — Ela agora está me observando atentamente. — Tudo o que aconteceu conosco está prestes a acontecer com eles.

Não respondo, apenas a encaro.

— E quem você quer comandando esse processo? — pergunta. — Ele?

Mestra Coyle então retoma uma conversa com as outras mestras, agora mais baixo. Corinne começa a comer outra vez, com um sorriso presunçoso. Maddy ainda está com os olhos arregalados para mim, mas só consigo pensar na palavra que ficou parada no ar.

Quando ela disse *Ele?*, será que também quis dizer *Ou ela?*.

No nosso nono dia trancadas, eu não sou mais uma paciente. Mestra Coyle me chama em seu consultório.

— Suas roupas. — Do outro lado da mesa, ela me entrega um pacote. — Pode vestir agora, se quiser. Vai fazer você voltar a se sentir uma pessoa de verdade.

— Obrigada — digo com sinceridade, seguindo para o biombo que ela indicou.

Ergo a camisola de paciente e observo por um segundo meu ferimento, quase cicatrizado tanto na barriga quanto nas costas.

— A senhora é mesmo uma curandeira incrível.

— Eu tento — diz ela, ainda sentada à sua mesa.

Abro o pacote e encontro minhas roupas recém-lavadas, com um cheiro tão bom e fresco de limpeza que sinto um repuxar estranho no rosto: percebo que estou sorrindo.

— Sabe... você é uma garota corajosa, Viola — diz mestra Coyle quando começo a me vestir. — Apesar de não saber quando deve ficar quieta.

— Obrigada — agradeço, um pouco irritada.

— O acidente com sua nave, a morte dos seus pais, sua incrível jornada até aqui... Você enfrentou tudo com inteligência e desenvoltura.

— Eu tive ajuda — digo, enquanto me sento para colocar meias limpas.

Percebo o bloco de mestra Coyle em uma mesinha lateral, aquele cheio de anotações das nossas breves consultas. Levanto os olhos. Ela ainda está do outro lado do biombo. Estico o braço e ergo a capa do bloco.

— Sinto um grande potencial em você, minha garota. Potencial de liderança.

O bloco de notas está de cabeça para baixo, e não quero mexê-lo para não fazer barulho, por isso tento me virar um pouco para ver o que está escrito.

— Vejo muito de mim em você.

Na primeira página, antes das anotações, há uma única letra, escrita em azul.

R.

Mais nada.

— Nós somos as escolhas que fazemos, Viola — continua mestra Coyle. — E você pode ser muito valiosa para nós. Se assim decidir.

Esqueço o bloco.

— Nós quem?

A porta se abre de repente com um estrondo. Levo um susto e olho do outro lado do biombo. É Maddy.

— Um mensageiro veio aqui — avisa ela, sem fôlego. — As mulheres podem começar a sair de casa.

— Aqui é tão barulhento — reclamo, encolhendo-me diante do **RONCO** de todo o Ruído de Nova Prentisstown se entrelaçando.

— Você se acostuma — diz Maddy.

Estamos sentadas no banco em frente a uma loja enquanto Corinne e outra aprendiz chamada Thea compram materiais e alimentos para a casa de cura, se preparando para a grande quantidade de novos pacientes que é esperada.

Olho ao redor, observando as ruas. Lojas estão abertas e pessoas passam, a maioria delas a pé, mas também em motociclos de fissão e cavalos. Se não observar com muita atenção, você quase pode pensar que não há nada de errado acontecendo.

Aí você repara que os homens que se cruzam na rua não se falam. E as mulheres só podem sair em grupos de quatro e apenas durante o dia, e apenas por uma hora. E os grupos de quatro nunca interagem entre si. Mesmo os homens de Refúgio nunca nos abordam.

E há soldados em cada esquina, armas a postos.

Um sino toca quando a porta da loja se abre. Corinne sai cheia de sacolas e o rosto cheio de raiva, Thea tentando alcançá-la.

— O lojista disse que ninguém teve notícias dos Spackle desde que eles foram levados — diz Corinne, praticamente jogando uma sacola no meu colo.

— Corinne e seus spacks — comenta Thea, revirando os olhos e me passando outra sacola.

— Não os chame assim — briga Corinne. — Se *nós* nunca conseguimos tratá-los direito, o que acham que *ele* vai fazer com os Spackle?

— Desculpa, Corinne — diz Maddy antes que eu possa perguntar do que a outra aprendiz está falando —, mas você não acha que no momento faz mais sentido nos preocuparmos conosco?

Noto que Maddy observa alguns soldados que ouviram o tom de voz elevado de Corinne. Estão imóveis, sequer saíram da frente da loja de rações. Mas estão nos olhando.

— Foi desumano o que fizemos com eles — fala Corinne.

— Sim, mas eles *não são* humanos — argumenta Thea em voz baixa, observando os soldados também.

— *Thea Reese!* — Uma veia salta na testa de Corinne. — Como você pode se considerar uma curandeira e dizer…

— Tá bom, tá bom — intervém Maddy, tentando acalmá-la. — Foi horrível, concordo. Você sabe que *todas* concordamos, mas o que podíamos ter feito?

— Do que você está falando, Corinne? — pergunto. — Fizeram *o que* com eles?

— A *cura* — responde Corinne, como se fosse uma praga.

Maddy se vira para mim com um suspiro de frustração.

— Descobriram que a cura funcionava nos Spackle.

— Fazendo *testes* com eles — acrescenta Corinne.

— Mas a cura faz mais que isso — explica Maddy. — Veja bem, os Spackle não *falam*. Eles emitem alguns estalidos com a boca, mas é pouco mais que o nosso estalar de dedos.

— O Ruído era a única maneira que eles tinham de se comunicar — diz Thea.

— E nós não precisávamos que eles falassem para mandar neles — explica Corinne, elevando ainda mais a voz. — Então por que nos importarmos se não conseguissem falar *uns com os outros*?

Estou começando a entender.

— E a cura…

Thea faz que sim, respondendo:

— Faz eles ficarem dóceis.

— Escravos melhores — completa Corinne, com amargura.

Fico boquiaberta.

— Eles eram *escravos*?

— Shhh — diz Maddy com severidade, movendo bruscamente a cabeça na direção dos soldados que nos observam, a falta de Ruído deles em meio ao RONCO dos outros homens deixando-os ameaçadoramente vazios.

— É como se tivéssemos cortado a língua deles — opina Corinne, baixando a voz, mas ainda fervendo de raiva.

Maddy, porém, já está nos fazendo partir, olhando para trás, para os soldados.

Que nos observam ir.

Caminhamos em silêncio a curta distância de volta até a casa de cura e cruzamos a porta sob a mão azul estendida pintada acima do batente. Depois que Corinne e Thea entram, Maddy me segura pelo braço discretamente para que eu fique para trás.

Ela olha para o chão por um minuto, e uma preguinha se forma entre suas sobrancelhas.

— O jeito como aqueles soldados olharam para nós...

— O que tem? — pergunto.

Ela cruza os braços e estremece.

— Não sei se gosto muito dessa versão de paz.

— Entendo.

Ela espera um momento, em seguida me encara.

— Seu povo pode nos ajudar? Eles podem botar um fim nisso?

— Não sei. Mas descobrir seria melhor do que ficar aqui sentada, esperando que o pior aconteça.

Maddy olha ao redor para ver se estamos sendo ouvidas.

— Mestra Coyle é brilhante, mas às vezes ela só consegue ouvir a própria opinião.

Ela para, mordendo o lábio.

— Maddy?

— Vamos ficar atentas.

— Atentas ao quê?

— *Se* o momento certo chegar, e *só* se ele chegar... — Ela torna a olhar ao redor. — ... vamos ver o que podemos fazer para entrar em contato com suas naves.

8

A MAIS NOVA APRENDIZ

{VIOLA}

— MAS ESCRAVIDÃO É ERRADO — digo enquanto enrolo mais uma atadura.

— As curandeiras sempre se opuseram. — Mestra Coyle assinala mais um item em seu registro do estoque. — Mesmo depois da Guerra dos Spackle continuamos achando que era desumano.

— Então por que não impediram?

— Se um dia você viver uma guerra, vai descobrir que ela só destrói — diz a mestra, sem levantar os olhos da prancheta. — Ninguém escapa de uma guerra. Ninguém. Nem os sobreviventes. As pessoas aceitam coisas que em qualquer outro momento as deixariam horrorizadas porque a vida perdeu temporariamente todo o significado.

— *A guerra transforma homens em monstros* — digo, repetindo o que Ben falou naquela noite, no lugar estranho onde o Novo Mundo enterra seus mortos.

— E mulheres também — acrescenta mestra Coyle.

Ela toca nas caixas de seringas uma a uma para contá-las.

— Mas a Guerra dos Spackle terminou há muito tempo, não foi?

— Faz treze anos.

— E nesses treze anos vocês tiveram a oportunidade de consertar a situação.

Ela finalmente olha para mim.

— A vida só é assim tão simples quando se é jovem, minha garota.

— Mas a senhora era a líder — argumento. — Podia ter feito alguma coisa.

— E quem te disse que eu era a líder?

— Corinne contou que...

— Ah, Corinne! — exclama mestra Coyle, voltando a se concentrar na prancheta. — Ela quer tanto me amar que às vezes passa por cima dos fatos.

Abro mais um saco de material e insisto:

— Mas se a senhora era a líder desse tal Conselho, com certeza podia ter feito *alguma coisa* pelos Spackle.

— Às vezes, minha garota — diz ela, me lançando um olhar irritado —, um líder consegue conduzir as pessoas aonde elas não querem ir, mas, na maior parte do tempo, isso *não* é possível. Os Spackle não iam ser libertados, não depois que os derrotamos em uma guerra horrível e cruel, não quando precisávamos de tanta mão de obra para reconstruir tudo. Mas eles podiam receber um tratamento melhor, não podiam? Podiam ser bem alimentados e postos para trabalhar com uma carga horária decente, com o direito de viverem junto com suas famílias. *Eu* consegui todas essas vantagens para eles, Viola.

Ela escreve na prancheta com muito mais força que antes.

— Corinne me contou que a senhora foi expulsa do Conselho por salvar a vida de alguém.

Mestra Coyle não diz nada, apenas baixa a prancheta e se volta para uma das prateleiras mais altas, onde alcança um gorro e um jaleco de aprendiz dobrados e os joga para mim.

— Para quem é isso? — pergunto ao apanhá-los.

— Quer descobrir como é ser uma líder? Então vamos ensiná-la.

Olho para ela.

Olho para o gorro e o jaleco.

* * *

Depois disso, mal tenho tempo para comer.

No dia seguinte àquele em que as mulheres tiveram permissão para voltar a circular pela cidade, apareceram dezoito pacientes novas, todas mulheres, com todo tipo de problema: apendicite, problemas cardíacos, tratamentos de câncer interrompidos, ossos quebrados. Todas haviam ficado aprisionadas em casa, separadas do marido e dos filhos, sem autorização para sair. No dia seguinte, recebemos mais onze. Mestra Lawson voltou para a casa de cura de crianças assim que pôde, mas Coyle, Waggoner e Nadari de repente começaram a correr de um quarto para outro, gritando ordens e salvando vidas. Acho que ninguém dormiu desde então.

É claro que não sobra tempo para Maddy e eu procurarmos nossa oportunidade, não sobra tempo nem para eu me dar conta de que o prefeito ainda não veio me ver. Corro sem parar de um lado para outro, atrapalhando as outras, ajudando quando consigo e recebendo lições quando dá.

Na verdade, ser curandeira não é algo que me vem com facilidade.

— Acho que nunca vou entender isso — reclamo, sem conseguir medir a pressão sanguínea de uma paciente idosa chamada sra. Fox, que é um doce de pessoa.

— É o que parece... — diz Corinne, olhando para o relógio.

— Paciência, garota bonita — diz a sra. Fox, o rosto se enrugando em um sorriso. — Tudo que vale a pena aprender merece ser aprendido direito.

— Nisso a senhora tem razão — diz Corinne, olhando para mim. —Tente de novo.

Eu bombeio a faixa em torno do braço da sra. Fox para inflá-la, escuto com o estetoscópio procurando ouvir o barulho certo de *vush, vush* do sangue circulando e então consulto o pequeno mostrador.

— É seis por dois? — arrisco, incerta.

— Bom, vamos descobrir — diz Corinne. — A senhora morreu esta manhã, sra. Fox?

— Minha nossa, não — responde a sra. Fox.

— Então provavelmente não é seis por dois — diz Corinne.

— Tem só três dias que estou fazendo isso…

— Eu faço isso há seis anos — fala Corinne. — Desde que eu era *muito* mais nova que você. E aí vem você, que não sabe nem medir pressão, e de repente é uma aprendiz como eu. Engraçado como a vida funciona, não é mesmo?

— Você está indo bem, querida — tenta me incentivar a sra. Fox.

— Não está, não — diz Corinne. — Lamento contrariá-la, mas algumas de nós veem o trabalho de cura como um dever sagrado.

— Eu vejo isso como um dever sagrado — retruco, quase como um reflexo.

Isso é um erro.

— Curar é mais que um *emprego*, minha garota — fala Corinne, fazendo com que *minha garota* soe como o pior dos insultos. — Não há nada mais importante nesta vida que preservá-la. Nós somos a mão de Deus neste mundo. Nós somos o contrário de seu amigo, o tirano.

— Ele não é meu…

— Permitir que alguém sofra, *qualquer pessoa*, é o maior pecado que há.

— Corinne…

— Você não entende nada — diz ela em voz baixa e virulenta. — Pare de fingir que entende.

A sra. Fox se encolhe quase tanto quanto eu.

Corinne olha para ela, em seguida novamente para mim, então ajeita o gorro, puxa as lapelas do jaleco e vira o pescoço da direita para a esquerda, para alongá-lo. Então fecha os olhos e solta o ar devagar.

Sem olhar para mim, ela diz:

— Tente outra vez.

— Qual a diferença entre um posto de saúde e uma casa de cura? — pergunta mestra Coyle enquanto assinala itens no papel.

— A principal diferença é que os postos de saúde são controlados por médicos homens, e as casas de cura, por curandeiras mulheres — recito enquanto conto os comprimidos do dia em copinhos separados para cada paciente.

— E por que isso?

— Para que um paciente, homem ou mulher, possa escolher entre saber ou não os pensamentos de seu médico.

Ela ergue a sobrancelha.

— E o motivo verdadeiro?

— Política — respondo, repetindo o que ela me falou.

— Correto.

A mestra termina a papelada e a entrega a mim.

— Leve isso e os remédios para Madeleine, por favor.

Ela vai embora, e termino de encher a bandeja com os remédios. Quando saio carregando-a, vejo mestra Coyle no fim do corredor, passando por mestra Nadari.

E juro que a vejo entregar um bilhete para mestra Nadari sem que nenhuma delas diminua o passo.

Ainda só podemos sair uma hora por dia, ainda apenas em grupos de quatro, mas é suficiente para ver como Nova Prentisstown está se rearrumando. Quando minha primeira semana como aprendiz chega ao fim, ouvimos falar que algumas mulheres estão até sendo mandadas para os campos para trabalhar em grupos apenas de mulheres.

Ouvimos falar que os Spackle estão sendo mantidos em algum lugar nas cercanias da cidade, todos juntos, à espera de "processamento", seja lá o que isso signifique.

Ouvimos falar que o antigo prefeito está trabalhando como lixeiro.

Não ouvimos falar nada sobre um garoto.

— Eu perdi o aniversário dele — digo a Maddy enquanto pratico amarrar ataduras em torno de uma perna de borracha que parece tanto de verdade que chega a ser ridículo, e por isso todo mundo a chama de Ruby.

— Foi há quatro dias. Perdi as contas de quanto tempo dormi e...

Não consigo dizer mais nada, apenas aperto a atadura...

E me lembro de quando ele fez um curativo em mim...

E de quando eu fiz um curativo nele.

— Tenho certeza de que ele está bem, Vi.

— Não tem, nada.

— É, não tenho — admite Maddy, olhando a estrada através da janela. — Mas a cidade não está em guerra, ao contrário do que todos esperavam. Ainda estamos vivas e trabalhando, ao contrário do que esperávamos. Então, ao contrário do que pensamos, Todd pode estar vivo e passando bem.

Eu aperto mais a atadura.

— Você sabe alguma coisa sobre um *R* azul?

Ela se vira para mim.

— O quê?

Dou de ombros.

— Uma coisa que eu li nas anotações de mestra Coyle.

— Não tenho ideia.

Ela torna a olhar pela janela.

— O que você está procurando? — pergunto.

— Estou contando os soldados — responde Maddy, e então olha para mim e para Ruby. — Ficou bom o curativo.

Seu sorriso quase faz parecer verdade.

Sigo pelo corredor principal com Ruby em uma das mãos. Preciso praticar dar injeções em sua coxa. Já sinto pena da pobre mulher que vai receber minha primeira agulhada de verdade.

Faço uma curva quando o corredor chega ao centro do prédio, onde vira noventa graus na direção da outra ala, e quase dou um encontrão em um grupo de mestras, que param quando me veem.

Ali estão mestra Coyle e quatro, cinco, *seis* outras curandeiras atrás dela. Reconheço mestra Nadari e mestra Waggoner, e mestra Lawson também, mas nunca vi as outras três nem as vi chegar à casa de cura.

— Você não tem trabalho a fazer, minha garota? — pergunta mestra Coyle, com um pouco de irritação.

— Ruby — gaguejo, estendendo a perna.

— É ela? — pergunta uma das curandeiras que não conheço.

Mestra Coyle não me apresenta.

Apenas diz:

— Sim, é essa a garota.

Tenho que esperar o dia inteiro para ver Maddy de novo, mas antes que eu possa lhe perguntar sobre aquilo, ela diz:

— Eu tenho um plano.

— Uma delas tinha uma cicatriz no lábio superior? — sussurra Maddy no escuro.

Passa da meia-noite, bem depois do horário em que as luzes se apagam, bem depois da hora em que ela deveria estar no próprio quarto.

— Acho que sim — sussurro em resposta. — Elas foram embora às pressas.

Observamos mais uma dupla de soldados marchar pela estrada. Pelos cálculos de Maddy, temos três minutos.

— Essa devia ser mestra Barker. O que significa que as outras provavelmente eram mestra Braithwaite e mestra Forth. — Ela torna a olhar pela janela. — Você sabe que isso é loucura, não sabe? Se ela pegar a gente, vai ser brabo.

— Não acho que você vai ser demitida nas atuais circunstâncias.

Ela fica com um ar pensativo.

— Você ouviu o que as mestras estavam dizendo?

— Não, elas pararam de falar assim que me viram.

— Mas você era *a garota*?

— Sim. E mestra Coyle passou o resto do dia me evitando.

— Mestra Barker... — diz Maddy, ainda pensando. — Mas como isso poderia levar a alguma coisa?

— Como o que poderia levar ao quê?

— Essas três estavam no Conselho com mestra Coyle. Mestra Barker *ainda* está. Pelo menos estava, antes de tudo isso. Mas por que elas... — Maddy se inclina na direção da janela. — Esse é o último grupo de quatro.

Lá fora, quatro soldados marcham pela estrada.

Se Maddy estiver certa no que andou observando nos últimos dias, a hora é essa.

Se ela estiver certa.

— Pronta? — sussurro.

— *Claro* que não — responde Maddy, com um sorriso aterrorizado. — Mas eu vou.

Vejo que ela está dobrando os dedos para impedi-los de tremer.

— Vamos só olhar — digo. — Só isso. Vamos estar de volta antes do que você imagina.

Maddy ainda está apavorada, mas faz que sim com a cabeça.

— Nunca, em toda a minha vida, eu fiz algo deste tipo.

— Não se preocupe — digo, abrindo a janela o máximo que dá. — Sou especialista.

O RONCO da cidade, mesmo quando os homens estão dormindo, abafa muito bem nossos passos enquanto seguimos furtivamente pelo gramado escuro. A única luz vem das duas luas, que brilham sobre nós, dois semicírculos no céu.

Chegamos até a vala ao lado da estrada e nos agachamos entre os arbustos.

— E agora? — sussurra Maddy.

— Você disse que depois de dois minutos passava uma dupla.

Maddy assente nas sombras.

— Depois vem outro intervalo de sete minutos.

Nesse intervalo, Maddy e eu vamos começar a descer a estrada, permanecendo próximas às árvores e escondidas, para ver se conseguimos alcançar a torre de comunicação, se é que a torre *é mesmo* isso.

Vamos ver o que tem ali quando chegarmos lá.

— Você está bem? — sussurro.

— Sim. Com medo, mas também animada.

Eu sei o que ela quer dizer. Ali fora, agachadas em uma vala sob a proteção da noite, é loucura, é perigoso, mas finalmente sinto como se estivesse *fazendo* alguma coisa, finalmente sinto como se estivesse assumindo o controle da minha vida pela primeira vez desde que fiquei presa àquela cama.

Finalmente sinto como se estivesse fazendo alguma coisa por Todd.

Nós ouvimos o triturar de cascalho na estrada e nos agachamos um pouco mais quando a dupla de soldados que esperávamos passa por nós e se afasta.

— Lá vamos nós — digo.

Nós nos levantamos o máximo que nossa ousadia nos permite e seguimos depressa pela vala na direção oposta à cidade.

— Você ainda tem família nas naves? — sussurra Maddy. — Alguém além dos seus pais?

Eu me encolho um pouco com o barulho que ela está fazendo, mas sei que ela só está falando para encobrir o nervosismo.

— Não, mas conheço todo mundo. Bradley Tench é o líder dos cuidadores na *Beta*, e Simone Watkin, da *Gama*, é muito inteligente.

A vala faz uma curva acompanhando a estrada. Estamos nos aproximando de uma encruzilhada que teremos que transpor.

Maddy recomeça:

— Então é Simone quem você quer...

— Shhh — faço, porque acho que ouvi alguma coisa.

Maddy se aperta contra mim. Seu corpo treme e sua respiração está curta e rápida. Ela teve que vir comigo dessa vez porque é ela quem sabe onde fica a torre, mas não posso pedir que faça isso de novo. Quando eu voltar à torre, vou fazer isso sozinha. Porque se alguma coisa der errado…

— Acho que não foi nada — digo.

Saímos lentamente da vala para atravessar a encruzilhada, olhando ao redor e pisando leve no cascalho.

Então ouvimos:

— Indo a algum lugar?

Maddy inspira fundo atrás de mim. Há um soldado apoiado em uma árvore, de pernas cruzadas, como se não pudesse estar mais relaxado.

Mesmo apenas com a luz das luas consigo ver o rifle parado despretenciosamente na mão dele.

— Um pouco tarde para sair, não é?

— Nós nos perdemos — balbucio. — Fomos separadas do…

— Aham — interrompe ele. — Aposto que sim.

Ele risca um fósforo no zíper da jaqueta do uniforme. No clarão provocado por esse movimento, vejo SARGENTO HAMMAR escrito em seu bolso. Ele usa o fósforo para acender um cigarro.

Cigarros foram proibidos pelo prefeito.

Mas acho que se você é um oficial…

Um oficial sem Ruído que pode se esconder no escuro…

Quando ele dá um passo à frente, vemos seu rosto. Está sorrindo, um sorriso feio, o mais feio que já vi.

— Você? — diz ele, com reconhecimento na voz ao se aproximar.

Ao erguer o rifle.

— Você é a garota — continua ele.

— Viola? — sussurra Maddy, aflita, um passo atrás de mim e à minha direita.

— O prefeito Prentiss me conhece — digo ao soldado. — Você não vai me machucar.

Ele traga o cigarro, a brasa aumentando, criando um risco em minha visão.

— O *presidente* Prentiss conhece você. — Então ele olha para Maddy e aponta o rifle para ela. — Mas eu não acho que ele conheça você.

E antes que eu possa dizer qualquer coisa...

Sem dar qualquer tipo de sinal...

Como se fosse tão natural para ele quanto respirar...

O sargento Hammar aperta o gatilho.

9

A GUERRA ACABOU

[TODD]

— SUA VEZ DE LIMPAR A FOSSA — Davy diz, jogando pra mim uma lata de cal.

A gente nunca vê os Spackle usarem o canto onde escavaram uma fossa pra fazer as necessidades deles, mas todo dia de manhã ele está um pouco maior e fede um pouco mais, por isso é que alguém precisa jogar cal ali, pra diminuir o fedor e o risco de infecção.

Tomara que funcione melhor contra infecções do que funciona com o cheiro.

— Por que nunca é a *sua* vez? — pergunto.

— Porque meu pai pode até achar que você é o *melhor homem*, mijo de porco, mas ele ainda me botou no comando.

E ele abre um sorrisão.

Lá vou eu pra fossa.

Os dias passaram e continuam a passar, até que deu duas semanas inteiras e mais.

Eu permaneci vivo e aguentei.

(e ela?)

(e ela?)

Davy e eu vamos a cavalo até o mosteiro todo dia de manhã, e ele "supervisiona" os Spackle derrubando cercas e arrancando arbustos espinhosos, e passo os dias servindo com a pá a comida que não é suficiente, tentando sem sucesso consertar as duas últimas bombas d'água e sempre limpando a fossa.

Os Spackle ficaram em silêncio, ainda sem fazer nenhum esforço pra se salvar. Finalmente contamos todos, e são mil e quinhentos empilhados numa área onde eu não criaria duzentos carneiros. Mais guardas vieram, ficaram parados no alto do muro, os rifles apontados entre fileiras de arame farpado, mas os Spackle não fazem nada nem de longe parecido com uma ameaça.

Eles permaneceram vivos. Aguentaram.

Assim como Nova Prentisstown.

Todo dia o prefeito Ledger me conta o que vê nas rondas de limpeza. Homens e mulheres continuam separados, e agora tem mais impostos, mais regras sobre como se vestir, uma lista de livros pra serem entregues e queimados, e idas obrigatórias à igreja, apesar que ele não tá falando da catedral, claro que não.

Mas Nova Prentisstown também voltou a agir como uma cidade de verdade. As lojas reabriram, carroças e motociclos de fissão e até um ou outro carro de fissão estão circulando pelas estradas. Os homens voltaram ao trabalho, técnicos voltaram a fazer consertos, padeiros voltaram a fazer pão, fazendeiros voltaram a suas fazendas, lenhadores voltaram a derrubar árvores, alguns deles até se alistaram no exército, embora dê pra saber quem são os novos soldados, porque ainda não receberam a cura.

— Sabe de uma coisa? — o prefeito Ledger disse uma noite dessas, e eu vi no Ruído dele o que ele ia falar antes dele falar, vi o pensamento se formando, o pensamento que eu mesmo não tinha pensado, o pensamento que eu não tinha me *permitido* pensar. — Eu esperava algo muito pior. Esperava um massacre. Esperava minha morte, isso sem dúvida, e talvez toda a cidade em chamas. A rendição foi uma tentativa muito otimista, na melhor das hipóteses, mas talvez ele não esteja mentindo.

Aí ele levantou e foi olhar pra cidade lá fora.

— Talvez a guerra tenha mesmo acabado — falou.

— Ei! — ouço Davy gritar quando estou indo pra fossa.

Quando viro, vejo um Spackle perto dele.

O Spackle está com os braços brancos e compridos pra cima e abertos, pode ser um gesto pacífico, e aí ele começa a soltar tipo uns estalos, apontando pra onde um grupo de Spackle terminou de arrancar uma cerca, e fica nisso, estalos e estalos, apontando pra um dos cochos de água vazios, só que a gente não tem como entender o que ele diz, não sem ouvir o Ruído.

Davy se aproxima dele de olho arregalado, fazendo que sim com a cabeça como se entendesse, mas com um sorriso perigoso.

— Sei, sei, você está com sede de tanto trabalhar — Davy diz. — Claro que está, claro que está, brigado por trazer isso à minha atenção, muito obrigado. Em resposta, deixa eu te dizer só uma coisa.

Ele bate com a coronha da pistola no rosto do Spackle. Chego a ouvir o osso rachando, e o Spackle cai no chão segurando o queixo, as pernas compridas retorcendo no ar.

Há uma onda de estalos ao nosso redor, e Davy ergue a pistola mais uma vez, o cano da arma apontado pros Spackle. No alto da cerca, rifles também foram engatilhados e soldados apontaram as armas. Os Spackle recuam, o de queixo quebrado ainda se contorcendo muito no chão.

— Sabe de uma coisa, mijo de porco? — Davy me diz.

— O quê? — digo, meus olhos ainda no Spackle no chão, meu Ruído tremendo feito folha solta que já, já vai cair da árvore.

Ele vira pra mim com a pistola ainda em punho.

— É *bom* estar no comando.

Todos os minutos eu esperava que a vida ruísse.

Mas todos os minutos isso não acontecia.

E procurei ela todo dia.

Procurei ela das aberturas no alto da torre do sino, mas tudo o que sempre vejo é o exército marchando e homens trabalhando. Nunca um rosto que reconheço, nunca um silêncio que eu consiga sentir como o dela.

Procurei ela também quando Davy e eu cavalgamos indo e vindo do mosteiro, tentando ver ela nas janelas do Alojamento das Mulheres, mas nunca vi.

Até meio que procurei ela entre a multidão de Spackle, na dúvida se ela estaria escondida atrás de um deles, pronta pra aparecer do nada e gritar com Davy por bater num deles e depois me dizer, como se estivesse tudo bem: *Ei, estou aqui, sou eu.*

Mas ela não está ali.

Ela não está ali.

Perguntei sobre ela pro prefeito Prentiss toda vez que encontrei ele e ele disse que preciso confiar nele, disse que não é meu inimigo, disse que se eu tivesse fé nele ia ficar tudo bem.

Mas eu procurei.

E ela não está ali.

— Ei, garota — sussurro pra Angharrad enquanto coloco a sela, no fim do nosso dia de trabalho.

Estou montando melhor, conversando melhor com ela, interpretando melhor seus estados de espírito. Estou menos nervoso por estar nas costas dela e ela menos nervosa por estar embaixo de mim. Hoje de manhã, depois de dar pra ela uma maçã pra comer, ela mordiscou meu cabelo uma vez, como se eu fosse apenas outro cavalo.

Menino potro, diz ela enquanto subo nas suas costas, e eu e Davy partimos pra cidade.

— Angharrad — digo, me inclinando pra frente entre as orelhas dela. Falo com ela porque parece que é disso que cavalos gostam, lembretes constantes de que todo mundo está ali, que eles ainda estão na manada.

Mais que qualquer outra coisa, um cavalo odeia ficar sozinho.

Menino potro, Angharrad repete.

— Angharrad — repito.

— Meu Deus, mijo de porco, por que não se casa logo com a droga do… — resmunga Davy.

De repente, ele para.

— Ora, ora — diz, falando num sussurro. — Olha só isso!

Eu ergo os olhos.

Há mulheres saindo de uma loja.

Quatro mulheres juntas. A gente sabia que elas estavam podendo sair, mas isso era sempre enquanto havia luz do dia, que é enquanto eu e Davy estamos trabalhando no mosteiro, então sempre voltávamos pruma cidade de homens, e era como se as mulheres fossem só fantasmas e boatos.

Faz séculos que eu não vejo uma mulher sem ser por uma janela ou do alto da torre.

Elas usam mangas mais compridas e saias mais compridas do que das outras vezes que eu vi, e todas estão com o cabelo preso do mesmo jeito. Elas olham com nervosismo pros soldados enfileirados na rua e pra mim e pra Davy também, e todos nós ficamos olhando elas descerem os degraus da porta da loja.

E ainda tem o silêncio, ainda a pressão no meu peito, e eu preciso esfregar os olhos quando tenho certeza que Davy não está vendo.

Porque nenhuma é ela.

— Elas estão atrasadas — Davy comenta, tão baixo que acho que ele também não vê uma mulher faz semanas. — Todas deviam estar em casa antes do pôr do sol.

Viramos a cabeça pra ver elas passarem, apertando os pacotes contra o corpo. Elas seguem pela rua de volta pro Alojamento das Mulheres, e sinto um aperto no peito, um nó na garganta.

Porque *nenhuma* é *ela*.

E eu percebo...

Percebo novamente o quanto...

E meu Ruído fica todo escuro.

O prefeito Prentiss usou ela pra me controlar.

Dã.

Qualquer idiota saberia disso. Se eu não fizer o que eles me mandam fazer, vão matar ela. Se eu tentar fugir, vão matar ela. Se eu fizer qualquer coisa contra Davy, vão matar ela.

Isso se já não tiverem matado.

Meu Ruído fica ainda mais preto.

Não.

Não, penso.

Porque pode ser que não.

Ela pode ter estado aqui nessa mesma rua hoje mesmo, com outras três.

Fica viva, penso. *Por favor por favor por favor fica viva*.

(*por favor esteja viva*)

Paro em uma abertura na torre enquanto eu e o prefeito Ledger comemos nosso jantar, procurando ela outra vez, tentando fechar os olhos pra suportar o **RONCO**.

Porque o prefeito Ledger tinha razão: é tanto homem que quando já não tem mais a cura no organismo deles a gente não consegue ouvir o Ruído de cada um, é como tentar ouvir uma gota d'água no meio de um rio. O Ruído deles vira uma coisa só, um muro barulhento, tudo tão misturado que não diz nada além de

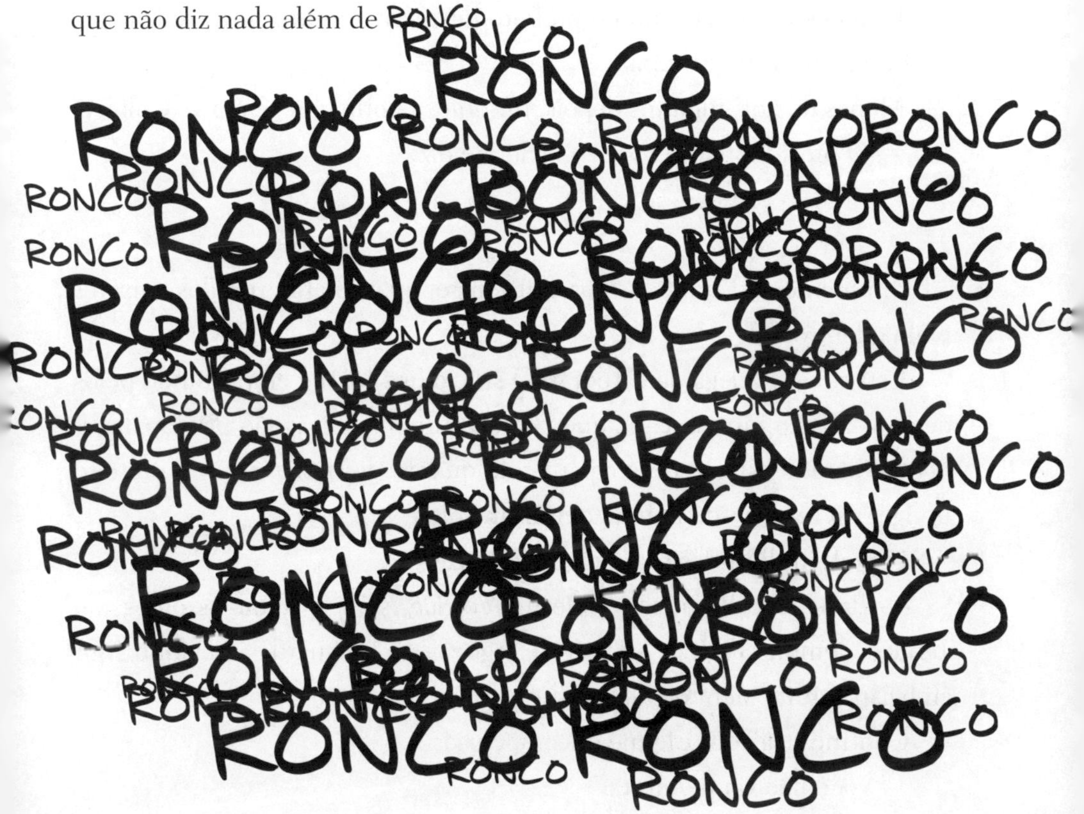

Mas na verdade até que dá pra acostumar. De certa forma, acho que as palavras, os pensamentos e os sentimentos do prefeito Ledger borbulhando no seu próprio cinza me distraem mais.

— Isso mesmo — ele concorda, dando tapinhas na barriga. — Um homem é capaz de pensar. Uma multidão, não.

— Um exército é — digo.

— Só se tiver um general como cérebro.

Ele olha pela abertura ao lado da minha ao dizer isso. O prefeito Prentiss está cavalgando pela praça, com Hammar, Tate, Morgan e O'Hare cavalgando atrás dele, ouvindo as ordens que ele dá.

— Os mais chegados — o prefeito Ledger comenta.

E por um segundo me pergunto se isso que eu vi no Ruído dele é inveja.

Ficamos nós dois vendo o prefeito desmontar, entregar as rédeas pro sr. Tate e entrar na catedral.

Menos de dois minutos depois, *trá-tunc*, a porta abre, e é o sr. Collins.

— O presidente quer você — ele me diz.

— Um momento, Todd — o prefeito diz enquanto abre um dos caixotes e olha dentro dele.

Estamos na adega da catedral. O sr. Collins foi me empurrando pelos degraus abaixo, uma escada que fica nos fundos do saguão principal. Eu fico ali parado esperando e calculando quanto do nosso jantar o prefeito Ledger vai ter comido até me deixarem voltar.

O prefeito Prentiss examina outro caixote.

— *Presidente* Prentiss — ele me corrige, sem levantar os olhos. — Tente se lembrar disso. — Então se ergue. — Eles guardavam vinho aqui embaixo. Muito além do necessário para a comunhão.

Continuo calado. Ele me encara, curioso.

— Você não vai perguntar?

— Perguntar o quê?

— Sobre a cura, Todd — ele diz, dando um soco num dos caixotes. — Meus homens recolheram toda ela das casas de Nova Prentisstown. Aqui está.

Ele pega um frasco de comprimidos do caixote, abre o frasco e ergue um comprimidinho branco entre o indicador e o polegar.

— Você nunca se perguntou por que eu não dei a cura para você nem para David?

Fico meio desconfortável com a pergunta.

— Castigo?

Ele faz que não. E pergunta:

— O sr. Ledger ainda está inquieto?

— Às vezes. Um pouco.

— Eles fizeram a cura — o prefeito diz. — Então fizeram com que eles mesmos *precisassem* dela.

Ele indica fileira após fileira de caixotes e caixas.

— E se eu tenho *tudo* de que eles precisam...

Ele devolve o comprimido ao frasco e se vira pra mim, com um sorriso mais largo.

— O senhor queria alguma coisa comigo? — resmungo.

— Você não sabe mesmo, não é?

— Não sei o quê?

Ele faz outra pausa antes de dizer:

— Feliz aniversário, Todd.

Meu queixo cai. Depois cai mais um pouco.

— Foi quatro dias atrás — ele explica. — Fiquei surpreso que você não tenha mencionado.

Não acredito. Eu esqueci completamente.

— Nada de comemorações — ele diz. — Porque, é claro, nós dois sabemos que você *já é* um homem, certo?

E mais uma vez eu mostro as imagens de Aaron.

— Você tem causado uma boa impressão nessas duas últimas semanas — ele continua, ignorando as imagens. — Sei que foi um esforço muito grande para você, não saber no que acreditar em relação a Viola, não saber exatamente como deveria se comportar para protegê-la.

Sinto a voz dele zunindo bem aqui dentro da minha cabeça, me vasculhando por dentro.

— Mas mesmo assim você trabalhou duro. Foi até uma boa influência para David.

É impossível não pensar nas formas como gostaria de bater em Davy Prentiss até transformá-lo em uma massa sangrenta, mas o prefeito Prentiss diz apenas:

— Como recompensa, eu ofereço a você dois presentes de aniversário atrasados.

Meu Ruído se eleva.

— Eu vou poder ver ela?

Ele sorri como se já esperasse isso.

— Não, mas te prometo uma coisa: no dia em que você conseguir confiar em mim, Todd, realmente conseguir entender que eu quero o bem desta cidade e o seu bem, nesse dia você vai ver que sou mesmo digno de confiança.

Minha respiração está tão alta que consigo escutar. Isso é o mais perto que ele chegou de dizer que ela está bem.

— Não, seu primeiro presente de aniversário é um que você conquistou. Você vai ter um novo emprego a partir de amanhã. Ainda com nossos amigos Spackle, mas terá uma responsabilidade maior e desempenhará uma parte importante de nosso novo processo. — Ele me encara com severidade outra vez. — É um trabalho que pode levá-lo longe, Todd Hewitt.

— Até virar um líder de homens? — digo, com a voz um pouco mais sarcástica do que ele provavelmente gostaria.

— Sem dúvida.

— E o segundo presente? — pergunto, ainda com a esperança de que seja ela.

— Meu segundo presente para você, Todd, cercado de toda esta cura... — Ele gesticula de novo pros caixotes. — ... é não te dar nada dela.

Eu faço meio que uma careta.

— Hein?

Mas ele já está vindo na minha direção como se tivéssemos terminado o assunto.

E quando ele passa por mim...

EU SOU O CÍRCULO E O CÍRCULO SOU EU.

Isso ecoa pela minha cabeça, só uma vez, saindo direto do centro de mim, de quem eu sou.

Dou um pulo de susto.

— Por que eu consigo escutar isso se o senhor está tomando a cura? — pergunto.

Mas ele apenas me dá um sorriso astuto e desaparece escada acima, e fico parado ali.

Feliz aniversário atrasado pra mim.

Eu sou Todd Hewitt, penso, deitado na cama olhando fixo pro escuro. *Eu sou Todd Hewitt e há quatro dias me tornei um homem.*

Mas não sinto a menor diferença.

Toda a expectativa, toda a importância da data, e eu continuo sendo o mesmo idiota, impotente pra tudo, incapaz de me salvar e muito menos salvar ela.

O mesmo idiota.

E deitado ali no escuro, com o prefeito Ledger roncando no colchão dele, ouço um leve estampido lá fora, em algum lugar ao longe, algum soldado idiota disparando sua arma em sabe-se lá o quê (ou quem), e é então que me ocorre.

É então que me ocorre que aguentar não é suficiente.

Permanecer vivo não é suficiente se você mal está vivendo.

Eles só vão me manipular se eu permitir.

E ela pode estar lá fora.

Ela pode estar lá fora *hoje*.

Eu vou encontrar ela…

Vou aproveitar a primeira oportunidade que tiver e vou encontrar ela…

E quando eu encontrar…

Então percebo que o prefeito Ledger não está mais roncando.

Falo no escuro:

— Você tem alguma coisa a dizer?

Mas ele começa a roncar outra vez, o Ruído cinza e confuso, e fico pensando se imaginei aquilo.

10

NA CASA DE DEUS

{VIOLA}

— NÃO SOU CAPAZ de exprimir o quanto lamento.

Eu não aceito a xícara de café de raiz que ele me oferece.

— Por favor, Viola — diz ele, estendendo-a para mim.

Apanho a xícara. Minhas mãos ainda tremem.

Não param de tremer desde ontem à noite.

Desde que eu a vi cair.

Primeiro de joelhos, depois de lado no cascalho, com os olhos ainda abertos.

Abertos, mas já sem ver.

Eu a vi cair.

— O sargento Hammar vai ser castigado — diz ele.

O prefeito está sentado à minha frente.

— Ele não estava de modo algum seguindo minhas ordens.

— Ele a matou — digo, tão baixo que minha voz quase não tem som.

O sargento Hammar me arrastou de volta para a casa de cura, bateu na porta com a coronha do rifle, acordou todo mundo e mandou buscarem o corpo de Maddy.

Eu não conseguia falar, mal conseguia chorar.

Elas não olhavam para mim, as mestras, as outras aprendizes. Até mestra Coyle se recusava a me encarar.

O que você pensou que estava fazendo? Para onde você achava que a estava levando?

Então, hoje de manhã, o prefeito Prentiss me chamou para ir até lá, a sua catedral, a sua casa, a casa de Deus.

Aí elas *realmente* não olharam para mim.

— Sinto muito, Viola. Alguns dos homens de Prentisstown, da *velha* Prentisstown, ainda guardam rancor das mulheres pelo que aconteceu tantos anos atrás.

Ele nota minha expressão de horror.

— O que você acha que sabe não é a história verdadeira — explica ele.

Ainda o estou encarando, boquiaberta. Ele solta um suspiro.

— A Guerra dos Spackle também ocorreu em Prentisstown, Viola, e foi uma coisa horrível, mas mulheres e homens lutaram lado a lado para nos salvar.

Ele une as pontas dos dedos em um triângulo e continua falando com a voz ainda calma, ainda gentil.

— Mas havia divisão em nosso pequeno posto avançado mesmo quando fomos vitoriosos. Divisão entre homens e mulheres.

— Havia mesmo — comento.

— Elas criaram o próprio exército, Viola. Elas se separaram, sem confiar nos homens cujos pensamentos podiam ler. Tentamos argumentar com elas, mas, no fim, elas quiseram guerra. E portanto, infelizmente, conseguiram.

Ele se senta com as costas retas, olhando para mim com tristeza.

— Um exército de mulheres ainda é um exército com armas, ainda é um exército capaz de provocar derrota.

Minha respiração está tão alta que consigo ouvi-la.

— Você matou todas elas.

— Eu, não. Muitas delas morreram em batalha, mas, quando viram que a guerra estava perdida, espalharam um boato de que as tínhamos matado e então se mataram para que os homens restantes fossem condenados por isso, tivessem as assassinado ou não.

— Não acredito em você — rebato ao lembrar que Ben nos contou uma versão diferente. — Não foi assim que aconteceu.

— Eu estava lá, Viola. Eu me lembro de tudo com muito mais nitidez do que gostaria. — Ele capta meu olhar. — Também sou a pessoa mais interessada em que a história não se repita. Você me entende?

Acho que o entendo, e sinto um nó na barriga, e não consigo segurar: começo a chorar, pensando no corpo de Maddy sendo levado à casa de cura, em mestra Coyle insistindo para que fosse eu a responsável por ajudá-la a preparar o corpo para o enterro, para que eu visse de perto qual foi o custo de tentar encontrar a torre.

— Mestra Coyle… — começo, em um esforço para me controlar. — Mestra Coyle pediu que eu perguntasse se podemos enterrá-la esta tarde.

— Já mandei informar que ela pode fazer isso. Tudo o que mestra Coyle solicitou está sendo enviado para ela agora mesmo enquanto conversamos.

Apoio a xícara de café em uma mesinha ao lado da cadeira. Estamos em uma sala enorme, maior que qualquer área interna que eu já vi, com a exceção dos hangares de lançamento da minha nave. Grande demais para apenas duas cadeiras confortáveis e uma mesa de madeira. A única iluminação é a que vem de uma janela redonda de vidro colorido mostrando este mundo e suas duas luas.

Todo o resto está nas sombras.

— O que você está achando dela? — pergunta o prefeito. — De mestra Coyle?

O peso em meus ombros, o peso da morte de Maddy, o peso de Todd ainda em algum lugar lá fora é tão grande que por um instante quase esqueci que ele estava ali.

— Como assim?

Ele dá de ombros.

— Como é trabalhar com ela? Como ela é como professora?

Engulo em seco.

— Ela é a melhor curandeira de Refúgio.

— E agora a melhor curandeira de Nova Prentisstown — corrige ele. — As pessoas me contam que ela era bastante poderosa por aqui. Uma força a ser respeitada.

Torno a olhar para o chão.

— Ela não conseguiu salvar Maddy.

— Bom, vamos perdoá-la por isso, está bem? — Sua voz está baixa, suave, quase bondosa. — Ninguém é perfeito.

Ele pousa a xícara.

— Sinto muito por sua amiga. E sinto muito que tenha demorado tanto para conversarmos de novo. Há muito trabalho a ser feito. Eu espero *acabar* com o sofrimento neste planeta, e é por isso que a morte de sua amiga me entristece tanto. Essa tem sido a minha missão. A guerra acabou, Viola, acabou mesmo. Agora é a hora da cura.

Fico calada.

— Mas sua mestra não vê as coisas dessa maneira, não é? Ela me vê como o inimigo.

Durante a madrugada, enquanto vestíamos Maddy com roupas brancas para o enterro, ela disse: *Se ele quer guerra, ele conseguiu. Ainda nem* começamos *a lutar*.

Mas então, quando eu fui chamada até ali, ela me pediu para não dizer isso a ele, para apenas perguntar sobre o funeral.

E para descobrir o que pudesse.

— Você também me vê como o inimigo. Eu gostaria mesmo que não fosse assim. Estou muito frustrado, pois esse incidente terrível deixou você ainda mais desconfiada em relação a mim.

Sinto Maddy tomando o meu peito novamente. Sinto Todd o tomando, também. Preciso respirar fundo por um minuto.

— Sei como pode parecer boa a ideia de que existem dois lados, de que você deve estar do lado *dela* — continua ele. — Eu não culpo você. Nem perguntei sobre as naves porque sei que mentiria para mim. Sei que ela deve ter pedido que você mentisse. Se eu fosse mestra Coyle, agiria exatamente da mesma forma. Forçaria você a me ajudar. Usaria você, que caiu no meu colo, como um recurso.

— Ela não está me usando — digo em voz baixa.

Você pode ser muito valiosa para nós, eu lembro, *se assim decidir.*

Ele se projeta para a frente.

— Posso te contar uma coisa, Viola?

— Contar o quê?

Ele inclina a cabeça para o lado.

— Eu gostaria mesmo que você me chamasse de David.

Volto a encarar o chão.

— Contar o quê, David?

— Obrigado, Viola. Significa muito para mim.

Ele espera até que eu erga os olhos outra vez.

— Eu conheci os integrantes do Conselho que administrava Refúgio. Conheci o antigo prefeito. Conheci o antigo chefe de polícia, o chefe dos médicos e o responsável pela educação. Conheci todo mundo que tinha alguma importância nesta cidade. Alguns deles agora trabalham para mim. Alguns deles não se encaixam na nova administração e tudo bem, há muito trabalho a ser feito na reconstrução desta cidade, para deixá-la pronta para o *seu* povo, Viola, para transformá-la no verdadeiro paraíso que eles precisam, querem e esperam encontrar.

Ainda estou sustentando o olhar dele. Percebo o quão escuro é o tom de azul dos seus olhos, feito água correndo sobre ardósia.

— E de todas as pessoas que conheci em Nova Prentisstown, sua mestra Coyle é a única que realmente sabe o que é liderar. Liderança não é cultivada, Viola. Ela é *tomada*, e mestra Coyle talvez seja a única pessoa em todo este planeta, além de mim, que tem força suficiente, *disposição* suficiente, para tomá-la.

Continuo a olhar nos olhos dele, e um pensamento me ocorre.

Seu Ruído ainda está tão silencioso quanto a escuridão às suas costas, e seu rosto e seus olhos também não revelam nada.

Mas eu começo a me perguntar…

Bem ali, no fundo da minha mente...

Ele está com *medo* dela?

— Por que você acha que mandei levá-la até mestra Coyle para cuidar de seu ferimento? — pergunta ele.

— Ela é a melhor curandeira. Você mesmo afirmou isso.

— É, mas ela está longe de ser a única. Bandagens e remédios fazem a maior parte do trabalho. Mestra Coyle apenas os aplica com habilidade especial.

Minha mão vai, inconscientemente, para a cicatriz na barriga.

— Não é só isso — digo.

— Não é, você tem razão.

Ele se inclina ainda mais para a frente.

— Eu quero que mestra Coyle me apoie, Viola. *Preciso* dela me apoiando se eu quiser ser bem-sucedido em criar esta sociedade. Se trabalhássemos juntos, mestra Coyle e eu... — Ele se recosta na cadeira. — Bom, que mundo poderíamos construir!

— Você a trancou.

— Mas eu não vou deixá-la trancada *para sempre*. As divisões entre homens e mulheres se tornaram turvas, e a reintrodução delas é um processo lento e doloroso. Precisamos estabelecer uma confiança recíproca das partes envolvidas, o que leva tempo, mas o importante a lembrar é que, como eu disse, a guerra *acabou*, Viola. Acabou mesmo. Eu não quero mais luta, não quero mais derramamento de sangue.

Para me ocupar com alguma coisa, apanho a xícara de café que está esfriando e a levo à boca, mas não bebo.

— Todd está bem? — pergunto sem olhar para ele.

— Feliz, saudável e trabalhando sob o sol.

— Posso vê-lo?

Ele fica em silêncio, como se estivesse considerando meu pedido.

— Que tal fazer uma coisa para mim antes? — pergunta ele.

— O quê? — Outra ideia me ocorre. — Quer que eu a espione para você?

— Não. *Espionar* não, de jeito nenhum. Só quero a sua ajuda para convencê-la de que eu não sou o tirano que ela pensa, que a história verdadeira não é a que ela conhece, que, se trabalharmos juntos, podemos tornar este lugar aquele que *nós dois* queríamos quando nosso povo deixou o Velho Mundo tantos anos atrás. Eu não sou inimigo dela. Nem dela nem seu, Viola.

Ele parece muito sincero. Parece mesmo.

— Estou pedindo sua ajuda.

— Você está no controle. Não precisa da minha ajuda.

— Preciso, sim — diz ele, com insistência. — Você se tornou mais íntima dela do que eu jamais poderia conseguir.

Será?, penso.

É essa a garota, eu lembro.

— Também sei que ela drogou você naquela primeira noite para que adormecesse antes de me contar qualquer coisa.

Tomo um pouco do café.

— Você não teria feito o mesmo?

Ele sorri.

— Então você concorda que não somos tão diferentes, ela e eu?

— Como posso confiar em você?

— Como posso confiar nela, se ela drogou você?

— Ela salvou minha vida.

— Só porque eu entreguei você a ela.

— Não é ela quem me impede de sair à rua.

— Você veio até aqui desacompanhada, não foi? Hoje mesmo estou diminuindo as restrições.

— Ela está me treinando para ser curandeira.

— E quem são todas aquelas outras curandeiras com as quais ela tem se encontrado? — Ele torna a juntar os dedos e formar uma espécie de tenda com eles. — O que acha que elas estão tramando?

Olho para a xícara de café e engulo em seco, me perguntando como ele sabe disso.

— E o que elas planejam para *você*? — pergunta ele.

Ainda não olho para ele.

Ele fica de pé.

— Venha comigo, por favor.

Ele me conduz para fora da sala enorme e através do saguão pequeno na frente da catedral. As portas estão escancaradas para a praça da cidade. O exército está fazendo exercícios de marcha ali fora. O *bam bam bam* de seus pés invade o espaço, e o RONCO dos homens que não têm mais a cura se espalha em seu rastro.

Eu me encolho um pouco.

— Olhe ali — indica o prefeito.

Depois do exército, no centro da praça, alguns homens estão montando uma plataforma pequena de madeira simples, com uma trave curva em cima.

— O que é aquilo?

— É onde o sargento Hammar vai ser enforcado amanhã à tarde por seu crime terrível.

A lembrança de Maddy, de seus olhos sem vida, domina meu peito mais uma vez. Tenho que cobrir a boca com a mão para contê-la.

— Eu poupei o velho prefeito desta cidade, mas não vou poupar um de meus sargentos mais leais e antigos. — Ele me encara. — Você acha, sinceramente, que eu chegaria a esse ponto apenas para agradar a uma garota que tem informação que me seria útil? Você acha, sinceramente, que eu teria todo esse trabalho quando, como você diz, estou no controle?

— Então por que está fazendo isso?

— Porque ele desrespeitou a lei. Porque este é um mundo civilizado, e atos de barbaridade não serão tolerados.

Ele se vira para mim.

— Eu gostaria muito que você convencesse mestra Coyle disso.

Ele se aproxima mais.

— Você vai fazer isso? Vai pelo menos contar a ela o que estou fazendo para remediar essa situação trágica?

Olho para os pés. Minha mente está girando como um meteoro.

O que ele diz pode ser verdade.

Mas Maddy está morta.

E é minha culpa.

E Todd ainda está sumido.

O que eu faço?

(o que eu faço?)

— Vai fazer isso, Viola?

Pelo menos, penso, *é alguma informação para dar a mestra Coyle*.

Engulo em seco.

— Vou tentar?

— Maravilha. — Ele sorri novamente e toca em meu braço com delicadeza. — Volte correndo para lá, então. Elas vão precisar de você para o serviço funerário.

Faço um aceno em concordância e me afasto dele, descendo os degraus da frente, seguindo um pouco pela praça, com todo aquele **RONCO** me golpeando com a mesma intensidade do sol. Paro um pouco e tento recuperar o fôlego que parece ter escapado de mim.

— Viola. — Ele ainda está me observando, me observando dos degraus de sua casa, a catedral. — Por que não vem jantar aqui comigo amanhã?

Ele dá um sorriso largo, percebendo a dificuldade que tenho para esconder o quanto não quero ir.

— Todd vai estar presente, é claro — acrescenta.

Eu arregalo os olhos. Outra onda passa por meu peito, trazendo novamente as lágrimas, e me surpreendo tanto que soluço.

— Vai mesmo?

— Sim — confirma ele.

— Está falando sério?

— Estou.

Então ele abre os braços para mim, me convidando para um abraço.

11

SALVEI SUA VIDA

[TODD]

— A GENTE PRECISA NUMERAR ELES — Davy diz, pegando uma sacola grande de lona que tinha sido deixada no depósito do mosteiro e jogando na grama, fazendo o maior barulho. — Essa é a nossa nova tarefa.

Foi ontem que o prefeito me desejou feliz aniversário atrasado, foi ontem que jurei que a encontraria.

Mas nada mudou.

— Numerar? — pergunto, olhando para os Spackle, que ainda encaram a gente num silêncio que eu não consigo entender.

Já era pro efeito da cura ter passado a essa altura.

— Por quê?

— Você *nunca* escuta meu pai? — Davy reclama, pegando algumas ferramentas da sacola. — Todo mundo precisa saber seu lugar. Além do mais, precisamos manter o controle dos animais de algum modo.

— Eles não são animais, Davy — digo sem muito entusiasmo, porque já tivemos essa discussão algumas vezes antes. — São só alienígenas.

— Ai, tá bom, mijo de porco — ele fala, tirando um grande alicate de pressão da bolsa e colocando na grama.

Ele enfia a mão na sacola de novo.

— Pega isso — diz, segurando algumas fitas de metal presas com uma fita mais comprida que as outras.

Eu pego.

Então reconheço o que estou segurando.

— Ah, não, isso não — digo.

— Isso sim.

Ele ergue outra ferramenta, que também reconheço.

É como marcávamos carneiros em Prentisstown. Você pega a ferramenta que Davy está segurando e envolve uma fita de metal em torno da perna do carneiro. A ferramenta prende bem as duas extremidades muito apertado, tão apertado que ela corta a pele, tão apertado que começa uma infecção. Mas o metal é recoberto por uma camada de remédio, então o que acontece é que a pele infectada começa a cicatrizar em torno da fita, se mesclando com ela, substituindo aquela parte de pele pela própria fita de metal.

Olho de novo pros Spackle, e eles olham pra gente.

Porque a questão é a seguinte: aquilo não cicatriza se você tirar a fita. O carneiro vai sangrar até a morte se isso acontecer. Você coloca a fita e ela fica naquele corpo até ele morrer. Não tem como voltar atrás.

— Então tudo o que você precisa fazer é pensar neles como carneiros — Davy conclui, segurando a ferramenta de pressão e olhando pros Spackle. — Em fila!

— Vamos fazer um campo por vez! — ele grita pros Spackle, gesticulando com a ferramenta de pressão numa das mãos e a pistola na outra.

Os soldados nos muros de pedra mantêm os rifles apontados pro rebanho.

— Quando receberem seu número, vocês fiquem naquele campo e não saiam dali, entendido?

E eles parecem entender.

Esse é o problema.

Eles entendem mais do que carneiros entenderiam.

Eu olho pro pacote de fitas de metal que estou segurando.

— Davy, isso é…

— Anda logo, mijo de porco — ele diz com impaciência. — Temos que fazer duzentos hoje.

Engulo em seco. O primeiro Spackle da fila também está olhando pras fitas de metal, acho que é uma fêmea, porque às vezes dá pra saber pela cor do líquen que cresce na pele deles como se fosse roupa. Ela é mais baixa que o normal prum Spackle, mais ou menos da minha altura.

E eu penso: se eu não fizer isso, se não for eu a pessoa que faz isso, eles vão simplesmente arranjar outra pessoa que não vai se importar se machuca ou não os Spackle. É melhor pra eles se for eu, porque eu vou fazer com cuidado. Melhor que Davy fazer sozinho.

Certo?

(certo?)

— Anda, enrola a droga da fita no braço dele, não tenho o dia inteiro, não — Davy diz.

Faço um gesto pedindo pra ela estender o braço. Ela obedece, me encarando fixamente, sem piscar. Engulo em seco outra vez. Abro o pacote de fita e pego a que está marcada com 0001, a Spackle ainda me encarando, ainda sem piscar.

Pego a mão dela.

A carne é quente, mais quente do que eu esperava, porque eles parecem tão brancos e frios, sabe?

Enrolo a fita no punho dela.

Sinto a pulsação dela na ponta dos meus dedos.

Ela ainda olha bem nos meus olhos.

— Desculpa — sussurro.

Davy chega e insere as extremidades soltas da fita na ferramenta de pressão e dá uma torcida tão brusca e forte que a Spackle solta um chiado de dor, depois ele fecha a ferramenta, trancando a tira de metal no punho dela e fazendo da Spackle a número 0001 pra todo o sempre.

Ela sangra por baixo da fita. A 0001 sangra vermelho.

(o que eu já sabia)

Segurando o punho com a outra mão, ela se afasta de nós, ainda me encarando, ainda sem piscar, num silêncio mortal.

Nenhum deles resiste. Eles apenas entram em fila e olham, olham, olham. De vez em quando eles fazem seus sons estalados um pro outro, mas nenhum Ruído, nenhuma luta, nenhum conflito.

E isso deixa Davy com cada vez mais raiva.

— Criaturas malditas — ele reclama, segurando a fita na posição por um segundo antes de prender, só pra ver quanto tempo consegue fazer eles chiarem.

E por um ou dois segundos a mais.

— O que acha *disso*, hein? — ele grita prum Spackle que se afasta, segurando o punho, encarando a gente.

O 0038 é o próximo da fila. Um Spackle alto, provavelmente macho, muito magro e ficando ainda mais magro, porque até um idiota consegue ver que a quantidade de ração que servimos de manhã não é suficiente pra mil e quinhentos Spackle.

— Põe a fita no pescoço dele — Davy manda.

— O quê? — pergunto, arregalando os olhos. — *Não!*

— Põe na droga do pescoço dele!

— Eu não...

De repente Davy se lança pra frente, acerta a minha cabeça com a ferramenta de pressão e arranca as fitas de metal da minha mão. Eu caio sobre um joelho, apertando a cabeça, e a dor me faz deixar de ver o que está acontecendo em volta por alguns segundos.

E quando eu vejo, é tarde demais.

Davy obrigou o Spackle a se ajoelhar na frente dele com a fita 0038 torcida apertada no pescoço dele e está usando a ferramenta pra torcer e apertar mais e mais. Os soldados no alto do muro riem, e o Spackle está com dificuldade pra respirar, tentando agarrar a fita, o pescoço sangrando.

— Para com isso! — grito, e tento levantar, mas Davy fecha a ferramenta, e o Spackle tomba na grama fazendo uns sons engasgados muito altos, a cabeça ficando de um tom cruel de rosa.

Davy está parado na frente dele, não se mexe, só observa ele sufocar até a morte.

Vejo o alicate de pressão que Davy deixou na grama e vou cambaleando até lá, então eu pego e corro de volta até o 0038. Davy tenta me impedir, mas eu faço um movimento pra tentar acertar ele com a ferramenta, e nisso ele desvia com um salto pra trás. Eu ajoelho do lado do 0038 e tento alcançar a fita de metal, mas Davy apertou demais, e o Spackle está se debatendo tanto com a falta de ar que eu sou obrigado a segurar ele no chão.

Com a outra mão eu corto e solto a fita, que sai voando numa nojeira de sangue e pele misturado. O Spackle puxa o ar com tanta força que faz um barulho de doer o ouvido, me fazendo inclinar o corpo pra longe, ainda segurando o alicate.

E enquanto o Spackle tentar respirar, talvez em vão, e enquanto Davy está atrás de mim com a ferramenta de pressão na mão, eu percebo o tanto de *estalo* que os Spackle trocam entre eles. E então, justo agora, justo nesse momento, justo por esse motivo...

É *nesse momento* que eles decidem atacar.

O primeiro soco passa raspando de leve pela minha cabeça. Eles são magros e leves, então o golpe não tem muita força.

Mas são mil e quinhentos.

E vêm numa onda, uma onda tão densa que é como ser mergulhado debaixo d'água...

Mais socos, mais arranhões no rosto e na nuca, e me derrubam mais longe no chão, o peso deles me pressionando, e eles me seguram pelos braços e pernas, puxam minhas roupas e meu cabelo, e eu grito grito grito, e aí vejo que um deles pegou o alicate de mim e me acerta no cotovelo com ele, com força, é uma dor que eu realmente não consigo suportar...

E a única coisa que eu penso, a única coisa que o idiota aqui pensa é...

Por que eles estão *me* atacando? Eu tentei *salvar* o 0038!

(mas eles sabem, eles sabem...)

(eles sabem que eu sou um assassino...)

Davy dá um grito no instante em que escuto os primeiros disparos do alto dos muros de pedra. Vêm mais socos e mais arranhões, mas também mais tiros, e os Spackle começam a se dispersar. Percebo isso mais por conta do que escuto do que pelo que vejo, tão intensa é a dor que sinto irradiando do cotovelo.

Ainda tem um em cima de mim, arranhando minhas costas, porque estou caído na grama de bruços. Consigo me virar e, embora as armas ainda estejam disparando e o cheiro de pólvora esteja pesando no ar e os Spackle estejam fugindo, esse não sai de cima de mim, me arranhando e me dando tapas.

E no mesmo segundo que eu percebo que é a 0001, a primeira da fila, a primeira que eu toquei, nesse mesmo segundo vem um estrondo, e ela gira e cai do meu lado no chão. Morta.

Davy está de pé com a pistola, a fumaça ainda saindo do cano, o nariz e a boca sangrando, cheio de arranhões que nem eu e apoiado num dos lados do corpo, ofegante.

Mas ele está sorrindo.

— Salvei sua vida, não foi?

Os disparos continuam. Os Spackle continuam fugindo, mas não têm pra onde ir. Eles vão caindo um atrás do outro.

Eu olho pro meu cotovelo.

— Acho que quebrei o braço.

— Acho que quebrei a *perna* — Davy retruca. — Mas vai atrás do meu pai e fala pra ele, conta pra ele o que aconteceu. Conta pra ele que eu *salvei sua vida*.

Davy não olha pra mim. Continua disparando, atirando, o corpo curvado de uma maneira esquisita.

— Mas...

— Vai! — ele grita, exalando uma espécie de alegria horrível. — Tenho um trabalho pra terminar aqui.

Ele dispara outra vez. Mais um Spackle cai. Eles estão tombando por todos os lados.

Dou um passo na direção do portão. E outro.

E aí começo a correr.

Meu braço lateja a cada passo, mas Angharrad diz **menino potro** quando a alcanço e fareja meu rosto com o focinho molhado. Ela se abaixa preu subir na sela quase desabando pra frente. Quando segue pela estrada, ela espera eu ficar sentado reto antes de galopar na velocidade mais rápida que eu já vi ela alcançar. Seguro a crina com uma mão só, o braço ferido dobrado. A dor me dá ânsia de vômito.

De vez em quando olho pros lados e vejo mulheres, mulheres quietas e distantes, me vendo pela janela. Vejo homens observarem o cavalo passar apressado, notando meu rosto todo ensanguentado e ferido.

E eu me pergunto quem eles acham que estão vendo.

Estão vendo um deles?

Ou estão vendo seu inimigo?

Quem eles acham que eu sou?

Fecho os olhos, mas quase perco o equilíbrio, então abro de novo.

Angharrad me leva pela rua que passa do lado da catedral, e as ferraduras provocam fagulhas nas pedras do calçamento quando ela faz a curva pra dar a volta até a entrada. O exército está na praça praticando uns exercícios de marcha. A maioria deles não tem Ruído, mas a batida dos pés é tão alta que faz o ar se deslocar.

Eu me contraio diante disso tudo e viro pra onde estamos indo, pra porta da catedral...

* * *

E meu Ruído provoca um choque tão grande que Angharrad para de repente, arranhando as pedras do calçamento, espumando depois do esforço que fez para me trazer tão rápido.

Eu mal percebo...

Meu coração parou de bater...

Eu parei de respirar...

Porque ela está ali.

Diante dos meus olhos, subindo os degraus da catedral...

Ali está *ela*.

E meu coração começa a funcionar outra vez, acelerado, e meu Ruído está pronto pra gritar o nome dela, e minha dor está desaparecendo...

Porque ela está viva...

Ela está *viva*...

Mas então eu vejo mais...

Eu vejo ela subir os degraus...

Indo ao encontro do prefeito Prentiss...

E ela vai na direção dos braços abertos dele...

E ele está *abraçando* ela...

E ela está *se deixando* abraçar...

E eu só consigo pensar em...

Só consigo...

dizer...

— Viola?

PARTE III

A GUERRA ACABOU

12

TRAIÇÃO

{VIOLA}

LÁ ESTÁ O PREFEITO PRENTISS.

O líder desta cidade, deste mundo.

De braços abertos.

Como se esse fosse o preço a ser pago.

Devo aceitá-lo?

É só um abraço, penso.

(não é?)

Um abraço para que eu possa ver Todd.

Eu dou um passo à frente…

(só um abraço)

… e os braços dele me envolvem.

Tento com todas as forças, de todas as formas possíveis, evitar que meu corpo fique rígido sob seu toque.

— Eu nunca te contei que encontramos sua nave no pântano quando estávamos vindo para cá — diz ele em meu ouvido. — Nós encontramos seus pais.

Solto um pequeno suspiro involuntário, provocado por lágrimas que tento engolir.

— Demos a eles um enterro digno. Eu sinto muito, Viola. Sei como você deve se sentir sozinha, e nada me faria mais feliz do que se você, um dia, talvez, pudesse me considerar seu...

Um barulho repentino se sobrepõe ao RONCO...

Um fragmento de Ruído voando mais alto que o resto, certeiro como uma flecha...

Uma flecha disparada bem na minha direção...

Viola!, grita o fragmento de Ruído, derrubando as palavras que saíam da boca do prefeito...

Eu me afasto do seu abraço, ele deixa os braços caírem...

Eu me viro...

E ali, sob o sol da tarde, na praça, em cima de um cavalo a menos de dez metros de mim...

Ali está ele.

É ele. É *ele*.

— Todd! — eu grito, e já estou correndo.

Ele desceu do cavalo e está ali parado, segurando o braço num ângulo estranho, e eu escuto Viola! roncando através de seu Ruído, mas também ouço a dor que ele sente no braço e a confusão que permeia tudo, mas minha mente está acelerada demais e meu coração está batendo alto demais para que eu ouça alguma parte disso com clareza.

— TODD! — grito de novo, e o alcanço.

Seu Ruído se abre ainda mais e me envolve como um cobertor, e eu abraço Todd com força, eu o abraço com força como se nunca fosse me separar dele, e ele grita de dor, mas seu outro braço retribui me abraçando forte também, me abraçando forte, me abraçando forte...

— Achei que você tivesse morrido! — fala ele, a respiração no meu pescoço. — Achei que você tivesse morrido.

— Todd — digo, e estou chorando, e a única coisa que consigo dizer é seu nome. — *Todd*.

Ele inspira fundo mais uma vez, e a dor se manifesta em um brilho tão alto em seu Ruído que quase me cega.

— Seu braço — comento, me afastando.

— Quebrei. — Ele ofega de dor. — Quebrei quando...

— Todd — interrompe o prefeito, bem atrás de mim, lançando um olhar duro para ele. — Você voltou mais cedo.

— Meu braço. Os Spackle...

— Os *Spackle*? — repito.

— Isso parece ruim, Todd — observa o prefeito, seu tom de voz acima do nosso. — Precisamos levar você para tratar isso agora mesmo.

— Mestra Coyle vai poder ajudar!

— Viola! — diz o prefeito, e eu ouço Todd pensar "Viola"?, se perguntando sem parar como o prefeito fala assim comigo. — Sua casa de cura é longe demais para Todd andar até lá com um ferimento tão grave.

— Eu vou com você! — exclamo. — Estou treinando como aprendiz!

— Você o quê? — pergunta Todd. Sua dor está soando como uma sirene, mas seu olhar ainda vai de mim para o prefeito. — O que tá acontecendo? Como você conhece...

— Vou explicar tudo — diz o prefeito, tomando o braço livre de Todd. — Depois que curarmos você. — Ele se volta para mim. — O convite para amanhã continua de pé. Você agora tem um funeral para comparecer.

— Funeral? — pergunta Todd. — Que funeral?

— Amanhã — repete o prefeito, com firmeza, levando Todd.

— Espere... — digo.

— Viola! — grita Todd.

Ele se solta do prefeito, mas o movimento faz seu braço quebrado sacudir, e ele cai sobre um joelho por causa da dor, uma dor tão forte, tão alta e nítida em seu Ruído que os soldados do exército param para ouvi-la.

De um salto, vou até ele para ajudar, mas o prefeito estende a mão para me deter.

— Vá! — fala ele, e não é uma voz que aceita contestações. — Eu vou ajudar Todd. Vá para seu funeral e fique de luto por sua amiga. Você vai ver Todd amanhã à noite, ele vai estar novo em folha.

Viola?, repete o Ruído de Todd, segurando um choro de dor tão pesado que não sei se ele consegue ao menos falar.

— Amanhã, Todd — digo em voz alta, tentando fazer com que o som atravesse seu Ruído. — Vejo você amanhã.

Viola!, chama ele outra vez, mas o prefeito já o está levando embora.

— Você prometeu! — grito para eles. — Não esqueça que você prometeu!

O prefeito sorri para mim.

— Não esqueça que você também prometeu.

Prometi?, penso.

Então eu os observo se afastar tão rápido que é como se o encontro nunca tivesse acontecido.

Mas...

Todd está vivo.

Tenho que me curvar até quase encostar no chão por um minuto e apenas aceitar que isso seja verdade.

— E, com o coração pesado, nós a entregamos à terra.

— Aqui. — Mestra Coyle deposita um pouco de terra em minha mão depois que o padre termina de falar. — Nós jogamos isto no caixão.

Olho fixamente para minha mão.

— Por quê?

— Para que o enterro dela tenha sido um esforço coletivo de todas nós.

Ela me conduz até um lugar ao seu lado na fila de curandeiras reunidas junto ao túmulo. Uma a uma, passamos pelo buraco, cada uma de nós lançando um punhado de terra seca sobre a caixa de madeira onde Maddy agora descansa. Todas ficam o mais longe possível de mim.

Ninguém além de mestra Coyle sequer fala comigo.

Elas me culpam.

Eu também me culpo.

Há mais de cinquenta mulheres ali, curandeiras, aprendizes, pacientes. Soldados estão espalhados em um círculo à nossa volta, mais do que seria de esperar para um funeral. Homens, incluindo o pai de Maddy, são mantidos separados do outro lado do túmulo. Acho que o Ruído choroso do pai dela é a coisa mais triste que já ouvi na vida.

E, no meio de tudo, só consigo me sentir mais culpada, porque estou pensando mais em Todd do que em Maddy.

Agora que estou longe dele, consigo ver a confusão em seu Ruído de maneira mais clara, ver qual foi a impressão inicial ao ter me encontrado abraçando o prefeito, como isso deve ter passado a sensação de que eu e ele éramos amigos.

Embora eu possa explicar tudo, ainda me sinto envergonhada.

E depois ele não estava mais lá.

Jogo o punhado de terra sobre o caixão de Maddy, depois mestra Coyle me toma pelo braço.

— Precisamos conversar.

— Ele quer *trabalhar* comigo? — pergunta mestra Coyle enquanto bebe uma xícara de chá em meu quartinho.

— Disse que admira a senhora.

Ela ergue as sobrancelhas.

— É mesmo, é?

— Eu sei como isso soa, mas talvez se a senhora o *ouvisse*...

— Ah, acho que já ouvi o suficiente de nosso presidente.

Eu me recosto na cama.

— Mas ele podia, não sei, ter me *forçado* a contar sobre as naves. E ele não está me forçando a fazer nada. — Desvio o olhar. — Ele até vai deixar eu me encontrar com meu amigo amanhã.

— Seu Todd?

Faço que sim. A expressão dela é inflexível, dura como pedra.

— E eu suponho que você se sente grata, não é?

— Não — respondo, esfregando o rosto. — Eu vi o que o exército dele fez enquanto marchava. Eu vi com meus próprios olhos.

Faz-se um longo silêncio.

— Mas? — diz por fim mestra Coyle.

Não a encaro.

— Mas ele vai enforcar o homem que atirou em Maddy. Vai executá-lo amanhã.

Ela faz um som de desdém.

— O que é mais uma morte para um homem como ele? O que é tirar mais uma vida? É típico dele achar que isso resolve o problema.

— Ele parecia mesmo contrariado.

Ela me olha de lado.

— Não tenho dúvidas. Não tenho dúvidas de que era exatamente assim que ele *parecia*. — Ela baixa a voz. — Ele é o presidente das mentiras, minha garota. Ele vai mentir tão bem que você vai acreditar que é verdade. O diabo é muito convincente. Sua mãe não lhe ensinou isso?

— Ele não acha que é o diabo. Ele acha que é apenas um soldado que ganhou uma guerra.

Seu olhar para mim é cheio de cautela.

— Conciliação — diz ela. — É isso que se chama. Conciliação. É um caminho perigoso.

— O que isso significa?

— Significa que você quer se aliar ao inimigo. Significa que você prefere se juntar a ele a derrotá-lo. É uma forma de garantir que você continue derrotada.

— Eu não quero *isso*! Eu só quero que isso tudo *acabe*! Quero que este seja um lar para todas as pessoas que estão a caminho, o lar que todos queríamos tanto encontrar. Quero que haja paz e felicidade. — Minha voz começa a embargar. — Eu não quero que mais ninguém morra.

Ela abaixa a xícara de chá, apoia as mãos nos joelhos e me olha com severidade.

— Tem certeza de que é isso que você quer? Ou será que você faria qualquer coisa pelo seu garoto?

Será que ela consegue ler minha mente?

(porque, sim, eu quero ver Todd...)

(quero *explicar* a ele...)

— É óbvio que sua lealdade não é a *nós* — diz mestra Coyle. — Depois de sua pequena aventura com Maddy, algumas aqui não têm certeza de que você não é um risco maior que um recurso.

Recurso, penso.

Ela dá um suspiro longo e profundo.

— Que fique registrado que eu não culpo você pela morte de Maddy. Ela tinha idade suficiente para tomar as próprias decisões, e, se ela decidiu te ajudar, tudo bem.

Ela passa os dedos pela testa.

— Reconheço muito de mim em você, Viola. Mesmo o que eu preferia não reconhecer. — Ela se levanta para ir embora. — Então saiba, por favor, que não culpo você. Aconteça o que acontecer.

— Como assim, *aconteça o que acontecer*?

Mas ela não diz mais nada.

À noite, elas organizam algo conhecido como vigília, em que todo mundo na casa de cura bebe muita cerveja rala e canta músicas de que Maddy gostava e conta histórias sobre ela. Muitas choram, eu inclusive, e não são lágrimas de felicidade, mas não são tão tristes quanto poderiam ser.

E amanhã eu vou ver Todd de novo.

E isso é o mais perto que posso estar de me sentir bem em relação a qualquer coisa no momento.

Perambulo pelo prédio, passo pelas outras curandeiras, aprendizes e pacientes conversando entre si. Ninguém fala comigo. Vejo Corinne sentada sozinha em uma cadeira perto da janela. Ela parece ainda mais revoltada. Não quis falar com ninguém desde a morte de Maddy, não quis sequer dizer algumas palavras de despedida diante do túmulo. Só quem estava sentada ao lado dela conseguia ver as lágrimas que escorriam incessantemente pelo seu rosto.

Deve ser efeito da cerveja, mas ela parece tão abalada que vou até lá e me sento ao seu lado.

— Sinto muito... — começo, mas ela se levanta antes que eu possa sequer terminar a frase. Sai andando e me deixa ali sozinha.

Mestra Coyle chega trazendo dois copos de cerveja e me entrega um deles. Nós duas observamos Corinne sair da sala.

— Não se deixe ser muito afetada por ela — diz mestra Coyle, se sentando.

— Ela sempre me odiou.

— Não. Era difícil para ela, só isso.

— O que era difícil?

— Não cabe a mim contar, isso é com ela. Beba.

Eu bebo um pouco. A cerveja é doce e tem gosto de trigo, e as bolhas estouram no céu da minha boca, mas não é desagradável. Ficamos ali sentadas bebendo por um ou dois minutos.

— Você já viu o mar, Viola? — pergunta mestra Coyle.

Eu me engasgo um pouco com a cerveja.

— O mar?

— Há mares no Novo Mundo — diz ela. — Enormes.

— Eu nasci na nave de colonos, mas os vi da órbita quando nos aproximamos na nave de exploração.

— Ah, bem, então você nunca ficou em uma praia, com as ondas quebrando, a água muito azul se estendendo a perder de vista, se agitando muito viva e muito maior até do que parece a escuridão acima de nós, porque o oceano esconde o que contém.

Ela balança a cabeça de um jeito alegre.

— Se alguma vez você quiser ver como é pequena no plano de Deus, é só ficar na beira do mar.

— Eu só estive em um rio.

Ela assente, olhando para mim.

— Esse rio vai dar no mar, sabia? Não é nem muito longe. No máximo dois dias a cavalo. Uma manhã inteira num carro de fissão, embora a estrada não seja muito boa.

— Tem uma estrada?

— Não restou muito dela.

— Tem alguma coisa lá?

— Tinha minha casa. — Ela faz uma breve pausa. — Quando aterrissamos, há quase vinte e três anos. Era para ser um povoado de pescadores, com barcos e tudo. Em cem anos, podia até ter se transformado em um porto.

— E o que aconteceu?

— O que aconteceu em relação a este planeta inteiro: todos os nossos planos grandiosos foram ficando para trás nos primeiros anos, diante das dificuldades. Começar uma nova civilização se revelou mais custoso do que pensávamos. É preciso aprender a engatinhar antes de conseguir andar. — Ela toma um gole de cerveja. — E, às vezes, você volta a engatinhar. — Ela sorri consigo mesma. — Mas provavelmente foi melhor assim. Não dá para pescar nos mares do Novo Mundo.

— Por que não?

— Ah, os peixes são do tamanho do barco, e eles sobem e nadam do seu lado, olham você nos olhos e dizem como vão comer você. — Ela dá uma breve risada. — E depois comem mesmo.

Eu também rio. Então me lembro de tudo o que aconteceu.

Ela se vira para mim.

— Mas o mar é lindo. Diferente de tudo que você já tenha visto.

— A senhora sente falta.

Eu bebo o resto da cerveja.

— Basta ver o mar uma vez para sentir falta dele — diz mestra Coyle, pegando meu copo vazio. — Vou buscar outra para você.

* * *

À noite, eu sonho.

Sonho com mares e peixes que vão me comer. Sonho com exércitos que passam nadando, liderados por mestra Coyle. Sonho com Maddy pegando minha mão e me levando à superfície.

Sonho com um trovão fazendo um único *BUM!* que quase parte o céu em dois.

Maddy sorri quando eu me assusto com o barulho.

— Eu vou vê-lo — digo a ela.

Ela olha para algo atrás de mim e fala:

— Ali está ele.

Eu me viro para olhar.

Eu acordo, mas o sol está todo errado. Então me sento, a cabeça parecendo uma pedra, e tenho que fechar os olhos para fazer tudo parar de girar.

— Isso é ressaca? — pergunto em voz alta.

— Não tinha álcool na cerveja — diz Corinne.

Abro de repente os olhos, o que é um erro, pois manchas pretas se formam em todo o meu campo de visão.

— O que você está fazendo aqui?

— Esperando você acordar para que os homens do presidente te levem.

— O quê? — digo, enquanto ela se levanta. — O que está acontecendo?

— Ela drogou você. Erva-de-jeffers na cerveja, além de raiz-torta para disfarçar o gosto. Ela te deixou isso aqui. — Corinne estende um pedaço pequeno de papel. — Destrua depois de ler.

Eu pego o papel. É um bilhete de mestra Coyle.

Me perdoe, minha garota. Mas o presidente está errado. A guerra não acabou. Fique do lado certo, não deixe de recolher informações, continue ocultando a verdade dele. Vamos entrar em contato com você.

— Elas explodiram uma loja e aproveitaram a confusão para fugir — diz Corinne.

— Elas fizeram *o quê*? — Minha voz começa a se elevar. — Corinne, *o que está acontecendo*?

Mas ela nem olha para mim.

— Eu falei para elas que estavam abandonando sua verdade sagrada, que *nada* era mais importante do que salvar vidas.

— Quem mais está aqui?

— Só nós duas. E os soldados que estão esperando lá fora para levar você até o presidente.

Sua atenção está voltada para os próprios sapatos, e pela primeira vez percebo a raiva, a *fúria* intensa que emana dela.

— Imagino que vou ser interrogada por alguém menos *importante*.

— Corinne...

— Você vai ter que começar a me chamar de mestra Wyatt, agora — diz ela, virando-se para a porta. — Quer dizer, isso se voltarmos vivas para cá.

— Elas deixaram para trás a casa de cura? — pergunto, ainda sem acreditar.

Corinne apenas faz cara feia para mim, esperando que eu me levante.

Elas se foram.

Ela me deixou ali sozinha com Corinne.

Ela me *abandonou* ali.

Para partir e começar uma guerra.

13

ESTILHAÇOS

[TODD]

— COMBUSTÍVEL DE FISSÃO, senhor, embebido em argila em pó para formar uma pasta...

— Eu sei fazer uma bomba caseira, cabo Parker — o prefeito diz, montado em seu cavalo, avaliando os estragos. — O que eu não sei é como um grupo de mulheres desarmadas conseguiu *plantar* uma bomba caseira em plena vista dos soldados sob seu comando.

O cabo Parker engole em seco, dá até pra perceber o movimento na garganta. Ele não é da velha Prentisstown, por isso deve ter sido admitido pelo caminho. *A gente vai aonde está o poder*, foi o que disse Ivan. Mas e quando o poder te pede respostas que você não tem?

— Podem não ter sido apenas as mulheres, senhor — Parker diz. — Estão falando de algo chamado...

— Olha isso, mijo de porco — Davy diz, me chamando.

Ele levou Armadilha Mortal/Bolota até um tronco de árvore perto de onde paramos, do outro lado da rua em frente à loja que explodiu.

Faço um barulho para Angharrad, usando a mão boa pra dar um tapinha nas rédeas. Ela passa com cuidado sobre pedaços de madeira, argamassa, vidro e alimentos que estão espalhados por toda parte, como se a loja tivesse finalmente soltado um espirro que estava prendendo, e chegamos até Davy, que aponta prum monte de estilhaço claro fincado no tronco da árvore.

— A explosão foi tão grande que enfiou direto na árvore — ele comenta. — Aquelas vagabundas.

— Era tarde da noite — digo, ajeitando o braço na tipoia. — Elas não machucaram ninguém.

— Vagabundas — ele repete, balançando a cabeça.

— Você vai entregar seu suprimento de cura, cabo — ouvimos o prefeito ordenar, alto o bastante pra que os homens do cabo Parker também escutem a punição. — Todos vocês. Privacidade é um privilégio que deve ser conquistado.

O prefeito ignora o "Sim, senhor" murmurado pelo cabo Parker e vira pra ter uma rápida conversa baixa com O'Hare e Morgan, e depois os três saem cavalgando cada um prum lado. O prefeito vem até a gente sem dizer nada, a cara tão fechada que mais parece um tapa. Morpeth lança um olhar cruel pras nossas montarias.

Submetam-se, diz seu Ruído. **Submetam-se. Submetam-se.**

Armadilha Mortal e Angharrad baixam a cabeça e recuam.

Todos os cavalos são um pouco loucos.

— Quer que eu vá atrás delas, pai? — Davy diz. — Das vagabundas que fizeram isso?

— Olha a boca — o prefeito repreende. — Vocês dois têm trabalho a fazer.

Davy me olha de esguelha e estende a perna esquerda. Tudo abaixo do joelho está coberto por gesso.

— Pai, se você não percebeu, eu mal consigo andar, e o mijo de porco aqui está com o braço na tipoia e…

Ele nem termina a frase antes de ser atingido por aquela torrente de som que voa do prefeito mais rápido que a velocidade do pensamento, como uma bala de pistola feita de Ruído. Davy se encolhe na sela, puxando as rédeas com tanta força que o cavalo empina e quase joga ele no chão. Davy se recupera, respirando com dificuldade, atordoado.

Céus, o que foi isso?

— Vocês acham que hoje é um bom dia para tirar folga? — o prefeito pergunta, indicando todos os destroços da loja na nossa frente, o exterior do prédio ainda fumegando em algumas partes.

Explodido.

(estou escondendo no meu Ruído, fazendo o possível pra manter bem baixinha...)

(mas ela está ali, escondida, se agitando logo abaixo da superfície...)

(a lembrança de uma ponte explodida...)

Olho pra trás e vejo o prefeito me observando com tamanha severidade que as palavras saem da minha boca antes que eu consiga pensar:

— Não foi ela. Tenho certeza que não foi.

Ele não para de me encarar.

— Nunca achei que pudesse ter sido, Todd.

Ajeitar meu braço, ontem, não levou muito tempo, depois dele me arrastar pela praça prum posto de saúde onde homens de jaleco branco botaram o braço no lugar e me deram duas injeções de reparo de ossos que doeram mais que a fratura, mas o prefeito já tinha ido embora e tinha prometido que eu ia ver Viola no dia seguinte (hoje de noite, hoje) e já estava fora de alcance das mais de um milhão de perguntas que eu tinha sobre como ele chegou a abraçar ela e chamar ela pelo primeiro nome, como se fossem amigos, e sobre como ela está trabalhando de médica ou coisa do tipo e teve que ir prum funeral e...

(e como meu coração simplesmente explodiu no peito quando eu vi ela ali...)

(e como doeu mais uma vez quando ela foi embora...)

Lá se foi ela, de algum modo, pruma vida própria que já estava sendo vivida sem mim em algum lugar. Depois, restou só eu e o meu braço voltando pra catedral com os analgésicos que me deixaram com tanto sono que mal deu tempo deu cair no colchão antes de apagar.

Não acordei quando o prefeito Ledger voltou reclamando no seu Ruído cinzento sobre o dia de trabalho catando lixo. Não acordei quando levaram o jantar e o prefeito Ledger comeu as duas porções. Não acordei com o *trá-tunc* de quando fomos trancados até a manhã seguinte.

Mas acordei quando um *BUM!* sacudiu a cidade inteira.

E mesmo enquanto me sentava na escuridão e sentia o enjoo provocado pelos analgésicos, mesmo sem saber o que o *BUM* era, ou de onde ele tinha vindo, ou o que significava, mesmo então eu soube que as coisas tinham mudado de novo, que mais uma vez o mundo, de repente, não era mais o que costumava ser.

E era verdade, porque saímos com o prefeito e os homens dele quando o dia clareou, pouco importava os nossos ferimentos, direto pro local da bomba. Eu olho pro prefeito em cima de Morpeth. O sol da manhã brilha por trás dele, projetando sua sombra sobre tudo.

— Eu ainda vou ver ela hoje? — pergunto.

Há um momento demorado e silencioso em que ele apenas me encara.

— Senhor presidente? — chama o cabo Parker enquanto seus homens removem uma tábua comprida de madeira que a explosão jogou contra outra árvore.

Por baixo tem alguma coisa desenhada no tronco.

Mesmo sem saber…

Bom, mesmo sem saber muita coisa, consigo identificar o que é.

Uma única letra pintada de azul.

R, diz ali. Só a letra **R**.

— Não tô acreditando que ele tá obrigando a gente a voltar pra aquela droga um dia depois da gente sofrer um ataque — Davy resmunga enquanto seguimos pela longa estrada até o mosteiro.

Pra ser sincero, eu também não consigo acreditar. Davy mal é capaz de andar, e mesmo com o reparo de ossos fazendo efeito no meu braço, ainda vai levar uns dias até tudo voltar ao normal. Eu já consigo dobrar um pouco o cotovelo, mas é óbvio que só isso não me serve pra enfrentar um exército de Spackle.

— Você contou pra ele que eu salvei a sua vida? — Davy pergunta, parecendo ao mesmo tempo com raiva e com medo.

— *Você* não contou? — eu pergunto de volta.

Davy fecha a cara e aperta os lábios, o que deixa a penugem do bigodinho ainda mais fina.

— Ele não acredita em mim quando falo pra ele esse tipo de coisa.

Suspiro.

— Contei, sim. Até porque ele viu no meu Ruído.

Cavalgamos em silêncio por algum tempo.

— E ele disse alguma coisa? — Davy pergunta.

Fico meio sem graça em responder.

— Ele falou assim: *Bom pra ele.*

— Só isso?

— Falou que era bom pra mim também.

Davy morde o lábio.

— Só isso?

— Só isso.

— Entendi.

Ele não diz mais nada, apenas faz Armadilha Mortal andar um pouco mais rápido.

Embora tenha sido só um prédio que foi explodido ontem à noite, toda a cidade parece diferente. As patrulhas de soldados de repente estão maiores e tem mais delas marchando pra cima e pra baixo pelas ruas, tão rápido que é como se estivessem correndo. Agora tem também soldados nos telhados, espalhados, segurando rifles, só de olho.

Os únicos homens que não são soldados vão de um lugar pro outro o mais rápido possível, ficando fora do caminho, olhar no chão.

Não vejo nenhuma mulher essa manhã. Nenhuma.

(não ela)

(o que é que ela estava fazendo com ele?)

(será que ela está mentindo pra ele?)

(será que ele está acreditando?)

(será que ela teve alguma coisa a ver com a explosão?)

— Quem? — Davy pergunta.

— Cala a boca.

— Vem calar. — Mas ele diz isso no maior desânimo.

Passamos por um grupo de soldados que escolta um homem com os punhos amarrados. Ele parece ter levado uma surra. Aperto o braço na tipoia contra o peito e seguimos em frente. O sol da manhã está alto no céu quando passamos pelo morro com a torre de metal e chegamos na última curva antes do mosteiro.

Não tenho mais como adiar o momento.

— O que aconteceu depois que eu saí? — pergunto.

— Demos um jeito neles — Davy diz, arquejando um pouco com a dor crescente na perna, dor que posso sentir no Ruído dele. — Demos um bom jeito neles.

Alguma coisinha pousa de leve na crina de Angharrad. Eu espano, mas aí outra coisinha pousa no meu braço. Olho pra cima.

— Mas que M é essa...? — Davy pergunta.

Está nevando.

Eu só vi neve uma vez em toda a minha vida, na época em que eu era novo demais pra saber que dificilmente ia ver aquilo outra vez.

É uns flocos brancos descendo no ar passando entre as folhas das árvores e caindo na estrada e nas nossas roupas e no nosso cabelo, caindo no maior silêncio, que estranho, porque faz tudo em volta parecer silencioso também, como se estivesse tentando contar um segredo, um segredo terrível, bem terrível.

Mas o sol está brilhando.

Isso não é neve.

— É cinza. — Davy cospe um floco que pousa perto da boca dele. — Estão queimando os corpos.

Estão queimando os corpos. Os homens ainda estão no alto dos muros de pedra com seus rifles, obrigando os Spackle sobreviventes a empilhar os cadáveres dos que morreram, uma pilha enorme, mais alta que o Spackle mais alto vivo, e Spackle de cabeça baixa e boca fechada estão trazendo mais corpos.

Vejo um corpo ser jogado no alto da pilha. Ele pousa de um jeito torto e rola pro lado, por cima dos outros corpos, através das chamas, até chegar na lama no chão. Então para com o rosto pra cima, os buracos no peito, o sangue seco cobrindo os ferimentos...

(um Spackle de olhos mortos, de rosto pra cima num acampamento...)

(um Spackle com uma faca no peito...)

Respiro fundo e desvio o olhar.

Tirando alguns estalos, os Spackle vivos continuam sem Ruído. Nenhum som de luto nem de raiva, nada, absolutamente nada sobre o que estão sendo forçados a fazer.

Como se tivessem cortado a língua deles.

Ivan está ali esperando a gente, o rifle pendurado no braço. Está mais calado e não parece nada feliz.

— Vocês têm que continuar com a numeração — ele manda, chutando o saco com as fitas e as ferramentas. — Se bem que agora tem menos trabalho pra fazer.

— Acertamos quantos? — Davy pergunta, sorrindo.

Ivan dá de ombros de um jeito irritado.

— Uns trezentos, trezentos e cinquenta, não sei direito.

Sinto meu estômago embrulhar de novo, mas o sorriso de Davy só fica maior.

— Isso é ótimo, muito bom!

— Isso aqui é pra você — Ivan diz, estendendo o rifle pra mim.

— Você está dando uma *arma* pra ele? — Davy diz, o Ruído aumentando na hora.

— Ordens do presidente. — Ele ainda está estendendo o rifle. — Entrega pro pessoal da guarda noturna quando for embora. É só pra sua proteção enquanto estiver aqui. — Ele franze o cenho. — O presidente mandou dizer que sabe que você vai fazer a coisa certa.

Fico só olhando pro rifle.

— Não dá pra acreditar — Davy resmunga, balançando a cabeça.

Eu sei mexer num rifle, Ben e Cillian me ensinaram a usar um sem ser descuidado, a caçar, a recorrer a ele só quando fosse necessário.

A coisa certa.

A maioria dos Spackle está nos fundos, longe daqui, nos campos, o mais longe possível da entrada, enquanto o resto arrasta os corpos quebrados e destroçados pro fogo que queima no meio do campo ao lado.

Mas os que conseguem me ver estão me observando

Me observando observar o rifle.

E não dá pra ouvir nada do que eles estão pensando.

Então quem é que vai saber o que estão planejando?

Pego o rifle.

Ele não significa nada. Não vou usar. Só pego.

Ivan então segue de volta pro portão, e no que ele se afasta é que eu percebo.

Um **zumbido** baixo, que quase não se ouve, mas está ali. E está aumentando.

Agora entendi essa cara de poucos amigos.

O prefeito tirou a cura *dele* também.

Passamos o resto da manhã servindo ração com a pá, enchendo os cochos e botando cal nas fossas, eu só com uma mão, Davy só com uma perna, mas ele enrola e demora à beça, porque, apesar da pose, acho que ele não tá nem um pouco a fim de voltar logo pra tarefa de numeração. A gente pode até ter arma, mas tocar num inimigo que quase te matou... Bem, tem que se preparar um pouco pra isso.

A manhã acaba e começa a tarde. Pela primeira vez Davy joga um sanduíche pra mim em vez de atacar os dois almoços. O pacote me acerta no peito.

Então comemos e observamos os Spackle observarem a gente, observamos a pilha de corpos queimando, observamos os mil, cento e cinquenta Spackle restantes do ataque que deu errado, muito errado. Eles estão reunidos nas bordas dos campos que limpamos e ao longo dos muros do mosteiro, o mais longe possível de nós dois e da pilha em chamas.

— Os corpos deviam ir prum pântano — digo, comendo o sanduíche com o braço cansado. — É tipo o enterro deles. A gente coloca na água e...

— Queimar é suficiente — Davy me corta, dando um tapinha no saco de ferramentas de numeração.

— É, mas...

— Não tem "mas" por aqui, mijo de porco. Aliás, tá se lamentando por eles por quê? De que que adiantou essa sua bondade sagrada na hora que eles tentaram arrancar seu braço, hein?

Ele tem razão, mas eu não digo nada sobre isso, só continuo observando eles, sentindo o rifle nas minhas costas.

Eu podia pegar o rifle. Podia atirar em Davy. Podia fugir daqui.

— Você não ia chegar vivo no portão — Davy murmura, concentrado no seu sanduíche. — Você e a sua queridinha lá.

Continuo sem dizer nada, termino meu almoço calado. A pilha de comida está no lugar de botar comida, os cochos foram todos enchidos, as fossas cobertas de cal. Não tem mais nada pra fazer além daquilo que a gente tem que fazer.

Davy desencosta o corpo da bolsa em que estava apoiado.

— Onde a gente parou? — ele pergunta, abrindo a bolsa.

— Em 0038 — respondo, sem tirar os olhos dos Spackle.

Ele confirma pelas fitas de metal.

— Como você lembrava disso? — ele me pergunta.

— Lembrando.

Eles agora estão olhando pra nós dois, todos eles. De cara abatida, machucados, vazios. Eles sabem o que estamos fazendo. Sabem o que espera por eles. Sabem o que tem na bolsa. Sabem que não tem nada que possam fazer, que vão morrer se resistirem a nós.

Porque o rifle nas minhas costas é pra garantir que isso aconteça.

(o que é a coisa certa a fazer?)

— Davy... — começo, mas só sai isso, porque...

BUM!

... ao longe, é como se não fosse nem um som, é mais como o trovão distante de uma tempestade que você sabe que vai chegar logo e vai fazer de tudo pra derrubar sua casa.

A gente se vira como se pudesse ver por cima dos muros, como se a fumaça já estivesse se erguendo acima dos topos das árvores do lado de fora dos portões.

Não conseguimos ver nada, a fumaça ainda não subiu.

— Aquelas vagabundas... — Davy murmura.

Mas eu penso...

(é ela?)

(é ela?)

(*o que* ela está fazendo?!)

14

A SEGUNDA BOMBA

{VIOLA}

OS SOLDADOS ESPERAM até o meio-dia para nos levar. Eles praticamente têm que arrastar Corinne, porque ela tenta cuidar das pacientes restantes a todo custo, e nos encaminham pela estrada, oito soldados para duas garotas pequenas. Nem olham para nós. O que está ao meu lado é tão jovem que parece apenas um pouco mais velho que Todd, tão jovem que tem uma espinha enorme no pescoço que, sei lá por quê, não consigo parar de olhar.

Então Corinne se assusta com alguma coisa. Estamos passando diante da loja onde a bomba explodiu. A frente do prédio desmoronou, e soldados guardam o que restou dela. Nossa escolta reduz o passo para dar uma olhada.

E é quando acontece.

BUM!

Um estrondo que transforma o ar em algo sólido como um soco, como uma onda de tijolos, como se o mundo desabasse sob seus pés e você caísse de lado e para cima e para baixo ao mesmo tempo, como a falta de peso da escuridão que há além.

O que se segue é um vazio em que não me lembro de nada, então abro os olhos e me vejo caída no chão com redemoinhos de fumaça ao meu redor, girando e girando, pedaços de fogo voando e descendo do céu aqui e ali. Por um minuto, a cena parece quase pacífica, quase bonita, até eu perceber que não consigo ouvir nada exceto um zumbido agudo que abafa tudo, seja as pessoas em volta se erguendo atordoadas, seja abrindo a boca e gritando sem som. Eu me sento devagar no chão, o mundo ainda em um silêncio zunido, e ali está o soldado com a espinha no pescoço, está no chão ao meu lado coberto de lascas de madeira. Ele deve ter me protegido da explosão, porque no geral estou bem, mas ele não se mexe.

Ele não se mexe.

Então o som começa a voltar e os gritos começam.

— Esse é exatamente o tipo de história que eu *não* queria que se repetisse no Novo Mundo — declara o prefeito, olhando pensativo para o facho de luz que entra pela janela de vidro colorido.

— Eu não sabia sobre bomba nenhuma — digo pela segunda vez, as mãos ainda trêmulas e meus ouvidos ressoando tão alto que é difícil ouvi-lo. — Sobre nenhuma das duas.

— Eu acredito. Você mesma quase morreu.

— Um soldado me protegeu — gaguejo, me lembrando do corpo dele, do sangue dele, dos estilhaços presos nele quase inteiro...

— Ela drogou você de novo, não foi? — pergunta ele, olhando fixamente para a janela colorida, como se as respostas pudessem estar ali. — Ela drogou você e a abandonou.

Isso me atinge como um soco.

Ela me abandonou mesmo.

E explodiu uma bomba que matou um jovem soldado.

— Foi — digo por fim. — Ela foi embora. Todas elas.

— Nem todas.

Ele vai para trás de mim e se torna apenas uma voz na sala, falando alto e com clareza suficiente para que eu possa escutá-lo.

— Há cinco casas de cura nesta cidade. Uma permanece com a equipe completa. Em outras três, o número de curandeiras e aprendizes encontra-se reduzido. Foi apenas na sua que houve uma deserção completa.

— Corinne ficou — sussurro, e de repente estou suplicando. — Ela cuidou dos soldados que se feriram na segunda bomba. Não hesitou. Foi direto para os que estavam em condição pior e improvisou torniquetes, conferiu se as vias respiratórias estavam desobstruídas...

— Devidamente registrado — interrompe ele, apesar de eu estar falando a verdade.

Ela me chamou para ajudá-la, e nós duas nos esforçamos ao máximo, até que outros soldados imbecis que não conseguiam ou *não queriam* ver o que estávamos fazendo nos arrastaram para longe.

Corinne resistiu e só parou quando levou um soco.

— Por favor, não a machuque. Ela não tem nada a ver com isso. Ela escolheu ficar na casa de cura. Ela tentou ajudar os...

— Eu não vou *machucar* ninguém! — grita ele de repente. — Chega desse *medo*! As mulheres não serão machucadas enquanto eu for presidente! Por que você tem tanta dificuldade de entender isso?

Eu me lembro dos soldados batendo em Corinne. De Maddy caindo no chão.

— Por favor, não a machuque — sussurro de novo.

Ele dá um suspiro e baixa a voz.

— Nós só precisamos de informações dela, só isso. As mesmas informações que vou precisar de você.

— Não sei para onde elas foram. Ela não me contou. Ela não mencionou nada.

Então paro de falar, e ele percebe isso. Porque ela mencionou algo, não foi? Ela me contou uma história sobre...

— Você gostaria de me contar alguma coisa, Viola? — pergunta o prefeito, fazendo a volta para me encarar, parecendo interessado de repente.

— Não. — Minha resposta sai apressada. — Não é nada, só sei que...

— Só sabe o quê?

Seus olhos me observam, penetrantes, passando por meu rosto, tentando decifrar minha expressão, embora eu não tenha Ruído, e eu percebo por um momento como ele deve *odiar* isso.

— Que ela passou os primeiros anos no Novo Mundo nas colinas — minto, engolindo em seco. — A oeste da cidade, depois da cachoeira. Achei que fosse apenas uma conversa irrelevante.

Ele ainda está me encarando de maneira intensa, e há um longo silêncio enquanto o prefeito olha e olha antes de voltar a andar.

— A questão mais importante é descobrir se a segunda bomba foi um erro, uma parte da primeira bomba que disparou mais tarde por acidente. — Ele dá mais uma volta, tentando decifrar minha expressão. — Ou se foi proposital. Ela foi posta para detonar mais tarde de propósito, para meus homens que estivessem na área da cena do crime, de modo que mais vidas fossem perdidas?

— Não — digo, balançando a cabeça. — Ela não faria isso. Ela é uma curandeira. Ela não mataria...

— Um general faria qualquer coisa para ganhar uma guerra. Por isso é uma guerra.

— Não — insisto. — Não, eu não acredito...

— Sei que você não acredita.

Ele se afasta de mim e me dá as costas.

— Por isso você foi deixada para trás.

Ele vai até a mesinha ao lado de sua cadeira e pega um pedaço de papel, levantando-o para que eu possa vê-lo.

Há um *R* azul escrito no papel.

— Isso significa alguma coisa para você, Viola?

Tento manter meu rosto livre de qualquer expressão.

— Nunca vi isso antes. — Engulo em seco de novo. E me xingo enquanto faço isso. — O que é?

Ele me olha com severidade e por muito tempo, mais uma vez, e em seguida devolve o papel à mesa.

— Ela vai entrar em contato com você. — O prefeito observa meu rosto. Tento não entregar nada. — Isso — diz ele, como se falasse consigo mesmo. — Ela vai entrar em contato. E quando ela fizer isso, entregue esta mensagem específica, por favor.

— Eu não...

— Diga a ela que podemos acabar imediatamente com esse banho de sangue, que podemos terminar com tudo isso antes mesmo que comece, antes que mais gente morra e a paz se torne impossível. Diga isso a ela, Viola.

Ele está me olhando de maneira tão inflexível que respondo:

— Está bem.

Ele não pisca, seus olhos são buracos negros dos quais não consigo desviar.

— Mas também diga a ela que se é guerra o que ela quer, é guerra que ela terá.

— Por favor...

— Isso é tudo — interrompe ele, fazendo sinal para que eu me levante e vá embora. — Volte para sua casa de cura e trate os pacientes que puder.

— Mas...

Ele abre a porta para mim.

— E ninguém será enforcado esta tarde — acrescenta ele. — Algumas cerimônias da cidade terão que ser limitadas devido às recentes atividades terroristas.

— *Terroristas...?*

— E, infelizmente, vou estar ocupado demais arrumando a confusão que sua mestra fez para oferecer o jantar que prometi a você esta noite.

Eu abro a boca, mas nenhum som sai.

Ele fecha a porta na minha cara.

Minha cabeça gira enquanto volto cambaleante pela rua principal. Todd está aqui em algum lugar, e só consigo pensar que não vou poder encontrá-lo e não vou conseguir contar a ele nada sobre o que aconteceu nem me explicar, nada.

E é culpa dela.

É. Odeio admitir, mas é culpa dela. Tudo isso. Mesmo que tenha sido por um motivo que para ela é uma boa justificativa, é tudo culpa dela. É culpa dela que eu não vá ver Todd hoje. É culpa dela que uma guerra esteja se aproximando. É culpa dela...

Eu me vejo mais uma vez diante dos escombros.

Há quatro corpos na rua, cobertos por lençóis brancos que não escondem totalmente as poças de sangue. O mais próximo de mim, mas que está atrás do cordão de soldados que guarda o local, é o soldado que me salvou.

Eu nem sabia o nome dele.

E, de repente, ele estava morto.

Se ela tivesse apenas esperado, se tivesse visto o que o prefeito queria dela...

Mas então me vem à mente: *Conciliação, minha garota, é um caminho perigoso...*

Mas os corpos aqui na rua...

Mas Maddy morrendo...

Mas o menino soldado que me salvou...

Mas Corinne apanhando para que parasse de ajudar...

(ah, Todd, cadê você?)

(o que eu faço? qual é a coisa certa a fazer?)

— Andando! — grita um soldado para mim, me dando um susto.

Sigo apressada pela rua e, antes mesmo que eu perceba, estou correndo.

Chego sem fôlego à casa de cura quase vazia e bato a porta ao entrar. Havia ainda mais soldados no caminho, mais patrulhas, homens armados nos telhados me observando com atenção enquanto eu corria, um deles até assoviou de modo grosseiro quando eu passei.

Agora não vai mais ser possível chegar à torre de comunicação, não vai mais.

Outra coisa que ela estragou.

Enquanto recupero o fôlego, percebo que sou a única pessoa remotamente parecida com uma curandeira aqui. Muitas das pacientes estavam em condições de seguir mestra Coyle e, quem sabe, podem até ter sido elas as responsáveis pelas bombas, mas ainda restam pelo menos vinte mulheres nos leitos, e a cada dia chegam mais.

E eu devo ser a pior curandeira que Nova Prentisstown já teve.

— Socorro... — sussurro para mim mesma.

— Aonde foi todo mundo? — pergunta a sra. Fox assim que abro a porta do quarto dela. — Não recebi comida nem remédios...

— Sinto muito — digo, enquanto pego o penico. — Vou trazer comida para a senhora assim que puder.

— Minha nossa, querida! — exclama ela, de olhos arregalados, quando me viro para sair.

Ela está encarando meu jaleco branco. Há uma mancha de sangue, o sangue do jovem soldado, estendendo-se até a barra.

— Você está bem? — pergunta a sra. Fox.

Olhando para o sangue, tudo o que consigo dizer é:

— Vou buscar comida para a senhora.

As horas passam voando. A equipe responsável pela manutenção da casa também se foi, então faço o possível para cozinhar para as pacientes restantes, servindo-as e perguntando ao mesmo tempo que remédios elas tomam, os horários e a dosagem. Embora não saibam o que está acontecendo, elas notam minha aparência e tentam ajudar como podem.

Muito depois de anoitecer, estou contornando um corredor com uma bandeja cheia de pratos sujos do jantar quando me deparo com Corinne, logo na entrada, junto à porta, apoiada na parede com uma das mãos para se manter de pé.

Jogo a bandeja no chão e corro até ela, que ergue a outra mão para me deter antes que eu a alcance. Ela se encolhe quando me aproximo.

Vejo o inchaço em torno de seus olhos.

E o inchaço no lábio inferior.

E o jeito como ela está mantendo o corpo ereto demais, como se doesse, doesse muito.

— Ah, Corinne...

— Só... só me ajude a chegar ao meu quarto — diz, respirando fundo.

Pego a mão dela para ajudá-la e sinto algo escondido em sua palma, pressionado contra a minha. Ela leva o dedo aos lábios para silenciar as perguntas prestes a saírem da minha boca.

— Uma garota — murmura. — Escondida no mato perto da estrada. — Ela balança a cabeça com raiva. — Só uma garota.

Apenas depois de levar Corinne até seu quarto e sair outra vez para buscar curativos para seu rosto e compressas para suas costelas é que volto minha atenção para o que ela me entregou. Espero até estar sozinha no almoxarifado e abro a mão.

É um bilhete dobrado com uma letra *V* escrita do lado de fora. Dentro há apenas algumas linhas, que não dizem praticamente nada.

Minha garota, é hora de você fazer sua escolha.

Depois, uma única pergunta:

Podemos contar com você?

Levanto os olhos.

Engulo em seco.

Podemos contar com você?

Dobro o bilhete e o guardo no bolso. Apanho os curativos e as compressas e saio para ajudar Corinne.

Que foi espancada pelos homens do prefeito.

Mas que não teria sido espancada se não tivesse que responder pelos atos de mestra Coyle.

Mas que foi espancada mesmo o prefeito tendo dito que não faria isso.

Podemos contar com você?

O bilhete não estava assinado com um nome.

Em vez disso, havia apenas: A Resposta.

E Resposta estava escrito com um *R* em um azul intenso.

15

TRANCADO

[TODD]

BUM!

E o céu é golpeado às nossas costas, uma lufada de vento vem pela estrada, Angharrad empina aterrorizada e eu caio de cima dela, no chão. É tudo poeira e grito, e meus ouvidos latejam, eu ali caído, e espero pra ver se estou morto ou não.

Outra bomba. A terceira nessa semana desde as duas primeiras. Dessa vez, a menos de duzentos metros da gente.

— Vagabundas — ouço Davy dizer com raiva enquanto levanta pra olhar pra rua.

Meus ouvidos estão zumbindo e meu corpo treme quando levanto. As bombas explodiram em horas diferentes do dia e da noite, em diferentes pontos da cidade. Um alvo foi o aqueduto que levava água pruma parte do povoado, outros foram as duas pontes principais pras fazendas ao norte do rio. Hoje...

— Foi naquela cafeteria onde os soldados comem — Davy diz, tentando impedir Armadilha Mortal/Bolota de sair correndo.

Ele faz o cavalo obedecer e volta a montar.

— Vamos! — Davy grita. — Vamos ver se eles precisam de ajuda.

Eu ponho as mãos em Angharrad, que ainda está assustada, ainda repetindo **menino potro menino potro** sem parar. Digo seu nome várias vezes e finalmente monto nela.

— Vê se não arranja ideia, hein? — Davy diz. Ele saca a pistola e aponta pra mim. — Você não pode sair da minha vista.

Minha vida passou a ser assim desde que as bombas começaram.

Davy com uma arma apontada pra mim durante todos os minutos de todas as horas que estou acordado.

Por isso nunca posso ir procurar ela.

—As mulheres realmente não estão ajudando a própria causa — o prefeito Ledger comenta com a boca cheia de frango.

Eu não digo nada, só como meu jantar e fujo de todos os pontos de pergunta que vêm do Ruído dele. A bomba da cafeteria foi detonada quando estava fechada, assim como os outros lugares que essa tal de Resposta botou bomba, mas não é porque um lugar era pra estar vazio que vai estar vazio mesmo. Davy e eu encontramos dois soldados mortos quando chegamos lá e um outro cara morto que devia limpar o chão ou coisa do tipo, isso além de outros três soldados que morreram nas outras bombas.

Isso tudo está deixando o prefeito Prentiss louco da vida.

Eu quase não vejo mais ele, desde o dia que quebrei o braço, desde o dia que eu mais ou menos reencontrei Viola. O prefeito Ledger diz que ele está prendendo pessoas e jogando todo mundo em prisões que ficam a oeste da cidade, mas que não consegue tirar delas as informações que ele quer. Morgan, O'Hare e Tate estão liderando partes do exército pelos morros à procura dos acampamentos das responsáveis pelas bombas, que são todas aquelas mulheres que desapareceram na noite das primeiras explosões.

Mas o exército não está encontrando nada, e o prefeito só fica com cada vez mais raiva, criando cada dia um novo toque de recolher, tirando a cura de cada vez mais soldados.

Nova Prentisstown fica mais barulhenta a cada dia.

— O prefeito está negando até que a Resposta existe — digo.

— Bom, o *presidente* pode dizer o que quiser. — O prefeito Ledger remexe na comida com o garfo. — Mas as pessoas falam. — Ele dá uma garfada. — Ah, se falam.

Além dos colchões enfiados nas plataformas da torre, eles passaram a trazer uma bacia com água limpa toda manhã e botaram um pequeno vaso sanitário químico no canto mais escuro. A comida que recebemos também melhorou e é trazida pelo sr. Collins, que depois de entregar sai e tranca a gente de novo.

Trá-tunc.

É onde fico, trancado aqui em cima sempre que não estou com Davy. É óbvio que o prefeito não quer que eu vá procurar Viola, apesar do que ele diz sobre *confiança*.

— A gente não sabe se são só mulheres — digo, tentando manter ela fora do meu Ruído. — Não temos certeza.

— Um grupo autodenominado Resposta teve um papel importante na Guerra dos Spackle, Todd. Com bombas escondidas, operações noturnas, esse tipo de coisa.

— E...?

— E era composto apenas por mulheres. Nenhum Ruído para ser ouvido pelo inimigo, entende? — Ele balança a cabeça. — Mas, no fim, elas saíram de controle e passaram a seguir apenas as próprias regras. Depois da paz, atacaram até nossa própria cidade. Acabamos sendo forçados a executar algumas delas. A coisa foi feia.

— Mas se vocês executaram elas, como podem ser elas agora?

— Porque a ideia sobrevive depois que a pessoa morre. — Ele dá um arroto discreto. — Mas eu não sei o que elas acham que vão conseguir. É só uma questão de tempo até que Prentiss as encontre.

— Homens também desapareceram — digo, porque é verdade, mas o que estou pensando é...

(será que ela foi com as outras?)

Passo a língua nos lábios e pergunto:

— Essas casas de cura onde as mulheres trabalham, elas têm alguma coisa pra identificar? Tem algum jeito de reconhecer elas?

Ele toma um gole d'água, me observando por cima do copo.

— Por que você quer saber isso?

Eu agito meu Ruído um pouco pra esconder qualquer coisa que possa me entregar.

— Por nada. Deixa pra lá.

Ponho meu jantar na mesinha que eles nos deram, nosso sinal de que ele pode comer o que sobrou do meu.

— Vou dormir — digo.

Deito e viro pra parede. Os restos do sol poente entram pelas aberturas da torre. Não tem vidro nelas, e o inverno está chegando. Não sei como vai ser quando esfriar. Ponho o braço embaixo do travesseiro e puxo as pernas contra o corpo, tentando não pensar alto demais. Ouço o prefeito Ledger comendo o resto do meu jantar.

Mas então uma imagem chega flutuando do Ruído dele, flutuando direto na minha direção, a imagem de uma mão estendida, pintada em azul.

Viro pra ele. Eu vi esse desenho em pelo menos dois prédios a caminho do mosteiro.

— São cinco — ele diz baixinho. — Posso contar a você onde ficam. Se quiser.

Eu olho no Ruído dele. Ele olha no meu. Cada um de nós está encobrindo alguma coisa, escondendo alguma coisa por baixo de todos os outros fios de pensamentos. Todo esse tempo trancafiados juntos e ainda temos dúvida se podemos confiar um no outro.

— Então me conta — digo.

— É 1017 — leio pra Davy enquanto ele gira a ferramenta de pressão, prendendo a fita num Spackle que se torna o 1017.

— Chega por hoje — Davy diz, jogando a ferramenta na sacola.

— Ainda tem…

— Eu disse chega!

Ele vai mancando de volta até nossa garrafa d'água e toma um gole. A essa altura, já era pra perna dele ter sarado. Meu *braço* já sarou, mas ele continua mancando.

— A gente tinha que ter terminado isso em uma semana — digo. — Estamos na *segunda*.

— Não estou vendo ninguém apressar a gente. — Ele cospe um pouco da água. — Você está?

— Não, mas…

— E não recebemos nenhuma ordem nova, nenhuma tarefa nova…

Ele para de falar, dá outro gole na água e cospe mais um pouco. Então olha pra minha esquerda e pergunta:

— Tá olhando o quê?

O 1017 continua ali parado, segurando a fita e encarando a gente. Acho que é um macho e acho que é jovem, não um adulto completo. Ele dá um estalo pra nós, depois outro, e embora ele não tenha Ruído o estalo soa claramente ofensivo.

Davy tem a mesma impressão.

— Ah, é?

Ele pega o rifle pendurado nas costas, e seu Ruído mostra vários disparos na direção dos Spackle em fuga.

O 1017 continua parado. Ele me olha bem nos olhos e então solta mais um estalo.

É, sem dúvida é ofensivo.

Ele recua e sai andando, mas ainda olhando pra gente, esfregando a fita de metal. Eu viro pro Davy, que está com o rifle erguido e apontado pro 1017 enquanto ele se afasta.

— Não — digo.

— Por que não? Quem vai impedir a gente?

Eu não tenho resposta, porque parece não haver ninguém.

* * *

As bombas surgem a cada três ou quatro dias. Ninguém sabe onde elas vão explodir nem como são plantadas, mas *BUM! BUM! BUM!*. Na noite que explode a sexta bomba, dessa vez um pequeno reator de fissão, o prefeito Ledger chega com um olho roxo e o nariz inchado.

— O que aconteceu? — pergunto.

— Soldados — ele diz, de má vontade.

Ele pega o jantar, ensopado outra vez, e se encolhe ao dar a primeira mordida.

— O que você fez?

O Ruído dele se eleva um pouco, e ele me olha com raiva.

— Eu não *fiz* nada.

— Você entendeu o que eu quis dizer.

Ele resmunga um pouco, come mais um pouco e fala:

— Tiveram o brilhante palpite de que *eu* era a Resposta. *Eu*.

— Você? — pergunto, talvez um pouco surpreso demais.

Ele levanta deixando a comida quase toda no prato, e é por isso que eu sei que deve estar com *muita* dor.

— Eles não conseguem encontrar as mulheres responsáveis, então os soldados estão procurando um bode expiatório.

Ledger olha por uma das aberturas, observando a noite cair sobre a cidade que um dia foi seu lar.

— E nosso presidente fez alguma coisa para impedir minha surra? — ele fala, meio que pra ele mesmo. — Não, não fez.

Eu continuo comendo, tentando manter meu Ruído quieto, sem mostrar coisas que eu não quero pensar.

— As pessoas estão falando... — o prefeito Ledger recomeça, em voz baixa — ... sobre uma nova curandeira, uma jovem que ninguém nunca viu, que entrou e saiu desta catedral aqui há algum tempo e que agora trabalha na casa de cura que mestra Coyle administrava.

Viola. O pensamento me ocorre de maneira alta e intensa e antes deu conseguir encobrir.

O prefeito Ledger vira pra mim.

— Essa é uma casa de cura que você não viu. Ela fica fora da rua principal, descendo um morro baixo na direção do rio, a meio caminho do mosteiro. Há dois celeiros próximos um do outro na estrada na altura em que você precisa virar para chegar até lá. — Ele olha pela abertura outra vez e completa: — Não tem erro.

— Só que eu não consigo me livrar do Davy.

— Não faço a menor ideia do que você está falando — o prefeito Ledger diz, deitando na cama. — Só estou lhe contando alguns fatos inúteis sobre nossa bela cidade.

Minha respiração fica mais pesada, minha mente e meu Ruído pensando em mil jeitos de chegar lá, como faço pra escapar de Davy pra tentar achar a casa de cura.

(pra tentar achar ela)

Só muito tempo depois é que me ocorre perguntar:

— Quem é mestra Coyle?

Apesar de estar escuro, sinto o Ruído do prefeito Ledger ficar um pouco mais vermelho.

— Ah, bem — ele diz pra noite —, ela seria a sua Resposta, não seria?

— Esse é o último — comento enquanto a Spackle 1182 se afasta esfregando o punho.

— Finalmente! — Davy exclama, se jogando na grama.

Tem algo de fresco no ar, embora o sol esteja brilhando e o céu esteja limpo.

— O que temos pra fazer agora? — pergunto.

— Não faço a menor ideia.

Fico ali parado observando os Spackle. Quem olhasse pra eles assim ia mesmo achar que não são muito mais inteligentes que ovelhas.

— E não são mesmo — Davy diz, apertando os olhos pro sol forte.

— Cala a boca.

Mas *olha* pra eles.

Estão apenas sentados na grama, ainda sem nenhum Ruído, sem dizer nada. Metade olha pra nós, a outra metade olha uns pra os outros, soltando estalos de vez em quando, mas raramente se movimentando, sem fazer nada com as mãos ou o tempo. Todos esses rostos brancos, parecendo vazios de vida, sentados perto dos muros esperando e esperando *alguma coisa* e só deus sabe o que essa coisa seria.

— A hora dessa coisa é agora, Todd — fala uma voz atrás de nós em um estrondo.

Davy fica de pé num pulo quando vê o prefeito cruzando a entrada principal, o cavalo amarrado lá fora.

Mas ele olha pra mim, só pra mim.

— Pronto pra sua nova tarefa?

— Ele mal fala comigo há semanas.

Davy está furioso enquanto voltamos pra casa. As coisas não andam muito bem entre ele e o pai.

— É só *Vigia o Todd* e *Acaba logo seu trabalho com os Spackle*.

Suas mãos apertam as rédeas com força.

— Eu ganho pelo menos um *obrigado*? Pelo menos um *bom trabalho, David*?

— Era pra gente ter marcado os Spackle em uma semana — argumento, repetindo o que o prefeito disse a ele. — Levamos mais que o dobro disso.

Ele vira pra mim na mesma hora, seu Ruído se elevando e ficando vermelho.

— Nós fomos *atacados*! Como isso pode ser *minha* culpa?

— Eu não estou dizendo que foi — respondo, mas meu Ruído está lembrando da fita em torno do pescoço do 0038.

— Então você *também* me culpa, é isso?

Ele parou o cavalo e está me encarando, se inclinando pra frente na sela, pronto pra saltar.

Abro a boca pra responder, mas então olho pra estrada atrás dele.

Dois celeiros perto de uma curva, uma curva que leva pro rio.

Na mesma hora volto a olhar pra Davy.

Ele tem um sorriso cruel.

— O que tem lá?

— Nada.

— A sua garota, não é? — ele zomba.

— Vai se ferrar, Davy.

— Não, mijo de porco — ele diz, saltando do cavalo, o Ruído subindo e ficando ainda mais vermelho. — Vai se ferrar *você*.

Só resta lutar.

— Soldados? — pergunta o prefeito Ledger, vendo meus hematomas e o sangue quando entro na torre pra jantar.

— Não é da sua conta — resmungo.

Foi a pior briga que tive com Davy em séculos. Estou tão dolorido que mal consigo chegar na cama.

— Você vai comer isso?

Uma certa palavra no meu Ruído responde que não, não vou comer. Ele pega o prato e começa a mastigar alto sem nem um obrigado.

— Está tentando encontrar a liberdade na comida, é? — provoco.

— Falou o garoto que sempre teve comida na mesa.

— Eu não sou um garoto.

— Os alimentos que trouxemos conosco quando pousamos duraram apenas um ano — ele explica entre uma garfada e outra. — Nesse tempo, nossa caça e nossa agricultura ainda não tinham avançado tanto quanto era de se esperar. — Mais uma garfada. — Tempos magros nos ensinam a apreciar uma refeição quente, Todd.

— Por que é que os homens sempre precisam transformar tudo em lição?

Cubro o rosto, mas logo baixo o braço, porque o olho roxo dói muito.

A noite cai. O ar está ainda mais fresco, e fico com a maior parte da roupa ao entrar debaixo da coberta. O prefeito Ledger começa a roncar e sonha que está andando por uma casa com quartos infinitos e não consegue encontrar a saída.

Esse é o momento mais seguro que tenho pra pensar nela.

Será que ela está mesmo lá fora em algum lugar?

E será que ela está agindo junto com essa tal de Resposta?

Penso outras coisas, também.

Tipo: o que ela diria se me visse?

Se ela visse o que eu faço todo dia?

E com *quem*?

Engulo o ar fresco da noite e pisco pra afastar as lágrimas.

(você ainda está comigo, Viola?)

(está?)

Uma hora depois, ainda não dormi. Tem alguma coisa me incomodando. Eu me reviro na cama, tentando limpar meu Ruído do que quer que seja, tentando me acalmar o suficiente pra poder estar pronto pra nova tarefa que o prefeito tem pra gente amanhã, e essa tarefa, pra ser sincero, não parece tão ruim.

Mas é como se eu estivesse deixando escapar alguma coisa, alguma coisa óbvia, que está bem na minha cara.

Alguma coisa...

Eu sento, ouvindo o ronco do Ruído do prefeito Ledger, o ronco adormecido de Nova Prentisstown lá fora, o pio dos pássaros noturnos, até o rio correndo lá longe.

Não ouvi o *trá-tunc* depois que o sr. Collins abriu a porta pra mim.

Me concentro, tentando lembrar.

Com certeza não ouvi.

Olho pra porta, no escuro.

Ele esqueceu de trancar.
Bem agora, nesse exato segundo…
A porta está destrancada.

16

QUEM É VOCÊ?

{VIOLA}

— ESTOU OUVINDO RUÍDO LÁ FORA — diz a sra. Fox enquanto encho seu jarro de água para a noite.

— Seria surpreendente se a senhora *não* ouvisse, sra. Fox.

— Perto da janela.

— Soldados fumando.

— Não, tenho certeza de que...

— Estou muito ocupada, sra. Fox, se não se importa.

Eu troco seus travesseiros e esvazio o penico. Ela só volta a falar quando estou prestes a ir embora.

— As coisas não são mais como eram — comenta em voz baixa.

— A senhora tem razão.

— Refúgio já foi melhor. Não era perfeito. Mas era melhor que isso.

Ela olha pela janela.

Estou morrendo de cansaço quando acabo minhas rondas, mas me sento na cama, pego o bilhete, que não saiu do meu bolso, e o leio pela centésima, milésima vez.

Minha garota,

É hora de você fazer sua escolha.

Podemos contar com você?

A Resposta

Nem um nome, nem mesmo o nome *dela*.

Estou com esse bilhete há quase três semanas. Três semanas e nada, então talvez isso seja um indício do quanto elas acham que podem confiar em mim. Nenhum outro bilhete, nenhum outro sinal, apenas fico aqui, presa nesta casa com Corinne — ou mestra Wyatt, que é como tenho que chamá-la agora — e as pacientes. Mulheres que adoeceram de males naturais ou esperados, sim, mas também mulheres que voltaram de "entrevistas" com os homens do prefeito sobre a Resposta, mulheres com hematomas e cortes, mulheres com costelas quebradas, dedos quebrados, braços quebrados. Mulheres com queimaduras.

E essas são as que têm sorte, as que não estão na prisão.

E a cada três ou quatro dias se ouve: *BUM! BUM! BUM!*

E mais são presas e mais são mandadas para cá.

E não temos nenhuma notícia de mestra Coyle.

Nem nenhuma notícia do prefeito.

Nenhuma notícia que me explique por que estou sendo mantida sozinha. Seria de se esperar que eu fosse a primeira a ser levada, a que teria uma entrevista após a outra, a que estaria apodrecendo na prisão.

— Mas nada... — sussurro. — Absolutamente nada.

E nenhuma notícia de Todd.

Fecho os olhos.

Estou cansada demais para sentir qualquer coisa. Vivo procurando maneiras de chegar à torre de comunicação, mas agora há soldados *por toda parte*, soldados demais para encontrar um padrão, e isso só piora a cada nova bomba.

— Preciso fazer *alguma coisa* — digo em voz alta. — Preciso, senão vou acabar ficando louca. — Dou uma risada. — Vou ficar louca e começar a falar sozinha.

Dou outra risada, e nem é tão engraçado assim.

Então ouço uma batida na janela.

Eu me sento, o coração batendo forte.

— Mestra Coyle?

É isso? É agora?

É agora que vou ter que escolher?

Elas *podem* contar comigo?

(mas é *Ruído* isso o que estou ouvindo?)

Fico de joelhos na cama e puxo as cortinas, só uma fresta para olhar para fora, e já estou esperando me deparar com aquela expressão carrancuda, aqueles dedos passando pela testa...

Mas não é ela.

Não mesmo.

— Todd!

Destranco a janela, levanto o vidro, e ele se inclina para dentro, e seu Ruído está dizendo meu nome, e estou abraçando Todd e o puxando para dentro, na verdade o *erguendo* do chão e o puxando. Ele passa pela janela, e caímos na cama. Estou de costas, ele em cima de mim, e meu rosto perto do dele, e eu me lembro de quando ficamos assim depois de saltar embaixo da cachoeira com Aaron bem em nosso encalço, quando olhei bem dentro dos olhos dele.

E eu soube que íamos ficar bem.

— *Todd*.

Na luz do quarto, noto que seu olho está roxo e que há sangue em seu nariz, e pergunto:

— O que aconteceu? Você está ferido? Eu posso...

Mas ele diz apenas:

— É você.

* * *

Não sei por quanto tempo ficamos deitados, apenas sentindo que o outro está realmente ali, que está realmente *vivo*, que é de verdade mesmo, sentindo a segurança dele, seu peso contra o meu, a aspereza de seus dedos tocando meu rosto, seu calor e seu cheiro, e a poeira em suas roupas. Falamos pouco, e seu Ruído está agitado com sentimentos, com coisas complicadas, com lembranças do tiro que levei, de como ele se sentiu quando achou que eu estava morrendo, da sensação da ponta dos dedos dele encostando em mim agora, mas, acima de tudo isso, ele está apenas dizendo **Viola, Viola, Viola.**

E é o Todd.

Todd!

E está tudo bem.

Então ouço passos no corredor.

Passos que param bem em frente ao meu quarto.

Nós dois olhamos para a porta. Uma sombra se projeta por baixo dela, duas pernas. Alguém está parado logo do outro lado.

Eu espero a batida.

Espero a ordem de fazê-lo ir embora.

Espero a briga que vou comprar.

Mas então os pés se afastam.

— Quem era? — pergunta Todd.

— Mestra Wyatt — respondo, e ouço a surpresa na minha própria voz.

— Então as bombas começaram a explodir — termino de contar. — E ele só me chamou duas vezes, mais no início, para me perguntar se eu sabia de alguma coisa, e eu não sabia, não sabia mesmo, e foi isso. Nada. É só isso o que sei sobre ele. Juro.

— Ele também mal falou comigo desde as bombas — comenta Todd, olhando para os pés. — Eu estava com medo que fosse você a responsável.

Vejo no Ruído dele a ponte explodindo, vejo que sou eu quem fez isso.

— Não — digo, pensando no bilhete em meu bolso. — Não fui eu.

Todd engole em seco, então pergunta de maneira simples e clara:

— Será que a gente devia fugir?

— Devíamos — digo, traindo Corinne tão rápido que sou tomada por um rubor de vergonha, mas é verdade, devíamos fugir daqui, devíamos fugir e fugir.

— Mas para onde? Aonde poderíamos ir?

Abro a boca para responder...

Mas hesito.

— Onde a Resposta está escondida? — ele pergunta. — Podemos ir pra lá?

E percebo alguma tensão em seu Ruído, desaprovação e relutância.

As bombas. Ele também não gosta das bombas.

Vejo a imagem de alguns soldados mortos em meio aos destroços de uma cafeteria.

Mas tem mais coisa, não tem?

Hesito de novo.

Eu me pergunto, por um mínimo instante, só como se fosse uma mosca que estivesse espantando, eu me pergunto...

Se posso contar a ele.

— Não sei — digo. — Não sei mesmo. Elas não me contaram, porque eu podia não ser de confiança.

Todd olha para mim.

E, por um segundo, vejo a dúvida em seu rosto também.

— Você não confia em mim. — As palavras saem da minha boca antes que eu consiga parar para pensar nelas.

— Você também não confia em mim. Você está se perguntando se eu estou do lado do prefeito agora mesmo. E está se perguntando por que levei tanto tempo pra te encontrar. — Ele abaixa o olhar com tristeza. — Ainda consigo ler você. Quase tão bem quanto eu mesmo.

Olho para ele, para o Ruído dele.

— *Você* também está se perguntando se eu faço parte da Resposta. Você acha que é algo que eu faria.

Ele não olha para mim, mas assente.

— Eu só estava tentando permanecer vivo, procurando um jeito de encontrar você, torcendo pra você não ter me deixado pra trás.

— Nunca — declaro. — Nunca.

Ele volta a me olhar.

— Eu também nunca deixaria você.

— Promete?

— Juro pela minha vida — diz ele, com um sorriso tímido.

— Eu também prometo. — Sorrio para ele. — Eu num vou te deixar, Todd Hewitt. Nunca vou fazer isso de novo.

Ele sorri ainda mais ao me ouvir dizer *num*, mas então eu o vejo organizar o Ruído para me contar algo, algo difícil, algo que o envergonha, mas, antes que faça isso, quero que ele *saiba*, quero que tenha *certeza*.

— Acho que elas estão perto do mar — digo. — Mestra Coyle me contou uma história sobre o mar antes de ir embora. Acho que ela estava tentando me dizer que era para lá que estavam indo.

Ele me olha.

— Agora me diga que não confio em você, Todd Hewitt.

Então percebo meu erro.

— Que foi? — pergunta ele ao notar minha expressão de alarme.

— Está no seu Ruído — digo, ficando de pé. — Todd, está no seu Ruído inteiro! *Mar*, várias e várias vezes!

— Não é de propósito — defende-se ele, mas já arregalando os olhos.

Vejo a porta de sua cela deixada aberta e vejo um homem na cela com ele, o homem contando a ele onde estou, e vejo vários pontos de pergunta se erguendo...

— Eu sou muito *burro*! — exclama Todd, ficando de pé também. — Um grande *idiota*! Temos que ir. Agora!

— Todd...

— A que distância fica o mar?

— Dois dias a cavalo...

— Quatro dias de caminhada, então.

Ele agora está andando de um lado para outro. Seu Ruído diz **Mar** outra vez, tão perceptível que é como se fosse uma bomba. Ele me vê olhando para ele, me vê vendo aquilo.

— Não estou espionando você. Não estou, mas ele deve ter deixado a porta aberta para que eu... — Todd puxa o cabelo, frustrado. — Eu vou esconder isso. Eu escondi a verdade sobre Aaron e posso esconder isso.

Sinto pontadas no estômago quando lembro o que o prefeito me falou sobre Aaron.

— Mas a gente precisa ir — continua Todd. — Tem alguma comida que a gente possa levar?

— Posso arranjar um pouco.

— *Depressa*.

Quando me viro para sair, escuto meu nome em seu Ruído. **Viola**, diz, e está coberto de medo, medo de que tenham armado para nós, medo de que eu pense que ele foi mandado de propósito, e tudo o que posso fazer é apenas olhar para ele e pensar em seu nome.

Todd.

E torcer para que ele saiba o que eu quero dizer.

Entro apressada na cantina e corro até os armários. Deixo a maioria das luzes apagadas, tentando não fazer barulho enquanto pego refeições prontas e pães.

— Rápido assim, hein? — diz Corinne.

Ela está sentada a uma mesa no fundo, no escuro, com uma xícara de café à frente.

— Seu amigo aparece e você simplesmente vai embora.

Ela se levanta e vem até mim.

— Preciso ir. Sinto muito.

— "Sinto muito"? — repete ela, levantando as sobrancelhas. — E como ficamos aqui? O que acontece com todas as pacientes que precisam de você?

— Eu sou uma curandeira *horrível*, Corinne. Só faço dar banho e comida...

— Para que eu tenha tempo de me concentrar na pouca cura que consigo fazer.

— Corinne...

Os olhos dela brilham.

— *Mestra Wyatt*.

Solto um suspiro.

— Mestra Wyatt — começo, então penso e falo ao mesmo tempo: — Venha com a gente!

Ela parece surpresa, quase como se tivesse sido ameaçada.

— O quê?

— Você não consegue ver para onde as coisas estão se encaminhando? Mulheres na prisão, mulheres feridas. Não consegue ver que a situação não vai melhorar em nada?

— Com bombas explodindo todo dia não vão mesmo.

— É o presidente que é o inimigo.

Ela cruza os braços.

— E você acha que não pode haver mais de um inimigo? — ameaça.

— Corinne...

— Uma curandeira não tira vidas. Uma curandeira *nunca* tira vidas. Nosso primeiro juramento é não fazer mal algum.

— As bombas são postas para explodir quando o local está vazio.

— Mas nem sempre eles estão vazios, não é mesmo? — Ela balança a cabeça, e de repente seu rosto parece triste, mais triste do que eu já o vi. — Eu sei quem sou, Viola. Conheço minha *alma*. Eu curo os doentes, curo os feridos, essa é quem eu sou.

— Se ficarmos aqui, eles vão acabar vindo nos buscar.

— Se formos embora, as pacientes vão morrer.

Ela nem parece mais estar com raiva, o que é ainda mais assustador.

— E se você for levada? — pergunto, em desafio. — Quem vai curá-las, então?

— Eu estava esperando que fosse você.

Por um segundo eu me concentro só em respirar.

— Não é tão simples — digo.

— Para mim, é.

— Corinne, se eu puder escapar e se conseguir entrar em contato com meu povo...

— Aí o quê? Você falou que eles ainda estão a cinco meses de distância. Cinco meses é muito tempo.

Eu me volto para os armários e continuo a encher a bolsa com comida.

— Preciso tentar — digo. — Preciso fazer *alguma coisa*.

Então me viro para ela, a bolsa cheia.

— Essa é quem *eu* sou. — Penso em Todd esperando por mim, e meu coração acelera. — Ou pelo menos foi em quem me transformei.

Ela me encara em silêncio. Em seguida, fala algo que mestra Coyle me disse uma vez:

— Nós somos as escolhas que fazemos.

Levo um segundo para perceber que ela acabou de se despedir.

— Por que demorou tanto? — pergunta Todd, olhando pela janela com nervosismo.

— Nada de mais. Depois te explico.

— Você pegou a comida?

Mostro a bolsa.

— E vamos só voltar a seguir o rio de novo? — pergunta ele.

— Acho que sim.

Ele dá uma segunda olhada para mim, desajeitado, tentando não sorrir.

— Lá vamos nós outra vez.

Sinto algo estranho se espalhando em mim, e sei que, embora estejamos correndo um perigo incalculável, essa coisa estranha é *felicidade*, e ele sente isso também. Por apenas um segundo nós damos as mãos, uma apertando a outra, então ele sobe na cama, passa uma perna pela janela e salta para fora.

Entrego a bolsa de comida a ele e saio também. Meus sapatos fazem um barulho surdo na lama seca.

— Todd — sussurro.

— Eu?

— Alguém me contou que tem uma torre de comunicação em algum lugar perto da cidade. Ela deve estar cercada de soldados, mas eu estava pensando que se conseguíssemos achá-la…

— Uma torre grande de metal? — pergunta ele. — Mais alta que as árvores?

Fico surpresa.

— Provavelmente — digo, e arregalo os olhos. — Você sabe onde fica?

— Sei. Passo por ela todo dia.

— Jura?

— Aham — responde ele, e vejo em seu Ruído, vejo a estrada…

— Acho que já é o suficiente — diz uma voz na escuridão.

Uma voz que nós dois reconhecemos.

O prefeito surge sob a luz, seguido por uma fileira de soldados.

— Boa noite para vocês.

Então ouço um flash de Ruído do prefeito.

E Todd desaba.

17

TRABALHO DURO

[TODD]

É UM SOM MAS NÃO É UM SOM, e é mais alto do que qualquer coisa possível, e estouraria seus tímpanos se você ouvisse com os ouvidos em vez de dentro da cabeça, e tudo fica branco, e não é como se eu estivesse só cego, estou surdo e burro e paralisado também, e a dor vem de dentro, vem lá do fundo, de um jeito que não tem uma única parte de mim preu me segurar pra me proteger, só um tapa que dói e arde bem no meio de quem eu sou.

Era isso o que Davy sentia sempre que era atingido pelo Ruído do prefeito.

E são palavras...

São apenas *palavras*...

Mas são *todas* as palavras, espremidas dentro da sua cabeça ao mesmo tempo, e o mundo inteiro está gritando que **VOCÊ NÃO É NADA VOCÊ NÃO É NADA VOCÊ NÃO É NADA,** e isso arranca todas as suas próprias palavras, como se tivesse puxando seu cabelo pela raiz e levando a pele junto...

Um flash de palavras e eu não sou nada...

Eu não sou nada.

VOCÊ NÃO É NADA...
Eu caio, e o prefeito pode fazer o que quiser comigo.

Não quero falar sobre o que acontece em seguida.

O prefeito deixa alguns soldados guardando a casa de cura e os outros me arrastam de volta pra catedral, ele sem dizer nada no caminho, nem uma palavra enquanto eu imploro que ele não machuque ela, eu prometo e grito e choro (cala a boca) que faço qualquer coisa que ele quiser desde que não machuque ela.

(cala a boca, cala a boca)

Quando voltamos, ele me amarra à cadeira outra vez.

E deixa o sr. Collins se esbaldar.

E...

Não quero falar sobre isso.

Porque eu choro e vomito e imploro e chamo o nome dela, e imploro um pouco mais, e isso me envergonha tanto que nem consigo falar.

E o tempo todo o prefeito não diz nada. Fica só andando em volta de mim, várias e várias vezes, me ouvindo gritar, me ouvindo implorar.

Ouvindo meu Ruído por baixo disso tudo.

Digo pra mim mesmo que estou gritando e implorando tanto pra esconder no meu Ruído o que ela me contou, pra proteger ela, pra não deixar ele descobrir. Digo pra mim mesmo que tenho que chorar e implorar o mais alto possível prele não ouvir.

(cala a boca)

É isso o que eu digo pra mim.

E não quero falar mais nada sobre isso.

(cala essa droga dessa boca)

Já quase amanheceu quando eu volto pra torre. O prefeito Ledger está esperando por mim, e embora eu não esteja em condições de fazer nada, me pergunto se talvez de algum modo não teve dedo dele nisso, mas a preocupação que ele mostra assim que eu apareço, o horror ao notar como estou, tudo parece genuíno no Ruído dele, tão genuíno que eu só deito com cuidado no colchão e não sei o que pensar.

— Eles mal entraram — ele diz, parado atrás de mim. — Collins só abriu a porta, deu uma olhada e depois me trancou de novo. É como se eles soubessem.

— É — respondo, a cara enfiada no travesseiro. — Parece mesmo que eles sabiam.

— Eu não tive nada a ver com isso, Todd — ele se defende, tentando me interpretar. — Juro. Eu nunca ajudaria aquele homem.

— Me deixa.

E ele se afasta.

Eu não durmo.

Estou ardendo de raiva.

Ardendo de pensar como foi ridículo de fácil pra eles me prenderem, como foi fácil usar ela contra mim. Ardendo de vergonha de chorar durante o espancamento (*cala a boca*). Ardendo de dor de ser separado dela outra vez, a dor da promessa dela pra mim, a dor de não saber o que vai acontecer com ela agora.

Tô pouco me importando pro que vão fazer comigo.

Depois de um tempo, o sol nasce e eu descubro a minha punição.

— É melhor você se esforçar, mijo de porco.

— Cala a boca, Davy.

Nossa nova tarefa é botar os Spackle pra trabalhar em grupos, escavando as fundações pras novas construções no terreno do mosteiro, as que vão abrigar os Spackle no inverno que se aproxima.

Minha punição é trabalhar ali com eles.

Minha punição é Davy totalmente no comando.

Minha punição é ele ter um chicote novo.

— Anda! — ele diz, estalando o chicote no meu ombro. — Trabalha!

Eu viro, cada pedaço do meu corpo machucado e doendo.

— Se você me acertar com essa *M* outra vez, eu arranco fora a sua cabeça.

Ele sorri cheio de dentes, seu Ruído um grito alegre de triunfo.

— Quero ver você tentar, *sr. Hewitt*.

E ele só *ri*.

Eu volto pra minha pá. Os Spackle do meu grupo estão todos me olhando. Não dormi nada e meus dedos estão gelados no sol claro da manhã e não consigo me segurar e grito pra eles:

— Voltem ao trabalho!

Eles fazem uns sons estalados uns pros outros e voltam a cavar o chão com as mãos.

Todos menos um, que me encara por um minuto a mais.

Eu faço o mesmo, fervendo, meu Ruído irritado e furioso direto na direção dele, que me lê em silêncio. A umidade da sua respiração vira vapor ao deixar a boca, e os olhos me desafiam a reagir. Ele ergue o punho, como se estivesse se identificando, como se eu não soubesse qual deles é, e depois volta a escavar a terra fria o mais devagar possível.

O 1017 é o único que não tem medo de nós.

Eu pego a pá e cravo ela no chão.

— Está se divertindo? — grita Davy.

Ponho a coisa mais grosseira que consigo pensar no meu Ruído.

— Ah, minha mãe morreu faz é tempo — ele retruca. — Assim como a sua. — E ele ri. — Será que na vida real ela falava tanto quanto escreveu naquele livrinho?

Eu levanto, o Ruído aumentando e ficando vermelho.

— Davy...

— Sério, é muita *página*!

— Um dia desses, Davy... — começo, meu Ruído tão feroz que quase vejo ele deformar o ar como ondas de calor. — Um dia desses, eu vou...

— Você vai fazer o quê, caro garoto? — o prefeito me pergunta, chegando em cima de Morpeth. — Dá para ouvir vocês discutindo lá da estrada.

Ele vira pra Davy.

— E quem discute não trabalha.

— Ah, eu tô botando eles pra trabalhar, pai — Davy diz, indicando o campo com a cabeça.

É verdade. Eu e os Spackle estamos todos separados em grupos de dez ou vinte, espalhados pela área murada do mosteiro, removendo pedras dos muros internos baixos e arrancando a grama dos campos. Outros estão empilhando a terra escavada em outros campos, e meu grupo aqui perto da frente já cavou parte dos buracos pras fundações do primeiro prédio. Eu tenho uma pá, pelo menos. Os Spackle têm que usar as mãos.

— Nada mau — o prefeito diz. — Nada mau mesmo.

O Ruído de Davy está tão satisfeito que chega dá vergonha. Ninguém olha pra ele.

— E você, Todd? Como está sendo seu dia?

— Por favor, não machuca ela — peço.

Davy me imita:

— *Por favor, não machuca ela...*

— Pela última vez, Todd, eu não vou machucá-la. Só vou *conversar* com ela. Aliás, estou indo fazer isso agora mesmo.

Meu coração dá um pulo e meu Ruído se agita.

— Ah, ele não gostou *disso*, pai — Davy comenta.

— Calado — o prefeito manda. — Todd, tem alguma coisa que você queira me contar que poderia fazer minha visita ser mais rápida e mais agradável para todos os envolvidos?

Eu engulo em seco.

E o prefeito fica só *olhando* pra mim, olhando dentro do meu Ruído, e palavras se formam no meu cérebro, **POR FAVOR, NÃO MACHUCA ELA**, e soam como se fossem ditas pela minha voz e pela voz dele, as duas juntas e emboladas, fazendo pressão sobre as coisas que eu penso, as coisas que eu sei. É diferente do tapa de Ruído. Essa voz vasculha por onde eu não quero que ele esteja, tentando abrir portas trancadas, revirar tudo e iluminar lugares que não são pra nunca ficar claros. O tempo inteiro **POR FAVOR, NÃO MACHUCA ELA** é repetido, e sinto como se eu começasse a *querer* contar (*mar*), a *querer* destrancar essas portas (*o mar*), a *querer* fazer exatamente o que ele diz, porque ele tem razão, ele tem razão sobre tudo, e quem sou eu pra resistir…

— Ela não sabe nada — digo com a voz meio fraca, quase sem ar.

Ele levanta a sobrancelha.

— Você parece aflito, Todd.

Ele força Morpeth a se aproximar.

Submeta-se, Morpeth diz.

Davy observa a atenção que o prefeito me dá, e mesmo de onde estou ouço ele ficando com ciúme.

— Tem uma coisa que gosto de fazer sempre que preciso me acalmar, Todd.

Ele fixa os olhos nos meus.

EU SOU O CÍRCULO E O CÍRCULO SOU EU.

Aninhado bem no meio do meu cérebro, como um verme dentro de uma maçã.

— Isso me faz lembrar quem eu sou. Me faz lembrar como consigo me controlar.

— O quê? — Davy pergunta.

Nisso eu percebo que ele não está ouvindo.

EU SOU O CÍRCULO E O CÍRCULO SOU EU.

De novo, bem dentro de mim.

— O que isso significa? — pergunto.

Quase engasgo em seco, porque está pesando tanto no meu cérebro que é difícil falar.

Então ouvimos.

Um chiado no ar, um zumbido que não é Ruído, um zumbido que parece mais uma grande abelha-roxa chegando pra picar ele.

— Mas que M é...? — Davy diz.

E estamos todos virando, olhando pra parte mais distante do mosteiro, acima da cabeça dos soldados um do lado do outro no alto do muro.

Bzzzzzzzz...

É no céu. Uma forma faz um arco no alto, um arco certinho, chegando entre algumas árvores atrás do mosteiro, deixando uma trilha de fumaça atrás. O zumbido fica mais alto, e a fumaça está começando a ficar mais pesada e preta.

O prefeito pega o binóculo de Viola do bolso da camisa pra observar melhor.

Olho fixamente pro binóculo, o Ruído agitado, despejando pontos de pergunta que ele ignora.

Davy deve ter trazido do morro também.

Eu cerro os punhos.

— Seja lá o que for, está vindo na nossa direção — Davy fala.

Volto a olhar pra cima. A coisa atingiu o ponto máximo do arco e agora está descendo na direção do solo.

Na direção do mosteiro onde estamos todos parados.

Bzzzzz...

— Eu sairia do caminho se fosse vocês — o prefeito aconselha. — É uma bomba.

Davy corre até o portão tão depressa que deixa cair o chicote. Os soldados no muro começam a saltar pra fora. O prefeito prepara o cavalo, mas continua sem se mexer, esperando pra ver onde a bomba vai cair.

— Traçante — ele diz, todo interessado. — Ultrapassada, praticamente inútil. Nós as usamos na Guerra dos Spackle.

O zunido está ficando mais alto. A bomba está caindo e ganhando velocidade.

— Prefeito Prentiss?

— Presidente — ele corrige, ainda olhando pelo binóculo quase como que hipnotizado. Então comenta: — O som e a fumaça fazem com que chame atenção demais e não permitem um ataque surpresa.

— Prefeito Prentiss!

O nervoso faz meu Ruído subir.

— Na cidade foram apenas bombas caseiras — ele continua —, então por que...

— CORRAM! — grito.

Morpeth começa a correr. O prefeito olha pra mim.

— CORRAM! — repito.

Estou gritando e acenando com as mãos e a pá pros Spackle que estão mais perto de mim, os Spackle no meu campo.

O campo pra onde a bomba está indo.

Bzzzzzzzz...

Eles não entendem. A maioria está só olhando a bomba indo direto pra eles.

— CORRAM! — continuo a gritar.

Estou enviando imagens de explosões no meu Ruído, mostrando a eles o que vai acontecer quando a bomba cair, imaginando sangue e tripas e o BUM que vem por aí.

— *CORRAM*, DROGA!

Finalmente eles percebem, e alguns começam a se espalhar, talvez só pra escapar de mim, que grito e sacudo a pá, mas eles correm, e eu persigo eles pelo campo. Olho pra trás. O prefeito foi até a entrada do mosteiro, pronto pra se afastar mais, se necessário.

Mas ele está me observando.

— CORRAM! — continuo a gritar, fazendo os Spackle se movimentarem e se afastarem, fugindo do centro do campo.

Os últimos saltam por cima do muro interno mais próximo, e salto com eles, sem fôlego, virando outra vez pra ver a bomba cair...

E eu noto o 1017, ainda ali no meio do campo, só olhando pro céu.

E pra bomba que vai matar ele bem ali.

Estou pulando de volta o muro interno sem nem perceber...

Meus pés atingem a grama com força...

Saltam os buracos que cavamos...

Correm tanto que não aparece nada no meu Ruído...

Só o zunido da bomba...

Ficando mais alto e mais próximo...

O 1017 está levantando a mão pra proteger os olhos do sol...

Por que ele não sai dali?

E meus pés se chocam com força...

E estou repetindo "Maldito, maldito"...

BZZZZZZZZZZZZZZZZ...

E o 1017 não percebe que eu me aproximo...

Atinjo ele com força e sinto o ar ser expulso dos pulmões dele enquanto voamos sobre a grama, atingimos o chão rolando, rolamos na terra e caímos no buraco grande, quando um gigantesco...

BUM

devora o planeta inteiro em uma única mordida de som

explodindo cada pensamento e fragmento de Ruído

atingindo o cérebro e deixando ele em pedaços

e o ar todo é sugado e passa soprado por nós
e terra e grama nos atingem com força, pedaços pesados
e a fumaça enche os nossos pulmões

Então vem o silêncio.

Um silêncio *alto*.

— Você está ferido? — ouço o prefeito gritar, como se estivesse a quilômetros e quilômetros de distância e debaixo d'água.

Eu sento no buraco, vejo a cratera enorme e fumegante no meio do campo, a fumaça já diminuindo porque não tem nada pra pegar fogo. Fileira e mais fileira de Spackle observam encolhidos nos campos mais distantes.

Estou respirando, mas não escuto nada.

Eu viro pro 1017, ainda com a maior parte do corpo dele no buraco embaixo de mim, tentando levantar. Estou abrindo a boca pra perguntar se está bem, mesmo sabendo que ele não tem como responder…

E ele me atinge com um tapa forte que deixa arranhões no meu rosto.

— Ei! — grito, mesmo mal conseguindo me ouvir…

Ele está se retorcendo pra sair debaixo de mim, e eu estendo a mão pra impedir…

E ele morde minha mão forte com seus dentinhos afiados…

E eu puxo a mão, já sangrando…

E eu estou pronto pra dar um soco, pronto pra *bater* nele…

Então ele sai de baixo de mim e corre pela cratera, na direção dos outros Spackle…

— Ei! — grito, meu Ruído se agitando e ficando vermelho.

Ele está só correndo e olhando pra trás, e as fileiras de Spackle estão todas me observando também. Os rostos silenciosos e estúpidos são menos expressivos que até o carneiro mais burro que eu já tive na fazenda. Minha mão está sangrando e meus ouvidos estão ressoando e meu rosto está doendo dos arranhões, e eu salvei a vida desse imbecil e é esse o agradecimento que recebo?

Animais, penso. *Um bando de animal idiota.*

— Todd? — o prefeito diz mais uma vez, cavalgando até onde estou. — Você está ferido?

Viro o rosto pra cima em sua direção, sem sequer ter certeza que estou calmo o suficiente pra responder, mas quando abro a boca…

O chão treme.

Ainda estou sem conseguir ouvir, por isso eu mais sinto que escuto, sinto o ronco através da terra, sinto o ar pulsar com três impactos fortes, um logo após o outro. Vejo o prefeito virar de repente a cabeça na direção da cidade, vejo Davy e todos os Spackle fazerem o mesmo.

Mais bombas.

Ao longe, na direção da cidade, as maiores bombas que já explodiram na história desse mundo.

18

VIVER É LUTAR

{VIOLA}

FICO TÃO ESTUPIDAMENTE ARRASADA depois que o prefeito e seus soldados levam Todd que Corinne acaba tendo que me dar um calmante. Eu mal sinto a pontada da agulha em meu braço, nem sua mão nas minhas costas, sem se mover, sem acariciar, sem fazer nada para que eu me sinta melhor, apenas me segurando ali, me mantendo na terra.

Lamento dizer que não sou grata por isso.

Quando acordo em minha cama, o dia ainda está amanhecendo, o sol está tão baixo que não se eleva sobre o horizonte, tudo ainda se encontra sob a sombra da manhã. Corinne está na cadeira ao meu lado.

— Ainda que dormir mais fosse ajudar, acho que você não consegue — diz ela.

Eu me inclino para a frente na cama até estar quase dobrada ao meio. Há um peso tão grande em meu peito que é como se eu estivesse sendo puxada para o chão.

— Eu sei — sussurro. — Eu sei.

Eu nem sei por que ele desabou. Ele ficou atordoado, quase inconsciente, com espuma saindo da boca, e então os soldados o ergueram e o arrastaram dali.

— Eles vêm me buscar — digo, tendo que engolir o nó na garganta. — Depois que terminarem com Todd.

— É, acho que vêm.

Corinne apenas concorda, olhando para as mãos, para os calos cor de creme que se destacam na ponta de seus dedos, para a pele cor de cinzas que descasca no dorso de suas mãos por ficar muito tempo embaixo de água quente.

A temperatura hoje é baixa, faz um frio que surpreende por sua severidade. Mesmo com a janela fechada sinto um tremor começando. Enrosco os braços no corpo.

Ele se foi.

Ele se foi.

E eu não sei o que vai acontecer agora.

— Sabe, eu cresci em um povoado chamado Portão de Kentish — fala Corinne de repente, sem olhar para mim. — Na margem de uma grande floresta.

Ergo a vista.

— Corinne?

— Meu pai morreu na Guerra dos Spackle — continua ela. — Mas minha mãe sobreviveu. Desde pequena eu a ajudei nos pomares, colhendo maçãs, pinhas encrespadas e frutas-de-roisin.

Eu olho para ela e me pergunto por que agora, por que essa história agora?

— Minha recompensa por toda aquela trabalheira era uma viagem para acampar todo ano depois da última colheita, só eu e minha mãe, tão fundo na floresta quanto ousávamos ir.

Ela olha para o amanhecer escuro.

— Há muita vida aqui, Viola. Muita, em todo canto de toda floresta, córrego, rio e montanha. Este planeta simplesmente *vibra*. — Ela contorna os calos com o dedo. — Eu tinha oito anos na última vez que saímos numa dessas viagens. Caminhamos em direção ao sul por três dias inteiros, era um presente pelo meu amadurecimento. Só Deus sabe a quantos quilômetros de distância estávamos, mas estávamos sozinhas, só eu e ela, e isso era tudo o que importava.

Ela fica um bom tempo sem falar. Não a interrompo.

— Ela foi picada por uma listra-vermelha, no calcanhar, quando refrescava os pés em um riacho. — Ela está esfregando as mãos outra vez. — É fatal, o veneno de cobra vermelha, mas ele age lentamente.

— Ah, Corinne... — digo baixinho.

Ela se levanta de repente, como se minha compaixão fosse quase ofensiva, e vai até a janela.

— Ela levou dezessete horas para morrer — continua, ainda sem olhar para mim. — E esse tempo passou de maneira horrível e dolorosa, e, quando ela ficou cega, ela me agarrou e implorou que eu a salvasse, implorou sem parar para que eu salvasse sua vida.

Permaneço em silêncio.

— O que se sabe agora, o que as curandeiras descobriram, é que eu *podia* ter salvado a vida dela se apenas tivesse fervido um pouco de raiz-de-xanthus. — Ela cruza os braços. — Que tinha por toda a nossa volta. Em abundância.

O RONCO de Nova Prentisstown está começando a se levantar com o sol. A luz se projeta do horizonte distante, mas permanecemos em silêncio por mais um momento.

— Sinto muito, Corinne — acabo dizendo. — Mas por que...

— Todo mundo aqui é filha de alguém — explica ela em voz baixa. — Todo soldado lá fora é filho de alguém. O único crime, o único crime é tirar uma vida. Não há mais nada.

— É por isso que você não luta.

Ela se vira bruscamente para mim.

— Viver é lutar — retruca. — Proteger a vida é lutar contra *tudo* o que aquele homem representa.

Ela bufa, irritada.

— E agora ela, também, com todas as bombas. Eu luto contra elas cada vez que faço um curativo no olho roxo de uma mulher, cada vez que removo estilhaços de uma vítima de bomba.

Sua voz se elevou, mas ela torna a baixá-la:

— Essa é minha guerra. É a guerra que estou lutando. — Ela volta para a cadeira e apanha uma trouxa de roupa perto do móvel. — E é por isso que eu preciso que você vista isso.

Ela não me dá tempo para discutir nem perguntar sobre seu plano. Pega meus jalecos de aprendiz e minhas poucas roupas, que a essa altura já foram muito lavadas. Tenho que vestir coisas mais pobres, uma blusa de manga comprida e uma saia longa, e colocar um lenço na cabeça, cobrindo todo o meu cabelo.

— Corinne... — digo enquanto o amarro.

— Cala a boca e anda logo.

Quando estou vestida, ela me acompanha até o fim do corredor comprido que leva à margem do rio perto da casa de cura. Há uma bolsa de lona pesada cheia de remédios e ataduras perto da porta. Ela me entrega a bolsa e diz:

— Espere o som. Você vai saber o que é quando ouvir.

— Corinne...

— Você precisa saber que não tem muitas chances. — Seus olhos agora estão fixos nos meus. — Mas, se você chegar até o esconderijo delas, faça bom uso desse material como uma *curandeira*, está me ouvindo? Você leva jeito, mesmo achando que não.

Minha respiração está pesada, nervosa. Mas eu olho para ela e concordo:

— Sim, mestra.

— *Mestra* está certo — diz ela, e olha pela janelinha na porta.

Vemos um único soldado entediado no canto do prédio, com o dedo no nariz. Corinne se vira para mim.

— Agora bata em mim, por favor.

— O quê?

— Bata em mim. Vou precisar de um nariz sangrando ou de um lábio cortado, pelo menos.

— Corinne...

— Rápido, ou as ruas vão ficar cheias demais de soldados.

— Eu não vou *bater* em você!

Ela me agarra pelo braço com tanta agressividade que eu me encolho.

— Se o presidente vier buscar você, você acha mesmo que vai voltar? Ele tentou obter a verdade de você perguntando e depois armando uma armadilha para o seu amigo. Você acha mesmo que um homem é tão paciente?

— Corinne...

— Ele vai acabar machucando você. Se você se recusar a ajudá-lo, ele vai te matar.

— Mas eu *não* sei...

— Ele não se *importa* se você sabe ou não! — fala ela, entredentes. — Se eu puder impedir que tirem uma vida, eu vou fazer isso, mesmo que seja a vida de alguém irritante como você.

— Você está me machucando — digo em voz baixa enquanto seus dedos se cravam no meu braço.

— Ótimo. Fique com bastante raiva para me bater.

— Mas por que vo...

— Me bate! — grita ela.

Eu inspiro, em seguida inspiro de novo e então a atinjo no rosto com o máximo de força.

Eu espero, agachada junto à janela da porta, observando o soldado. Os passos de Corinne desaparecem pelo corredor enquanto ela corre até a sala da recepção. Espero um pouco mais. Este é um dos muitos soldados que tiveram a cura retirada deles, e no relativo silêncio da manhã consigo ouvir o que ele pensa. Pensamentos de tédio, pensamentos sobre a aldeia onde ele morava antes da invasão, pensamentos sobre o exército ao qual foi forçado a se juntar.

Pensamentos sobre uma garota que ele conhecia e que morreu.

Então ouço o grito fraco de Corinne vindo da frente. Ela vai gritar que a Resposta entrou escondida à noite, agrediu-a até que ela perdesse a consciência e me raptou embaixo do nariz deles. Vou fugir numa direção, mas ela vai dizer que fui na direção oposta.

É uma história fraca, ninguém vai acreditar. Como alguém poderia entrar à noite e não ser visto, quando há guardas por toda parte?

Mas eu sei que Corinne está contando com uma coisa: com uma lenda que tem se espalhado, uma lenda sobre a Resposta.

Como as bombas podem ser plantadas sem ninguém ver?

Sem que ninguém seja apanhado?

Se a Resposta consegue fazer isso, será que elas seriam capazes de passar indetectadas por guardas armados?

Será que são invisíveis?

Ouço pensamentos como esse logo que vejo a cabeça do soldado se erguer ao ouvir a confusão. Eles se tornam mais altos em seu Ruído enquanto ele dobra a esquina e some de vista.

E, rápido assim, o momento chegou.

Penduro a bolsa de remédios no ombro.

Abro a porta.

Corro.

Corro na direção de uma série de árvores enfileiradas e desço até o rio. Há uma trilha que acompanha a margem, mas me mantenho entre as árvores. Quando a bolsa quica com força em meus ombros com algum conteúdo pesado e pontiagudo, não consigo não pensar em mim e Todd correndo por esse mesmo rio, essa mesma margem, fugindo do exército, correndo e correndo e correndo.

Preciso chegar ao mar.

Por mais que eu queira salvar Todd, minha única chance é encontrá-la primeiro.

Depois eu volto para buscá-lo.

Eu vou voltar.

Eu num vou te deixar, Todd Hewitt.

Meu coração dói ao me lembrar de ter dito isso.

Ao quebrar minha promessa.

(espere, Todd)

(permaneça vivo)

Eu corro.

Desço o rio evitando patrulhas, passando pelos jardins dos fundos de algumas casas, correndo por trás de cercas de fundos, ficando o mais longe possível de onde as pessoas moram.

O vale se estreita de novo. Os morros são mais próximos da estrada, e as casas estão se tornando mais raras. Uma vez, escuto passos marchando, e tenho que mergulhar fundo na vegetação rasteira, prendendo a respiração, abaixando-me o máximo possível enquanto os soldados passam. Espero até haver apenas um chamado de pássaro (**Onde está minha segurança?**) e o agora distante **RONCO** da cidade, respiro mais uma ou duas vezes, e então levanto a cabeça e olho para a estrada.

O rio faz uma curva ao longe, e a estrada se perde de vista por trás de outros morros e florestas. Do outro lado da estrada, aqui, tão longe da cidade, há principalmente fazendas e casas de fazenda, que sobem por encostas inclinadas, de volta na direção de mais floresta. Bem em frente há uma estradinha que leva a uma casa com algumas árvores no jardim. Os campos de cultivo se estendem para a direita, mas uma floresta mais densa começa acima e depois da casa da fazenda. Se eu conseguir alcançar a estradinha, aquele vai ser o lugar mais seguro para mim. Caso seja necessário, vou me esconder ali até o cair da noite e depois seguirei no escuro.

Volto a olhar de um lado e do outro da estrada e mais uma vez presto atenção para ver se ouço passos marchando, algum sinal de Ruído, o chacoalhar de uma carroça.

Inspiro.

E atravesso correndo a estrada.

Mantenho os olhos na casa, a bolsa batendo nas costas, os braços me dando impulso, meus pulmões ofegando enquanto corro mais e mais e mais.

Subo a estradinha...

Quase nas árvores...

Quase lá...

E um agricultor sai de trás delas.

Paro de repente, escorregando na terra e quase caindo. Ele pula, obviamente surpreso por me ver surgir tão de repente à sua frente.

Ficamos encarando um ao outro.

Seu Ruído é baixo, disciplinado, quase cavalheiresco, por isso não o ouvi de longe. Ele leva um cesto embaixo do braço e uma pera vermelha na mão.

Ele me olha de cima a baixo, percebe a bolsa nas minhas costas, vê que me encontro sozinha na estrada desrespeitando a lei, conclui, pela minha dificuldade de respirar, que eu estava correndo.

E surge em seu Ruído, rápido e claro como a manhã:

A Resposta, ele pensa.

— Não — digo. — Não sou.

Mas ele leva o dedo aos lábios.

Inclina a cabeça na direção da estrada.

E ouço o som distante de soldados marchando.

— Por ali — sussurra o homem.

Ele aponta para uma trilha estreita, uma estradinha para a mata acima que seria fácil não ser notada por alguém que desconhecesse sua existência.

— Vá, depressa.

Olho para ele mais uma vez, tentando identificar uma armadilha, tentando *saber*, mas não tenho tempo. Não tenho tempo.

— Obrigada — digo, e saio correndo.

Pouco depois do começo da trilha ela já conduz à mata mais densa, subindo por toda a encosta. Ela é estreita, e tenho que afastar cipós e galhos para abrir caminho. As árvores me engolem, e só posso seguir adiante, torcendo para não estar sendo levada a uma armadilha. Alcanço o topo do morro e descubro uma pequena descida, em seguida um segundo morro para subir. Desço e subo correndo. Ainda estou seguindo para leste, mas não consigo ver o bastante por cima de nada para identificar onde está a estrada ou o rio, ou para onde estou...

Quase tropeço ao chegar de repente a uma clareira.

Onde há um soldado a menos de dez metros.

Ele está de costas para mim (graças a deus, graças a deus), e só depois que meu coração saltou do peito e eu me recompus e voltei para a mata é que reparo no que ele está guardando.

Ali está ela.

No meio de uma clareira no alto do morro, se projetando no céu sobre três pernas de metal e com quase cinquenta metros de altura. As árvores ao seu redor foram derrubadas, e do outro lado da clareira, abaixo, posso ver uma pequena construção e uma estrada que leva ao rio.

Encontrei a torre de comunicação.

Ela está ali.

E não há muitos soldados em volta. Eu conto cinco. Não, seis.

Só seis. Com grandes intervalos.

Meu coração se anima.

Se anima muito.

Eu a encontrei.

É quando um *BUM!* ecoa de algum lugar longe da torre.

* * *

Eu me encolho, assim como os soldados. Outra bomba. Outra declaração da Resposta. Outra...

Os soldados estão indo embora.

Estão correndo, correndo na direção da explosão, correndo para longe de mim e descendo pelo outro lado do morro, na direção de onde já dá para ver uma coluna branca de fumaça subindo.

A torre se ergue à minha frente.

De repente, o caminho até ela está totalmente livre.

Nem espero para pensar no quanto estou sendo burra.

Estou só correndo...

Correndo na direção da torre...

Se essa é minha chance de nos salvar, então...

Eu não sei...

Estou apenas correndo...

Pelo terreno aberto...

Na direção da torre...

Na direção do prédio...

Eu posso nos salvar...

Posso salvar todos nós...

E pelo canto do olho, vejo outra pessoa sair das árvores à minha esquerda...

Alguém correndo bem na minha direção...

Alguém...

Alguém gritando meu nome...

— Viola! Volte!

Mestra Coyle está gritando:

— Viola, NÃO!

* * *

Eu não paro...

Nem ela...

— VOLTE! — grita mestra Coyle.

E ela está atravessando a clareira à minha frente...

Correndo, correndo e correndo...

Então eu percebo...

Como um soco no estômago...

Por que ela está gritando...

Não...

Mesmo enquanto paro, derrapando...

Não, penso...

Não, vocês não podem...

E mestra Coyle me alcança...

Vocês NÃO PODEM...

E nos joga no chão...

NÃO!

E as pernas da torre explodem em três clarões cegantes.

PARTE IV

A NOITE CAI

19

O QUE VOCÊ NÃO SABE

{VIOLA}

— SAI DE CIMA DE MIM!

Ela tapa minha boca com a mão e a mantém ali, e *me* mantém ali com o peso de seu corpo. Enquanto isso, os escombros da torre de comunicação formam nuvens de poeira à nossa volta.

— *Pare de gritar* — rosna ela.

Mordo sua mão.

Ela faz uma expressão de dor, feroz e furiosa, mas não me solta, aceita ser mordida e não se mexe.

— Depois você pode gritar e espernear o quanto quiser, minha garota, mas em dois segundos este lugar vai estar cheio de soldados, e você acha mesmo que eles vão acreditar que foi uma coincidência você *estar aqui*?

Ela espera para ver minha reação. Eu a encaro com raiva, mas finalmente faço um gesto de concordância com a cabeça. Mestra Coyle retira a mão.

— Não me chame de *minha garota*. — Falo baixo, mas num tom tão colérico quanto o dela. — Nunca mais me chame assim.

* * *

Desço uma encosta íngreme atrás de mestra Coyle, voltando na direção da estrada, escorregando sobre folhas caídas e o sereno que se acumulou no chão, sempre descendo e descendo. Salto troncos e raízes, a bolsa de lona pesando como uma pedra no meu ombro.

Não tenho escolha senão segui-la.

Eu seria capturada e sabe-se lá o que mais se voltasse para a cidade.

E ela tirou minha outra opção.

Mestra Coyle alcança um ponto onde vários arbustos crescem no pé de uma área mais íngreme da encosta. Ela se abaixa rápido e faz sinal para que eu faça o mesmo. Eu me agacho ao seu lado, quase sem fôlego, e ela diz:

— O que quer que você faça, não grite.

Antes que eu possa sequer abrir a boca, ela já saltou e saiu por entre os arbustos. Eles se fecharam às suas costas, e tenho que me esforçar para abrir caminho através das folhas e galhos para segui-la. Ainda os estou segurando quando praticamente caio do outro lado.

Na estrada.

Onde há dois soldados ao lado de um homem com uma carroça, todos olhando para mim e para mestra Coyle.

Os soldados parecem mais surpresos que com raiva, mas eles não têm Ruído, por isso não há como saber.

Mas estão armados.

Os rifles erguidos na nossa direção.

— Quem é *essa*? — pergunta rispidamente um deles, um homem de meia-idade com a cabeça raspada e uma cicatriz no queixo.

— Não atirem! — pede mestra Coyle, as mãos erguidas.

— Nós ouvimos a explosão — diz o outro soldado, mais jovem, não muito mais velho que eu, com cabelo louro na altura do ombro.

Então o soldado mais velho fala de novo, desta vez algo que eu não estava esperando:

— Você está *atrasada*.

— Já chega, Magnus — diz mestra Coyle, abaixando as mãos e indo na direção da carroça. — E abaixem as armas, ela está comigo.

— O que... — começo, ainda paralisada.

— As coisas deram completamente errado com a traçante — informa o soldado mais jovem. — Não sabemos nem onde caiu.

— Eu falei que era velha demais — resmunga Magnus.

— Serviu ao seu propósito — argumenta mestra Coyle, contornando a carroça com pressa. — Seja lá onde pousou.

— Ei! — chamo. — O que está acontecendo?

Então escuto:

— Hildy?

Mestra Coyle para na mesma hora, os dois soldados também, e todos encaram o homem que conduz a carroça.

— Cê não é a Hildy? — pergunta ele. — Hildy se chama Viola também.

Minha mente estava tão acelerada, completamente focada nos soldados, que mal olhei para o homem conduzindo a carroça, o rosto quase inexpressivo, as roupas, o chapéu, a voz, o Ruído estável e calmo como o horizonte distante.

— *Wilf.* — Engasgo em seco.

Agora todo mundo olha para *mim*, as sobrancelhas de mestra Coyle tão altas que parecem querer se juntar à raiz do cabelo.

— Oi — cumprimenta Wilf.

— Oi — respondo, surpresa demais para dizer qualquer coisa.

Ele toca dois dedos na aba do chapéu.

— Ah, que bom ver que cê chegou aqui.

A boca de mestra Coyle está se mexendo, mas não sai nenhum som por um ou dois segundos.

— Vai ter tempo para isso depois — diz ela, por fim. — Precisamos ir *agora mesmo*.

— Cabem duas? — pergunta o soldado mais jovem.

— Vai ter que caber. — Ela se enfia sob a carroça e retira um painel de debaixo da estrutura. — Entre.

— Onde?

Eu me abaixo e noto um compartimento oculto ao longo da largura da carroça, como se fosse uma ilusão de ótica, estreito e fino como uma cama de campanha acima do eixo traseiro.

— A bolsa não vai dar, não — diz Wilf, apontando para a minha sacola. — Deixa que eu fico com ela.

Eu a entrego a ele.

— Obrigada, Wilf.

— *Anda*, Viola — diz mestra Coyle.

Cumprimento Wilf com um último aceno, me abaixo e rastejo para o interior do buraco, entrando no compartimento com esforço, até minha cabeça quase tocar a extremidade oposta. Mestra Coyle não espera e logo se espreme para vir atrás de mim. O soldado mais jovem tinha razão: não tem espaço suficiente. Ela se aperta contra mim, rosto contra rosto, e seus joelhos se afundam em minhas coxas, o nariz dela a menos de um centímetro do meu. Ela mal conseguiu puxar os pés quando o painel é recolocado, nos mergulhando em uma escuridão quase completa.

— Onde nós... — começo, mas ela me silencia com rispidez.

E ouço lá fora soldados marchando depressa pela estrada, liderados por cascos de cavalos.

— Relatório! — grita um deles ao pararem ao lado da carroça.

Sua voz...

É alta e aguda, e escuto o cavalo relinchar num volume mais baixo...

Mas sua voz...

— Ouvi a explosão, senhor — diz o mais velho de nossos soldados. — Este homem diz que viu mulheres passarem por ele descendo a estrada do rio há cerca de uma hora.

Ouvimos o soldado de verdade xingar:

— Vagabundas.

Eu reconheço a voz...

É o sargento Hammar.

— De que unidade vocês são? — pergunta ele.

— Primeira, senhor — diz nosso soldado mais novo depois de uma pausa brevíssima. — Capitão O'Hare.

— *Aquela* bicha? — comenta o sargento Hammar de maneira grosseira. — Se quiserem ser soldados *de verdade*, peçam transferência para a Quarta. Aí é que vocês vão ver.

— Sim, senhor — concorda nosso soldado mais velho, soando mais nervoso do que eu gostaria.

Ouço o Ruído dos soldados na unidade do sargento Hammar. Estão pensando na carroça, nas explosões. Em atirar em mulheres.

Mas não vem Ruído nenhum do sargento Hammar.

— Prendam este homem — diz finalmente o sargento Hammar, se referindo a Wilf.

— Já íamos fazer isso, senhor.

— Vagabundas — repete o sargento Hammar.

Nós o ouvimos esporear o cavalo (**submeta-se**, pensa o animal), e ele e seus homens vão embora marchando a toda.

Solto a respiração que não percebi que estava prendendo.

— Ele não foi nem *punido* — sussurro, mais para mim mesma que para mestra Coyle.

— Agora não — sussurra ela em resposta.

Ouço Wilf estalar as rédeas, e começamos a balançar quando a carroça parte devagar.

Então o prefeito era um mentiroso. Sempre foi.

É claro que era, sua *idiota*.

E o assassino de Maddy está livre para matar de novo, ainda com a cura.

E estou aos trancos e solavancos junto da mulher que destruiu a única esperança de contatar as naves que poderiam nos salvar.

E Todd está lá fora em algum lugar. Sendo deixado para trás.

Nunca, em toda a minha vida, me senti tão solitária.

* * *

O compartimento é infernalmente pequeno. Respiramos o mesmo ar, cotovelos e ombros se tocando enquanto a carroça avança, o calor fazendo nossas roupas ficarem encharcadas de suor.

Não falamos.

O tempo passa. E passa. E passa. Entro em uma espécie de torpor, o calor sugando a vida do meu corpo, até que o balanço da carroça embota todas as minhas preocupações. Fecho os olhos, me deixando levar.

Sou acordada pelo soldado mais velho batendo na madeira. Penso que vamos finalmente sair, mas ele apenas diz:

— Estamos na parte difícil, se segurem.

— Segurar em quê? — pergunto, mas não falo mais nada quando a carroça dá a impressão de ter despencado de um penhasco.

A testa de mestra Coyle bate com força em meu nariz, e quase imediatamente sinto cheiro de sangue. Eu a ouço ofegar e engasgar enquanto minha mão livre é empurrada contra seu pescoço. A carroça ainda sacode e dá solavancos, e aguardo o momento em que vamos virar de cabeça para baixo.

Então mestra Coyle me envolve com os braços e me puxa para si, nos firmando dentro do compartimento com uma mão e um pé no lado oposto. Eu resisto a ela, resisto ao conforto que esse gesto oferece, mas o movimento dela é inteligente, pois quase na mesma hora paramos de bater uma na outra, ainda que a carroça continue chacoalhando.

Assim, é nos braços de mestra Coyle que faço a última parte da minha viagem. E é nos braços de mestra Coyle que entro no acampamento da Resposta.

A carroça enfim para, e o painel é removido quase imediatamente.

— Chegamos — avisa o soldado mais jovem, o louro. — Todo mundo bem?

— Por que não estaríamos? — pergunta mestra Coyle, de mau humor.

Ela me solta, apressa-se em deixar o compartimento e estende a mão para me ajudar. Eu a ignoro e saio sozinha, olhando ao redor.

Para chegar até aqui, descemos uma trilha rochosa íngreme na qual mal cabe uma carroça e seguimos pelo que parece um talho nas rochas no meio de uma floresta. Árvores nos golpeiam dos lados, uma fileira delas no nível do chão à nossa frente.

O mar deve estar logo depois. Ou dormi mais do que pensei ou ela mentiu e o mar é mais próximo do que ela disse.

O que não me surpreenderia.

O soldado louro dá um assovio quando nos vê, e sinto o sangue seco embaixo do nariz.

— Posso arranjar alguma coisa para isso — oferece ele.

— Ela é uma curandeira — diz mestra Coyle. — Pode fazer isso sozinha.

— Meu nome é Lee — apresenta-se ele, com um sorriso no rosto.

Por um breve segundo tenho total consciência de como devo estar horrível com o nariz ensanguentado e essa roupa ridícula.

— Viola — digo para o chão.

— Ó sua bolsa — diz Wilf, de repente ao meu lado, estendendo para mim o saco de lona cheio de remédios e curativos.

Eu olho para ele por um segundo, em seguida praticamente me jogo nele em um abraço, puxando-o apertado junto a mim, sentindo seu corpo grande e seguro.

— Fico feliz em te ver, Hildy.

— Eu também, Wilf — digo, com a voz embargada.

Eu o solto e apanho a bolsa.

— Foi Corinne que arrumou isso tudo? — pergunta mestra Coyle.

Pego um curativo e começo a limpar o sangue do nariz.

— Como se você se importasse.

— Você pode me acusar de muitas coisas, mas não me importar não é uma delas, minha garota.

— Eu falei para você nunca mais me chamar assim — disparo, meus olhos encontrando os dela.

Mestra Coyle passa a língua nos dentes. Dirige um olhar rápido a Lee e ao outro soldado, Magnus, e eles vão embora apressados, desaparecendo entre as árvores à nossa frente.

— Você também, Wilf.

Wilf se dirige a mim:

— Cê vai ficar bem, vai?

— Acho que sim, Wilf — respondo, engolindo em seco. — Mas não se afaste muito.

Ele concorda com um aceno da cabeça, toca a aba do chapéu mais uma vez e sai andando na direção dos soldados. Nós o observamos ir.

— Tudo bem. — Mestra Coyle se volta para mim, de braços cruzados. — Pode começar.

Eu a encaro, seu rosto cheio de desafio, e sinto minha respiração acelerar. A raiva aumenta tão depressa e com tanta facilidade que tenho a sensação de que é capaz de me partir ao meio.

— Como você *pôde*...

Mas ela *já* está me interrompendo:

— Quem entrar em contato com as naves primeiro leva a vantagem. Se ele conseguir antes de nós, vai contar a todos eles sobre a pequena e horrível organização terrorista que tem que enfrentar e pedir que usem o equipamento de orientação deles para nos localizar e acabarem conosco.

— Certo, mas se nós...

— É, se fôssemos os primeiros a entrar em contato, poderíamos ter contado tudo sobre nosso tirano, mas isso nunca ia acontecer.

— Podíamos ter tentado...

— Você sabia o que estava fazendo quando correu na direção daquela torre?

Cerro os punhos.

— *Não*, mas pelo menos eu podia...

— Podia o quê? — Os olhos dela me intimidam. — Podia mandar uma mensagem para as coordenadas exatas que o presidente tem procurado? Você não acha que ele estava *contando* que você fosse tentar? Por que você acha que ainda não foi presa?

Cravo as unhas na palma das mãos e tento não ouvir o que ela está dizendo.

— Nosso tempo estava acabando — explica ela. — E se *nós* não podemos usar a torre para pedir ajuda, então pelo menos impedimos que ele fizesse isso.

— E quando eles pousarem? Qual é seu plano brilhante para quando isso acontecer?

— Bom... — diz ela, descruzando os braços e dando um passo em minha direção. — Se não o tivermos deposto até lá, então vai haver uma corrida para chegar a eles primeiro, não vai? Pelo menos assim é uma luta justa.

Balanço a cabeça.

— Você não tinha o direito.

— É uma guerra.

— Que você começou.

— *Ele* começou, minha garota.

— E você piorou as coisas.

— É preciso tomar decisões difíceis.

— E quem foi que tornou você responsável por elas?

— Quem tornou *ele* responsável por prender metade da população deste planeta?

— Você está matando gente.

— Acidentes. Acidentes lamentáveis.

Agora é minha vez de dar um passo em sua direção.

— Isso parece bem algo que *ele* diria.

Os ombros dela se erguem e, se ela tivesse Ruído, ele estaria cortando minha cabeça fora.

— Você *viu* as prisões femininas, minha garota? Você não sabe de *metade* da história...

— Mestra Coyle! — chama uma voz do meio das árvores.

Lee volta.

— Acabou de chegar um informe.

— O que diz?

Ele olha dela para mim. Torno a olhar para o chão.

— Três divisões de soldados estão marchando pela estrada do rio. Seguindo direto para o mar.

Eu ergo a vista de repente.

— Eles estão vindo *para cá*?

Tanto mestra Coyle quanto Lee me encaram.

— Não — diz Lee. — Estão indo para o mar.

Eu olho de um para outro, confusa.

— Mas nós não estamos...?

— Claro que não — retruca mestra Coyle, com a voz dura e desdenhosa. — Por que achou isso? Aliás, por que será que o *presidente* acha isso?

Apesar do sol, sinto um calafrio de raiva. Percebo que estou tremendo dentro dessas mangas bufantes idiotas.

Ela estava me *testando*.

Como se eu fosse contar ao prefeito onde...

— Como você *ousa*... — começo outra vez. Mas a raiva de repente diminui quando tudo volta. — Todd — sussurro.

Mar por todo o Ruído dele.

Ele prometeu esconder isso.

E como eu sei que ele manteria essa promessa...

Se pudesse.

(ah, Todd, será que ele...?)

(será que você...?)

Ah, *não*.

— Eu preciso voltar. Preciso *salvá-lo*.

— Não há nada que possamos fazer por ele agora… — diz mestra Coyle.

— Ele vai matá-lo!

Ela olha para mim com piedade.

— Ele provavelmente já está morto, minha garota.

Sinto minha garganta se fechar, mas luto contra isso.

— Você não tem como saber.

— Se ele não morreu, então deve ter contado ao presidente por livre e espontânea vontade. — Ela inclina a cabeça para o lado. — O que você prefere que seja verdade?

— Não — respondo, balançando a cabeça. — Não…

— Sinto muito, minha garota. — Sua voz está um pouco mais calma que antes, um pouco mais gentil, mas ainda forte. — Sinto mesmo, mas há milhares de vidas em risco. E, gostando ou não, você escolheu um lado. — Ela olha para Lee. — Então que tal eu lhe apresentar seu exército?

20

DESTROÇOS

[TODD]

— VAGABUNDAS! — o sr. Hammar exclama, do alto do cavalo.

— Ninguém pediu sua opinião, sargento — o prefeito diz, cavalgando Morpeth através da fumaça e do metal retorcido.

— Mas elas deixaram a marca.

O sr. Hammar está apontando pro tronco duma árvore grande na entrada da clareira.

O *R* azul da Resposta está pintado ali.

— Admiro sua preocupação com minha visão — o prefeito fala, de um jeito tão grosso que Hammar até cala a boca.

Cavalgamos até ali direto do mosteiro e encontramos com o esquadrão do sr. Hammar subindo o morro, parecendo pronto pra batalha. Quando chegamos no cume, lá estava Ivan e os soldados que deviam guardar a torre. Ivan foi promovido, acho, depois que todos os Spackle foram reunidos, mas agora ele parece que queria nunca ter *ouvido falar* numa torre.

Porque ela não está mais ali. É só uma pilha de metal fumegante, a maior parte formando uma linha onde a torre caiu, como um bêbado que tomba pra frente e resolve ficar ali no chão mesmo e dormir.

(e faço de tudo pra não pensar nela me perguntando como que chega ali)

(dizendo que devíamos ir ali primeiro)

(ah, Viola, você não...)

— Se elas têm o suficiente pra explodir um negócio grande desse... — Davy fala, à minha direita, olhando pro campo.

Ele não termina a frase porque é a mesma coisa que está todo mundo pensando, é o que está no Ruído de todo mundo.

Quer dizer, de todo mundo que tem Ruído, porque o sr. Hammar parece que é um dos sortudos.

— Ei, garoto. — É ele que me chama, me olhando de cima. — Você já é homem?

— Você não tem ordens a cumprir em outro lugar, sargento? — o prefeito pergunta sem nem olhar pra ele.

— Vou agora mesmo, senhor — diz o sr. Hammar, e me dá uma piscadela maliciosa, depois esporeia o cavalo e grita pros homens seguirem ele.

Eles descem o morro rápido, na marcha mais acelerada que eu já vi. Ficamos com Ivan e seus soldados, todos os seus Ruídos lamentando terem corrido na direção do mosteiro depois de ouvirem a bomba traçante explodir.

Mas agora, pensando bem, é óbvio. Colocar uma bomba menor num lugar pra fazer as pessoas saírem correndo de onde vamos detonar uma bomba maior.

Mas o que estavam fazendo quando explodiram o mosteiro, caramba?

Por que atacar os Spackle?

Por que *me* atacar?

— Soldado Farrow — o prefeito diz, chamando Ivan.

— Na verdade é *cabo* Farrow, sen... — Ivan corrige.

O prefeito vira a cabeça devagar, e Ivan para de falar quando entende a situação.

— Soldado Farrow — o prefeito repete. — Você vai recuperar todo o metal e todos os fragmentos que puder, em seguida vai se apresentar a seu oficial comandante para devolver seu suprimento de cura...

Ele para. Todos nós ouvimos o Ruído de Ivan claro como o dia. O prefeito olha em volta. Todos os soldados do esquadrão têm Ruído, todos eles já foram punidos por uma coisa ou outra.

— Vocês vão se apresentar a seu oficial comandante para a punição apropriada.

Ivan não responde, mas seu Ruído ruge.

— Alguma dúvida, soldado? — o prefeito pergunta numa voz de animação ameaçadora.

Ele crava os olhos nos de Ivan e fica nisso, encarando.

— Vocês vão se apresentar a seu oficial comandante para a punição apropriada — ele repete, mas tem alguma coisa, alguma vibração estranha na voz dele.

Eu presto atenção em Ivan, os olhos ficando turvos, desfocados, a boca pendendo meio mole.

— Vou me apresentar a meu oficial comandante para a punição apropriada — Ivan diz.

— Ótimo.

Ivan se curva um pouco quando o prefeito desvia o olhar pros destroços da torre, piscando como se tivesse acabado de acordar, uma cara confusa.

— Mas, senhor… — ele começa, o prefeito de costas pra ele.

O prefeito vira de novo, parecendo *muito* surpreso que alguém ainda está falando com ele.

Ivan insiste:

— Estávamos indo ajudar o senhor quando…

Surge um brilho nos olhos do prefeito.

— … quando a Resposta o viu fazer exatamente o que elas queriam que você fizesse e em seguida explodiram *minha torre*.

— Mas, senhor…

Sem mudar de expressão, o prefeito saca uma pistola e atira na perna de Ivan.

Ele cai gemendo. O prefeito vira pros outros soldados:

— Mais alguém quer dizer alguma coisa antes de começar a trabalhar?

Enquanto o resto dos soldados ignora os gritos de Ivan e começa a limpar os destroços, o prefeito vai olhar bem de perto aquele *R*, tão chamativo e nítido quanto a mensagem que ele passa.

— A Resposta — o prefeito diz em voz baixa, como se estivesse falando consigo mesmo. — A Resposta.

— Deixa *a gente* ir atrás deles, pai — Davy pede.

— Hum?

O prefeito vira a cabeça devagar, como se tivesse esquecido da nossa presença.

— A gente sabe lutar — Davy diz. — Já provamos isso. Mas em vez de aproveitar isso você coloca a gente pra ser babá de um bando de animal derrotado.

O prefeito reflete sobre nós dois por um minuto, embora eu não saiba como nem quando Davy transformou ele e eu em *a gente*.

— Se você acha que eles já estão derrotados, David, então você sabe muito pouco sobre os Spackle.

O Ruído de Davy se agita um pouco.

— A essa altura, acho que eu já aprendi uma coisa ou outra.

E por mais que eu odeie ele, tenho que concordar.

— É, imagino que sim — o prefeito diz. — Vocês dois já devem ter aprendido alguma coisa.

Seus olhos se concentram nos meus, e não consigo deixar de pensar em quando salvei o 1017 da bomba, arriscando minha própria vida por ele.

E ele agradeceu me mordendo e me arranhando.

— Então, que tal um projeto novo? — o prefeito diz, vindo até nós ainda montado em Morpeth. — Uma tarefa em que vocês possam utilizar todos os seus conhecimentos.

O Ruído de Davy não está gostando muito da ideia. Vejo orgulho, mas também desconfiança.

No meu só tem medo.

— Você está pronto para liderar, Todd? — o prefeito pergunta.

— *Eu* estou pronto, pai.

O prefeito olha só pra mim. Ele sabe que estou pensando nela, mas ignora todas as minhas perguntas.

— A Resposta — ele diz, virando pro *R*. — Se é isso o que elas querem ser, que sejam. — Ele vira de volta pra gente. — Mas se existe uma Resposta, então antes é preciso...

Sua voz vai perdendo o volume, e aí ele abre um sorriso como se estivesse bem longe, rindo da própria piada.

Davy abre o grande rolo de papel na grama, sem se preocupar se o sereno frio da manhã vai molhar. Tem umas palavras escritas no alto, e tem também diagramas, quadrados e umas coisas desenhadas abaixo.

— Medidas, quase tudo. — Davy lê. — Uma porrada de medidas. Nossa, olha só isso.

Ele ergue o papel pra mim.

E, bom...

É, então tá, eu...

— Uma porrada de medidas — repito, sentindo o suor brotar no suvaco.

É o dia seguinte ao dia que a torre caiu e estamos de volta ao mosteiro, de volta à nossa tarefa de botar grupos de Spackle pra trabalhar. Minha fuga parece que ninguém lembra mais, foi tipo em outra vida, e todo mundo tem mais o que fazer do que pensar nisso. O prefeito não fala comigo sobre Viola e eu voltei a trabalhar pra Davy e Davy não está nada feliz.

Tudo como antes.

— O nosso lado precisa lutar, e ele bota a gente pra construir um palácio idiota — Davy resmunga, analisando os planos.

Não é um palácio, mas ele tem razão. Antes aquilo ia ser só uns barracos construídos de qualquer jeito pra abrigar os Spackle no inverno, mas esse de agora parece ser todo um novo prédio pra abrigar homens, ocupando a maior parte da área interna do mosteiro.

Tem até um nome escrito no alto.

Meus olhos não conseguem avançar, tentando…

Davy vira pra mim com os olhos arregalados. Deixo meu Ruído o mais Ruidoso possível.

— É melhor a gente começar — digo, e levanto.

Mas Davy está me encarando.

— O que você acha do que ele diz bem aqui? — pergunta, com o dedo num bloco de palavras. — Não é incrível o que diz?

— É. — Dou de ombros. — Acho que sim.

Os olhos dele ficam tão alegres que se arregalam ainda mais.

— É uma lista de material, mijo de porco! — Ele está praticamente comemorando. — Você não sabe ler, não é?

— Cala a boca — digo, olhando pra longe.

— Você não sabe nem *ler*!

Davy levanta o sorriso pro sol frio e também pra toda a nossa volta, na direção dos Spackle que estão observando a gente.

— Que tipo de idiota vive…

— Eu mandei *calar a boca*!

Davy fica boquiaberto quando se dá conta.

E eu sei o que ele vai dizer antes das palavras saírem da sua boca:

— O livro da sua mãe. Ela escreveu pra você e você não consegue nem…

E não me resta nada a fazer a não ser acertar um soco bem na boca imbecil dele.

Estou crescendo, ficando mais alto e maior, e ele é quem se dá mal na briga, mas Davy parece que não se importa muito com isso, mesmo quando voltamos ao trabalho ele ainda está rindo, e faz um show pra ler os planos da construção.

— Essas instruções são muito complicadas — ele diz, com um sorrisão na boca ensanguentada.

— Lê logo essa porcaria!

— Tá bom, tá bom. O primeiro passo é o que já estamos fazendo, derrubar todos os muros internos. — Ele me olha. — Eu posso anotar pra você.

Meu Ruído se enfurece com ele, ficando vermelho, mas o Ruído é inútil como arma.

A menos que você seja o prefeito.

E eu que achava que a vida não tinha como piorar, mas sempre tem, não é não? É bomba, é torre caindo, é ter que trabalhar com Davy, é o prefeito prestando a maior atenção em mim, é...

(não sei onde ela está)

(não sei o que o prefeito vai fazer com ela)

(será que foi ela que plantou as bombas?)

(será?)

Viro pra trás na direção do local onde estamos trabalhando.

Tem 1.150 pares de olhos de Spackle na gente, em *mim*, os malditos parecem uns animais no pasto que param e olham pra cima só porque ouviram um barulho.

Bando de ovelha *idiota*.

— VÃO TRABALHAR! — grito.

— Você está com uma cara péssima — o prefeito Ledger comenta quando caio na cama.

— Não enche.

— Ele está botando você para trabalhar muito, não é?

Ele me leva até a mesa com o jantar que já está à nossa espera. Nem parece que comeu metade do meu prato antes deu chegar.

— E *você*? Não está trabalhando muito? — pergunto enquanto ataco a comida.

— Na verdade, acho que ele me esqueceu. — Ledger volta a sentar na cama. — Não lembro quando foi a última vez que falei com ele.

Olho pro prefeito Ledger. Seu Ruído está cinza, como se ele estivesse escondendo alguma coisa, mas até aí nenhuma novidade.

— Tenho feito apenas minhas tarefas com o lixo — ele diz, me olhando comer. — Escutado o que as pessoas falam.

— E o que elas falam? — pergunto, porque parece que ele quer conversar.

— Bom...

Seu Ruído se remexe de forma desconfortável.

— Bom o quê?

Então percebo que o Ruído dele está assim tão abafado porque tem alguma coisa que ele não quer me contar, mas sente que é obrigação dele fazer isso, lá vem.

— Aquela casa de cura... Aquela.

— Que que tem? — digo, tentando fazer não parecer importante, mas não consigo.

— Está fechada. Vazia.

Eu paro de comer.

— Como assim, vazia?

— Ora, *vazia* — ele repete cheio de dedos, porque sabe que é uma má notícia. — Não tem ninguém lá, nem pacientes. Todo mundo foi embora.

— Embora? — sussurro.

Embora.

Eu levanto, mesmo sem ter pra onde ir, ainda segurando meu prato idiota.

— Embora pra onde? O que ele fez com ela?

— Ele não fez nada — o prefeito Ledger responde. — Sua amiga fugiu. Foi o que ouvi falar. Fugiu com as mulheres logo antes de a torre cair.

— Ele esfrega o queixo. — Todas as que restaram foram detidas e levadas para as prisões. Mas sua amiga… escapou.

Ele diz *escapou* não como se fosse escapar dos soldados, não só isso, como se quisesse dizer que era o que ela estava planejando desde o início.

— Você não tem como saber isso. Você não tem como saber se isso é verdade.

Ele dá de ombros.

— Talvez não seja — ele admite. — Mas eu ouvi de um dos soldados que estavam guardando a casa de cura.

— Não. — A palavra sai da minha boca, mas não sei o que quero dizer com ela. — Não.

— Você a conhecia bem, de verdade?

— Cala a boca.

Estou respirando com dificuldade, meu peito subindo e descendo.

É uma boa notícia que ela fugiu, não é?

Não é?

Ela estava correndo perigo e agora…

(mas)

(mas ela explodiu a torre?)

(por que ela não me disse que ia fazer isso?)

(ela mentiu pra mim?)

E eu não devia pensar isso, eu não devia pensar nisso, mas lá vem…

Ela prometeu.

E foi embora.

Ela *me* deixou.

(Viola?)

(você me deixou?)

21

A MINA

{VIOLA}

ABRO OS OLHOS com o som de asas batendo do lado de fora da porta. Os poucos dias em que estou aqui me ensinaram que isso significa que os morcegos voltaram para as cavernas depois de caçarem à noite, que o sol está prestes a nascer, que é quase hora de me levantar.

Algumas mulheres começam a se agitar e se espreguiçar nas camas de campanha. Outras ainda estão mortas para o mundo, ainda roncando, ainda peidando, ainda flutuando pelo nada vazio do sono.

Por um segundo eu desejo estar lá também.

O alojamento é apenas um barracão comprido, com chão de terra varrida, paredes de madeira, porta de madeira, quase sem janelas e com um fogão de ferro no centro que não gera calor suficiente. O resto são apenas camas de campanha de uma extremidade a outra, cheias de mulheres adormecidas.

Como fui a última a chegar no esconderijo da Resposta, estou em uma das pontas.

E observo a ocupante da cama na outra ponta. Ela está sentada com a postura ereta, o corpo completamente alerta, como se na verdade nunca dormisse, apenas virasse uma estátua até poder começar a trabalhar outra vez.

Mestra Coyle se vira na cama, apoia os pés no chão e olha bem na minha direção por cima das outras mulheres adormecidas.

Verificando a minha cama primeiro.

Para ver, aposto, se eu fugi durante a noite para procurar Todd.

Eu não acredito que ele esteja morto. E também não acredito que tenha nos entregado ao prefeito.

Deve haver outra resposta.

Encaro mestra Coyle de volta, sem me mexer.

Não fugi, penso. *Ainda não.*

Mas só porque nem sei onde estamos.

Não estamos às margens do mar. Nem perto, pelo que eu saiba, embora isso não signifique muita coisa, porque segredo é o lema por aqui. Ninguém fornece qualquer informação a menos que seja estritamente necessário. É uma medida preventiva, para o caso de alguém ser capturado em um atentado a bomba ou, agora que começaram a faltar coisas como farinha e remédio, em uma missão para buscar suprimentos.

Mestra Coyle guarda informação como se fosse seu recurso mais valioso.

Tudo o que sei é que o acampamento fica em uma velha mina que, como tantas outras coisas neste planeta, foi inaugurada com grande otimismo depois das primeiras aterrissagens, mas abandonada após apenas alguns anos. Há vários barracos em torno das aberturas que dão para algumas cavernas profundas. Os barracos, alguns novos, outros da época de mineração, servem como alojamentos, sala de reunião, refeitórios e tudo mais.

As cavernas (pelo menos aquelas onde não há morcegos) são os depósitos de comida e materiais. Eles estão sempre em um nível preocupantemente baixo e são sempre controlados de maneira obstinada por mestra Lawson, que ainda está aflita pelas crianças que deixou na cidade e descontando essa aflição em qualquer pessoa que pede mais um cobertor para o frio.

Mais fundo nas cavernas ficam as minas, que a princípio foram escavadas na busca por carvão ou sal, então, quando nada disso foi encontrado, diamantes e depois ouro, que também não foram achados. Como se fossem ajudar alguém, de alguma forma, em um lugar como este. As minas servem agora como esconderijo para as armas e os explosivos. Não sei como eles foram parar ali nem de onde vieram, mas, se encontrarem o acampamento, aquilo vai ser detonado, provavelmente apagando todos nós do mapa.

Mas por enquanto é um acampamento perto de um poço natural e escondido pela floresta que o cerca. A única entrada é através das árvores no pé da trilha que eu e mestra Coyle descemos aos solavancos, e é tão íngreme e difícil que daria para ouvir intrusos se aproximando de longe.

— E eles virão — mestra Coyle me disse em meu primeiro dia. — Só precisamos estar prontas para recebê-los.

— Por que ainda não vieram? As pessoas devem saber que existe uma mina aqui.

Tudo o que ela fez foi piscar para mim e tocar a lateral do nariz.

— O que *isso* significa? — perguntei.

Mas foi a única resposta que tive, porque informação é o recurso mais valioso de mestra Coyle.

No café da manhã, recebo minha porção habitual de desprezo por parte de Thea e de outras aprendizes que reconheço, nenhuma das quais me dirige a palavra. Elas ainda me culpam pela morte de Maddy, me culpam por, de alguma forma, ser uma traidora e, até onde sei, me culpam por toda essa guerra maldita.

Não que eu me importe.

Não me importo.

Eu as deixo no refeitório e saio para a manhã fria com meu prato de mingau cinzento, indo em direção a algumas pedras perto da boca de uma das cavernas. Enquanto como, observo o acampamento começar a despertar, começar a se arrumar para as coisas que terroristas passam o dia fazendo.

A maior surpresa é em relação ao pequeno número de pessoas. Talvez cem. Isso é tudo. Essa é a grande Resposta que está causando tanto transtorno em Nova Prentisstown com suas explosões. Cem pessoas. Mestras e aprendizes, ex-pacientes e outros, desaparecendo na noite e retornando de manhã, ou mantendo o acampamento funcionando para aqueles que vão e voltam, cuidando dos poucos cavalos que a Resposta tem, dos bois que puxam carroças, das galinhas das quais obtemos nossos ovos e de um milhão de outras coisas que precisam ser feitas.

Mas apenas cem pessoas. Um número que não tem a menor chance contra o *verdadeiro* exército do prefeito.

— Tudo bem, Hildy?

— Oi, Wilf — cumprimento, enquanto ele se aproxima de mim também com um prato de mingau.

Eu chego para o lado para que ele possa se sentar. Ele não diz nada, apenas come seu mingau e me deixa comer o meu.

— Wilf?

Jane, a esposa dele, está vindo até nós, com duas canecas fumegantes nas mãos. Ela segue pelas pedras em nossa direção, tropeçando uma vez, derramando um pouco de café e fazendo com que Wilf se levante um pouco, mas ela se recupera.

— Aqui! — Ela praticamente grita, estendendo as canecas para nós.

— Obrigada — digo, aceitando a minha.

Ela enfia as mãos nas axilas para se proteger do frio e sorri, com olhos grandes e curiosos que vasculham seu entorno, como se fosse com eles que ela comesse.

— Tá muito frio pra comer do lado de fora — comenta ela, um pedido extremamente gentil para que expliquemos por que estamos ali.

— É — concorda Wilf, voltando para seu mingau.

— Não está tão ruim — digo, também voltando a comer.

— Cês soubero que eles foi num depósito de grão ontem de noite? — diz ela, baixando a voz a um sussurro, mas de algum modo tornando-a mais alta ao mesmo tempo. — Vamo ter *pão* de novo!

— É — concorda Wilf mais uma vez.

— Cê gosta de pão? — pergunta ela para mim.

— Gosto.

— É preciso ter pão — diz ela para o chão, para o céu, para as rochas. — É preciso ter pão.

Então ela volta ao refeitório, sem dizer mais nada, embora Wilf pareça não se importar muito ou sequer perceber. Mas eu sei. Não tenho a *menor dúvida* de que o Ruído claro e constante de Wilf, sua falta de palavras, seu aparente vazio está longe de descrevê-lo por completo.

Wilf e Jane eram refugiados que tinham escapado para Refúgio conforme o exército avançava pelo caminho atrás deles, e o casal passou por nós na estrada quando Todd estava em Colinas de Carbonel, dormindo para curar a febre. Jane ficou doente enquanto viajavam e, depois de pedir instruções, Wilf a levou direto para a casa de cura de mestra Forth. Era lá onde Jane ainda estava se recuperando quando o exército invadiu a cidade. Wilf, que tem o Ruído mais livre de mentiras que qualquer homem neste planeta, foi considerado um idiota pelos soldados, por isso recebeu permissão para visitar a esposa quando nenhum homem podia fazer isso.

Quando as mulheres fugiram, Wilf as ajudou. Quando perguntei a ele por quê, ele apenas deu de ombros e disse:

— Elas ia levar a Jane.

Na fuga, ele escondeu em sua carroça as mulheres que não tinham condições de andar, construiu nela um esconderijo para que outras pudessem voltar para a cidade em missões e por semanas arriscou sua vida levando-as de um lado para o outro porque os soldados sempre achavam que um homem tão transparente não podia estar escondendo nada.

Tudo isso foi uma surpresa para as líderes da Resposta.

Mas nada disso é surpresa para mim.

Ele salvou a mim e a Todd uma vez quando não precisava fazer isso. Ele salvou Todd de novo quando a situação era ainda mais perigosa. Até na primeira noite que estive aqui, ele estava disposto a voltar lá e me ajudar a encontrá-lo, mas o sargento Hammar agora conhece o rosto de Wilf, sabe que ele deveria ter sido preso, então qualquer viagem de volta é praticamente uma sentença de morte para ele.

Levo a última colherada de mingau à boca com um suspiro pesado. Eu podia estar suspirando pelo frio, pelo mingau sem graça, pela falta do que fazer no acampamento.

Mas, de algum modo, Wilf sabe. De algum modo, Wilf sempre sabe.

— Ah, certeza que ele tá bem, Hildy — diz ele enquanto termina o próprio mingau. — Ele sobrevive, o nosso Todd.

Eu ergo os olhos para o sol frio da manhã e engulo outra vez, embora não haja mais mingau em minha garganta.

— Fica firme — diz Wilf, levantando-se. — Fica firme pro que vem por aí.

Eu levo um segundo para reagir.

— O que é que vem por aí? — pergunto enquanto ele segue na direção do refeitório, bebendo café.

Ele apenas segue em frente.

Eu termino meu café e esfrego os braços para gerar um pouco de calor, pensando que vou pedir a ela hoje de novo, não, vou *avisar* a ela que estou indo na missão seguinte, que preciso encontrar...

— Você está sentada aqui fora sozinha?

Levanto os olhos. Lee, o soldado louro, está ali parado, sorrindo cheio de dentes.

Sinto o rosto esquentar na mesma hora.

— Não, não — respondo, ficando de pé, tirando os olhos dele e pegando o prato.

— Você não precisa ir...

— Não, eu já acabei...

— Viola...

— É todo seu...

— Não foi isso o que eu quis dizer...

Mas já estou caminhando com passos pesados na direção do refeitório, xingando a mim mesma pelo rubor no meu rosto.

Lee não é o único homem. Quer dizer, ele mal é um *homem*, mas, assim como Wilf, ele e Magnus não podem mais fingir ser soldados e voltar para a cidade, agora que os outros os viram.

Mas há outros que podem. Porque esse é o maior de todos os segredos da Resposta.

Pelo menos um terço das pessoas aqui são homens, homens que fingem ser soldados para trazer e levar mulheres à cidade, homens que ajudam mestra Coyle com o planejamento e os alvos, homens com experiência em explosivos, homens que acreditam na causa e querem lutar contra o prefeito e tudo o que ele representa.

Homens que perderam esposas, filhas e mães e que estão lutando para salvá-las ou para vingar as recordações que eles têm delas quando vivas.

Em sua maioria, são apenas recordações.

Acho que é útil que todos pensem que são apenas mulheres no grupo. Isso permite que os homens circulem, mesmo que o prefeito saiba o que está acontecendo. É provável que seja por isso que ele está negando a cura para tantos integrantes de seu próprio exército e também por que o estoque da própria Resposta está se tornando mais um fardo que uma bênção.

Lanço um olhar rápido para trás na direção de Lee antes de olhar para a frente outra vez.

Não sei por que ele está aqui.

Não consegui...

Ainda não tive a *oportunidade* de perguntar a ele.

Não estou prestando muita atenção quando chego à porta do refeitório e não percebo quando ela se abre antes que eu alcance a maçaneta.

Dou de cara com mestra Coyle.

Nem a cumprimento e vou logo dizendo:

— Me leve no próximo ataque.

A expressão dela não muda.

— Você sabe por que não pode ir.

— Todd se juntaria a nós. Em um *piscar de olhos*.

— Nem todos estão certos disso, minha garota.

Eu abro a boca para responder, mas ela me impede:

— Isso se ele ainda estiver vivo. O que não importa, porque não podemos correr o risco de que você seja capturada. Você é o prêmio mais valioso de todos. A garota que pode ajudar o presidente quando as naves pousarem.

— Eu...

Ela levanta a mão.

— Eu não vou ter essa discussão com você outra vez. Há muito trabalho importante a ser feito.

O acampamento agora parece silencioso. As pessoas atrás dela pararam de se mexer enquanto encaramos uma à outra, ninguém disposto a pedir a ela que saia do caminho, nem as mestras Forth e Nadari, que esperam ali pacientemente. Assim como Thea, elas mal falaram comigo desde minha chegada, todas essas seguidoras de mestra Coyle, todas essas pessoas que não ousariam sonhar falar com ela do jeito que estou falando agora.

Eles me tratam como se eu fosse um tanto perigosa.

Fico um pouco surpresa ao perceber que isso até que me agrada.

Meus olhos se fixam nos dela, na inflexibilidade deles.

— Não vou perdoar a senhora — digo, em voz baixa, como se estivesse apenas conversando com ela. — Não vou. Nem agora, nem nunca.

— Eu não quero seu perdão — retruca ela, também em voz baixa. — Mas um dia você *vai* entender. — Então seus olhos brilham, e ela dá um sorriso. — Sabe — diz ela, elevando o tom de voz —, acho que é hora de você ter alguma tarefa.

22

1017

[TODD]

— VOCÊS NÃO CONSEGUEM trabalhar mais rápido, droga?

Os quatro ou cinco Spackle mais perto de mim se encolhem, embora eu nem tenha falado tão alto.

— *Andem!*

E, como sempre, nenhum pensamento, nenhum Ruído, nenhum nada.

Eles só podem estar recebendo a cura pela ração, a ração que ainda sou eu quem tem que distribuir pra eles, mas por quê? Por quê, se não tem mais ninguém ganhando? Isso faz deles um mar de estalidos silenciosos, costas brancas curvadas no frio, bocas brancas soltando nuvens de vapor ao respirar e braços brancos e mãos com um punhado de terra. Assim, quando se olha pro terreno do mosteiro, pra todos esses corpos brancos trabalhando, bom, eles bem podiam ser um rebanho de ovelhas, não é não?

Se bem que quem olha de perto pode reparar em grupos de famílias, maridos e esposas, pais e filhos. Dá pra ver os mais velhos erguendo quantidades menores e mais devagar. Os mais jovens ajudando, tentando impedir a gente de reparar que os mais velhos não conseguem trabalhar tanto.

Dá pra ver um bebê junto do peito da mãe, preso por um pedaço de pano velho. Dá pra ver um que é alto demais liderando os outros num esquema de trabalho mais rápido. Uma fêmea pequena aplicando lama na fita numerada infeccionada de uma fêmea maior. Dá pra ver eles trabalhando juntos, cabeça baixa, tentando não ser aquele que chama a minha atenção, a de Davy ou a dos guardas por trás do arame farpado.

Dá pra ver isso tudo quando se olha com atenção.

Mas é mais fácil se você não olhar.

Não podemos dar pás a eles, é claro, vai que eles usam como armas contra nós? E os soldados em cima dos muros ficam nervosos só de ver um Spackle levantando muito os braços. Então ali estão todos eles, curvados até o chão, cavando, levando pedras de um lado pro outro, silenciosos como nuvens, sofrendo e não fazendo nada pra mudar isso.

Mas eu tenho uma arma. Me deram de novo o rifle.

Porque pra onde eu iria?

Agora que ela foi embora...

— Anda *logo*! — grito prum Spackle, meu Ruído aumentando e ficando vermelho só de pensar nela.

Vejo Davy me observando com um sorriso surpreso no rosto. Viro e atravesso o campo até outro grupo. Estou a meio caminho de lá quando escuto um estalido mais alto.

Olho em volta até encontrar de onde veio.

Mas, como sempre, é o mesmo.

É o 1017 me encarando mais uma vez, com aquela expressão que não é de quem perdoa. Seu olhar vai na direção das minhas mãos.

Só então percebo que elas estão apertando com força o rifle.

Que eu nem lembrava de ter pegado do ombro.

Mesmo com todo esse trabalho dos Spackle, ainda vai levar alguns meses pro prédio chegar perto de terminar, seja lá o que for essa construção, e vai ser o meio do inverno. Os Spackle não vão ter o abrigo que deviam estar construindo pra eles mesmos, e sei que estão mais acostumados a viver ao ar livre que os homens, mas duvido que mesmo eles consigam viver sem abrigo no gelo do inverno, e que eu saiba não tem nenhum outro lugar preles irem.

Mas derrubamos todos os muros internos em sete dias, dois a menos que o programado, e nenhum Spackle nem morreu, embora tivéssemos alguns com braço quebrado. Esses foram levados embora por soldados.

E a gente não viu mais eles.

No fim da segunda semana depois da bomba da torre, foram escavados quase todos os buracos e blocos onde os alicerces vão ser assentados, que é algo que Davy e eu devemos supervisionar, embora sejam os Spackle que saibam como isso é feito.

— Meu pai disse que foi o trabalho deles que reconstruiu a cidade depois da Guerra dos Spackle — Davy diz. — Não consigo imaginar isso vendo esse grupo.

Ele cospe uma casca das sementes que está comendo. A comida está ficando um pouco escassa por causa da Resposta, que passou a atacar os suprimentos, além de continuar com as explosões, mas Davy sempre consegue arranjar alguma coisa. Estamos sentados numa pilha de pedras, olhando pro grande campo, agora escavado com buracos quadrados e valas e tão cheio de pilhas de pedra que mal tem lugar pros Spackle se amontoarem.

Mas eles fazem isso, se aglomerando nas beiradas e ficando bem próximos uns dos outros no frio. E não falam nada sobre a situação.

Davy cospe outra casca e pergunta:

— Você por acaso vai voltar a falar?

— Eu falo.

— Não, você grita com os Spackle que trabalham pra você e grunhe pra mim. Isso não é falar.

Ele cospe outra casca, alto e longe, atingindo na cabeça o Spackle mais próximo, que só se livra dela e continua a cavar o fim de um buraco.

— Tá, ela largou você aqui — Davy diz. — Esquece isso.

Meu Ruído aumenta.

— *Cala a boca.*

— Não estou dizendo isso de um jeito ruim.

Eu viro pra ele de olhos arregalados.

— *Que foi?* — ele pergunta. — Não estou falando por mal, tá? Ela deixou você, mas não quer dizer que tenha morrido nem nada assim. — Ele cospe. — Pelo que eu lembro, aquela garota sabe muito bem se cuidar.

No Ruído dele aparece uma memória dele sendo eletrocutado na estrada do rio. Isso devia me fazer sorrir, mas não faz, porque ela está ali no Ruído dele, bem ali, derrubando ele.

Bem ali e não bem aqui.

(pra onde será que ela foi?)

(pra *onde* ela foi?)

O prefeito Ledger me contou que logo depois das bombas da torre o exército foi direto pro mar porque eles tinham recebido uma dica de que era lá que a Resposta estava escondida...

(fui eu? ele ouviu isso em mim? fico ardendo de raiva em pensar nisso...)

Só que quando o sr. Hammar e seus homens chegaram lá, não encontraram nada além de construções há muito abandonadas e barcos semiafundados.

Porque a informação era falsa.

E isso também me faz arder de raiva.

(ela mentiu pra mim?)

(ela fez isso de propósito?)

— Meu Deus, mijo de porco. — Davy cospe outra vez. — Como se *só você* não tivesse uma namorada. As garotas estão todas na *cadeia* ou botando bomba toda semana ou andando por aí em grupos tão grandes que não dá nem pra falar com elas.

— Ela não é minha namorada.

— Não é essa a questão. Isso só mostra que você está só tão sozinho quanto todo mundo, então deixa isso pra lá.

Há um sentimento feio, repentino e forte em seu Ruído, que ele logo afasta quando me vê observando ele.

— Tá olhando o quê?

— Nada — digo.

— Acho bom.

Ele levanta, pega o rifle e volta pro campo pisando duro.

De algum modo o 1017 sempre acaba indo parar na parte que eu cuido. Fico principalmente na área de trás dos campos, terminando de escavar os buracos. Davy está perto da frente, fazendo com que os Spackle montem as paredes-guia pré-moldadas que vamos usar quando o concreto for derramado. O 1017 era pra estar fazendo isso, mas toda vez que olho ali está ele, bem perto de mim, não importa quantas vezes eu mande ele embora.

Ele está trabalhando, claro, escavando com as mãos cheias de terra ou empilhando torrões de grama em fileiras uniformes, mas sempre atrás de mim, sempre tentando captar meu olhar.

Estalando pra mim.

Vou na direção dele com a mão na coronha do rifle, nuvens cinza começando a se juntar no céu.

— Eu mandei você pro Davy — digo. — O que você tá fazendo aqui?

Davy, ouvindo seu nome, grita lá de longe, do outro lado do campo:

— O que foi?

Grito em resposta:

— Por que você sempre deixa esse voltar pra cá?

— Do que você tá falando? — berra Davy. — Eles parecem tudo igual!

— É o 1017!

Davy dá de ombros em um movimento exagerado.

— *E daí?*

Ouço um estalo malcriado e sarcástico às minhas costas.

Eu viro e juro que o 1017 está *sorrindo* pra mim.

— Seu merdi... — começo, puxando o rifle pra frente.

Nesse momento eu vejo um relâmpago de Ruído.

Vindo do 1017.

É muito rápido, mas nítido: eu parado em frente a ele, levando a mão ao rifle, nada mais do que ele está vendo com os próprios olhos...

Exceto por um instante em que ele toma a arma de mim...

Então termina.

Ainda estou segurando o rifle, o 1017 ainda está dentro do buraco até a altura do joelho.

Nenhum Ruído.

Eu olho pra ele de cima a baixo. Está mais magro do que antes, mas *todos* eles estão, eles nunca recebem alimento suficiente por dia, e fico na dúvida se o 1017 parou completamente de comer.

Se for assim, ele não recebe nenhuma cura.

— Que brincadeira é essa? — pergunto.

Mas ele voltou a trabalhar, braços e mãos cavando mais terra, as costelas aparecendo debaixo da pele muito branca.

E não diz nada.

— Por que a gente continua a dar a cura pra eles se seu pai está tirando o estoque de todo mundo?

Eu e Davy estamos almoçando no dia seguinte. As nuvens estão carregadas, e deve começar a chover daqui a pouco. Vai ser a primeira chuva em muito tempo, e vai ser uma chuva fria, mas recebemos ordens de continuar a trabalhar não importa o que aconteça, por isso estamos passando o dia observando os Spackle derramarem o concreto do misturador pela primeira vez.

Ivan trouxe a máquina hoje de manhã. Ele está curado, mas mancando, o Ruído enfurecido. Fico me perguntando onde ele acha que o poder está *agora*.

— Bom, isso evita que fiquem conspirando, não é? — Davy diz. — Impede eles de trocarem ideias.

— Mas eles conseguem fazer isso com os estalos. — Eu penso por um segundo. — Não conseguem?

Davy apenas dá de ombros como quem diz: *Quem se importa, mijo de porco?*.

— Sobrou alguma coisa do seu sanduíche?

Entrego a ele o que eu não comi e fico de olho nos Spackle.

— Não devíamos saber o que eles estão pensando? — pergunto. — Não seria útil saber?

Eu procuro pelo 1017 no campo, e ele, como esperado, está me encarando.

Plic. A primeira gota de chuva me atinge no cílio.

— Ah, bosta — Davy diz, olhando pra cima.

Três dias de chuva sem parar. O terreno fica cada vez mais enlameado, mas o prefeito ainda espera que se dê um jeito e nosso trabalho continue, por isso passamos esses três dias escorregando pela lama e erguendo lonas enceradas enormes sobre armações pra cobrir grande parte do campo.

Davy ficou responsável pela parte interna, mandando que os Spackle mantivessem as estruturas das lonas no lugar. Eu passo a maior parte do tempo na chuva, usando pedras pesadas pra tentar segurar as bordas do tecido no chão.

É uma droga de trabalho *idiota*.

— Depressa! — grito pro Spackle que está me ajudando a prender um dos últimos pedaços no lugar.

Meus dedos estão congelando porque ninguém deu luvas pra gente, e cadê o prefeito preu pedir pra ele?

— Ai!

Levo à boca a articulação de um dedo ensanguentado, depois de arranhar a mão pela milionésima vez.

Os Spackle continuam focados nas pedras, parecendo indiferentes à chuva, o que é bom, porque não tem espaço embaixo das lonas pra abrigar todos eles.

— Ei! — berro. — Cuidado com a beirada! Cuidado com esse…

Uma lufada de vento arranca toda a faixa de lona que tínhamos acabado de prender. Um dos Spackle continua a segurá-la enquanto ela sai voando, e a lona leva ele junto, derrubando ele com força no chão. Salto por cima do Spackle quando vou atrás da lona, que se retorce e gira pra longe pelo campo enlameado e sobe um montinho, e acabei de alcançar ela…

E escorrego feio e deslizo, de bunda no chão, até o outro lado do montinho…

E percebo pra onde corri, onde escorreguei…

Estou seguindo direto pra dentro da fossa.

Tento me segurar na lama pra parar, mas não tem nada em que me agarrar, por isso caio lá dentro com um *ploft*.

— Argh! — grito, tentando ficar de pé.

Estou até a coxa em merda de Spackle coberta de cal, espirrada por meu peito e minhas costas, e o fedor me dá ânsia de vômito…

E vejo mais um relâmpago de Ruído.

Eu parado na fossa.

Um Spackle parado bem acima de mim.

Levanto os olhos.

Uma parede de Spackle me observando.

E bem na frente…

O 1017.

No alto.

Com uma pedra enorme nas mãos.

Ele não diz nada, só fica ali parado com a pedra, que é grande o suficiente pra causar um grande estrago se for arremessada da maneira certa.

— É — digo na direção dele. — É isso o que você quer, não é?

Ele só fica me encarando.

Eu não vejo o Ruído de novo.

Levo a mão até o rifle, devagar.

— O que vai ser? — pergunto, e ele pode ver em meu Ruído que estou pronto, estou pronto pra enfrentá-lo.

Estou pronto pra...

Estou, agora, com a coronha do rifle na mão.

Mas ele fica só me olhando.

Então ele joga a pedra no chão e vira na direção da lona. Vejo ele se afastar, cinco passos, depois dez, e meu corpo relaxa um pouco.

É quando estou saindo da fossa que escuto.

O estalido.

Um estalido grosseiro.

Então perco o controle.

Estou correndo na direção dele e estou gritando, mas não sei o que estou dizendo. Davy está virando em choque quando alcanço o abrigo da lona logo atrás do 1017 e entro correndo com o rifle acima da cabeça como se eu fosse um idiota maluco. O 1017 vira pra mim, mas não dou a chance dele fazer nada, acerto ele com força no rosto com a coronha do rifle, ele cai de costas no chão, e levanto o rifle de novo e abaixo, ele levanta as mãos pra se proteger, e eu bato nele de novo e de novo...

Nas mãos...

No rosto...

Naquelas costelas magras...

E meu Ruído está enfurecido...

E eu bato...

E bato...

E bato...

E estou gritando...

Estou gritando bem alto...

POR QUE VOCÊ FOI EMBORA?

POR QUE VOCÊ ME DEIXOU?

E ouço o *crec* brusco e desanimador de seu braço quebrando.

O barulho é mais alto que a chuva ou o vento, faz meu estômago revirar e me deixa com um nó grosso na garganta.

Paro de me mexer no meio de um golpe.

Davy está me encarando de boca aberta.

Todos os Spackle estão recuando, aterrorizados.

O 1017 está me olhando do chão, com sangue vermelho escorrendo do nariz esquisito e do canto dos olhos muito altos, mas ele não solta nenhum som, nenhum Ruído, nenhum pensamento, nenhum estalo, nada...

(e estamos no acampamento e tem um Spackle morto no chão e Viola parece muito assustada e se afasta de mim e tem sangue por toda parte e eu fiz aquilo outra vez eu fiz outra vez e por que você se foi ah meu Deus que droga Viola por que você *foi embora*...)

E o 1017 só olha pra mim.

E, juro por Deus, o olhar dele é de triunfo.

23

ALGUMA COISA VAI ACONTECER

{VIOLA}

— A BOMBA D'ÁGUA VOLTOU a funcionar, Hildy.

— Obrigada, Wilf.

Entrego a ele uma bandeja de pão, ainda emanando calor.

— Você pode levar isso para Jane, por favor? Ela está botando as mesas para o café da manhã.

Ele pega a bandeja, uma musiquinha inexpressiva saindo de seu Ruído. Quando ele sai do barracão da cozinha, eu o escuto chamar:

— Mulher!

— Por que ele chama você de Hildy? — pergunta Lee, aparecendo na porta dos fundos com uma cesta de farinha que acabou de moer.

Ele usa uma camisa sem manga e está coberto de pó branco até o cotovelo.

Observo seus braços por um segundo e logo desvio o olhar.

Mestra Coyle nos pôs para trabalhar juntos, já que ele também não pode mais voltar para Nova Prentisstown.

Eu realmente *não vou* perdoá-la.

— Hildy era o nome de alguém que ajudou a gente. Era uma pessoa boa, e ser chamada dessa forma é um elogio.

— E por *a gente* você quer dizer...

— Eu e Todd, é.

Pego a cesta de farinha dele e a coloco na mesa com um baque.

Há silêncio, como sempre acontece quando o nome de Todd é mencionado.

— Ninguém o viu, Viola — diz Lee com delicadeza. — Mas eles geralmente vão lá à noite, então não...

— Ela não me contaria mesmo se o visse.

Começo a separar a farinha em tigelas.

— Ela acha que ele está morto — continuo.

Lee parece desconfortável.

— Mas você discorda.

Eu olho para ele. Lee sorri, e não consigo evitar retribuir o sorriso.

— E você acredita em mim, não é?

Ele dá de ombros.

— Wilf acredita em você. E você ficaria surpresa em saber como a palavra de Wilf vale para as pessoas aqui.

— Não. — Olho pela janela para onde Wilf desapareceu. — Na verdade, não ficaria, não.

O dia passa como os outros, e ainda cozinhamos. Esse é nosso novo trabalho, de Lee e meu, cozinhar. Tudo, para todo o acampamento. Aprendemos a fazer pão a partir da etapa em que o *trigo está inteiro*, ainda não é nem farinha. Aprendemos a tirar a pele de esquilos, a retirar cascos de tartarugas e a limpar peixes. A calcular quanto de ingrediente é necessário para fazer a base de uma sopa para alimentar cem bocas. É provável que ninguém mais em todo este planeta idiota descasque batatas e peras mais rápido do que nós.

Mestra Coyle jura que é assim que se vencem guerras.

— Não foi bem para isso que me alistei — comenta Lee, arrancando mais um punhado de penas da décima sexta galinha-da-floresta da tarde.

— Pelo menos você se alistou porque quis — retruco, atacando outra galinha.

As penas pairam no ar como um bando de moscas grudentas, prendendo em tudo que é lugar em que tocam. Tenho pequenas bolas felpudas verdes embaixo das unhas, na dobra dos cotovelos, grudadas no canto dos olhos.

Sei disso porque Lee também está cheio delas em todo o rosto, em todo o cabelo dourado e nos pelos do mesmo tom em seus braços.

Sinto meu rosto corar de novo e arranco mais penas com um puxão violento.

Um dia se transformou em dois, que se transformaram em três, que se transformaram em uma semana, que se transformou na semana seguinte e na semana seguinte depois dessa. Cozinho com Lee, me limpo com Lee, fico presa por três dias de chuva constante naquele barracão com Lee.

E ainda assim. E *ainda assim*.

Alguma coisa vai acontecer, alguma coisa está sendo preparada, e ninguém me diz nada.

E ainda estou presa *aqui*.

Lee joga uma galinha depenada na mesa e apanha outra.

— Vamos levar essa espécie à extinção se não tomarmos cuidado.

— É a única coisa que Magnus consegue caçar — digo. — Todo o resto é rápido demais para ele.

— Toda uma espécie de animal perdida porque a Resposta não tem um oftalmologista.

Eu rio, alto demais, e reviro os olhos para mim mesma.

Termino essa galinha e pego outra.

— Estou depenando três dessas no tempo que você leva para depenar duas — comento. — *E* fiz mais pães hoje *e*...

— Você queimou metade deles.

— Por que *você* deixou o forno quente demais!

— Eu não fui feito para cozinhar — diz ele, sorrindo. — Fui feito para ser soldado.

Eu engasgo em seco.

— E você acha que *eu* fui feita para cozinhar?

Mas ele está rindo e continua a rir mesmo quando atiro um punhado de penas molhadas nele e o acerto bem no olho.

— Ai — reclama, se limpando. — Você tem uma boa mira, Viola. Precisamos mesmo te dar uma arma.

Eu me apresso a virar o rosto de volta para a milionésima galinha no meu colo.

— Ou talvez não — diz ele, mais baixo.

— Você...? — Eu não termino a frase.

— Eu o quê?

Umedeço os lábios com a língua, o que é um erro, porque então tenho de cuspir um bocado de bolas de penugem, então quando finalmente pergunto, aquilo sai de um jeito mais exasperado do que eu pretendia.

— Você já atirou em alguém?

— Não. — Ele se senta com a coluna mais reta. — E você?

Balanço a cabeça e o vejo relaxar, o que me faz dizer na mesma hora:

— Mas já *atiraram* em mim.

Ele chega as costas para trás.

— Não acredito!

Eu digo isto antes de ter a intenção de dizer, antes que eu sequer perceba que as palavras estão saindo, mas então estou dizendo, e percebo que nunca tinha falado isto, nem em voz alta, nem para mim mesma, nunca, não desde que aconteceu, e ainda assim aquilo está ali, rolando por um aposento cheio de penas flutuantes:

— E esfaqueei uma pessoa. — Eu paro de depenar. — E a matei.

Meu corpo, de repente, parece ter o dobro do peso normal no silêncio que se segue.

Quando começo a chorar, Lee apenas me entrega um pano de prato e não se mete, não fica em cima de mim nem diz nada estúpido, nem pergunta sobre o assunto, embora ele deva estar morrendo de curiosidade. Ele só me deixa chorar.

O que é a coisa mais certa a se fazer.

— É, mas estamos ganhando apoio — diz Lee enquanto acabamos de jantar com Wilf e Jane.

Estou enrolando para terminar, porque temos que voltar logo à cozinha para começar o processo de fermentação para o pão de *amanhã*. Não dá para acreditar na imensa quantidade de pão que cem pessoas conseguem comer.

Engulo metade da minha última mordida.

— Só estou dizendo que vocês não são muitos — digo.

— *Nós* — Lee me corrige, me olhando com um ar sério. — E temos espiões por toda a cidade, e as pessoas se juntam a nós quando dá. As coisas por lá só estão piorando. Eles agora estão racionando *comida*, e ninguém mais está recebendo a cura. Vão ter que começar a se voltar contra ele.

— E as prisão tá tudo lotada — acrescenta Jane. — Centenas de mulheres, tudo trancafiada, tudo acorrentada junta no subsolo, famintas e morrendo aos montes.

— Mulher! — repreende Wilf.

— Só tô contando o que eu ouvi, só!

— Cê não ouviu falar nada disso.

Jane parece chateada.

— Não é por isso que não é verdade.

— Mas tem muitas pessoas que nos apoiariam que estão na prisão — diz Lee. — Então isso pode acabar sendo...

Ele para de falar.

— O quê? — pergunto e o encaro. — Acabar sendo o quê?

Ele não me responde, apenas olha para outra mesa, onde mestra Coyle está sentada com as mestras Braithwaite, Forth, Waggoner e Barker, e Thea também. Estão fazendo o de sempre, discutindo coisas, sussurrando, planejando novas ordens secretas para as pessoas executarem.

— Nada — diz Lee ao notar mestra Coyle se levantar e vir em nossa direção.

— Vou precisar que a carroça esteja preparada para esta noite, Wilf, por favor — pede ela, aproximando-se de nossa mesa.

— Podexá, mestra — diz ele, fazendo menção de se levantar.

— Pode terminar de comer — comenta ela, detendo-o. — Isso não é trabalho forçado.

— Eu fico feliz de ajudar — fala Wilf, limpando os farelos da calça e nos deixando.

— Quem vocês vão explodir esta noite? — pergunto.

Os lábios de mestra Coyle ficam tensos.

— Acho que já chega por enquanto, Viola.

— Eu quero ir — disparo. — Se vocês vão voltar à cidade hoje, quero ir junto.

— Paciência, minha garota. A sua hora vai chegar.

— Que hora? — pergunto quando ela sai andando. — *Quando*?

— Paciência.

Mas ela diz isso com impaciência.

Os dias escurecem cada vez mais cedo. Fico sentada do lado de fora sobre uma pilha de rochas quando anoitece, observando as pessoas que receberam a missão daquela noite seguirem para as carroças, com as bolsas cheias de coisas secretas. Alguns homens passaram a ter Ruído e estão tomando quantidades reduzidas de cura de nossos próprios suprimentos guardados na caverna, um estoque cada vez menor. Eles tomam o suficiente para não serem notados na cidade, mas não o suficiente para se entregarem. É um equilíbrio difícil, e está ficando cada vez mais perigoso para nossos homens estarem naquelas ruas, mas ainda assim eles vão.

E, enquanto os habitantes de Nova Prentisstown estiverem dormindo esta noite, serão roubados e explodidos, tudo em nome do que é certo.

— Oi — cumprimenta Lee, pouco mais que uma sombra no crepúsculo ao se sentar ao meu lado.

— Oi.

— Você está bem?

— Por que não estaria?

— É. — Ele pega uma pedra e a joga na noite. — Por que não estaria?

Estrelas começam a aparecer no céu. As naves estão lá em cima em algum lugar. Pessoas que poderiam nos ajudar, não, que *teriam* nos ajudado se eu tivesse conseguido entrar em contato com elas. Simone Watkin e Bradley Tench, pessoas boas, pessoas *inteligentes* que teriam acabado com toda essa estupidez e explosões e...

Sinto um nó na garganta mais uma vez.

— Você matou mesmo uma pessoa — diz Lee, atirando outra pedra.

— É — concordo, aproximando os joelhos do peito.

Lee espera um momento.

— Com Todd?

— *Por* Todd. Para salvá-lo. Para *nos* salvar.

Agora que o sol se foi, esfria de verdade, e rápido. Eu aperto um joelho contra o outro.

— Ela tem medo de você, sabia? — diz Lee. — Mestra Coyle. Ela acha que você é poderosa.

Eu olho para ele, tentando vê-lo no escuro.

— Que bobagem.

— Eu a ouvi dizer isso para mestra Braithwaite. Falou que você poderia liderar exércitos inteiros se quisesse.

— Ela nem me conhece.

— Mas ela é inteligente.

— E todo mundo aqui a segue como se fossem carneirinhos.

— Todo mundo menos você. — Ele esbarra no meu ombro de um jeito amistoso. — Talvez seja disso que ela esteja falando.

Começamos a ouvir o ronco baixo das cavernas, um barulho que significa que os morcegos estão se preparando para sair.

— O que *você* está fazendo aqui? — pergunto. — Por que a segue?

Já perguntei isso, mas ele sempre muda de assunto.

Mas talvez hoje seja diferente. Sem dúvida *parece* diferente.

— Meu pai morreu na Guerra dos Spackle.

— Muitos pais morreram — digo, e penso em Corinne, me perguntando onde ela estará, me perguntando se...

— Eu não me lembro dele — continua Lee. — Na verdade, cresci só com minha mãe e minha irmã mais velha. E minha irmã... — Ele ri. — Você teria gostado dela. Falava o que bem entendia e era cheia de personalidade... Tivemos algumas brigas que você não ia acreditar.

Ele ri outra vez, porém mais baixo.

— Quando o exército chegou, Siobhan queria lutar, mas minha mãe, não. Eu queria lutar também, mas Siobhan e minha mãe brigaram feio por causa disso. Siobhan estava pronta para pegar em armas, e minha mãe quase teve que trancar a porta para impedir que ela saísse correndo pelas ruas quando o exército chegou.

O ronco está ficando mais alto, e o Ruído dos morcegos começa a ecoar pela abertura da caverna. **Voar, voar**, dizem eles. **Voar longe, bem longe**.

— Então a situação saiu do nosso controle, sabe? — continua ele. — O exército estava aqui, e naquela noite eles levaram todas as mulheres para casas a leste da cidade. Minha mãe falou pra gente cooperar, sabe? "Só por enquanto, só para ver até onde isso vai, talvez ele não seja tão ruim." Esse tipo de coisa.

Não digo nada. Fico aliviada por ele não poder ver meu rosto no escuro.

— Mas Siobhan não ia aceitar isso sem lutar. Ela gritou e berrou com os soldados e se recusou a ir, e minha mãe implorou a ela que parasse, para não irritá-los, mas... — Ele para e faz um som de estalo com a língua. — Siobhan socou o primeiro soldado que tentou levá-la à força.

Ele respira fundo.

— Então foi a maior confusão. Tentei lutar e, quando percebi, estava no chão com os ouvidos apitando e o joelho de um soldado nas minhas costas.

Minha mãe estava gritando, mas não ouvi nada de Siobhan, e eu apaguei e, quando acordei, estava sozinho em casa.

voar, voar, escuto logo na parte de dentro da entrada da caverna. **voar longe, bem longe, bem longe**.

— Eu procurei por elas quando as restrições diminuíram, mas nunca as encontrei. Procurei em todas as cabanas e em todos os alojamentos e em todas as casas de cura. E aí, na última, foi mestra Coyle que me respondeu. — Ele faz uma pausa e ergue o olhar. — Lá vêm eles.

Os morcegos saem voando aos montes das cavernas, como se o mundo tivesse sido virado de lado e eles estivessem se derramando em cima de nós, uma torrente de escuridão ainda maior contra o céu noturno. O zunido alto deles torna impossível conversar, por isso apenas os observamos.

Cada um tem pelo menos dois metros de envergadura, com asas peludas, orelhas curtas e grossas e um ponto verde e brilhante de fósforo na ponta de cada asa estendida que eles de algum modo usam para confundir as mariposas e insetos dos quais se alimentam. Os pontos brilham na noite, formando um cobertor de estrelas temporárias que se agitam acima de nós. Nós ficamos sentados, cercados pelo bater de asas, pelo chilro de seu Ruído, o **voar voar voar longe bem longe bem longe**.

Passados cinco minutos, eles desaparecem na floresta ao redor, para voltarem apenas pouco antes do amanhecer.

— Alguma coisa vai acontecer — comenta Lee no silêncio que se segue. — Você sabe disso. Não sei o que é, mas vou junto porque falta procurar por elas em mais um lugar.

— Então eu também vou.

— Ela não vai deixar. — Ele se vira para mim. — Mas prometo a você que vou procurar por Todd. Vou procurar por ele com a mesma vontade com que procuro por Siobhan e minha mãe.

Um sino toca no acampamento, sinalizando que todas as equipes de ataque saíram para a cidade e todas as pessoas restantes no acampamento devem ir para a cama. Lee e eu ficamos sentados mais um pouco no escuro, seu ombro tocando o meu, e o meu tocando o dele.

24

MUROS DE PRISÃO

[TODD]

— NADA MAU — o prefeito diz, do alto de Morpeth. — Para uma mão de obra não qualificada.

— Haveria mais — explica Davy. — Mas choveu, e aí virou tudo *lama*.

— Não, não — o prefeito diz, os olhos percorrendo o campo. — Vocês fizeram um trabalho admirável. Os dois conseguiram fazer muito em apenas um mês.

Nós dois levamos um minuto pra olhar o que foi que fizemos de tão admirável. Assentamos os alicerces de concreto de um único prédio comprido. Todas as paredes-guia estão erguidas, algumas até começaram a ser preenchidas com as pedras que retiramos dos muros internos do mosteiro, e a lona forma uma espécie de telhado. Já está com cara de prédio.

Ele tem razão, fizemos um trabalho admirável.

Nós e os mil, cento e cinquenta Spackle.

— Sim, muito satisfatório — o prefeito diz.

O Ruído de Davy está assumindo um brilho rosado que me deixa desconfortável.

— E então, o que é? — pergunto.

O prefeito olha em minha direção.

— O que é o quê?

— Isso. — Eu gesticulo na direção do prédio. — O que isso vai ser?

— Termine de construir, Todd, e prometo convidá-lo para a grande inauguração.

— Mas não é pros Spackle, é?

O prefeito franze um pouco a testa.

— Não, Todd, não é.

Esfrego a nuca e consigo ouvir tinidos no Ruído de Davy, tinidos que vão ficar mais altos se ele achar que estou estragando esse momento em que ele é elogiado.

— É só que… — começo. — Geou nas últimas três noites, e o tempo só tá piorando.

O prefeito vira Morpeth na minha direção.

Menino potro, ele pensa. **Menino potro, se afaste**.

Eu me afasto sem nem pensar duas vezes.

O prefeito ergue a sobrancelha.

— Você está querendo aquecedores para sua mão de obra?

— Bom…

Eu olho pro chão e pro prédio e pros Spackle, que estão fazendo de tudo pra ficar na outra extremidade, o mais longe possível da gente, considerando quantos estão amontoados num espacinho de nada.

— Pode nevar — argumento. — Não sei se eles vão sobreviver.

— Ah, eles são mais resistentes do que você pensa, Todd. — A voz do prefeito é baixa e carregada de alguma coisa que não consigo identificar. — Muito mais.

Eu abaixo os olhos de novo.

— Entendi — digo. — Tá bem.

— Vou mandar o cabo Farrow trazer alguns pequenos aquecedores de fissão, se isso vai fazer você se sentir melhor.

Eu levo um segundo pra processar isso.

— Sério?

— *Sério?* — Davy repete.

— Eles fizeram um bom trabalho — o prefeito diz —, sob sua supervisão, e você mostrou muita dedicação nessas últimas semanas, Todd. Uma verdadeira *liderança*. — Ele sorri, quase de um jeito afetuoso. — Sei que você é do tipo que odeia ver os outros sofrerem. — Ele fixa os olhos nos meus, quase me desafiando a desviar o olhar. — Sua sensibilidade merece respeito.

— *Sensibilidade*. — Davy dá um riso abafado.

— Estou orgulhoso de vocês. — O prefeito pega as rédeas. — Dos *dois*. E vocês vão ser recompensados por seus esforços.

O Ruído de Davy fica radiante outra vez quando o prefeito deixa o mosteiro.

— Você ouviu isso? — ele diz, agitando as sobrancelhas. — Recompensas, meu mijinho de porco sensível.

— Cala a boca, Davy.

Já estou caminhando ao longo da parede-guia e na direção dos fundos do prédio onde está a última faixa de terreno livre, portanto é o espaço que os Spackle têm para se amontoarem. Eles saem do meu caminho quando ando entre eles.

— Vocês vão receber aquecedores — digo, botando isso em meu Ruído também. — As coisas vão melhorar.

Mas eles apenas continuam fazendo todo o possível pra não tocar em mim.

— Eu falei que as coisas vão *melhorar*!

Ingratos de uma figa...

Eu paro. Respiro fundo. Continuo andando.

Eu chego nos fundos, onde apoiamos contra a estrutura do prédio algumas paredes-guia que não foram utilizadas, formando um esconderijo.

— Pode sair agora — digo.

Não ouço nada por um minuto, depois vem um breve barulho, e o 1017 surge, com o braço numa tipoia feita de uma das minhas poucas camisas. Ele está mais magro que nunca, com alguma vermelhidão ainda no braço por conta da fratura, mas ela parece finalmente estar melhorando.

— Consegui arranjar alguns analgésicos — digo enquanto tiro os remédios do bolso.

Ele pega com um movimento brusco e rápido, arranhando a palma da minha mão.

— Cuidado — digo entredentes. — Quer ser levado junto com os outros Spackle aleijados?

Há uma explosão de Ruído vinda dele, que já até me acostumei a esperar, e é a mesma coisa de sempre, ele parado com um rifle, ele me batendo e me batendo, eu implorando prele parar, ele quebrando o *meu* braço.

— Aham. Tá bom.

— Brincando com seu bichinho de estimação? — Davy também fez a volta e está recostado no prédio com os braços cruzados. — Você sabe que quando um cavalo quebra a perna a gente mata.

— Ele não é um cavalo.

— Não — Davy diz. — É um carneiro.

Dou uma bufada.

— Obrigado por não contar pro seu pai.

Davy dá de ombros.

— Tanto faz, mijo de porco, desde que isso não estrague nossa recompensa.

O 1017 faz seus estalos grosseiros pra gente, principalmente pra mim.

— Mas ele não parece muito agradecido — Davy observa.

— É, bom, eu já salvei ele duas vezes. — Olho pro 1017, bem em seus olhos que nunca deixam os meus. — Não vai ter uma terceira.

— Você diz isso, mas todo mundo sabe que vai — Davy fala. E indica com a cabeça o 1017. — Até ele.

Os olhos de Davy se arregalam em deboche.

— É porque você é *sensível*.

— Cala a boca.

Mas ele já está rindo e se afastando, e o 1017 só me encara e me encara.

E eu encaro ele.

Eu salvei ele.

(eu salvei ele por ela)

(se ela estivesse aqui, ela ia poder ver, ia ver que eu salvei ele)

(se ela estivesse aqui)

(mas ela não está)

Fecho as mãos com força e logo depois me obrigo a abrir de novo.

Nova Prentisstown mudou no último mês, eu noto isso todo dia no nosso caminho de volta.

Em parte é por conta do inverno chegando. As folhas nas árvores ficaram roxas e vermelhas e depois caíram, deixando pra trás os esqueletos altos de inverno. As coníferas continuam com as agulhas firmes e fortes, mas perderam os cones, e as árvores-abraço recolheram os galhos apertados em torno do tronco, deixando traves nuas pra enfrentar o frio. Tudo isso, além do céu que escurece cada vez mais, dá a impressão que a cidade está passando fome.

E é verdade. O exército invadiu Refúgio no fim da colheita, por isso ainda havia estoque de alimentos, mas agora não resta ninguém nos outros povoados pra trazer comida pra vender, e a Resposta continua com suas bombas e missões roubando comida, outro dia mesmo roubaram o trigo todo de um armazém, e a coisa foi tão bem feita que agora é óbvio que tem gente na cidade e no exército ajudando elas.

O que é má notícia tanto pra cidade quanto pro exército.

O toque de recolher foi determinado tem duas semanas e de novo na semana passada, a tal ponto que ninguém tem permissão de sair depois do escuro, só umas patrulhas. A praça em frente à catedral virou lugar pra queimar livro, queimar coisas das pessoas que descobriram que ajudaram a Resposta, queimar um monte de uniforme de curandeira que o prefeito pegou quando fechou a última casa de cura. E quase ninguém mais toma a cura, só uns homens mais chegados do prefeito, quer dizer, o sr. Morgan e o sr. O'Hare e o sr. Tate e o sr. Hammar, homens da antiga Prentisstown que já estão com ele há um tempão. É uma questão de lealdade, eu acho.

Eu e Davy nunca recebemos a cura, então ele nunca teve a chance de pegar de volta da gente.

— Talvez essa seja nossa recompensa — Davy comenta enquanto cavalgamos. — Talvez ele vá pegar um pouco no porão e vamos finalmente saber como é.

Nossa *recompensa*, penso. *Nós*.

Passo a mão pelo flanco de Angharrad, sentindo sua pele gelada.

— Quase em casa, garota — sussurro entre suas orelhas. — Um celeiro bom e quentinho.

Quentinho, ela pensa. **Menino potro**.

— Angharrad — digo em resposta.

Cavalos não são animais de estimação e são meio loucos o tempo todo, mas estou descobrindo que se você trata eles bem, eles passam a conhecer você.

Menino potro, ela pensa de novo, e é como se eu fosse parte do seu rebanho.

— Talvez a recompensa sejam mulheres! — Davy diz de repente. — Isso! Talvez ele vá nos dar algumas mulheres e finalmente vai transformar você num homem de verdade.

— Cala a boca — digo, mas não chegamos a brigar nem nada.

Pensando bem, faz tempo que a gente não cai no tapa.

Acho que a gente se acostumou um com o outro.

Também quase não vemos mais mulheres. Quando a torre de comunicação caiu, elas voltaram a ser todas trancadas em casa, exceto quando grupos delas estão trabalhando nos campos, preparando a terra pra plantação do ano que vem, sob a guarda de soldados armados. As visitas de maridos, filhos e pais agora são no máximo uma vez por semana.

Ouvimos histórias sobre soldados e mulheres, histórias sobre soldados entrando em alojamentos à noite, histórias sobre coisas horríveis acontecendo sem ninguém ser punido.

E isso sem contar as mulheres nas prisões, prisões que eu vi só da torre da catedral, um conjunto de prédios na extremidade oeste da cidade, perto do pé da cachoeira. Vai saber o que acontece ali dentro? Elas estão longe, fora da vista de todo mundo exceto da dos homens que as guardam.

Mais ou menos como os Spackle.

— Meu Deus, Todd — Davy diz. — A confusão que você cria *pensando* o tempo inteiro!

É exatamente o tipo de coisa que aprendi a ignorar vindo de Davy. Só que dessa vez ele me chamou de *Todd*.

Deixamos nossos cavalos no celeiro perto da catedral. Davy me acompanha até a catedral, embora eu não precise mais de guarda.

Porque pra onde eu iria?

Entro pela porta da frente e escuto:

— Todd?

O prefeito está esperando por mim.

— Sim, senhor — digo.

— Sempre tão educado.

Ele sorri, caminhando em minha direção, com as botas batendo no mármore, e comenta:

— Você parece melhor ultimamente, mais calmo. — Ele para a um metro de distância. — Você tem usado a ferramenta?

Hein?

— Que ferramenta? — pergunto.

Ele dá um leve suspiro. E então...

EU SOU O CÍRCULO E O CÍRCULO SOU EU.

Eu levo uma das mãos pro lado da cabeça.

— Como o senhor consegue fazer isso?

— O Ruído pode ser usado, Todd. Se você tiver disciplina o suficiente. E o primeiro passo é usar a ferramenta.

— Eu sou o Círculo e o Círculo sou eu?

— É um jeito de se centrar. — Ele faz um gesto afirmativo com a cabeça. — Um jeito de alinhar seu Ruído, de contê-lo, de *controlá-lo*. Um homem que consegue controlar seu Ruído é um homem com uma vantagem.

Eu lembro dele recitando em casa na antiga Prentisstown, como seu Ruído parecia cortante e assustador em comparação com o dos outros homens, como ele parecia...

Parecia uma arma.

— O que é o Círculo? — pergunto.

— O seu destino, Todd Hewitt. Um círculo é um sistema fechado. Não há como sair dele, por isso é mais fácil se você não resistir.

EU SOU O CÍRCULO E O CÍRCULO SOU EU.

Mas dessa vez minha voz também está ali no meio.

— Estou ansioso para ensinar muitas coisas a você — ele diz, e vai embora sem dar boa-noite.

Ando ao longo das paredes da torre do sino, olhando pra fora na direção da cachoeira a oeste, do morro com uma fenda no sul, e, a leste, das colinas que levam na direção do mosteiro, mesmo não dando pra ver daqui. Só dá pra ver é Nova Prentisstown, a cidade inteira dentro de casa e encolhida com a chegada de uma noite fria.

Ela está lá, em algum lugar.

Um mês e ela ainda não veio.

Um mês e...

(cala a boca)

(vê se cala essa droga dessa boca chorona)

Eu começo a andar de um lado pro outro de novo.

Agora temos vidro nas aberturas da torre e um aquecedor pra nos proteger das noites de outono. Mais cobertores, também, e uma luminária e livros pro prefeito Ledger ler, depois de passarem por aprovação.

— Mas ainda é uma prisão, não é? — ele diz às minhas costas, de boca cheia. — É de se pensar que, a essa altura, ele teria pelo menos encontrado um lugar melhor para *você*.

— Eu queria muito que as pessoas parassem de achar que não tem problema ficar me lendo o tempo inteiro — digo sem me virar.

— Ele provavelmente quer manter você longe da cidade — Ledger comenta, terminando a refeição, que é apenas pouco mais da metade do que recebíamos antes. — Quer você longe de todos os boatos.

— Que boatos? — pergunto, mas estou pouco me lixando.

— Ah, boatos sobre os grandes poderes de controle mental de nosso prefeito. Boatos de armas feitas de Ruído. Boatos de que ele pode voar, coisa que não duvido.

Não olho pra ele e mantenho meu Ruído quieto.

Eu sou o Círculo, penso.

Então eu paro.

Passa da meia-noite quando a primeira explode.

Bum!

Dou um pequeno pulo no colchão, mas essa é minha única reação.

— Onde você acha que foi essa? — o prefeito Ledger pergunta, também sem levantar da cama.

— Parece que foi mais a leste — digo olhando pra cima, pra escuridão dos sinos da torre. — Talvez um depósito de comida?

Esperamos a segunda. Agora, sempre tem uma segunda. Enquanto os soldados correm pra primeira, a Resposta aproveita a oportunidade pruma segunda...

Bum!

— Aí está — o prefeito Ledger comenta, levantando e olhando por uma abertura.

Eu faço o mesmo.

— Droga — ele reclama.

— Que foi? — pergunto, e me aproximo dele.

— Acho que foi a usina de tratamento de água perto do rio.

— O que isso significa?

— Significa que vamos ter que ferver cada maldita xícara de...

BUM!

Há um grande clarão que faz a gente se encolher e se afastar da janela. O vidro chacoalha nos batentes.

E toda luz em Nova Prentisstown se apaga.

— A usina elétrica — o prefeito Ledger diz, sem acreditar. — Mas ela é guardada todas as horas do dia. Como elas conseguiram chegar *lá*?

— Não sei — digo, meu estômago revirando. — Mas o prefeito vai ficar uma fera.

O prefeito Ledger passa a mão pelo rosto, cansado, enquanto ouvimos sirenes e soldados gritando na cidade lá embaixo. Ele está balançando a cabeça.

— Eu não sei *o que* elas acham que estão conseguin...

BUM!

BUM!

BUM!

BUM!

BUM!

Cinco explosões enormes, uma logo depois da outra, abalam tanto a torre que eu e o prefeito somos jogados no chão. Várias janelas se estilhaçam, estourando pra dentro da torre e nos cobrindo de cacos e pó de vidro.

Vemos o céu se iluminar.

O céu a oeste.

Uma nuvem de fogo e fumaça se ergue tanto acima das prisões que é como se um gigante estivesse lançando ela ali.

O prefeito Ledger está respirando com dificuldade do meu lado.

— Elas conseguiram — diz, ofegante. — Elas conseguiram mesmo.

Elas conseguiram mesmo, penso.

Elas começaram a guerra que tanto queriam.

E eu não consigo evitar…

Não consigo evitar pensar…

Ela está vindo me buscar?

25

A NOITE EM QUE ACONTECE

{VIOLA}

— PRECISO DA SUA AJUDA — pede mestra Lawson, parada à porta da cozinha.

Eu ergo as mãos cobertas de farinha.

— Estou no meio de…

— Mestra Coyle me pediu especificamente para buscar você.

Estranho. Não gosto da palavra *buscar*.

— Então quem vai acabar de fazer esses pães para amanhã? Lee foi buscar lenha…

— Mestra Coyle disse que você tinha experiência com material de cura — interrompe mestra Lawson. — Trouxemos muito mais, e a garota que está comigo agora não tem a menor ideia do que fazer com eles.

Suspiro. Pelo menos é melhor que cozinhar.

Eu a sigo pelo anoitecer até a boca de uma caverna e através de uma série de passagens até chegarmos à caverna grande onde guardamos nossos estoques mais valiosos.

— Isso pode demorar — diz mestra Lawson.

Passamos a maior parte do fim da tarde e começo da noite contando remédios, curativos, compressas, roupas de cama, éteres, torniquetes, faixas de diagnóstico, braçadeiras de aparelhos para medir a pressão sanguínea, estetoscópios, camisolas para pacientes, tabletes de purificação de água, talas, cotonetes, grampos, cápsulas de raiz-de-jeffers, adesivos e todo o resto, separando-os em pilhas menores e as espalhando pela caverna até a entrada do túnel principal.

Seco o suor frio da testa.

— Já não devíamos estar guardando isso?

— Ainda não — responde mestra Lawson.

Ela olha ao redor, observando as pilhas organizadas que fizemos, e esfrega as mãos uma na outra, uma ruga de preocupação vincando seu rosto.

— Espero que seja suficiente.

— Suficiente para quê? — Meus olhos a acompanham quando ela vai de pilha em pilha. — Suficiente para *quê*, mestra Lawson?

Ela olha para mim.

— Do que você se lembra do seu processo de cura?

Olho para ela por um segundo, a suspeita crescendo cada vez mais, depois saio correndo da caverna.

— Espere! — grita ela para mim, mas já estou no túnel central, disparando pela entrada da caverna e pelo acampamento.

Que está deserto.

— Não fique com raiva — diz mestra Lawson depois que revisto todas as cabanas.

Eu, estúpida, fico ali parada, as mãos na cintura, olhando ao redor para o acampamento vazio. Depois de encontrar algo para me distrair, mestra Coyle foi embora, com todas as outras mestras exceto mestra Lawson. Thea e as aprendizes também partiram.

E todo o resto. Todas as carroças, cavalos e bois.

E Lee.

Wilf também se foi, embora Jane tenha ficado, só ela.

É hoje.

É hoje que vai acontecer.

— Você sabe por que ela não podia te levar — diz mestra Lawson.

— Ela não confia em mim. Nem ela nem vocês.

— Isso agora não tem importância. — Sua voz assume aquele tom grave de mestra que passei a odiar. — O que importa é que, quando eles voltarem, vamos precisar da ajuda de todo mundo que é capaz de curar.

Estou prestes a discutir, mas então vejo que ela torce as mãos com nervosismo e que parece muito preocupada, vejo que há muita coisa que ela tenta não transparecer.

Então ela diz:

— Quer dizer, se algum deles conseguir voltar.

Não resta nada a fazer a não ser esperar. Jane faz café, e ficamos sentadas no frio que só aumenta, observando a trilha que sai da floresta, atentas para ver quem volta.

— Geada — diz Jane, enfiando a ponta do pé na pequena área de gelo sobre uma pedra no chão.

— Devíamos ter feito isso antes — comenta mestra Lawson, sem erguer o rosto da xícara, o vapor subindo e lhe aquecendo. — Devíamos ter feito isso antes de o tempo mudar.

— Isso o *quê*?

— Resgate — responde Jane. — Wilf me contou quando estava saindo.

— Resgate de quem? — pergunto, mas é claro que só pode ser...

Ouvimos pedras caindo na trilha. Já estamos de pé quando Magnus chega correndo do morro.

— Depressa! — grita ele. — Venham!

Mestra Lawson pega um pouco do material médico usado em casos de maior urgência e sai correndo atrás dele pela trilha. Jane e eu fazemos o mesmo.

Estamos na metade da subida quando as pessoas começam a sair da floresta.

Na traseira de carroças, apoiadas sobre os ombros de outras pessoas, em macas, a cavalo, com mais gente jorrando pela trilha atrás delas e mais no topo do morro atrás *delas*.

Todas as que precisavam de resgate.

As prisioneiras trancadas pelo prefeito e seu exército.

E o *estado* delas...

— Meu Deus — diz Jane em voz baixa ao meu lado.

Nós duas estamos paradas, atônitas.

Meu Deus.

As horas seguintes passam em um borrão conforme corremos para trazer as pessoas feridas para o acampamento, embora algumas estejam tão mal que não as transportamos mais, precisamos tratar elas onde estão. Sou mandada de uma curandeira para outra, correndo de ferimento em ferimento, voltando apressada para buscar mais material, indo tão depressa que levo um tempo para perceber que a maior parte dos ferimentos que estão sendo tratados não são resultado de luta.

— Elas foram espancadas — digo.

— E estão desnutridas — acrescenta mestra Lawson, com raiva, injetando um fluido no braço de uma mulher que carregamos para a caverna. — E foram torturadas.

A mulher é apenas uma de um número que ameaça não parar nunca de crescer. A maioria delas não consegue falar, em choque, olhando fixamente para nós no pior dos silêncios ou se lamentando sem palavras. Vemos cicatrizes de queimaduras nos braços e no rosto, ferimentos antigos não tratados, os olhos fundos de quem não come há dias e dias.

— Ele fez isso — digo para mim mesma. — Ele fez isso.

— Aguente firme, minha garota — fala mestra Lawson.

Saímos correndo da caverna outra vez com os braços cheios de curativos, que mesmo assim não são o suficiente. Mestra Braithwaite gesticula freneticamente com uma das mãos para que eu me aproxime. Ela arranca as ataduras de mim enquanto se apressa para envolver a perna de uma mulher aos gritos.

— Jeffers! — brada mestra Braithwaite com rispidez.

— Não tenho aqui — digo.

— Então vai pegar!

Volto para a caverna e me desvio de curandeiras, aprendizes e soldados falsos junto a pacientes por toda parte, subindo as encostas, na traseira de carroças, em tudo quanto é lugar. Não são apenas mulheres feridas. Vejo prisioneiros homens também famintos, também espancados. Vejo pessoas do acampamento feridas na luta, incluindo Wilf, com um curativo para queimadura na lateral do rosto, embora ele ainda esteja ajudando a carregar pacientes em macas para o acampamento.

Corro até a caverna, pego mais bandagens e raiz-de-jeffers e volto apressada para a ravina pela décima vez. Atravesso o campo aberto e olho para a trilha, onde mais algumas pessoas ainda estão chegando.

Paro por um segundo e verifico os recém-chegados antes de ir em dispa rada até mestra Braithwaite.

Mestra Coyle ainda não voltou.

Nem Lee.

— Ele estava bem no meio da agitação — afirma mestra Nadari enquanto eu a ajudo a botar de pé uma mulher recém-drogada. — Como se estivesse procurando alguém.

— A mãe e a irmã — explico, sustentando a mulher.

— Não pegamos todo mundo — diz mestra Nadari. — Havia outro prédio inteiro onde a bomba não explodiu…

— Siobhan! — ouvimos alguém gritar ao longe.

Eu me viro, o coração batendo muito mais rápido do que eu esperava, um sorriso surgindo em meu rosto.

— Ele as encontrou!

Mas logo percebo que não.

— Siobhan?

Lee está descendo pela trilha da floresta, o braço e o ombro do uniforme enegrecidos, o rosto coberto de fuligem, olhando para todos os lados, para lá e para cá enquanto passa pelas pessoas na ravina.

— Mãe? — chama ele.

— Vá ver se ele está ferido — manda mestra Nadari.

Eu deixo que a mulher se apoie em mestra Nadari e corro na direção de Lee, ignorando as outras mestras que me chamam.

— Lee!

— Viola? — diz ele ao me ver. — Elas estão aqui? Você sabe se elas estão aqui?

— Você está ferido?

Eu o alcanço, toco na manga enegrecida e olho para suas mãos.

— Você se queimou.

— Houve incêndios.

Meus olhos se fixam nos dele.

Lee está olhando para mim, mas não está me vendo, está vendo o que viu nas prisões, está vendo os incêndios e o que havia por trás deles, está vendo os prisioneiros que encontraram, talvez esteja vendo os guardas que teve que matar.

Ele não está vendo a irmã nem a mãe.

— Elas estão *aqui*? Diga que elas estão aqui.

— Eu não as conheço — digo em voz baixa.

Lee olha para mim arrasado, a respiração pesada e áspera, como se tivesse inalado muita fumaça.

— Foi... Ah, meu Deus, Viola, foi... — Ele ergue os olhos e olha além de mim, por cima do meu ombro. — Eu preciso encontrá-las. Elas têm que estar aqui. — Ele passa por mim e desce até a ravina. — Siobhan? *Mãe?*

Não consigo evitar e grito para ele:

— Lee? Você viu Todd?

Mas ele continua a andar, aos tropeços.

Então escuto:

— Viola!

Minha primeira reação é pensar que se trata de apenas mais uma mestra pedindo minha ajuda.

Mas então uma voz ao meu lado grita:

— Mestra Coyle!

Eu me viro. No alto da trilha está mestra Coyle a cavalo, descendo pelas pedras do caminho o mais depressa que consegue fazer sua montaria andar. Ela traz alguém na sela, alguém que ela amarrou a si mesma para impedir que caísse. Sinto uma pontada de esperança. Talvez seja Siobhan. Ou a mãe de Lee.

(ou ele, talvez seja ele, talvez...)

— Ajude a gente, Viola! — grita mestra Coyle, segurando as rédeas.

E quando eu começo a subir o morro na direção dela, o cavalo se vira para não se desequilibrar e eu vejo quem é, inconsciente e muito curvada.

Corinne.

— Não — continuo dizendo em voz baixa, sem nem perceber. — Não, não, não, não, não.

Nós a botamos sobre uma rocha chata, e mestra Lawson corre em nossa direção com braços cheios de bandagens e remédios.

— Não, não, não — repito enquanto seguro sua cabeça para protegê-la da rocha dura.

Mestra Coyle rasga a manga de Corinne para prepará-la para as injeções.

— Não — digo enquanto mestra Lawson nos alcança e engasga em seco ao ver quem é.

— Você a encontrou... — fala mestra Lawson.

Mestra Coyle assente.

— Eu a encontrei.

Sinto o crânio de Corinne sob minhas mãos. Sua pele arde em febre. Seu rosto está encovado, ferimentos descolorem seus olhos, a pele está flácida e inerte. As clavículas saltam acima da linha da gola do jaleco de mestra rasgado e imundo. Há marcas circulares de queimaduras no pescoço. Cortes nos braços. Unhas arrancadas.

— Ah, Corinne... — sussurro, e lágrimas caem dos meus olhos, pingando em sua testa. — Ah, não...

— Fique com a gente, minha garota — diz mestra Coyle, e não sei se ela está falando comigo ou com Corinne.

— E Thea? — pergunta mestra Lawson, sem erguer os olhos.

Mestra Coyle balança a cabeça.

— Thea morreu? — pergunto.

— E mestra Waggoner — diz mestra Coyle, e percebo vestígios de fumaça em seu rosto, as queimaduras vermelhas e feias em sua testa. — E muitos outros. — Seus lábios se contraem. — Mas pegamos alguns *deles*, também — acrescenta ela.

— Vamos lá, minha garota — diz mestra Lawson para Corinne, ainda inconsciente. — Você sempre foi a mais teimosa. Precisamos dessa teimosia agora.

— Segure isso — pede mestra Coyle e me entrega uma bolsa de soro conectada a um tubo inserido no braço de Corinne.

Eu a pego com uma das mãos e mantenho a cabeça de Corinne em meu colo.

— Aqui está — diz mestra Lawson, erguendo uma faixa de tecido imundo da lateral do corpo de Corinne.

Um cheiro horrível atinge todas nós ao mesmo tempo.

É pior do que o cheiro nauseante. É pior pelo que significa.

— Gangrena — explica ela sem necessidade, porque todas podemos ver que aquilo não é uma mera infecção.

O cheiro significa que o tecido está morto. Significa que ele começou a devorá-la. Algo que a própria Corinne me ensinou e que eu preferia não lembrar.

— Os malditos não deram nem um mínimo de tratamento — grunhe mestra Lawson, ficando de pé e correndo na direção da caverna para buscar os remédios mais fortes que temos.

— Vamos, minha garota difícil — incentiva mestra Coyle em voz baixa, acariciando a testa de Corinne.

— A senhora ficou até encontrá-la — digo. — Por isso foi a última a voltar.

— Ela nunca desistiu, essa aí — diz mestra Coyle com a voz rouca, e não apenas por causa da fumaça. — Não importava o que fizessem com ela.

Olhamos para o rosto de Corinne, os olhos ainda fechados, a boca aberta, a respiração vacilante.

Mestra Coyle tem razão. Corinne nunca cederia, nunca daria nomes nem informação. Ela aceitaria a punição para evitar que outras filhas, outras mães, fossem machucadas.

— A infecção… — digo, minha garganta se fechando. — O cheiro… ele significa…

Mestra Coyle apenas morde o lábio com força e balança a cabeça.

— Ah, Corinne… — lamento. — Ah, não…

E bem ali, bem ali em minhas mãos, em meu colo, com o rosto virado para o meu…

Ela morre.

Há apenas silêncio quando isso acontece. Não há barulho, nem luta, nem violência, nem nada. Ela apenas fica em silêncio, um tipo de silêncio que você sabe que vai durar para sempre assim que o escuta, um silêncio que abafa tudo ao redor, desligando o volume do mundo.

A única coisa que *consigo* ouvir, na verdade, é minha própria respiração, molhada e pesada, como se eu nunca mais fosse me sentir leve de novo. E no silêncio de minha respiração eu olho encosta abaixo e vejo o resto dos feridos à nossa volta, as bocas se abrindo para gritar de dor, os olhos vazios ainda vendo os horrores mesmo depois do resgate. Vejo mestra Lawson correndo em nossa direção com remédios, tarde demais, tarde demais. Vejo Lee voltando pela trilha, chamando pela mãe e pela irmã, ainda sem querer acreditar que, em meio a toda essa confusão, elas não estão aqui.

Penso no prefeito em sua catedral, fazendo promessas, contando mentiras.

(penso em Todd nas mãos do prefeito)

Olho para Corinne em meu colo. Corinne, que nunca gostou de mim, nunca, mas mesmo assim deu sua vida pela minha.

Nós somos as escolhas que fazemos.

Quando levanto o rosto para mestra Coyle, as lágrimas em meus olhos fazem com que tudo brilhe com luzes pontiagudas, tornam o primeiro vislumbre do sol nascente uma mancha no céu.

Mas eu a vejo com nitidez suficiente.

Meus dentes estão cerrados, minha voz sai densa como lama.

— Estou pronta — declaro. — Faço qualquer coisa que a senhora quiser.

26

A RESPOSTA

[TODD]

— AH, MEU DEUS. — O prefeito Ledger não para de repetir isso em voz baixa. — Ah, meu Deus.

— Por que *você* está tão preocupado? — digo finalmente pra ele.

Não destrancaram nossa porta no horário habitual. Já é de tarde, e parece que ninguém lembrou que estamos aqui. Lá fora a cidade queima e **RONCA**, mas uma parte minha, uma parte amarga, não para de pensar que o prefeito Ledger está gemendo porque nosso café da manhã ainda não chegou.

— Era para a rendição nos trazer *paz* — critica. — E aquela maldita mulher arruinou *tudo*.

Lanço um olhar estranho para ele.

— Não que aqui seja o paraíso nem nada. Há toques de recolher e prisões e... Antes de ela começar essa *briguinha*, o presidente estava abrandando as leis. Estava diminuindo as restrições. Ia ficar tudo bem.

Eu levanto e olho pelas janelas pra onde ainda tem fumaça e fogo. O Ruído dos homens não mostra nenhum sinal de que aquilo vai parar tão cedo.

— É preciso ser *prático* — o prefeito Ledger comenta. — Mesmo diante de tiranos.

— Então é isso o que você é? Prático?

Ele semicerra os olhos.

— Não sei aonde você quer chegar, *garoto*.

Na verdade, também não sei aonde quero chegar, mas estou assustado e com fome. Estamos presos nessa torre idiota enquanto o mundo se despedaça em volta e só nos resta *assistir*, sem poder fazer nada pra *mudar* as coisas. Não sei se Viola participou disso tudo nem onde ela está, e também não sei o que vai ser do futuro nem se dá pra sair alguma coisa boa dessa situação. A única coisa que eu *sei* é que o prefeito Ledger me dizendo como ele é *prático* está começando a me irritar.

Ah, é, e mais uma coisa.

— Não me chama de garoto.

Ele dá um passo na minha direção.

— Um homem entenderia que as coisas são mais complicadas do que a mera divisão entre certo e errado.

— Um homem tentando salvar a própria pele com certeza entenderia.

E meu Ruído está dizendo *Vem, pode vir, quero só ver.*

O prefeito Ledger cerra os punhos.

— O que você não sabe, Todd... — ele diz, as narinas se alargando. — O que você não sabe...

— O *que* eu não sei? — pergunto, mas então a porta faz *trá-tunc*, dando um susto em nós dois.

Davy entra com os rifles.

— Anda — ele diz, estendendo uma arma pra mim. — Meu pai está chamando a gente.

Eu vou sem dizer nada e deixo o prefeito Ledger gritando "Ei!" às nossas costas enquanto Davy tranca a porta outra vez.

— Cinquenta e seis soldados mortos — Davy diz enquanto descemos a escada do interior da torre. — Matamos uma dúzia delas e capturamos mais uma dúzia, mas elas escaparam com quase duzentos prisioneiros.

— *Duzentos*? — repito, parando por um segundo. — Tinha quantas pessoas na prisão?

— Vem, mijo de porco. Meu pai tá esperando.

Eu corro pra alcançar ele. Atravessamos o saguão da catedral e seguimos pra porta.

— Aquelas vagabundas... Você não ia acreditar nas coisas que elas são capazes. Explodiram um alojamento. Um *alojamento*! Onde tinha homens *dormindo*!

Saímos da catedral para a praça, caótica. Fumaça ainda está soprando do oeste, deixando tudo enevoado. Soldados, tanto sozinhos quanto em esquadrões, correm de um lado pro outro, alguns deles empurrando pessoas na frente, batendo nelas com os rifles, outros montando guarda em volta de grupos de mulheres que parecem aterrorizadas e grupos menores e separados de homens que também parecem aterrorizados.

— Mas também causamos um bom estrago — Davy acrescenta, com uma careta.

— Você estava lá?

— Não. — Ele olha pro rifle. — Mas vou estar da próxima vez.

Então escutamos:

— David! Todd!

O prefeito vem a cavalo na nossa direção do outro lado da praça, tão sério e rápido que as ferraduras de Morpeth criam faíscas nas pedras da rua.

— Aconteceu alguma coisa no mosteiro — ele grita. — Vão pra lá. *Agora!*

A cidade é puro caos. Vemos soldados por toda parte enquanto seguimos a cavalo, conduzindo habitantes da cidade à frente como se fossem um rebanho, forçando eles a entrar em filas e passar um balde de água de mão em mão pra apagar os incêndios menores das primeiras três bombas de ontem. Elas explodiram *mesmo* a usina elétrica, a de tratamento de água, e um depósito de alimentos, e todos ainda estão queimando, porque as mangueiras de incêndio de Nova Prentisstown estão ocupadas tentando apagar as chamas das prisões.

— Vão ter uma bela de uma surpresinha — Davy diz enquanto cavalgamos, apressados.

— Quem?

— A Resposta e qualquer homem que ajude elas.

— Desse jeito não vai sobrar *ninguém*.

— Vai sobrar a gente — Davy diz, olhando pra mim. — Já é um bom começo.

A estrada fica mais silenciosa conforme a gente se afasta da cidade, até que quase dá pra acreditar que as coisas ainda estão normais, a menos que se olhe pra trás e veja as colunas de fumaça subindo no ar. Não tem ninguém nas estradas ali tão longe, e começa a ficar tão silencioso que é como se o mundo tivesse acabado.

Passamos pelo morro onde estão os destroços da torre, mas não vemos nenhum soldado subindo pela trilha na direção dela. Viramos na última curva e chegamos ao mosteiro.

Puxamos as rédeas com força.

— P… m…! — Davy exclama.

O muro tudo da frente do mosteiro foi explodido. Não tem nenhum guarda ali em cima, só um buraco nas pedras onde ficava o portão.

— Aquelas vagabundas *soltaram* eles!

Sinto um sorriso estranho na barriga ao pensar nisso.

(foi isso o que ela fez?)

— Agora vamos ter que lutar contra eles *também*, droga — Davy reclama.

Mas estou desmontando, com uma sensação toda engraçada e leve. *Livres*, penso. *Eles estão livres.*

(foi por isso que ela se juntou às outras?)

Me sinto tão...

Aliviado.

Aperto o passo ao me aproximar do buraco, apertando o rifle, mas tenho a sensação de que não vou precisar dele.

(ah, Viola, eu sabia que podia contar...)

Então alcanço o que seria a entrada e paro.

Tudo para.

Meu estômago vai no chão.

— Foram todos embora? — Davy pergunta, chegando perto de mim.

Aí ele vê o que eu vejo.

— Mas o que...?

Os Spackle não foram embora.

Ainda estão ali.

Todos eles.

Todos os mil, cento e cinquenta.

Mortos.

— Não tô entendendo é nada — Davy diz, olhando em volta.

— Cala a boca — sussurro.

As paredes-guia todas foram derrubadas, e o lugar voltou a ser um simples campo, com corpos espalhados por toda parte, jogados uns em cima dos outros e esparramados pela grama também. Parece que alguém botou eles fora como se fossem lixo, homens e mulheres, crianças e bebês.

Em algum lugar tem alguma coisa queimando, a fumaça avança pelo campo em redemoinhos, envolvendo as pilhas, apertando elas com dedos de fumaça, sem encontrar nada vivo.

E o silêncio.

Nenhum estalo, nenhum arrastar de pés, nenhuma *respiração*.

— Preciso contar pro meu pai — Davy diz, já virando pra ir. — Preciso contar pro meu pai.

Ele sai, monta em cima de Armadilha Mortal e volta cavalgando pela estrada.

Eu não vou atrás.

Meus pés só andam pra frente, passando por todos eles, meu rifle se arrastando às minhas costas.

As pilhas de corpos são mais altas que eu. Tenho que erguer os olhos pra ver os rostos mortos caídos pra trás, os olhos ainda abertos, as moscas já nos ferimentos de bala nas cabeças. Parece que todos eles foram baleados, a maioria no meio da testa alta, mas alguns também dão a impressão que foram retalhados, cortados no pescoço ou no peito, e começo a notar membros arrancados, cabeças torcidas pra trás e...

Largo o rifle na grama. Eu quase nem percebo.

Continuo a andar sem piscar, de boca aberta, sem acreditar no que estou vendo, sem compreender a escala disso...

Porque tenho que passar por cima de corpos com braços estendidos, braços com fitas que *eu* pus ali, bocas retorcidas que eu alimentei, costas quebradas que eu...

Que eu...

Ah, meu Deus.

Ah, meu Deus, eu odiava eles...

Eu tentava não sentir isso, mas não podia evitar...

(não, eu podia...)

Penso em todas as vezes que xinguei eles...

Todas as vezes que imaginei eles como bichos...

(uma faca na minha mão, afundando...)

Mas eu não queria *isso*...

Nunca, eu...

E eu dou a volta na maior pilha de corpos, amontoados perto da parede leste...

E eu vejo.

E caio de joelhos na grama congelada.

* * *

Escrito no muro, da altura de um homem...

O **R**.

O **R** da Resposta.

Em azul.

Me inclino pra frente devagar até minha cabeça tocar o chão, o frio penetrando no meu crânio.

(não)

(não, não pode ser ela)

(não pode ser)

Minha respiração sai e me envolve formando vapor e derrete um pequeno ponto de lama. Eu não me mexo.

(eles fizeram isso com você?)

(eles mudaram você?)

(Viola?)

(Viola?)

A escuridão começa a me dominar, começa a cair sobre mim como um cobertor, como água subindo acima da minha cabeça. Não, Viola, não, não pode ser você, não pode ser você (pode?) não não não pode...

Não...

Não...

E eu sento...

E me inclino pra trás...

E bato no meu rosto.

Me soco com força.

De novo.

E de novo.

Sem sentir nada quando me espanco.

Quando meus lábios se abrem.

Quando meus olhos incham.
Não...
Meu Deus, não...
Por favor...
Eu pego impulso pra me socar mais uma vez...
Mas eu me desligo...
Sinto alguma coisa dentro de mim ficar fria...
Lá no fundo...
(cadê você pra me salvar?)
Eu me desligo.
Fico entorpecido.
Olho pros Spackle, mortos, por toda parte, mortos.
E Viola me abandonou...
Nem sei explicar as maneiras como ela me abandonou...
(você fez *isso*?)
(você fez *isso* em vez de vir atrás de mim?)
E, por dentro, eu simplesmente *morro*.

Um corpo cai da pilha e me acerta em cheio.

Eu recuo rápido, rolando por cima de outros corpos e me agitando pra ficar de pé. Limpo as mãos na calça, afastando os mortos.

Então mais um corpo cai.

Eu olho pra pilha.

O 1017 está tentando sair.

Ele me vê e fica paralisado, a cabeça e os braços se projetando do resto dos corpos. A forma dos ossos é visível debaixo da pele, e ele é magro como os mortos.

É claro que ele sobreviveu. *Claro*. Porque se algum deles não é de largar o osso e daria um jeito de sobreviver é ele.

Eu corro até a pilha e começo a puxar ele pelos ombros pra tirar ele dali, tirar de baixo dos mortos, de todos os mortos.

Caímos os dois pra trás quando ele se solta, tombando no chão e rolando pra longe um do outro. Com as cabeças no solo, nos encaramos.

Nossas respirações estão pesadas, nuvens de vapor sopradas no ar.

Ele não parece ferido, embora a tipoia tenha sumido. Está apenas me encarando, seus olhos provavelmente tão arregalados quanto os meus.

— Você tá vivo — digo o óbvio. — Você tá vivo.

Ele só me observa, dessa vez sem Ruído, sem estalos, nada. Apenas nosso silêncio na manhã, com a fumaça subindo pelo ar como uma trepadeira.

— Como? — pergunto. — Como foi…?

Mas não há nenhuma resposta dele, que apenas me encara, me encara, me encara.

— Você…? — começo, mas preciso pigarrear. — Você viu uma garota?

Então eu escuto: *Tum pacatum…*

Cascos na estrada. Davy deve ter encontrado o pai no caminho.

Eu olho de um jeito duro pro 1017.

— Foge. Você precisa ir embora daqui.

Pacatum pacatum…

— Por favor — murmuro. — Por favor. Eu sinto muito, sinto muito *mesmo*, mas por favor, foge, foge logo, vai embora daqui…

Eu paro, porque ele está ficando de pé. Ele ainda está me olhando, sem piscar, a falta de expressão quase deixando seu rosto morto.

Pacatum pacaTUM…

Ele dá um passo, dois, depois mais rápido, seguindo na direção do portão aberto e destroçado.

Então ele para e vira.

Olha pra mim.

Um flash nítido de Ruído vem direto até mim.

Eu, sozinho.

O 1017 com uma arma.

Ele puxando o gatilho.

Eu morrendo aos pés dele.

Então ele vira, sai correndo pelo portão e some na mata.

— Sei como isso deve ser difícil para você, Todd — o prefeito diz, olhando pro portão explodido.

Estamos do lado de fora do antigo mosteiro. Ninguém mais queria ver os corpos.

— Mas *por quê*? — pergunto, tentando não deixar minha voz embargada. — Por que elas fariam isso?

O prefeito olha pro sangue no meu rosto, de quando eu me bati, mas não comenta nada.

— Imagino que elas tenham achado que acabaríamos os usando como soldados.

— Mas matar *todos* eles? — insisto.

Eu olho pra ele montado no cavalo.

— Todas as outras mortes provocadas pela Resposta foram acidentes — insisto.

— Cinquenta e seis soldados — Davy fala.

— Setenta e cinco — o prefeito corrige. — E trezentos prisioneiros foragidos.

— Elas já tentaram explodir a gente aqui antes, lembra? — Davy diz. — As vagabundas.

— A Resposta intensificou sua campanha — o prefeito diz, olhando principalmente para mim. — E nós vamos responder à altura.

— Vamos, ah, se vamos! — Davy concorda, engatilhando o rifle, mesmo não tendo nenhum motivo pra isso.

— Sinto muito por Viola — o prefeito fala pra mim. — Estou tão decepcionado quanto você por ela fazer parte disso.

— Eu não tenho certeza... — sussurro.

(ela faz parte?)

(você faz parte?)

— Seja esse o caso ou não, o seu tempo como menino é mesmo coisa do passado — o prefeito declara. — Eu agora preciso de líderes. Preciso que *você* seja um líder. Você está realmente pronto para liderar, Todd Hewitt?

— *Eu* estou — Davy responde, o Ruído dele parecendo ter sido deixado de fora.

— Eu já sei que posso contar com você, filho. — Então o Ruído rosa outra vez. — É do Todd que preciso saber. — Ele se aproxima de mim um pouco mais. — Você não é mais meu prisioneiro, Todd Hewitt. Nós agora passamos dessa fase. Mas preciso saber se você vai se juntar a *mim*... — Ele aponta com a cabeça na direção da abertura no muro. — ... ou a elas. Não há outra opção.

Olho pro interior do mosteiro, pra todos aqueles corpos, todos aqueles rostos em choque e mortos, tudo tão sem sentido.

— Você vai me ajudar, Todd?

— Ajudar como? — pergunto, de cabeça baixa.

Mas ele apenas repete:

— Você vai me ajudar?

Penso no 1017 sozinho agora, sozinho no mundo inteiro.

Os amigos, a família, que até onde sei estão atirados em pilhas como se fossem lixo, deixados pras moscas.

Não consigo parar de ver aquilo, mesmo quando fecho os olhos.

Não consigo parar de ver aquele **R** bem azul.

Ah, não me engane, penso.

Ah, não me abandone.

(mas ela me abandonou)

(ela me abandonou)

E eu estou morto.

Por dentro estou morto morto morto.

Não resta nada.

— Vou — digo. — Eu vou ajudar.

— Excelente! — o prefeito exclama com entusiasmo. — Eu sabia que você seria especial, Todd. Eu sempre soube.

O Ruído de Davy fica esganiçado com isso, mas o prefeito ignora ele e gira Morpeth pra encarar os campos de matança do mosteiro.

— Quanto à sua ajuda... Bom, nós conhecemos a Resposta, não é? — Ele vira pra gente, os olhos brilhando. — É hora de elas conhecerem a Pergunta.

PARTE V

A SECRETARIA DA PERGUNTA

27

O JEITO COMO VIVEMOS AGORA

[TODD]

— NÃO DEIXEM QUE ESSE PERÍODO de tranquilidade enganem vocês — o prefeito diz, no alto da plataforma.

A voz dele é um trovão vindo dos alto-falantes posicionados em cada esquina, com o volume no máximo pra todo mundo ouvir acima do **RONCO**.

As pessoas de Nova Prentisstown olham fixamente pra ele nessa manhã fria, os homens reunidos diante da plataforma, cercados pelo exército, e as mulheres atrás, nas ruas secundárias.

Aqui estamos todos nós reunidos mais uma vez.

Davy e eu estamos atrás da plataforma, cada um no seu cavalo, logo atrás do prefeito.

Tipo uma guarda de honra.

Com nosso uniforme novo.

Eu penso: *Eu sou o Círculo e o Círculo sou eu*.

Porque quando penso nisso eu não penso em mais nada.

— Agora mesmo nossos inimigos estão tramando contra nós — o prefeito continua. — Agora mesmo estão planejando nossa destruição. Agora mesmo temos razões para acreditar que um ataque é iminente.

O prefeito lança um olhar demorado pra multidão. É fácil esquecer quantas pessoas ainda estão aqui, ainda trabalhando, ainda tentando se alimentar, ainda levando a vida. Elas parecem cansadas, famintas, muitas estão sujas, mas mesmo assim prestam atenção.

— A Resposta pode atacar em qualquer lugar, a qualquer hora, *qualquer pessoa* — o prefeito diz, embora a Resposta não tenha feito isso. Faz quase um mês que elas não dão as caras.

A fuga da prisão foi a última notícia que tivemos delas antes de desaparecerem na floresta, e ninguém seguiu elas porque os soldados que fariam isso foram mortos enquanto dormiam nos alojamentos.

Mas isso só significa que elas estão à solta, alegres com a vitória e planejando a próxima.

— Trezentos prisioneiros fugiram — o prefeito diz. — Quase duzentos soldados e civis foram mortos.

— Tá exagerando outra vez — Davy cochicha pra mim, falando sobre os números. — No próximo discurso dele, a *cidade inteira* vai estar morta.

Ele olha pra mim esperando eu rir, mas não rio. Nem olho pra ele.

— Humpf — ele faz, virando de volta.

— Isso sem mencionar o genocídio — o prefeito continua.

Um murmúrio se espalha entre a multidão quando ele diz isso, e o RONCO fica um pouco mais alto e mais vermelho.

— Os mesmos Spackle que serviram em suas casas de maneira tão pacífica ao longo de uma década, aqueles que todos nós passamos a admirar por sua garra diante das adversidades, os que passamos a considerar nossos parceiros no Novo Mundo.

Outra pausa.

— Todos foram mortos.

A multidão RONCA um pouco mais. A morte dos Spackle afetou muito as pessoas, mais ainda que a morte dos soldados ou dos moradores que foram vítimas do ataque. Homens até começaram a entrar pro exército outra vez. Então o prefeito libertou algumas das mulheres que ainda estavam na prisão, algumas até voltaram pra família e tudo, não precisaram ficar nos alojamentos, e também aumentou a porção de comida de todo mundo.

E começou a fazer esses comícios. Explicando as coisas.

— A Resposta afirma lutar pela liberdade. Mas são essas as pessoas que vocês acreditam ser dignas de confiança quando o assunto é a sua salvação? Essas pessoas, que estão dispostas a matar toda uma população *desarmada*?

Sinto um nó crescendo na garganta e transformo meu Ruído num espaço vazio, uma desolação, sem pensar em nada, sem *sentir* nada, exceto...

Eu sou o Círculo e o Círculo sou eu.

— Sei que as últimas semanas foram extremamente difíceis. A escassez de comida e de água, os toques de recolher, os cortes de energia, especialmente nas noites frias. Eu admiro vocês por terem se mantido fortes. O único modo de superarmos isso é nos unirmos contra aqueles que querem nos destruir.

E as pessoas se uniram mesmo, não foi? Elas obedecem o toque de recolher, recebem a devida quantidade de água e comida sem reclamar, ficam em casa quando devem, apagam as luzes depois do horário determinado, enfim, continuam seguindo com as suas vidas mesmo agora com as temperaturas baixando. Quando passo a cavalo pela cidade vejo até lojas abertas, com filas enormes de gente esperando do lado de fora pra receber o que precisam.

Todo mundo olhando pro chão, esperando a sua vez.

Quando chega de noite o prefeito Ledger me conta que os moradores da cidade ainda reclamam do prefeito Prentiss, mas que agora as reclamações mais altas são contra a Resposta, por terem explodido a usina de tratamento de água, por terem explodido a usina elétrica e principalmente por terem matado todos os Spackle.

Se as pessoas tiverem que escolher entre duas situações ruins, elas preferem a que já lhes é familiar, diz o prefeito.

Ainda estamos morando no alto da torre, eu e o prefeito Ledger. O prefeito Prentiss tem seus motivos pra isso, mas pelo menos passei a ter uma chave e tranco o prefeito Ledger lá quando não estou. Ele não gosta, mas fazer o quê?

É melhor a situação ruim que é familiar a ele.

Mas eu me pergunto por que a gente tem que escolher entre duas coisas ruins.

— Também quero agradecer pela ajuda que vocês vêm oferecendo ao continuarem nos dando informações — o prefeito fala pra multidão. — Só a vigilância constante vai nos salvar. Que seu vizinho saiba que está sendo vigiado. Só assim estaremos realmente seguros.

— Isso não vai acabar *nunca?* — Davy diz, sem querer esporeando Armadilha Mortal/Bolota, que sai andando e precisa ser contido com as rédeas. — Estou congelando.

Angharrad está inquieto, toda hora mexendo as patas. **Vamos?**, pergunta seu Ruído, a respiração pesada e branca no frio da praça.

— Tá quase — digo, esfregando seu flanco.

— A partir desta noite, o toque de recolher está reduzido em duas horas, e os horários de visita para esposas e mães durarão mais trinta minutos — o prefeito declara.

Alguns homens fazem um sinal de concordância com a cabeça, algumas mulheres choram de alívio.

Eles estão gratos, acho. *Gratos* ao prefeito.

Não é inacreditável?

— Finalmente, é meu prazer anunciar que as obras foram concluídas e o local abrigará um novo ministério, que vai nos manter seguros diante da ameaça da Resposta. É um prédio onde nenhum segredo pode ser mantido, onde qualquer pessoa que tente sabotar nosso modo de vida será reeducada para entender nossos ideais, onde nosso futuro será assegurado contra todos que o roubariam de nós. — O prefeito faz uma pausa, pras palavras dele terem o máximo de impacto. — Hoje nós lançamos a Secretaria da Pergunta.

Meu olhar vai pra Davy, que dá um tapinha no **P** prateado e distinto costurado nos ombros do nosso uniforme novo, o **P** que o prefeito escolheu especialmente porque uma letra pode representar tantas coisas, não é?

Eu e Davy agora somos oficiais da Pergunta.

Não estou entusiasmado como ele.

Mas isso é porque eu não tenho mais o hábito de sentir nada.

Eu sou o Círculo e o Círculo sou eu.

— Bom discurso, pai — Davy elogia. — Longo.

— Não foi dirigido a você, David — o prefeito diz, sem nem olhar pra ele.

Nós três estamos a cavalo na estrada indo pro mosteiro.

Que não é mais o mosteiro.

— Está tudo pronto *mesmo*, não está? — o prefeito diz, mal virando a cabeça. — Eu odiaria passar por mentiroso.

— As suas perguntas não vão fazer ele ser construído mais rápido — Davy resmunga.

O prefeito vira pra ele com a cara fechada, mas eu respondo antes de um de nós dois ser atingido por Ruído.

— Pronto dentro do possível — digo, sem ânimo. — As paredes e o telhado foram erguidos, mas por dentro...

— Não há motivo para ficar tão emburrado, Todd — o prefeito diz. — O interior pode ser feito com o tempo. O prédio está erguido, isso é que é importante. As pessoas podem olhar para a fachada e morrer de medo.

Ele está de costas pra gente, cavalgando na frente, mas *sinto* ele sorrir com a parte do *morrer de medo*.

— Nós vamos participar disso? — Davy pergunta, o Ruído ainda agitado. — Ou o senhor vai dar um jeito de deixar a gente de babá de novo?

O prefeito vira Morpeth na estrada, bloqueando nosso caminho.

— Você já ouviu Todd reclamar tanto? — ele pergunta.

— Não — Davy responde, aborrecido. — Mas ele é só, o senhor sabe, é só o *Todd*.

O prefeito ergue as sobrancelhas.

— E...?

— E eu sou seu *filho*.

O prefeito guia Morpeth até onde estamos, fazendo Angharrad chegar pra trás.

Submeta-se, Morpeth diz.

Lidere, Angharrad diz em resposta, baixando a cabeça.

Eu acaricio sua crina, dando uma desembaraçada com os dedos pra acalmar ela um pouco.

— Vou te contar uma coisa interessante, David — o prefeito diz, com ar severo. — Os oficiais, o exército, os moradores da cidade, eles veem vocês dois juntos em seus uniformes novos, com toda a sua nova autoridade, e eles sabem que *um* de vocês é meu filho. — O prefeito se aproxima tanto de Davy, chegando quase do lado, que faz ele voltar um pouco na estrada. — E quando eles os veem passar, quando observam vocês cuidarem de suas tarefas, sabe de uma coisa? Eles quase sempre se enganam. Eles erram qual de vocês dois é sangue do meu sangue. — O prefeito olha pra mim. — Eles notam em Todd o compromisso com seu dever, a expressão modesta e séria, a aparência calma e o modo maduro com que controla seu Ruído, e eles nunca acham que o amigo barulhento, preguiçoso, *insolente* dele é quem é, na verdade, meu filho.

Davy está de cabeça baixa, os dentes cerrados, o Ruído fervendo.

— Ele nem *parece* com você.

— Eu sei — o prefeito retruca, fazendo Morpeth virar de novo na direção da estrada. — Eu só achei interessante. A frequência com que isso acontece.

Seguimos em frente e Davy fica pra trás, numa tempestade vermelha e silenciosa de Ruído. Eu mantenho Angharrad no meio e o prefeito na nossa frente.

— Boa garota — murmuro pra ela.

Menino potro, ela diz em resposta, depois ela pensa: **Todd**.

— É, garota — sussurro entre suas orelhas. — Estou aqui.

Comecei a passar um tempo no estábulo no fim do dia, a tirar eu mesmo a sela de Angharrad, a escovar sua crina e a levar maçãs prela comer. A única coisa que ela precisa de mim é a certeza de que estou presente, prova de que eu não deixei o rebanho. Enquanto isso for verdade, ela é feliz e me chama de **Todd**. Eu não preciso me explicar pra ela, não PRECISO perguntar nada, e ela não precisa de mais nada de mim.

Só precisa que eu nunca deixe ela.

Que eu nunca *abandone* ela.

Meu Ruído começa a ficar confuso, e eu penso mais uma vez: *Eu sou o Círculo e o Círculo sou eu.*

O prefeito vira pra mim. E sorri.

Embora a gente tenha uniforme não estamos no exército, o prefeito fez questão de destacar isso, e também não temos patentes, somos chamados de oficiais e só, mas o uniforme e o **P** na manga são suficientes pra fazer as pessoas abrirem caminho quando seguimos na direção do mosteiro.

Nossa tarefa até agora foi guardar os homens e as mulheres que ainda estão na prisão, a maioria mulher, e depois que as prisões foram invadidas e incendiadas os prisioneiros restantes foram transferidos pruma antiga casa de cura perto do rio.

Adivinha qual?

Durante o último mês Davy e eu temos escoltado equipes de trabalho de prisioneiros indo e vindo, no caminho entre a casa de cura e o mosteiro. Eles terminaram o que foi começado pelos Spackle, e acho que mulheres e homens trabalham mais rápido que os Spackle. Dessa vez o prefeito não pediu pra gente supervisionar a construção em si, ainda bem.

Quando todo mundo entra à noite na casa de cura, Davy e eu não temos muito o que fazer exceto dar a volta no prédio a cavalo, fazendo o possível pra não ouvir os gritos que vêm lá de dentro.

É que alguns dos que ainda estão presos são da Resposta, são os que o prefeito capturou na noite da fuga da prisão. Nunca vemos eles, porque não são mandados com os grupos de trabalho, são apenas Perguntados o dia inteiro até darem alguma resposta. Até agora, tudo o que o prefeito conseguiu deles foi a localização de um acampamento perto de uma mina, que estava deserto quando os soldados chegaram lá, e está demorando a aparecer qualquer outra coisa útil.

Tem mais gente ali dentro, as pessoas consideradas culpadas de ajudar a Resposta ou algo do tipo, mas os que disseram ter visto a Resposta matar os Spackle ou ter visto as mulheres escrevendo o **R** no muro, esses prisioneiros foram aqueles que foram libertados e receberam permissão pra voltar pras famílias. Embora eles não tenham tido como estar lá pra ver.

Os outros, bom, os outros continuam a ser Perguntados dia e noite, até responderem.

Davy fala alto pra encobrir os sons que escutamos enquanto as Perguntas são feitas lá dentro, tentando fingir que aquilo não incomoda, quando qualquer um consegue ver que incomoda sim.

Eu só me mantenho concentrado em mim mesmo, fechando os olhos, esperando os gritos terminarem.

As coisas têm sido mais fáceis pra mim que pra Davy.

Porque, como eu digo, não sinto mais muita coisa.

Eu sou o Círculo e o Círculo sou eu.

Mas hoje tudo deve mudar. Hoje o prédio novo está pronto, ou pronto o suficiente, e Davy e eu vamos guardá-lo em vez da casa de cura, enquanto supostamente aprendemos o trabalho de Perguntar.

Certo. Isso não importa.

Nada importa.

* * *

— A Secretaria da Pergunta — o prefeito diz enquanto contornamos a última curva.

O muro da frente do mosteiro foi reconstruído, e dá pra ver o prédio novo, um enorme bloco de pedra que intimida tanto que dá a impressão que vai esmagar os miolos de quem ousar se aproximar muito dele, e no portão recém-construído tem um grande e reluzente **P** prateado igual o do nosso uniforme.

Há guardas de uniformes do exército dos dois lados do portão. Um deles é Ivan, ainda um soldado, ainda parecendo ressentido. Ele tenta fazer eu olhar pra ele quando me aproximo, seu Ruído soando alto com as coisas que ele não quer que o prefeito ouça. É o que eu acho, pelo menos.

Eu ignoro. O prefeito também.

— Agora nós descobrimos quando a guerra de verdade começa — o prefeito diz.

O portão abre, e sai o homem encarregado de todo o processo de fazer Perguntas, o homem encarregado de descobrir onde a Resposta está escondida e a melhor maneira de encontrar elas.

Nosso novo chefe.

— Senhor presidente — ele diz.

— Capitão Hammar — o prefeito cumprimenta.

28

SOLDADA

{VIOLA}

— SILÊNCIO — diz mestra Coyle, levando o dedo à boca.

Parou de ventar, e é possível ouvir nossos passos quebrando os gravetos no chão ao pé das árvores. Nós paramos, de ouvidos atentos a sons de soldados marchando.

Nada.

Mais nada.

Mestra Coyle faz um sinal afirmativo com a cabeça e volta a avançar morro abaixo por entre as árvores. Eu a sigo. Somos apenas nós duas.

Eu, ela e a bomba presa às minhas costas.

O resgate salvou 132 prisioneiros. Vinte e nove deles morreram a caminho ou de volta ao acampamento. Corinne foi a número trinta. Há outros que não foram resgatados, como a pobre sra. Fox, e provavelmente nunca vou saber o que foi feito deles. Mas mestra Coyle estima que tenhamos matado pelo menos vinte soldados do prefeito. Por milagre, só seis membros da Resposta foram mortos no ataque em si, entre eles Thea e mestra Waggoner, mas outros cinco acabaram sendo capturados, e eles com certeza seriam torturados para que dessem informações sobre nosso esconderijo.

Então nos mudamos. Na correria.

Mesmo antes que muitos dos feridos conseguissem andar por conta própria. Levamos os suprimentos e as armas, tudo que conseguimos colocar em carroças, cavalos e nas costas dos que tinham condições físicas de suportar o peso. Fugimos para a floresta, continuamos avançando, sem parar, durante toda a noite, o dia seguinte e a segunda noite, até chegarmos a um lago aos pés de um penhasco rochoso. Ali pelo menos teríamos água e algum abrigo.

— Vai servir — declarou mestra Coyle.

Montamos acampamento perto da margem.

Em seguida, começamos os preparativos para a guerra.

Ela faz um gesto com a mão, e na mesma hora eu me agacho para me esconder em uns arbustos. Alcançamos uma via que sai da estrada principal, e ouço uma tropa de soldados se afastando de nós Ruidosamente.

Como nosso estoque de cura está quase se esgotando, mestra Coyle montou um sistema de racionamento, mas mesmo assim desde o ataque é perigoso para qualquer homem, com ou sem Ruído, ir à cidade. Isso significa que eles não podem mais nos levar em compartimentos secretos até os alvos mais fáceis de serem atacados. Precisamos ir de carroça até certo ponto fora da cidade e andar o restante do caminho.

Escapar vai ser mais difícil, por isso vamos ter que tomar mais cuidado.

— Tudo certo — murmura mestra Coyle.

Eu me levanto. As luas são nossa única luz.

Atravessamos a estrada abaixadas.

Depois de transferirmos o acampamento para o lago, depois do resgate de todas aquelas pessoas, depois da morte de Corinne...

Depois que eu me juntei à Resposta...

Eu comecei a aprender coisas.

Mestra Coyle chamou de "treinamento básico". Foi conduzido por mestra Braithwaite, e eu não fui a única aluna, incluiu também todos os pacientes que tinham melhorado o suficiente, ou seja, a maioria deles, uma porcentagem surpreendente. Aprendemos a carregar o rifle e disparar, aprendemos noções básicas de como entrar escondido em determinada área, manobras noturnas, rastreamento, comunicação através de gestos, código.

Como armar e disparar uma bomba.

— Como a senhora sabe fazer isso? — perguntei uma noite no jantar, com o corpo esgotado e dolorido de tudo o que fizemos durante o dia: correr, saltar e carregar coisas. — Vocês são curandeiras. Como sabem...

— Comandar um exército? — completou ela. — Você está esquecendo a Guerra dos Spackle.

— Tínhamos nossa própria divisão — explicou mestra Forth, mais adiante na mesa, tomando um pouco de caldo.

As mestras passaram a falar comigo quando viram que eu estava me esforçando no treinamento.

— Não éramos muito populares — acrescentou, entre risos, mestra Lawson, que estava na frente dela.

— Não gostávamos de como alguns dos generais estavam lutando a guerra — explicou mestra Coyle. — Achávamos que a estratégia de ações secretas seria mais bem-sucedida.

— E como não tínhamos Ruído, podíamos ir aos lugares escondidas, não é mesmo? — disse mestra Nadari, mais longe à mesa.

— Mas os homens no comando não achavam que nós fôssemos a resposta para seu problema — falou mestra Lawson, ainda rindo.

— Daí o nome — explicou mestra Coyle.

— E, bom, quando o novo governo foi formado e a cidade, reconstruída... — disse mestra Forth. — Achamos que seria sensato manter materiais importantes a nossa disposição, caso viessem a ser necessários.

— Os explosivos na mina — falei, compreendendo. — Vocês os esconderam lá anos atrás.

— E isso acabou sendo uma boa decisão — comentou mestra Lawson. — Nicola Coyle sempre foi uma mulher de visão.

Estranhei ouvir *Nicola*, como se fosse quase impossível que mestra Coyle tivesse um primeiro nome.

— É, bem... — disse mestra Coyle. — Homens são criaturas de guerra. Vale a pena se lembrar disso.

Nosso alvo se encontra deserto, como estávamos esperando. É pequeno, mas simbólico: um poço em uma área de plantação no leste da cidade. O poço e o aparato acima dele trazem água só para a lavoura, não há nenhum sistema enorme nem construções. Mas se a cidade vai continuar permitindo que o prefeito aprisione, torture e mate, então a cidade não vai comer.

Também fica bem distante do centro, por isso é quase impossível que eu veja Todd.

Não vou discutir por causa disso. Por enquanto.

Viemos pela estrada isolada, mantendo-nos na vala que corre ao lado. Prendemos a respiração ao passarmos pela casa de fazenda e seus habitantes, adormecidos, a luz ainda acesa no andar de cima, mas é tão tarde que isso só pode ser uma medida extra de segurança.

Quando mestra Coyle faz outro sinal com a mão, passo por ela e por baixo de um varal de roupas limpas, penduradas ao ar livre para secar. Tropeço em um patinete de criança, mas consigo manter o equilíbrio.

A bomba deve ser segura, deve ser resistente a qualquer tipo de abalo ou tremor.

Mas nunca se sabe...

Solto o ar e sigo em direção ao poço.

Mesmo nas semanas em que ficamos escondidos, quando não nos aproximamos de jeito nenhum da cidade, o período em que ficamos quietos e sem agir, treinando e nos preparando, mesmo então alguns foragidos da cidade nos encontraram.

— Eles estão dizendo *o quê*? — perguntou mestra Coyle.

— Que vocês mataram todos os Spackle — informou a mulher, apertando o cataplasma sobre o nariz sangrando.

— Espera — falei. — *Todos* os Spackle foram mortos?

A mulher fez que sim.

— E estão dizendo que fomos nós que os matamos — repetiu mestra Coyle.

— Por que eles diriam isso? — perguntei.

Mestra Coyle se levantou e olhou para o outro lado do lago.

— Para deixar a cidade contra nós. Nos colocar como vilões.

— É exatamente isso o que ele está dizendo — confirmou a mulher.

Eu a encontrei em um treino de corrida pela floresta. Ela tinha caído em uma barragem de pedras e conseguira quebrar apenas o nariz.

— Há comícios quase todos os dias. As pessoas estão ouvindo o prefeito.

— Isso não me surpreende — declarou mestra Coyle.

Eu me virei para ela.

— A senhora não fez isso, fez? A senhora não os matou.

A fúria em seu rosto era tamanha que ela parecia prestes a pegar fogo.

— E que tipo de gente você pensa que somos, minha garota?

Mantive os olhos fixos nos dela.

— Bom, como eu posso saber? Vocês explodiram um alojamento. Mataram soldados.

Mas ela apenas balançou a cabeça, e eu não soube dizer se isso era uma resposta.

— Tem certeza de que não foi seguida? — perguntou ela à mulher.

— Fiquei andando sem rumo pela floresta por três dias. Não fui nem eu quem encontrei vocês. — Ela apontou para mim. — Foi *ela* quem me encontrou.

— É — disse mestra Coyle, olhando para mim. — Viola é útil para esse tipo de coisa.

* * *

Tem um problema com o poço.

— É perto demais da casa — sussurro.

— Não é — murmura mestra Coyle, indo para trás de mim e abrindo minha mochila.

— Tem certeza? As bombas que a senhora usou para explodir a torre eram...

— Existem diferentes tipos de bomba.

Ela faz alguns ajustes no conteúdo da mochila, em seguida me gira para olhar para ela.

— Você está pronta? — pergunta.

Observo a casa. Qualquer pessoa pode estar dormindo lá dentro, mulheres, homens inocentes, crianças. Não vou matar ninguém, a não ser que eu não tenha alternativa. Se estou fazendo isso por Todd e Corinne, tem que ser assim.

— Tem certeza? — pergunto.

— Ou você confia em mim, Viola, ou não. — Ela inclina a cabeça. — O que você escolhe?

O vento tornou a aumentar, e sopra um pouco do Ruído adormecido de Nova Prentisstown pela estrada. Um RONCO indefinível, fungado, adormecido, quase silencioso, se isso fosse possível.

Todd em algum lugar daquilo tudo.

(não morto, não importa o que ela diga)

— Vamos terminar logo com isso — falo, tirando a mochila das costas.

O resgate não foi um resgate para Lee. Sua irmã e sua mãe não estavam entre os prisioneiros salvos nem entre os que morreram. É possível que elas estivessem na prisão que a Resposta não conseguiu invadir.

Mas...

— Mesmo que elas tenham morrido — disse ele uma noite, quando estávamos sentados na beira do lago atirando pedras, eu dolorida mais uma vez depois de um longo dia de treinamento —, eu só quero ter certeza.

— Se você não tem certeza, então ainda há uma chance.

— Ter ou não certeza não as mantém vivas. — Ele se sentou perto de mim outra vez. — Eu acho que elas morreram. *Sinto* isso.

— Lee...

— Eu vou matar aquele homem. — Sua voz era a de quem faz uma promessa, não uma ameaça. — Se conseguirmos chegar perto. Eu juro para você.

As luas se erguiam no céu, criando na superfície do lago mais duas de si. Atirei outra pedra e a observei quicar nos reflexos das luas. O acampamento provocava um pequeno agito nas árvores às nossas costas e nas que subiam a encosta. Era possível ouvir Ruído aqui e ali, incluindo um zunido crescente de Lee, que não teve a sorte de se qualificar para o racionamento bolado por mestra Coyle.

— Não é como você pensa que vai ser — falei em voz baixa.

— Matar alguém?

Concordei com a cabeça.

— Mesmo se for alguém que mereça, alguém que vá te matar se você não matá-lo, mesmo assim não é como você pensa.

Houve mais silêncio, até que ele finalmente falou:

— Eu sei.

Olhei para ele e disse:

— Você matou um soldado.

Ele não respondeu, o que por si só era uma resposta.

— Lee... Por que não me contou...?

— Porque não é como você pensa que vai ser, não é? Mesmo que seja alguém que mereça.

Ele jogou outra pedra no lago. Não estávamos com os ombros encostados um no outro. Havia um espaço nos separando.

— Eu ainda vou matá-lo — disse ele.

* * *

Removo o papel protetor, pressiono a bomba contra a lateral do poço e a prendo ali com uma cola feita de seiva de árvore. Tiro dois fios da mochila e torço as extremidades com outros dois fios que se projetam da bomba, deixando uma ponta solta.

Agora a bomba está armada.

Pego um pequeno mostrador numérico do bolso da frente da mochila e torço a ponta solta do fio em um ponto no verso do mostrador. Aperto um botão vermelho nele e, em seguida, um cinza. Números verdes se acendem.

A bomba está pronta para determinar o tempo de contagem regressiva.

Aperto um botão prata até os dígitos chegarem a 30:00. Aperto de novo o botão vermelho, viro o mostrador verde, enfio uma aba de metal na outra e aperto o botão cinza mais uma vez. Os números verdes mudam para 29:59, 29:58, 29:57.

A bomba começou a contagem regressiva.

— Muito bem — sussurra mestra Coyle. — Hora de ir.

Então, depois de quase um mês escondidos na floresta esperando que os prisioneiros se recuperassem, que concluíssemos o treinamento, que um exército de verdade ganhasse vida, chegou uma noite em que a espera finalmente acabou.

— Levante-se, minha garota — disse mestra Coyle, ajoelhando-se ao pé da minha cama de armar.

Pisquei várias vezes, tentando despertar. Ainda estava escuro como o breu. Mestra Coyle falava muito baixo, para não acordar as outras na tenda comprida.

— Por quê? — sussurrei.

— Você disse que faria qualquer coisa que eu quisesse.

Eu me levantei e saí no frio, calçando as botas aos pulos enquanto mestra Coyle preparava uma mochila para mim.

— Vamos para a cidade, não vamos? — perguntei, ainda um pouco desorientada, amarrando os cadarços.

— Essa aí é um gênio — disse baixinho mestra Coyle, ainda concentrada na mochila.

— Por que hoje? Por que agora?

Ela olhou para mim.

— Porque precisamos lembrar a eles que ainda estamos aqui.

A mochila volta vazia nas minhas costas. Atravessamos o quintal e nos aproximamos da casa, parando para ver se ouvimos algum movimento.

Nada.

Estou pronta para ir embora, mas mestra Coyle fica observando uma das paredes, com pintura branca.

— Isso deve servir — diz ela.

— Para quê?

Eu olho em volta, assustada, agora que a contagem regressiva está em andamento.

— Você esqueceu quem somos? — pergunta ela.

Mestra Coyle leva a mão a um bolso de sua saia comprida de curandeira, que ainda usa, embora calças sejam muito mais práticas, e saca alguma coisa, que lança para mim. Apanho sem nem pensar.

— Que tal fazer as honras? — oferece ela.

Olho para minha mão: é um pedaço farelento de carvão azul, retirado de nossas fogueiras, os restos das árvores-abraço que queimamos para nos manter aquecidos. Ele suja minha mão de um azul poeirento.

Continuo olhando para minha mão.

— Tique-taque — diz mestra Coyle.

Engulo em seco. Em seguida, escrevo apressadamente na parede branca da casa.

O *R* me encara, feito pela minha mão.

De repente sinto dificuldade para respirar.

Quando olho ao redor, mestra Coyle já desceu as valas da rua. Corro atrás dela, mantendo a cabeça baixa.

Vinte e oito minutos depois, bem quando chegamos em nossa carroça, embrenhada na floresta, ouvimos o *Bum*.

— Parabéns, soldada — diz mestra Coyle quando partimos de volta para o acampamento. — Você acabou de disparar o primeiro tiro da batalha final.

29

O NEGÓCIO DE PERGUNTAR

[TODD]

A MULHER ESTÁ PRESA a uma estrutura de metal, os braços esticados pra trás e pro alto, cada um deles amarrado a uma barra da estrutura.

Parece que ela está pulando num lago.

Pareceria se não fosse pelo sangue escorrendo no rosto.

— Agora ela vai aprender — Davy diz.

Mas ele fala estranhamente baixo.

— Mais uma vez, minha amiga — Hammar diz, andando atrás dela. — Quem colocou a bomba?

A primeira bomba desde o dia da fuga da prisão explodiu ontem de noite, destruindo um poço e uma bomba dágua numa fazenda.

Começou.

— Eu não sei — a mulher responde, tossindo e com a voz sufocada. — Eu nem saí de Refúgio desde…

— Não saiu de *onde*? — Hammar pergunta.

Ele abaixa uma alavanca que faz toda a estrutura tombar pra frente, mergulhando o rosto dela num barril dágua e mantendo ela ali enquanto ela se debate, amarrada.

Olho pro chão.

— Todd, levante a cabeça, por favor — o prefeito diz, atrás de nós. — De que outra forma você vai aprender?

Eu obedeço.

Estamos numa sala pequena observando através de uma janela que é espelhada só do lado de dentro do cômodo vizinho, que é a Arena da Pergunta, que é só um lugar com paredes altas de concreto e que tem de cada lado salas com janelas parecidas com essa que estamos, Davy e eu sentados um do lado do outro num banco não muito comprido.

Assistindo.

Hammar levanta a estrutura. A mulher é erguida da água, ofegando, os braços amarrados resistindo.

— *Onde* você mora?

Hammar está com aquele sorriso dele, aquela coisa asquerosa que quase nunca sai do seu rosto.

— Nova Prentisstown — a mulher responde, engasgando. — Nova Prentisstown.

— Correto — Hammar comenta.

A mulher tosse tanto que vomita nela mesma.

Hammar pega uma toalha numa mesinha lateral e passa de leve no rosto dela, limpando o máximo de vômito que consegue.

A mulher ainda está ofegante, mas os olhos não deixam Hammar enquanto ele limpa seu rosto.

Ela parece ainda mais assustada que antes.

— Por que ele está fazendo isso? — Davy pergunta.

— Fazendo o quê? — o prefeito fala.

Davy dá de ombros.

— Sendo, sei lá, *gentil*.

Eu não digo nada. Mantenho longe do meu Ruído a cena do prefeito botando ataduras em mim.

Tantos meses atrás.

Ouço o prefeito mudar de posição, fazendo barulho pra cobrir meu Ruído, escondendo de Davy.

— Nós não somos desumanos, David. Não fazemos isso aqui por prazer.

Presto atenção em Hammar, presto atenção no sorriso dele.

— É, Todd — o prefeito continua. — O capitão Hammar demonstra certa *alegria* que talvez seja inadequada, mas você tem que admitir, ele consegue resultados.

— Você está melhor? — Hammar pergunta à mulher.

No interior da sala, ouvimos sua voz por um sistema de microfones. Isso a separa de sua boca de um jeito estranho, fazendo parecer que estamos assistindo um vídeo em vez de algo que está acontecendo de verdade.

— Lamento ter que continuar a fazer Perguntas — Hammar diz. — Isso pode terminar agora mesmo, só depende de você.

— Por favor — a mulher implora num sussurro. — Por favor, eu não sei de nada.

E ela começa a chorar.

— Meu Deus — Davy solta em voz baixa.

— O inimigo vai tentar muitos truques para ganhar nossa empatia — o prefeito explica.

Davy vira pra ele:

— Então isso é um truque?

— Tenho quase certeza de que sim.

Eu continuo observando a mulher. Não parece um truque.

Eu sou o Círculo e o Círculo sou eu, penso.

— Exatamente — o prefeito confirma.

— Você está no controle aqui — Hammar diz, voltando a andar em volta da mulher.

Ela vira a cabeça tentando acompanhar ele, mas seus movimentos são muito limitados, já que está presa à estrutura de metal. Ele fica um pouco fora da linha de visão da mulher. Quer deixar ela perdida, acho que é isso.

Porque, claro, Hammar não tem Ruído.

Mas eu e Davy temos.

— Só sons abafados, Todd — o prefeito diz, lendo minha pergunta. — Está vendo as hastes de metal saindo da estrutura, nas laterais da cabeça dela?

Ele aponta. Eu e Davy olhamos.

— Elas tocam um zumbido estridente no ouvido dela o tempo inteiro — o prefeito informa. — Abafa qualquer Ruído que ela possa ouvir das salas de observação. Faz com que ela permaneça focada no oficial da Pergunta.

— Pra elas não ouvirem o que a gente já sabe — Davy diz.

— Isso — o prefeito confirma, parecendo meio surpreso. — É isso mesmo, David.

Davy sorri, e o Ruído dele brilha um pouco.

— Nós vimos o R escrito em azul do lado de fora da casa da fazenda — Hammar diz, ainda atrás da mulher. — A bomba foi igual a todas as outras plantadas pela sua organização...

— Não é *minha* organização! — a mulher se defende, mas Hammar continua como se ela nem tivesse interrompido.

— E sabemos que você trabalhou naquele campo no último mês.

— Eu não fui a única mulher a trabalhar lá! — ela grita, cada vez mais desesperada. — Milla Price, Cassia MacRae, Martha Sutpen...

— Então elas também participaram?

— Não! Não, é que...

— Porque a sra. Price e a sra. Sutpen já foram submetidas às Perguntas.

A mulher para, o rosto de repente ainda mais assustado.

Davy ri do meu lado e murmura:

— Pegamos você.

Mas eu posso ouvir nele uma estranha sensação de alívio.

Será que o prefeito também escuta isso?

— O que elas... — a mulher começa, parando, e depois tendo que continuar: — O que elas falaram?

— Elas falaram que você tentou fazê-las ajudar — Hammar diz, calmo. — Falaram que você tentou recrutá-las como terroristas e, quando as duas recusaram, você disse que ia continuar com o plano sozinha.

A mulher fica pálida e boquiaberta, os olhos arregalados, sem acreditar no que ouve.

— Isso não é verdade, é? — pergunto, mantendo a voz no mesmo volume. *Eu sou o Círculo e o Círculo sou eu.* — Ele está tentando fazer ela confessar fingindo que não precisa da confissão.

— Excelente, Todd — o prefeito elogia. — Talvez você tenha jeito para isso.

Davy olha primeiro pra mim, depois pro pai, depois pra mim de novo, cheio de perguntas não ditas.

— Já sabemos que você é a responsável — Hammar diz. — Já temos provas o suficiente para trancar você na prisão o resto da vida.

Ele para em frente a ela.

— Estou aqui como seu amigo. Estou aqui como a pessoa que pode salvar você de um destino pior que a prisão.

A mulher engole em seco e parece prestes a vomitar mais uma vez.

— Mas eu não sei de *nada* — ela diz, sem forças. — Eu simplesmente *não sei.*

Hammar solta um suspiro.

— Bom, devo admitir que isso é uma baita decepção.

Ele vai para trás dela outra vez, agarra a estrutura e mergulha ela na água.

E segura...

E segura...

Ele olha pra janela daonde sabe que estamos assistindo...

Ele sorri pra nós...

E ainda segura a mulher debaixo dágua...

A água se agita com os movimentos limitados que ela consegue fazer...

Eu sou o Círculo e o Círculo sou eu, penso, fechando os olhos...

— Abra os olhos, Todd — o prefeito manda...

Eu obedeço...

E Hammar ainda segurando ela ali...

Ela se debate com mais força...

Tanta que as amarras nos punhos começam a sangrar...

— Meu Deus — Davy fala em voz baixa...

— Ele vai matar ela — digo, ainda em voz baixa...

É só um vídeo...

É só um vídeo...

(só que não é...)

(não estou sentindo nada...)

(porque estou morto...)

(estou morto...)

O prefeito se inclina na minha frente e aperta um botão na parede.

— Acho que já chega, capitão — ele fala, a voz chegando na Arena da Pergunta.

Hammar ergue a estrutura da água. Mas faz isso devagar.

A mulher está pendurada nela, o queixo no peito, água escorrendo da boca e do nariz.

— Ele matou ela — Davy diz.

— Não — o prefeito garante.

— Me conte — Hammar diz pra mulher. — E isso tudo acaba.

Há um silêncio demorado, que ainda se estende.

Então um som rouco da mulher.

— O que você disse? — Hammar pergunta.

— Fui eu — ela diz, com dificuldade.

— *Não acredito!* — Davy solta.

— Foi você que fez o quê? — Hammar indaga.

— Fui eu que coloquei a bomba — a mulher responde, ainda de cabeça baixa.

— E tentou fazer com que suas companheiras de trabalho se juntassem a você em uma organização terrorista.

— Foi — a mulher diz. — Como quiser.

— Rá! — Davy comemora, e mais uma vez vejo alívio, alívio que ele tenta esconder. — Ela confessou! Ela colocou a bomba!

— Não, não foi ela — digo, ainda olhando pra mulher, ainda sem me mexer no banco.

— O *quê?* — A pergunta de Davy é pra mim.

— Ela está inventando isso — explico, ainda olhando pela janela. — Só prele parar de afogar ela. — Eu mexo a cabeça só um pouco, só pra mostrar que estou falando com o prefeito. — Não é isso?

O prefeito demora a responder. Mesmo sem Ruído, percebo que ele está impressionado. Desde que eu comecei com as coisas do *Círculo*, vejo tudo com o pior tipo de clareza.

Talvez seja esse o objetivo.

— Tenho quase certeza de que ela está inventando — ele concorda por fim. — Mas agora que temos a confissão, podemos usá-la contra ela.

Os olhos de Davy ainda estão quicando, indo e voltando entre eu e o pai.

— O senhor quer dizer que vão... fazer mais Perguntas a ela?

— Todas as mulheres são parte da Resposta — o prefeito diz. — Mesmo que seja apenas afinidade. Precisamos descobrir o que ela pensa. Precisamos descobrir o que ela *sabe*.

Davy volta a observar a mulher, ainda arfando presa na estrutura.

— Eu não entendo — ele admite.

— Quando mandarem ela de volta pra prisão, todas as outras mulheres vão saber o que aconteceu com ela — explico.

— Exato — o prefeito fala, botando a mão em meu ombro, só por um instante. Quase com afeição.

Quando não reajo, ele tira a mão.

E continua:

— Elas vão saber o que esperar se não responderem. E assim nós vamos conseguir as informações de que precisamos de quem quer que as tenha. A bomba ontem à noite foi uma retomada dos ataques, o início de algo maior. Precisamos saber qual vai ser o próximo passo delas.

Davy ainda está olhando pra mulher.

— E ela?

— Ela vai ser punida pelo crime que confessou, é claro — o prefeito diz, continuando a falar quando Davy tenta interromper pra apontar o óbvio. — E, quem sabe, talvez no fundo ela de fato saiba alguma coisa. — Ele torna a olhar pela janela. — Só tem um jeito de descobrir.

— Quero agradecer a você pela ajuda — Hammar diz, botando a mão debaixo do queixo da mulher pra levantar o rosto dela. — Você foi muito corajosa e pode se orgulhar de ter resistido tanto.

Ele sorri pra ela, mas ela não encara ele.

— Você teve mais bravura que muitos homens que já vi sendo submetidos às Perguntas.

Hammar se afasta dela, vai até uma mesinha lateral e pega um pano que está cobrindo várias coisas. Uns objetos de metal pequenos. Ele pega um deles.

— Agora vamos para a segunda parte da entrevista — ele diz, se aproximando da mulher.

Que começa a gritar.

— Aquilo foi… — Davy começa, andando em círculos enquanto esperamos do lado de fora, mas isso é tudo o que ele consegue dizer. — Aquilo. — Ele vira pra mim. — P… m…, Todd.

Eu não digo nada, só tiro do bolso a maçã que estava guardando.

— Maçã — murmuro pra Angharrad, a cabeça perto da dela.

Maçã, ela diz, pegando a fruta com os dentes. **Todd**, diz depois, mastigando. E transforma numa pergunta: **Todd?**

— Nada a ver com você, garota — digo, esfregando o focinho dela.

Estamos em frente ao portão onde Ivan ainda está de guarda, ainda tentando chamar minha atenção. Ouço ele me chamar baixo no seu Ruído.

Continuo ignorando.

— Aquilo foi forte pra ca… — Davy diz.

Ele tenta ler meu Ruído, tenta ver o que eu acho disso tudo, mas estou mantendo o meu Ruído o mais vazio possível.

Sem sentir nada.

Sem absorver nada.

— Você anda muito quieto — Davy comenta, com desprezo, ignorando Armadilha Mortal, que também quer uma maçã. — Você nem piscou quando ele...

— Cavalheiros — o prefeito diz, surgindo no portão com uma sacola que parece pesada.

As costas de Ivan ficam retas como uma tábua, e ele volta à posição de sentido.

— Pai — Davy cumprimenta.

— Ela morreu? — pergunto, concentrado nos olhos de Angharrad.

— Ela não tem nenhuma utilidade para nós se estiver morta, Todd — o prefeito responde.

— Ela *parecia* morta — Davy comenta.

— Só quando desmaiou — o prefeito diz. — Agora, eu tenho uma nova tarefa para vocês dois.

As palavras *uma nova tarefa* causam um impacto em nós dois.

Fecho os olhos. *Eu sou o Círculo e o Círculo sou eu.*

— Você quer parar de dizer isso, droga?! — Davy grita pra mim.

Mas todos podemos ouvir o horror que domina o Ruído dele, a ansiedade que está surgindo, o medo do pai, da *nova tarefa*, medo de não ser capaz de...

— Você não vai conduzir as Perguntas, se é disso que tem medo — o prefeito garante a ele.

— Eu não tenho medo — Davy diz, alto demais. — Quem está falando que eu tenho medo?

O prefeito larga o saco aos nossos pés.

Eu reconheço pela forma.

Não sinto nada, não assimilo nada.

Davy também está olhando pro saco. Até *ele* está chocado.

— Só as prisioneiras — o prefeito diz. — De modo que possamos enfrentar os inimigos que se infiltram entre nós.

— O senhor quer que a gente...? — Davy ergue os olhos pro pai. — Em *pessoas*?

— Não pessoas. Inimigas do Estado.

Ainda estou olhando pra sacola.

A sacola que nós três sabemos que guarda uma ferramenta de pressão e várias fitas numeradas.

30

A FITA

{VIOLA}

ACABEI DE ACIONAR o cronômetro e me virar para avisar a mestra Braithwaite que podemos ir quando uma mulher sai aos tropeções dos arbustos às nossas costas.

— Me ajude — diz ela, com tamanha suavidade que é quase como se não soubesse que estamos ali e estivesse apenas pedindo que o universo a ajudasse de algum modo.

Então ela desmaia.

— O que é essa *coisa*? — pergunto, pegando outro curativo no parco kit de primeiros socorros que guardamos escondido na carroça e tentando cuidar de seu ferimento enquanto balançamos de um lado para outro.

Há uma fita de metal em seu antebraço, tão apertada que a pele ao redor parece estar tentando se espalhar por *dentro* dela. A pele está tão vermelha por conta da infecção que quase dá para senti-la liberando calor.

— É de marcar gado — responde mestra Braithwaite, estalando com raiva as rédeas dos bois, fazendo com que sigamos aos solavancos por trilhas que não deveríamos percorrer tão rápido. — Aquele *canalha* cruel.

— Me ajude... — sussurra a mulher.

— Estou ajudando você — digo.

Sua cabeça está em meu colo para amortecer os solavancos da estrada. Enrolo uma atadura em torno da fita de metal, mas, antes disso, acabo vendo um número gravado ali.

É 1.391.

— Qual o seu nome? — pergunto.

Mas seus olhos estão quase se fechando, e tudo o que ela diz é:

— Me ajude.

— E nós temos certeza de que ela não é uma espiã? — pergunta mestra Coyle, de braços cruzados.

— *Meu Deus* — retruco. — Você tem uma pedra no lugar do coração, por acaso?

Ela fecha a cara.

— Temos que levar em conta todo tipo de truque...

— A infecção está tão avançada que não vamos conseguir salvar o braço dela — argumenta mestra Braithwaite. — Se ela é uma espiã, não está em condições de voltar para relatar nada.

Mestra Coyle dá um suspiro.

— Onde ela estava?

— Perto daquela nova Secretaria da Pergunta da qual temos ouvido falar — informa mestra Braithwaite, com o cenho ainda mais franzido.

— Plantamos uma bomba em um pequeno depósito nas redondezas — digo. — Foi o mais perto que conseguimos chegar.

— Fitas de *marcação*, Nicola — diz mestra Braithwaite, a raiva saindo de seu corpo como o vapor de sua respiração.

Mestra Coyle esfrega a testa.

— Eu sei.

— Não podemos simplesmente cortar a fita? — pergunto. — Curar o ferimento?

Mestra Braithwaite balança a cabeça.

— A fita tem produtos químicos que fazem com que a pele em volta nunca cicatrize, esse é o objetivo. Não dá para removê-la, nunca, a menos que queira que a pessoa sangre até morrer. As fitas são permanentes. Para *sempre*.

— Ah, meu Deus.

— Eu preciso conversar com ela — diz mestra Coyle.

— Nadari está cuidando dela — fala mestra Braithwaite. — Ela talvez fique lúcida antes da cirurgia.

— Vamos lá, então — apressa mestra Coyle, e as duas vão em direção à tenda de cura.

Eu começo a segui-las, mas mestra Coyle me dirige um olhar que me faz parar.

— Você não, minha garota.

— Por que não?

Mas elas continuam andando e me deixam parada no frio.

— Cê tá bem, Hildy? — pergunta Wilf enquanto caminho em meio aos bois.

Ele está esfregando os animais nos lugares onde os arreios fizeram pressão.

Wilf, dizem eles.

É basicamente tudo o que dizem.

— Noite difícil — respondo. — Resgatamos uma mulher que foi marcada com uma espécie de fita de metal.

Wilf parece pensativo por um minuto. Ele aponta para uma fita de metal na pata direita de cada boi.

— Como essas aqui?

Faço que sim.

— Em uma pessoa?

Ele assovia, assombrado.

— As coisas estão mudando, Wilf. Para pior.

— Eu sei. Vamo atacar em breve, e vai ser decisivo, pro bem ou pro mal.

Eu olho para ele.

— Você sabe exatamente o que ela está planejando?

Ele balança a cabeça e passa a mão em torno da fita de metal em um dos bois.

Wilf, diz o boi.

Ouço gritos do acampamento:

— Viola!

Wilf e eu vemos mestra Coyle vindo pelo acampamento às sombras.

— Ela vai acordar todo mundo — comenta Wilf.

— Ela está delirando um pouco — diz mestra Nadari quando eu me ajoelho ao lado do catre da mulher resgatada. — Você tem um minuto, no máximo.

— Conte a ela o que você nos contou, minha garota — pede mestra Coyle à mulher. — Conte só mais uma vez, e depois vamos deixar você dormir.

— Meu braço? — pergunta a mulher, com confusão nos olhos. — Não dói mais.

— Só conte a ela o que você me contou, querida — diz mestra Coyle, com a voz mais afetuosa que já ouvi vindo dela. — E vai ficar tudo bem.

Os olhos da mulher se focam nos meus por um momento e se arregalam um pouco.

— Você — fala ela. — A garota que estava lá.

— Viola — digo, tocando seu braço sem a fita.

— Não temos muito tempo, Jess. — A voz de mestra Coyle fica um pouco mais severa, mesmo enquanto ela diz o que deve ser o nome da mulher. — Conte a ela.

— Contar o quê? — pergunto, ficando um pouco irritada.

Porque é cruel mantê-la acordada desse jeito, e estou prestes a dizer isso quando mestra Coyle insiste:

— Conte a ela quem fez isso com você.

Os olhos de Jess se arregalam, assustados.

— Ah. Ah, ah.

— Só fale isso, e vamos deixar você em paz — diz mestra Coyle.

— Mestra Coyle… — começo, ficando com ainda mais raiva.

— *Garotos* — diz a mulher. — Garotos. Nem mesmo homens.

Eu inspiro.

— Que garotos? — pergunta mestra Coyle. — Como eles se chamavam?

— Davy — responde a mulher, e seus olhos parecem não ver mais o interior da tenda. — Davy era o mais velho.

O olhar da mestra Coyle está fixo no meu.

— E o outro?

— O calado. Não disse nada. Só fez seu trabalho e não disse nada.

— Qual era o nome dele? — insiste mestra Coyle.

— Eu preciso ir — digo, ficando de pé, sem querer ouvir.

Mestra Coyle pega minha mão e me segura ali com firmeza.

— Qual era o nome dele? — repete.

A mulher agora está respirando com dificuldade, quase arfando.

— Chega — diz mestra Nadari. — Eu não queria que isso fosse feito, para começo…

— Só mais um segundo — pede mestra Coyle.

— Nicola… — alerta mestra Nadari.

— Todd — diz a mulher no catre, a mulher que salvei, a mulher com o braço infeccionado que ela vai perder, a mulher que eu agora desejo que estivesse no fundo do mar que eu nunca vi. — O outro chamou ele de Todd.

— Fique longe de mim! — digo quando mestra Coyle sai da tenda no meu encalço.

— Ele está vivo — comenta ela. — Mas é um deles.

— Cale a boca! — retruco, andando a passos pesados pelo acampamento, sem me importar com o barulho.

Mestra Coyle corre à frente e agarra meu braço.

— Você o perdeu, minha garota. Se é que alguma vez pôde contar com ele.

Eu dou um tapa na cara dela, com força e tão rápido que ela não tem tempo de se defender. É como bater em um tronco de árvore. Todo o peso do corpo dela acaba cambaleando para trás, e ondas de dor se espalham por meu braço.

— Você não sabe o que está falando — digo, com a voz colérica.

— Como você *ousa*! — exclama ela, com a mão no rosto.

— Você ainda nem me *viu* lutar. — Eu não recuo. — *Eu* derrubei uma ponte para deter um exército. *Eu* enfiei uma faca no pescoço de um assassino louco. *Eu* salvei vidas enquanto a senhora só circula pela noite explodindo gente.

— Sua criança ignorante...

Eu avanço um passo na direção dela.

Ela não se afasta.

Mas para de falar.

— Eu odeio você — digo, devagar. — Tudo o que você faz leva o prefeito a responder com algo *pior*.

— Não fui *eu* que comecei esta guerra...

— Mas você adora! — Eu me aproximo mais dela. — Ama tudo relacionado com a guerra. As bombas, os confrontos, os resgates.

Seu rosto está com tanta raiva que dá para ver sob o luar.

Mas ela não me dá medo.

E acho que percebe isso.

— Você quer ver as coisas como apenas o bem e o mal, minha garota. O mundo não funciona assim. Nunca funcionou, nunca vai funcionar, e não se esqueça... — Ela dá um sorriso amargo. — Você está lutando a guerra do *meu* lado.

Eu me inclino para perto de seu rosto.

— Ele precisa ser deposto, por isso eu estou ajudando você. Mas quando isso acabar... — Estou tão perto que sinto seu hálito. — Será que vamos ter que derrubar você em seguida?

Ela não diz nada.

Mas também não recua.

Eu me viro e me afasto.

— Ele se foi, Viola! — grita ela para mim.

Continuo andando.

— Preciso voltar para a cidade.

— Agora? — pergunta Wilf, olhando para o céu. — Já vai amanhecer. Num é seguro, não.

— *Nunca* é seguro. Mas não tenho escolha.

Ele hesita. Em seguida, começa a recolher cordas e amarras para preparar a carroça outra vez.

— Não — digo. — Você vai precisar me mostrar como chegar lá. Não posso pedir que você arrisque sua vida.

— Cê vai atrás do Todd?

Faço que sim.

— Então eu te levo.

— Wilf...

— Ainda tá cedo — diz ele, colocando os bois em posição. — Pelo menos te deixo mais perto da cidade.

Ele não fala mais nada enquanto torna a prender os bois à carroça. Eles perguntam **Wilf? Wilf?**, surpresos por estarem sendo usados tão rápido depois da última vez e por acharem que já tinham acabado de trabalhar por hoje.

Penso no que Jane diria. Penso que estou botando em perigo o Wilf dela.

Mas tudo o que digo é:

— Obrigada.

— Também vou.

Eu me viro. Lee está aqui, esfregando os olhos para afastar o sono, mas vestido e pronto para partir.

— O que está fazendo acordado? — pergunto. — E não, você não vai.

— Eu vou, sim. E quem consegue dormir com toda essa gritaria?

— É perigoso demais. Eles vão ouvir seu Ruído...

Ele me diz de boca fechada: **Que ouçam.**

— Lee...

— Você vai procurar por ele, não vai?

Dou um suspiro de frustração, começando a me perguntar se eu deveria abandonar a ideia completamente antes de botar mais gente em perigo.

— Você vai à Secretaria da Pergunta — comenta Lee, baixando a voz.

Faço que sim.

Então eu entendo.

Siobhan e a mãe dele podem estar lá.

Torno a assentir, e dessa vez ele sabe que concordei em levá-lo.

Metade do acampamento deve saber que estamos indo, mas ninguém tenta nos impedir. Mestra Coyle provavelmente tem suas razões para nos deixar ir.

Não conversamos muito no caminho. Apenas escuto o Ruído de Lee e seus pensamentos sobre a família, o prefeito, o que vai fazer se conseguir botar as mãos nele.

Pensamentos sobre mim.

— Fale alguma coisa — pede Lee. — É falta de educação ficar ouvindo assim com tanta atenção.

— É, já me falaram isso.

Mas minha boca está seca, e descubro que não tenho muito a dizer.

O sol nasce antes de chegarmos à cidade. Wilf toca os bois o mais rápido que os animais conseguem ir, mas mesmo assim vai ser uma viagem perigosa na volta, com a cidade acordada, com homens com Ruído na carroça. Estamos correndo um risco terrível.

Mas Wilf segue em frente.

Eu expliquei aonde quero ir, e ele diz conhecer um lugar pelo qual podemos nos aproximar. Wilf para a carroça no fundo de uma mata e nos orienta a subir um despenhadeiro.

— Mantenham a cabeça baixa — diz ele. — Não sejam vistos.

— Não vão nos ver — garanto. — Mas se não voltarmos em uma hora, não espere por nós.

Wilf apenas olha para mim. Nós três sabemos qual a probabilidade de ele nos deixar para trás.

Lee e eu começamos a subida, nos mantendo abaixados sob a cobertura das árvores, até chegarmos ao topo e vermos por que Wilf escolheu este lugar. É um morro perto de onde a torre caiu, de onde temos uma vista nítida da estrada que segue na direção da Secretaria da Pergunta, que ouvimos dizer que é uma espécie de prisão ou câmara de tortura, ou algo assim.

Eu não quero nem saber.

Deitamos de bruços, lado a lado, olhando de trás de alguns arbustos.

— Preste atenção — sussurra Lee.

Como se fosse necessário. Assim que o sol nasce, Nova Prentisstown RONCA para a vida. Eu começo a me perguntar se Lee sequer precisa se esforçar para esconder seu Ruído. Como não se afogar nisso?

— Afogar é a palavra certa — diz Lee quando pergunto. — Porque, se você desaparecesse dentro dele, sufocaria.

— Não consigo nem imaginar como é crescer no meio disso tudo.

— Não consegue mesmo.

Mas ele não diz isso com maldade.

Aperto os olhos na direção da estrada quando o sol fica mais forte.

— Se eu tivesse um binóculo...

Lee leva a mão ao bolso e pega um.

Eu me viro para ele e comento:

— Você estava só esperando que eu dissesse isso para me impressionar.

— Não sei do que você está falando. — Ele sorri e leva o binóculo ao rosto.

— Anda, me dá isso aí. — Eu o empurro com o ombro.

Lee se estica para mantê-lo longe do meu alcance. Eu começo a rir, e ele também. Eu o agarro e tento segurá-lo no chão para pegar o binóculo, mas ele é maior que eu e continua a afastá-lo de mim.

— Não tenho medo de machucar você — digo.

— Não duvido.

Ele ri, usando o binóculo para ver de novo a estrada.

Seu Ruído dá um salto, alto o suficiente para me deixar com medo de que alguém nos escute.

— O que você está vendo? — pergunto, séria.

Ele me entrega o binóculo, apontando.

— Ali. Vindo pela estrada.

Mas eu já as estou vendo pelas lentes.

Duas pessoas a cavalo. Duas pessoas de uniforme novinho em folha, montadas em cavalos. Uma delas está falando, gesticulando com as mãos.

Gargalhando. Sorrindo.

A outra mantém os olhos no cavalo, mas segue junto para o trabalho.

Segue junto para seu trabalho na Secretaria da Pergunta.

Em um uniforme com um *P* reluzente no ombro.

Todd.

Meu Todd.

Cavalgando ao lado de Davy Prentiss.

Indo trabalhar com o homem que atirou em mim.

31

NÚMEROS E LETRAS

[TODD]

OS DIAS CONTINUAM A PASSAR.

E continuam a piorar.

— *Todas* elas? — Davy pergunta, seu Ruído ecoando com um susto que não é bem disfarçado. — Tipo, todas?

— Isso é um voto de confiança, David — o prefeito comenta, parado conosco na porta dos estábulos enquanto nossos cavalos são preparados pra mais um dia de trabalho. — Você e Todd fizeram um trabalho excelente com a identificação permanente das prisioneiras, quem mais eu ia querer deixar responsável pela expansão do programa?

Eu não digo nada, nem dou sinais de reparar nos olhares de Davy pra mim. O Ruído dele está confuso e tem o rosa que acompanha os elogios do pai.

Mas tem também sua opinião sobre identificar todas as mulheres.

Tipo, todas.

Porque marcar as que estavam na Secretaria da Pergunta foi ainda pior do que esperávamos.

— Elas não param de fugir — o prefeito diz. — Na calada da noite, elas escapam e vão se juntar às terroristas.

Davy está observando Armadilha Mortal receber a sela numa pequena pastagem, e seu Ruído está barulhento com o rosto das mulheres que ganharam uma fita, os gritos de dor que elas soltam.

O que elas falam pra gente.

— E se elas continuam a sair — o prefeito diz —, é óbvio que elas continuam a entrar, também.

Ele está falando das bombas. Uma por noite nas duas últimas semanas, tantas que elas devem estar aumentando por alguma razão, devem estar levando a alguma coisa maior. Nenhuma mulher foi pega em flagrante, a não ser uma vez quando a bomba explodiu quando a mulher ainda estava botando no lugar, mas não encontraram muitos sinais dela, só pedaços de roupa e pele.

Fecho os olhos quando penso nisso.

Não sinto nada, não assimilo nada.

(será que foi ela?)

Não sinto *nada*.

— O senhor quer que a gente numere *todas* as mulheres — Davy repete em voz baixa, desviando o olhar.

— Eu já falei isso. — O prefeito dá um suspiro. — *Toda* mulher faz parte da Resposta, nem que seja apenas por ser mulher, portanto se identifica com as outras.

O rapaz traz Angharrad pruma pastagem próxima. Ela coloca a cabeça por cima da grade pra me tocar com o focinho.

Todd, ela diz.

— Elas vão resistir — digo, acariciando a cabeça de Angharrad. — E os homens também não vão gostar nem um pouco disso.

— Ah, é — o prefeito diz. — Vocês perderam o comício de ontem.

Davy e eu nos entreolhamos. Passamos o dia todo trabalhando ontem e não soubemos nada sobre comício nenhum.

— Eu falei com os homens de Nova Prentisstown. De homem para homem. Expliquei a eles a ameaça que a Resposta representa para nós e que este é o próximo passo aconselhável para garantir a segurança de todos.

Ele passa a mão no pescoço de Angharrad. Tento esconder o quanto meu Ruído fica irritado ao ver isso.

— Ninguém se opôs à minha ideia.

— Não havia mulheres nesse comício — digo. — Havia?

Ele vira pra mim.

— Eu não ia querer encorajar o inimigo que está entre nós, não é?

— Mas elas são *milhares* — Davy diz. — Botar fita nelas vai levar uma eternidade.

— Vai haver outras equipes fazendo isso também, David — diz o prefeito com calma, garantindo que tem a atenção total do filho. — Mas tenho certeza de que vocês dois vão superar todas elas.

O Ruído de Davy se anima um pouco ao ouvir isso.

— Pode apostar, pai.

Mas Davy me encara.

E tem preocupação nos olhos dele.

Eu acaricio de novo o focinho de Angharrad. Um rapaz traz Morpeth escovado e lustroso com óleo.

Submeta-se, ele diz.

— Se vocês estão preocupados — o prefeito argumenta, pegando as rédeas de Morpeth —, se perguntem o seguinte… — Ele sobe na sela em um único movimento suave, como se fosse feito de líquido, e olha pra nós lá de cima. — Por que uma mulher inocente iria se opor a ser identificada?

— Vocês não vão sair impunes disso — a mulher diz com a voz quase firme.

Hammar engatilha o rifle às nossas costas e aponta pra cabeça dela.

— Você é cega? — Davy diz pra ela, com a voz meio esganiçada. — Já *estou* impune.

Hammar ri.

Davy gira a ferramenta de pressão com força. A fita se prende na pele da mulher no meio do braço. Ela grita, segurando a fita e caindo pra frente, se apoiando no chão com o braço intacto. Ela fica parada ali por um minuto, arfando.

Seu cabelo está preso num nó muito repuxado e é uma mistura de louro e castanho, como os fios que saem da parte de trás de um equipamento que reproduz vídeo. Tem um pedacinho atrás da cabeça onde o cabelo é grisalho, todas as cores crescendo juntas, tipo um rio reluzente cortando uma terra deserta.

Olho fixamente pra faixa grisalha, deixando minha visão perder um pouco o foco.

Eu sou o Círculo e o Círculo sou eu.

— Levanta — Davy diz pra mulher. — Pras curandeiras poderem cuidar de você.

Ele vira pra fila de mulheres nos encarando do corredor em frente ao alojamento, esperando sua vez.

— O garoto mandou levantar — Hammar reforça, gesticulando com o rifle.

— Não precisamos de você aqui — Davy diz com raiva, a voz tensa. — Sabemos nos virar muito bem sem nenhuma babá.

— Eu sou babá. — Hammar sorri. — Estou protegendo vocês.

A mulher fica de pé, os olhos em mim.

Minha expressão está morta, distante, longe dali quando não é necessário eu estar presente.

Eu sou o Círculo e o Círculo sou eu.

— Você tem coração? — ela pergunta. — Como pode ter coração e fazer coisas como esta?

Então ela vai pra onde as curandeiras, que já receberam suas fitas, esperam pra dar o tratamento.

Vejo ela se afastar.

Não sei seu nome.

Mas o número é 1.484.

— Próxima! — Davy grita.

A mulher seguinte na fila dá um passo à frente.

* * *

Passamos o dia indo de um alojamento feminino pro seguinte, colocando quase trezentas fitas, muito mais rápido do que fizemos com os Spackle. Vamos embora quando o sol começa a se pôr, quando Nova Prentisstown volta seus pensamentos pro toque de recolher.

Não falamos muito.

— Que dia, hein, mijo de porco? — Davy comenta depois de um tempo.

Eu não digo nada, mas ele não quer uma resposta.

— Elas vão ficar bem — ele continua. — Tem as curandeiras pra acabar com a dor e tal.

Tum pacatum, seguimos em frente.

Escuto o que ele está pensando.

Está anoitecendo. Não consigo ver seu rosto.

Talvez seja por isso que ele não está escondendo.

— Mas quando elas choram...

Eu continuo em silêncio.

— Você não tem nada a dizer? — A voz de Davy fica um pouco mais dura. — Todo caladão agora, como se não quisesse mais falar, como se eu não fosse digno de você falar comigo?

O Ruído dele começa a estalar.

— Eu não tenho *outra* pessoa pra conversar, mijo de porco. Não tenho *escolha* nessa situação. Não posso ser promovido pelo que eu *fizer*, droga, pelo meu trabalho, por *lutar*. Toda aquela coisa ridícula de ser babá de Spackle... Depois a gente vai lá e faz a mesma coisa com as mulheres. E pra quê? Pra *quê*? — Ele baixa a voz. — Pra elas chorarem pra gente. Pra elas olharem pra gente como se a gente não fosse nem gente.

— Não somos mesmo. — Fico surpreso por ter falado isso em voz alta.

— É, esse é o novo Todd, não é? — ele diz, zombando. — Todo aí se achando sem sentimento, o cara que aguenta tudo, só repetindo *eu sou o Círculo eu sou o Círculo* e tal. Você meteria uma bala na cabeça da sua própria *mãe* se meu pai mandasse.

Não digo nada, mas mantenho a boca fechada com força.

Davy também fica em silêncio por um minuto. Então diz:

— Desculpa.

E depois repete, falando meu nome:

— Desculpa, Todd.

E diz:

— Por que é que *eu* estou pedindo desculpas? Você que é o mijo de porco burro que não sabe ler e que fica querendo ficar bem com o meu pai. Quem se importa com você?

Ainda não digo nada, e *tum pacatum* seguimos em frente.

— Adiante — Angharrad relincha pra Armadilha Mortal, que relincha em resposta:

— Adiante.

Adiante, escuto no Ruído dela, depois **Menino potro, Todd**.

— Angharrad — sussurro entre suas orelhas.

— Todd? — Davy chama.

— Eu?

Ouço Davy soltar o ar pelo nariz.

— Nada. — Mas ele muda de ideia. — *Como* você consegue?

— Como eu consigo o quê?

Vejo ele dar de ombros na luz do anoitecer.

— Ficar tão calmo com tudo isso. Ficar tão, sei lá, *insensível*. Quando... — A voz dele vai diminuindo, e quase não dá pra ouvir quando ele completa: — Quando elas choram.

Eu não digo nada porque como é que posso ajudar ele? Como ele pode não saber sobre *o Círculo* a não ser que o pai dele não queira que ele saiba?

— Eu *sei* — ele diz. — Mas eu tentei essa droga e não funciona comigo, e ele não... — Davy para de repente, como se tivesse falado demais. — Ah, que se dane.

Seguimos em frente, deixando o **RONCO** de Nova Prentisstown nos envolver conforme entramos na parte principal da cidade, os cavalos dizendo suas ordens uns pros outros, lembrando eles mesmos quem são.

— Você é o único amigo que eu tenho, mijo de porco — Davy diz por fim. — Isso não é a coisa mais triste que você já ouviu?

— Dia cansativo? — o prefeito Ledger diz pra mim quando entro na nossa cela. Ele fala de um jeito estranhamente suave e mantém os olhos em mim.

— Não é da sua conta.

Jogo a bolsa no chão e desabo na cama sem nem tirar o uniforme.

— Imagino que deve ser exaustivo torturar mulheres o dia inteiro.

Fico surpreso.

— Eu não torturo elas — rosno. — Você cala sua boca e não fala nada sobre isso.

— Não, é *claro* que você não tortura elas. Onde eu estava com a cabeça? Você só prende uma fita de metal corrosivo na pele delas, uma fita que nunca pode ser retirada sem fazer com que elas morram de hemorragia. Como isso poderia ser interpretado como *tortura*?

— Ei! — Eu sento. — Fazemos isso de um jeito rápido. Tem muitos jeitos piores de colocar as fitas, mas não agimos assim. Se é algo que precisa ser feito, é melhor que seja feito por *nós*.

Ele cruza os braços, a voz ainda suave.

— Essa desculpa vai ajudar você a dormir hoje?

Meu Ruído fica mais alto e forte.

— Ah, é? E você, que ficou calado durante o discurso do prefeito no comício de ontem? Onde você tava que não ficou todo corajoso indo contra ele?

Seu rosto fica irritado, e ouço por um instante um ressentimento cinzento em seu Ruído.

— E acabar levando um tiro? — ele retruca. — Ou ser levado embora pra ser Perguntado? Como isso ia ajudar a situação?

— E isso é o que você faz? *Ajuda*?

Ele não responde nada, só vira pra olhar por uma das janelas, por cima das poucas luzes que se acendem apenas em lugares importantes, acima do RONCO de uma cidade que se pergunta quando a Resposta vai fazer seu grande ataque, de onde ele vai vir, quão grave vai ser e quem vai salvar eles.

Meu Ruído está forte e vermelho. Fecho os olhos e respiro fundo, bem fundo.

Eu sou o Círculo e o Círculo sou eu.

Não sinto nada, não assimilo nada.

— As pessoas estavam se acostumando com ele de novo — o prefeito Ledger diz da janela. — Estavam passando a apoiar ele, porque, afinal, o que são alguns toques de recolher em comparação com bombas? Mas esse é um erro de estratégia.

Abro os olhos ao ouvir *estratégia* porque parece uma palavra estranha de se escolher.

— Os homens agora estão morrendo de medo — ele continua. — Morrendo de medo de serem os próximos.

Ele olha pro próprio braço, esfregando o lugar onde podia ter uma fita de metal.

— Politicamente, ele cometeu um erro.

— Por que você se importa se ele cometeu um erro? — pergunto. — De que lado você está?

Ele vira pra mim como se eu tivesse insultado ele, e acho que insultei mesmo.

— Do lado da *cidade* — responde, furioso. — De que lado *você* está, Todd Hewitt?

Alguém bate na porta.

— Salvo pelo gongo do jantar.

— O gongo do jantar não bate — digo, ficando de pé.

Eu destranco a porta com minha chave, *trá-tunc*.

É Davy.

* * *

No início ele não diz nada, só olha nervoso pra tudo quanto é lado. Imagino que tenha dado problema nos alojamentos, por isso suspiro e volto pra minha cama pra pegar minhas poucas coisas e ir, nem tirei as botas.

— Vai demorar um pouco — digo pra ele. — Angharrad ainda deve estar comendo. Ela não vai gostar de receber a sela de novo tão cedo.

Ele ainda não deu um pio, por isso viro pra ele. Davy está nervoso, sem me encarar.

— *Que foi?* — pergunto.

Ele morde o lábio, e tudo o que vejo em seu Ruído são constrangimento e pontos de pergunta e raiva pelo prefeito Ledger estar presente e mais pontos de pergunta, e ali, por trás de tudo, uma sensação estranha e forte, quase de culpa, quase *clara*...

Então ele se apressa em esconder isso, e a raiva e o constrangimento vencem.

— Mijo de porco desgraçado — ele diz pra ele mesmo.

Então puxa com raiva uma alça do ombro, e vejo que está carregando uma bolsa.

— Mijo de... — Ele abre a aba da bolsa e pega alguma coisa. — *Toma* — ele quase grita, empurrando a coisa pra mim.

O livro da minha mãe.

Ele está devolvendo o livro da minha mãe.

— Fica logo com isso!

Estendo a mão devagar, pego o livro e o afasto dele como se fosse uma coisa frágil. O couro da capa ainda é macio, ainda há o talho na frente de quando Aaron me esfaqueou e o livro recebeu o golpe. Passo a mão ali.

Olho pra Davy, mas ele não me encara.

— É isso — ele diz, e vira antes de descer pesadamente as escadas e sair pra noite.

32

PREPARATIVOS FINAIS

{VIOLA}

EU ME ESCONDO atrás da árvore, o coração batendo forte.

Estou com uma arma na mão.

Presto muita atenção ao barulho de gravetos se partindo, ao som de qualquer passo, qualquer sinal que possa me dizer onde está o soldado. Sei que ele está ali porque ouço seu Ruído, mas é tão insípido e fora do meu alcance que só tenho uma noção geral da direção em que ele virá para me perseguir.

Porque ele *está* me perseguindo.

Não há nenhuma dúvida disso.

Seu Ruído fica mais alto. Estou de costas para a árvore e o escuto à minha esquerda.

Vou ter que saltar com precisão no segundo certo.

Preparo a arma.

Vejo as árvores ao meu redor em seu Ruído, junto a pontos de pergunta se questionando atrás de qual delas estou escondida, reduzindo-as a duas possibilidades: aquela em que estou mesmo e outra a poucos metros de distância à minha esquerda.

Se ele escolher essa outra, eu vou pegá-lo.

Ouço seus passos, silenciosos sobre o solo úmido da floresta. Fecho os olhos e tento me concentrar apenas em seu Ruído, em onde exatamente ele está, onde está pisando.

De qual árvore está se aproximando.

Ele anda. Hesita. Volta a andar.

Ele decide...

E eu decido...

Eu salto, me abaixo, giro, dou uma rasteira nele e o pego de surpresa. Ele cai no chão, tentando apontar o rifle para mim, mas eu salto sobre ele, uso a perna para prender o braço de seu rifle no lugar, jogo meu peso em seu peito e aponto minha arma para seu queixo.

Eu o peguei.

— Muito bem — diz Lee, sorrindo para mim do chão.

— Muito bem mesmo — diz mestra Braithwaite, saindo da escuridão. — E aí chega o momento, Viola. O que você faz com o inimigo sob sua mercê?

Eu olho para baixo, para o rosto de Lee, respirando com dificuldade, sentindo o calor dele embaixo de mim.

— O que você faz? — repete mestra Braithwaite.

Eu olho para minha arma e digo:

— Eu faço o que for necessário.

Eu faço o que for necessário para salvá-lo.

Eu faço o que for necessário para salvar Todd.

— Você tem *certeza* de que quer fazer isso? — pergunta mestra Coyle pela centésima vez quando deixamos a área de café da manhã no dia seguinte, dispensando a última insistência de Jane para que tomemos mais chá.

— Tenho certeza — digo.

— Você tem uma chance antes de entrarmos em ação. *Uma*.

— Ele foi me salvar uma vez. Quando fui capturada, ele foi me salvar às custas do maior sacrifício que ele poderia fazer.

Ela franze o cenho.

— As pessoas mudam, Viola.

— Ele merece ter a mesma oportunidade que me deu.

— Humm — diz mestra Coyle.

Ainda não está convencida.

Mas não há nada que ela possa fazer.

— E pense em toda a informação que ele pode nos dar quando se juntar a nós — argumento.

— É. — Ela desvia o olhar, observa o acampamento da Resposta se preparando, se preparando para a guerra. — É isso o que você vive repetindo.

Mesmo conhecendo Todd tão bem, consigo entender que as outras pessoas o veriam como traidor se o vissem naquele uniforme, cavalgando ao lado de Davy.

E no meio da noite, quando estou embaixo das cobertas, sem conseguir dormir...

Eu também acho isso.

(o que ele está fazendo?)

(o que ele está fazendo com *Davy*?)

E me esforço ao máximo para tentar tirar isso da cabeça.

Porque eu vou salvá-lo.

Ela me deu permissão. Concordou em me deixar arriscar minha vida e ir até a catedral na noite antes do ataque final da Resposta para tentar salvá-lo uma última vez.

Ela concordou porque eu disse que, caso contrário, não ia mais ajudá-la com nada, nem com as bombas, nem com o ataque final, nem com as naves quando elas pousarem, que estão agora a oito semanas de distância e cada vez mais perto. Eu não faria mais nada se não pudesse ter uma chance de salvar Todd.

Mesmo com tudo isso, acho que a única razão para ela ter concordado são as coisas que ele pode nos contar quando chegar aqui.

Mestra Coyle *gosta* de saber das coisas.

— Você é corajosa por tentar — diz ela. — Burra, mas corajosa.

Ela me olha de cima a baixo mais uma vez, com o rosto indecifrável.

— O quê? — pergunto.

Ela balança a cabeça.

— Eu reconheço muito de mim em você, garota irritante.

— Acha que estou pronta para liderar meu próprio exército? — retruco, quase sorrindo.

Ela apenas me dá um último olhar e sai andando pelo acampamento, pronta para dar mais ordens, fazer mais preparativos, acertar os últimos detalhes dos planos para o nosso ataque.

Que será amanhã.

— Mestra Coyle! — grito.

Ela se vira.

— Obrigada — digo.

Ela parece surpresa, a testa franzida. Mas faz um aceno da cabeça, aceitando o agradecimento.

— Conseguiu? — pergunta Lee, de cima da carroça.

— Consegui.

Torço o último nó e prendo o grampo no lugar.

— Foi a última, essa — diz Wilf, espanando um pouco de poeira das mãos.

Olhamos para as carroças, onze no total, completamente carregadas de suprimentos, armas, explosivos. Quase todo o estoque da Resposta.

Onze carroças não parecem muito contra um exército de mil ou até mais, mas é o que temos.

— Não é a primeira vez — diz Wilf, citando mestra Coyle, mas ele é sempre tão seco que nunca dá para saber se está brincando. — Só uma questão de estratégia.

Então ele dá o mesmo sorriso misterioso característico de mestra Coyle. É tão engraçado e inesperado que dou uma gargalhada.

Mas Lee, não.

— É, o plano ultrassecreto dela — diz ele.

Lee puxa uma corda na carroça para ver se está presa.

— Acho que tem alguma coisa a ver com ele — comento. — *Pegá-lo*, de algum jeito, e então, quando tiverem acabado com ele...

— O exército dele vai ruir, a cidade vai lutar contra a tirania e nós vamos salvar o dia — diz Lee, não parecendo nada convencido. Ele pergunta para Wilf: — O que você acha?

— Diz ela que vai ser o fim. — Wilf dá de ombros. — Eu quero que essas coisa acabe logo.

Mestra Coyle está sempre repetindo isso, sempre dizendo que isso pode acabar com o conflito, que o golpe certo no lugar certo *nesse exato momento* pode ser tudo de que precisamos, que mesmo se apenas as mulheres da cidade se juntarem a nós, nós podemos derrubá-lo antes que o inverno chegue, derrubá-lo antes que as naves cheguem, derrubá-lo antes que ele nos encontre.

Então Lee diz:

— Eu sei de uma coisa que não deveria.

Wilf e eu olhamos para ele.

— Ela passou pela janela da cozinha com mestra Braithwaite — explica. — As duas estavam conversando sobre o local de onde vai partir o ataque amanhã.

— Lee... — começo.

— Não diga — interrompe Wilf.

— Vai ser do morro ao sul da cidade — continua ele, abrindo seu Ruído para que não dê para *não* escutarmos. — O que tem uma fenda, o que tem a estrada menor que dá direto na praça.

Os olhos de Wilf saltam.

— Cê não devia ter *dito*. Se pegarem a Hildy...

Mas Lee está apenas me encarando.

— Se você tiver problemas, vá correndo na direção desse morro. Vá correndo, e é onde você vai encontrar ajuda.

E seu Ruído acrescenta: **É onde você vai me encontrar.**

* * *

— E, com o coração pesado, nós a entregamos à terra.

Um a um, nós atiramos um punhado de terra no caixão vazio que não contém nada do corpo de mestra Forth, que explodiu por completo quando uma bomba que ela estava colocando em um depósito de grãos detonou cedo demais.

O sol está se pondo quando terminamos, o anoitecer brilhando frio sobre o lago, um lago que tinha uma camada de gelo nas margens que permaneceu sem ser derretida ao longo do dia inteiro. As pessoas começam a se espalhar para o trabalho da noite, para terminar de guardar as últimas coisas e receber ordens, todas as mulheres e todos os homens que logo serão soldados, marchando com armas, prontos para desferir o golpe final.

Agora eles parecem apenas pessoas comuns.

Eu vou partir esta noite, assim que estiver completamente escuro.

Eles vão partir amanhã ao pôr do sol, não importa o que aconteça comigo.

— Está na hora — diz mestra Coyle, vindo para o meu lado.

Ela não quer dizer que é hora de partir.

Tem outra coisa que precisa acontecer primeiro.

— Você está pronta? — pergunta.

— Mais pronta, impossível — digo, caminhando com ela.

— É um risco enorme que estamos correndo, minha garota. *Enorme*. Se pegarem você...

— Não vão me pegar.

— Mas se pegarem. — Ela nos detém. — Se te pegarem, você sabe onde é o acampamento, sabe quando vamos atacar. E eu vou lhe dizer agora que vamos atacar da estrada do leste, a que passa pela Secretaria da Pergunta. Vamos entrar na cidade com tudo. — Ela segura minhas mãos e me dirige um olhar intenso. — Você entende o que estou dizendo?

Eu entendo. De verdade. Ela está mentindo de propósito, está me contando errado para que eu possa responder com sinceridade e dar a informação errada caso seja pega, como ela fez antes quando me falou sobre o mar.

É o que eu faria, se fosse ela.

— Entendo — digo.

Ela puxa e fecha sua capa para se proteger da brisa congelante que surgiu. Caminhamos em silêncio por alguns passos, na direção da tenda de cura.

— Quem a senhora salvou? — pergunto.

— O quê?

Ela olha para mim, sem entender.

Mais uma vez, nós paramos de andar. Por mim, tudo bem.

— Anos atrás. Corinne me contou que a senhora foi expulsa do Conselho por salvar a vida de alguém. Quem a senhora salvou?

Ela me olha pensativa e passa os dedos na testa.

— Eu posso não voltar — digo. — A senhora pode nunca mais me ver. Seria bom saber alguma coisa boa sobre a senhora. Assim eu não morro achando que é só uma chata.

Ela quase sorri, mas isso logo desaparece, e seus olhos ficam apreensivos outra vez.

— Quem eu salvei? — diz ela para si mesma. Então respira fundo. — Eu salvei um inimigo do Estado.

— A senhora *o quê*?

— A Resposta nunca foi exatamente algo autorizado, sabe?

Ela nos conduz para uma direção diferente, rumo à margem do lago congelante.

— Os homens que lutavam a Guerra dos Spackle na verdade não aprovavam nossos métodos, por mais eficazes que fossem. — Ela olha para mim. — E eles eram *muito* eficazes. Eficazes o suficiente para garantir aos responsáveis pela Resposta um posto no governo quando Refúgio estava sendo reconstruída.

— É por isso que a senhora acha que vai funcionar agora. Por isso acha que vai funcionar contra um inimigo mais forte.

Ela concorda com um aceno de cabeça e esfrega a testa outra vez. Não sei como ela ainda não formou um calo ali.

— A recuperação de Refúgio foi um movimento da própria cidade, usando os Spackle capturados na reconstrução e tudo mais. Mas algumas pessoas não estavam contentes com o novo governo. Algumas pessoas não tinham tanto poder quanto achavam que deveriam ter. — Ela estremece. — Algumas pessoas da Resposta.

Ela deixa que eu compreenda o que isso pode significar.

— Bombas — concluo.

— Exato. Há quem se envolva tanto com a guerra que começa a fazê-la sem nenhum objetivo por trás daquilo tudo.

Ela se vira, talvez para que eu não veja seu rosto, ou talvez para que ela não veja o meu, não veja o julgamento em minha expressão.

— Mestra Thrace, o nome dela.

Agora ela está falando com o lago, com o céu frio da noite.

— Inteligente, forte, respeitada, mas gostava de mandar. Era justamente por isso que ninguém a queria no Conselho, nem a Resposta, por isso ela reagiu com tanta intensidade quando foi deixada de fora.

Mestra Coyle se volta para mim.

— Ela tinha seus defensores. E ela teve sua campanha de bombas. Parecida com a que estamos fazendo contra o prefeito, só que, é claro, aquilo foi feito no que deveriam ser tempos de paz.

A mestra olha para as luas.

— A especialidade dela era o que passamos a chamar de bomba Thrace. Ela botava as bombas, que pareciam pacotes inocentes, em algum lugar onde houvesse soldados reunidos. A bomba só se armava quando sentia os batimentos cardíacos da mão que a segurava. A própria pulsação da pessoa era o que a tornava perigosa, e aí você sabia que era uma bomba e que ela só ia disparar quando você a soltasse. Então se a largasse ou não conseguisse desarmá-la... — Ela dá de ombros. — Bum.

Observamos uma nuvem passar entre as duas luas nascentes.

— Isso supostamente significa azar — murmura mestra Coyle.

Ela torna a passar o braço pelo meu, e começamos a andar de volta na direção da tenda de cura.

— Então não houve outra guerra — continua. — Foi mais uma briga. E, para a felicidade de todo mundo, mestra Thrace foi mortalmente ferida.

Há um silêncio no qual os únicos barulhos são os dos nossos passos e o Ruído dos homens, nítido no ar.

— Mas não mortalmente ferida de verdade — digo.

Ela balança a cabeça e diz:

— Sou uma curandeira muito boa.

Chegamos à abertura da tenda de cura.

— Eu a conhecia desde que éramos meninas no Velho Mundo. Ao meu ver, eu não tinha escolha. — Mestra Coyle esfrega as mãos. — Eles me expulsaram do Conselho por isso. E a executaram.

Agora olho para ela, tentando entender tudo o que há de bom nela e tudo o que é difícil e incoerente, e todas as coisas que vieram a fazer dela quem é hoje.

Nós somos as escolhas que fazemos. E que *precisamos* fazer. Não somos nada além disso.

— Você está pronta? — pergunta ela, de novo, pela última vez.

— Estou pronta.

Entramos na tenda.

Minha bolsa está ali, arrumada pela própria mestra Coyle, a que eu vou levar na carroça com Wilf, a que vou levar comigo para a cidade. Está cheia de comida, comida completamente inocente que, se tudo correr de acordo com o plano, vai ser como vou entrar em Nova Prentisstown, passar pelos guardas e entrar na catedral.

Se tudo correr bem.

Se não, há uma pistola em um bolso secreto no fundo.

Mestras Lawson e Braithwaite também estão na tenda, com materiais de cura prontos.

E Lee está ali, atendendo a meu pedido.

Eu me sento na cadeira em frente a ele.

Ele pega minha mão e a aperta, e sinto um bilhete na palma de sua mão. Ele olha para mim com o Ruído cheio do que está prestes a acontecer.

Abro o bilhete e o seguro de uma maneira que impede as três mestras ao meu redor de ler o que está escrito. Sem dúvida elas acham que é alguma coisa romântica.

Não demonstre nenhuma reação: decidi que vou com você. Vou me encontrar com sua carroça na floresta. Você quer encontrar sua família, eu quero encontrar a minha, e ninguém deve fazer isso sozinho.

Eu me mantenho impassível. Dobro o bilhete e olho para Lee, assentindo de leve.

— Boa sorte, Viola — diz mestra Coyle.

Todo mundo ali repete suas palavras, o último é Lee.

Eu quis que fosse ele quem fizesse o que vem a seguir. Eu não aguentaria que fosse mestra Coyle, e sei que Lee vai tomar o máximo de cuidado.

Porque só há um jeito de eu conseguir me deslocar por Nova Prentisstown sem ser apanhada. Segundo as informações que temos, há apenas um jeito.

Apenas um jeito de encontrar Todd.

— Pronta? — indaga Lee, e isso, vindo dele, me dá uma sensação diferente, tanto que eu nem me importo de ouvir mais uma vez aquela pergunta.

— Estou pronta.

Estendo o braço e enrolo a manga.

— Seja rápido. — Mantenho os olho nos de Lee. — Por favor.

— Pode deixar.

Ele leva a mão ao interior da bolsa aos seus pés e retira uma fita de metal com o número 1.391.

33

PAIS E FILHOS

[TODD]

— ELE TE DISSE O QUE QUERIA? — Davy me pergunta.

— Quando é que eu poderia ter falado com ele sem você por perto? — retruco.

— Dã, mijo de porco, vocês moram no mesmo *prédio*.

Estamos seguindo a cavalo na direção da Secretaria da Pergunta, e o sol está se pondo no fim de mais um dia de trabalho. Mais duzentas mulheres marcadas. É mais rápido com Hammar observando tudo com sua arma. Com as outras equipes espalhadas pela cidade, lideradas pelo sr. Morgan e pelo sr. O'Hare, dizem que numeramos quase todas elas, embora as fitas demorem mais a cicatrizar nas mulheres do que nos carneiros ou nos Spackle.

Olho pro céu do fim da tarde enquanto seguimos pela estrada e me dou conta de uma coisa:

— Onde *você* mora?

— Ah, *agora* ele pergunta.

Davy estala as rédeas em Armadilha Mortal/Bolota, fazendo o cavalo galopar por uma distância muito curta antes de voltar a trotar.

— Estamos trabalhando juntos faz quase cinco meses.

— Estou perguntando agora.

O Ruído de Davy está zumbindo um pouco. Percebo que ele não quer responder.

— Você não precisa…

— Em cima dos estábulos — ele pergunta. — Um quartinho. Colchão no chão, fede a bosta de cavalo.

Continuamos cavalgando.

— Adiante — Angharrad relincha.

— Adiante — Armadilha Mortal relincha em resposta.

Todd, pensa Angharrad.

— Angharrad — digo.

Davy e eu não falamos sobre o livro da minha mãe desde que ele o trouxe pra mim quatro dias atrás, não trocamos uma única palavra sobre o assunto, e qualquer sinal dele no Ruído de algum de nós dois é ignorado.

Mas temos conversado mais.

Eu começo a me perguntar que tipo de homem eu seria se tivesse o prefeito como pai. Que tipo de homem eu seria se tivesse o prefeito como pai e não fosse o filho que ele queria. E se eu estaria dormindo num quarto em cima dos estábulos.

— Eu tento — Davy diz, baixinho. — Mas quem é que sabe que porcaria ele *quer*?

Eu não sei, por isso não digo nada.

Amarramos os cavalos nos portões da frente. Ivan tenta chamar minha atenção de novo quando eu entro, mas ignoro.

— Todd — ele diz quando passamos, se esforçando mais.

— É sr. Hewitt para você, *soldado* — Davy responde pra ele.

Eu continuo andando. Seguimos o caminho curto que vai do portão até as portas da frente da Secretaria da Pergunta. Soldados guardam essa porta também, mas passamos por eles e entramos. Andamos sobre o chão frio de concreto, ainda sem revestimento nem aquecimento, e vamos pra mesma sala de observação de antes.

— Ah, meninos, bem-vindos — o prefeito cumprimenta, tirando os olhos da janela pra nos dar atenção.

Atrás dele, na Arena da Pergunta, está Hammar, com um avental de borracha. Sentado em frente a ele, um homem nu, gritando.

O prefeito aperta um botão e abafa os sons da sala ao lado no meio de um grito.

— Soube que o esquema de identificação está completo — ele diz, animado.

— Foi o que nos falaram — confirmo.

— Quem é esse? — Davy pergunta, apontando pro homem.

— O filho da terrorista que explodiu — o prefeito responde. — Não fugiu quando a mãe fugiu, o burro. Agora estamos vendo o que ele sabe.

Davy contrai os lábios e fala:

— Mas se ele não fugiu com ela...

— Vocês fizeram um trabalho e tanto para mim — o prefeito diz, entrelaçando as mãos às costas. — Estou muito satisfeito.

Davy sorri, uma onda rosa enchendo seu Ruído.

— Mas o perigo se aproxima cada vez mais — o prefeito continua. — Uma das terroristas capturadas no ataque à prisão finalmente nos deu uma informação útil.

Ele olha pela janela de novo. Hammar está bloqueando a maior parte do que está acontecendo, mas os pés do homem se contorcem com força, seja lá o que Hammar está fazendo com ele.

— Antes de morrer, o que infelizmente aconteceu, ela conseguiu nos informar que, com base nos padrões das bombas recentes, é quase certo que podemos esperar um grande ataque da Resposta dentro de alguns dias, talvez até amanhã.

Davy olha pra mim, eu continuo a me concentrar num ponto na parede vazia atrás do prefeito.

— Elas serão derrotadas, é claro — o prefeito garante. — Com facilidade. Seus números são tão menores que os nossos que não consigo ver como podem durar mais que um dia.

— Vamos lutar, pai — Davy diz, determinado. — O senhor sabe que estamos prontos.

O prefeito sorri, sorri pro próprio filho, e o Ruído de Davy fica tão rosa que eu nem aguento olhar.

— Você está sendo promovido, David — o prefeito declara. — Para um posto no exército. Você será o sargento Prentiss.

O Ruído de Davy dá um estrondo satisfeito, e o sorriso quase explode em seu rosto.

— Uau! — ele exclama, como se não estivéssemos ali.

— Você vai estar ao lado do capitão Hammar quando ele cavalgar para a batalha à frente da primeira formatura. Você vai ter sua luta, bem como queria.

David está tão radiante que quase brilha.

— Caramba, *obrigado*, pai!

O prefeito vira pra mim.

— E você, estou promovendo a tenente Hewitt.

O Ruído de Davy muda de repente.

— *Tenente*?

— Você vai ser meu guarda-costas pessoal a partir do momento em que a luta começar. Vai permanecer ao meu lado, me protegendo de quaisquer ameaças que venham a se aproximar enquanto lidero a batalha.

Eu não digo nada, olhando a parede vazia.

Eu sou o Círculo e o Círculo sou eu.

— E é assim que o Círculo gira, Todd — o prefeito diz.

— Por que ele virou tenente? — Davy pergunta, o Ruído estalando sem parar.

— Tenente não é uma patente de batalha — o prefeito explica, com tranquilidade. — Sargento, sim. Se você não fosse um sargento, não poderia lutar.

— Ah — Davy diz, seu olhar indo do pai pra mim, tentando ver se estão fazendo ele de bobo.

Não penso nada sobre o assunto.

— Não há necessidade de me agradecer, tenente — o prefeito provoca.

— Obrigado — digo, ainda concentrado na parede.

— Isso impede que você faça o que não quer — ele explica. — Que você precise matar.

— A menos que alguém venha atrás do senhor — digo.

— A menos que alguém venha atrás de mim, sim. Isso seria problema para você, Todd?

— Não. Não, senhor.

— Ótimo.

Olho pela janela. A cabeça do homem caiu sem vida sobre o peito, tem baba escorrendo da boca aberta. Hammar tira as luvas com raiva e bate com elas numa mesa.

— Sou muito abençoado — o prefeito comenta, de maneira afetuosa. — Realizei meu maior desejo, o de colocar este planeta de novo nos trilhos. Daqui a alguns dias, talvez horas, vou aniquilar as terroristas. E, quando os novos colonos chegarem, sou eu quem vai estender uma mão orgulhosa e pacífica para cumprimentá-los.

Ele ergue as mãos, como se não pudesse esperar para acabar com seus inimigos.

— E quem vai estar bem do meu lado? — Ele estende as mãos para nós. — Vocês dois.

Davy, zumbindo em rosa por toda parte, estica o braço e segura a mão do pai.

— Eu cheguei a esta cidade com um filho — o prefeito diz, a outra mão ainda em minha direção. — Mas ela me abençoou com um segundo.

E sua mão está estendida, esperando que eu a segure.

Esperando que seu segundo filho a aperte.

* * *

— Parabéns, *tenente* Mijo de Porco — Davy diz, tornando a subir na sela de Armadilha Mortal.

— Todd? — Ivan chama, se afastando do seu posto enquanto eu monto em Angharrad. — Posso ter uma palavra com você?

— Ele agora é seu superior — Davy diz. — Você vai se dirigir a ele como tenente se não quiser escavar fossas nas linhas de frente.

Ivan respira fundo, como que pra se acalmar.

— Muito bem, *tenente*, posso ter uma palavra com o senhor?

Eu olho pra ele do alto de Angharrad. O Ruído de Ivan está explodindo com violência, o tiro em sua perna, conspirações, ressentimentos e maneiras de se vingar do prefeito, tudo pensado abertamente, como se pra me impressionar.

— Você devia manter isso em silêncio — digo. — Nunca se sabe quem pode ouvir.

Estalo as rédeas de Angharrad, e nós partimos de novo pela estrada. O Ruído de Ivan me segue conforme avanço. Eu ignoro.

Não sinto nada, não assimilo nada.

— Ele chamou você de *filho* — Davy fala, olhando pra frente enquanto o sol desaparece por trás da cachoeira. — Acho que isso nos torna irmãos.

Eu não digo nada.

— Devíamos fazer alguma coisa pra comemorar — Davy continua.

— Onde? *Como*?

— Bom, somos do exército agora, não somos, irmão? Pelo que sei, quem é do exército tem *privilégios*.

Ele olha pra mim de lado, seu Ruído brilhante como um sinalizador, cheio de coisas que eu via o tempo todo na velha Prentisstown.

Imagens de mulheres sem roupa.

Eu fecho a cara e mando pra ele uma imagem de uma mulher sem roupa com uma fita no braço.

— E daí? — Davy pergunta.

— Você é doente.

— Não, irmão, você está falando com o *sargento* Prentiss. Acho que finalmente estou *bem*.

Ele ri muito. Ele se sente tão bem que parte disso afeta o meu Ruído, iluminando meu Ruído mesmo contra minha vontade.

— Ah, qual *é*, tenente Mijo de Porco, não é possível que você ainda está sofrendo por causa de sua garota. Ela te deixou faz *meses*! Precisamos arranjar uma nova pra você.

— Cala a boca, Davy.

— Cala a boca, *sargento* Davy. — Ele ri de novo. — Tá bem, tá bem, fica em casa lendo seu livro... — Ele para de falar de repente. — Ah, desculpa, não, eu não quis dizer isso. Eu esqueci.

O mais estranho é que ele parece sincero.

Há um momento de silêncio em que seu Ruído pulsa de novo com aquele sentimento forte que ele está escondendo...

Aquilo que ele está tentando esconder e que faz ele sentir...

Então ele diz:

— Todd...

Sinto o que ele está prestes a oferecer e acho que não vou conseguir suportar, acho que não vou conseguir continuar vivendo se ele disser isso em voz alta.

— Se você quiser que eu leia pra...

— Não, Davy — eu me apresso em responder. — Não, obrigado, não.

— Tem certeza?

— *Tenho*.

— Bem, a oferta está de pé.

Seu Ruído fica iluminado outra vez, crescendo enquanto ele pensa em seu novo cargo, em mulheres e em nós dois como irmãos.

E ele assovia alegremente por todo o caminho até a cidade.

* * *

Deito na cama de costas pro prefeito Ledger, que como sempre está devorando o jantar. Estou comendo também, mas também estou com o livro da minha mãe, só olhando pra ele, apoiado nas cobertas.

— As pessoas estão se perguntando quando o grande ataque vai acontecer — o prefeito Ledger diz.

Eu não respondo, passo a mão pela capa do livro como faço toda noite, sentindo o couro, tocando com a ponta dos dedos o rasgo feito pela faca.

— Estão falando que vai ser logo.

— Se você diz...

Eu abro o diário. O mapa dobrado de Ben ainda está ali dentro, ainda está onde eu guardei, parece que Davy nem se deu ao trabalho de abrir o livro, que não abriu nem uma vez durante todo o tempo que esteve com ele. Está agora com um pouco de cheiro de estábulo, agora que eu sei onde ele esteve, mas ainda é o livro, ainda é o livro *dela*.

Minha mãe. As palavras da minha mãe.

Olha só o que aconteceu com seu filho.

O prefeito Ledger dá um suspiro alto.

— Vão atacar aqui, sabe? — ele fala. — Se isso acontecer, você vai precisar destrancar a porta para mim.

— Você não consegue ficar quieto por cinco segundos?

Abro na primeira página, a primeira anotação que minha mãe fez, no dia que eu nasci, uma página cheia de palavras que uma vez eu ouvi sendo lidas.

(lidas por...)

— Sem pistola, sem arma... — O prefeito Ledger está levantando, olhando pela janela mais uma vez. — Estou indefeso.

— Eu vou cuidar de você. Agora *cala a droga da boca*.

Ainda não virei pra ele, estou olhando as primeiras palavras da minha mãe, escritas pela própria mão dela. Sei o que elas dizem, mas tento associar o som delas ao que vejo.

Me-eu. Meu. É *Meu*. Eu respiro fundo. *Que. Que-ri. Que-ri-do. Querido*, parece certo. *Meu querido*. E a última palavra é *filho*, que eu sei, depois de ter ouvido de maneira tão nítida hoje.

Penso na mão dele estendida.

Penso em quando apertei.

Meu querido filho.

— Eu já me ofereci para ler isso para você — o prefeito Ledger diz, sem conseguir esconder seu resmungo com o som do meu Ruído quando leio.

Eu viro pra ele e falo, agressivo:

— Eu falei pra *calar a boca*!

Ele ergue as mãos.

— Está bem, está bem, como quiser. — Ele senta de novo e acrescenta uma última palavra sarcástica em voz baixa: — *Tenente*.

Eu sento. Em seguida sento com as costas mais retas.

— O que você falou?

— Nada.

Seus olhos não encontram os meus.

— Eu não contei isso pra você. Eu não disse uma palavra sobre isso.

— Estava no seu Ruído.

— Não, não estava.

Estou ficando de pé. Porque tenho certeza. Eu não pensei em nada desde que cheguei pra jantar, só no livro da minha mãe.

— *Como você sabia?*

Ele olha pra mim de boca aberta, mas não fala nada, seu Ruído procurando alguma coisa pra responder.

Não encontra.

Eu dou um passo na direção dele.

Ouvimos o *trá-tunc* na porta, e o sr. Collins entra.

— Tem alguém aqui querendo falar com você — ele diz pra mim, depois percebe meu Ruído. — O que está acontecendo?

— Eu não estou esperando ninguém — digo, ainda sem desviar o olhar do prefeito Ledger.

— É uma garota — o sr. Collins explica. — Ela diz que foi mandada por Davy.

— Droga — digo. — Eu *falei* pra ele…

— Não importa. Ela disse que não vai falar com ninguém, só com você. — O sr. Collins ri. — Ela é bem bonitinha.

Eu viro quando reparo o tom dele.

— Não importa quem ela é, deixa ela em paz. Isso não é certo.

— Então é melhor você não demorar muito para descer.

Ele está rindo quando fecha a porta.

Eu volto a encarar o prefeito, meu Ruído ainda alto.

— A gente resolve isso depois.

— Estava no seu *Ruído* — ele diz, mas eu já saí e já estou trancando a porta.

Trá-tunc.

Desço a escada com passos pesados, pensando em maneiras de tirar a garota dali sem que o sr. Collins incomode ela, sem que ela tenha que passar por aquilo, meu Ruído fervendo com suspeitas e perguntas sobre o prefeito Ledger, e as coisas estão começando a ficar claras quando chego no pé da escada.

O sr. Collins está esperando, apoiado na parede do saguão de pernas cruzadas, todo relaxado e sorridente. Ele aponta com o polegar.

Eu olho.

E ali está ela.

34

A ÚLTIMA CHANCE

{VIOLA}

— SAI DAQUI — diz Todd para o homem que me deixou entrar, sem tirar os olhos de mim enquanto fala.

— Eu *avisei* que ela era uma graça — o homem diz, com um sorriso malicioso, já saindo.

Todd fica ali parado me encarando.

— É você — diz ele.

Mas não se mexe.

— Todd — digo, e dou um passo à frente.

E ele dá um passo para trás.

Eu paro.

— Quem é esse? — pergunta ele, olhando para Lee, que está fazendo o possível para parecer um soldado de verdade atrás de mim.

— Este é Lee. Um amigo. Ele veio comigo para…

— O que você tá fazendo aqui?

— Eu vim buscar você. Vim resgatar você.

Eu o vejo engolir em seco. Vejo seu pomo de adão indo para cima e para baixo.

— Viola — diz ele por fim.

Meu nome está por todo o seu Ruído, também. Viola Viola Viola.

Ele leva as mãos à cabeça, agarrando o cabelo, que está mais comprido e emaranhado que da última vez que o vi.

Ele parece mais alto, também.

— Viola — repete ele.

— Sou eu — digo, e dou mais um passo à frente.

Ele não recua, por isso continuo a me aproximar, atravessando o saguão, sem correr, só chegando cada vez mais perto dele.

Mas quando o alcanço, ele dá um passo para trás.

— Todd?

— *O que* você tá fazendo aqui?

— Eu vim buscar você. — Sinto meu estômago revirar um pouco. — Eu falei que viria.

— Você disse que não ia embora sem mim — fala ele, e em seu Ruído ouço uma irritação alta em relação ao jeito como fala isso. Ele pigarreia. — Você me *deixou* aqui.

— Eles me levaram. Eu não tive escolha.

Seu Ruído agora está ficando mais alto e, embora eu sinta felicidade nele...

Ah, meu Deus... tem *fúria* também.

— O que foi que eu fiz? — pergunto. — Nós precisamos ir. A Resposta vai...

— Então agora você é parte da Resposta? — comenta ele, com rispidez, a amargura se erguendo de repente. — Você é uma daquelas *assassinas*?

— Então agora você é um soldado? — retruco, surpresa, transmitindo mais emoção também, e aponto para o *P* na manga da camisa dele. — Não me venha falar em *assassinas*.

— A Resposta matou os Spackle — diz ele, em voz baixa e raivosa.

E mostra os corpos dos Spackle em seu Ruído.

Em pilhas altas, um em cima do outro, jogados ali como se fossem lixo.

O *R* da Resposta escrito na parede.

E Todd no meio daquilo.

— Eu morri junto com eles naquele dia.

Todd fecha os olhos.

Eu sou o Círculo e o Círculo sou eu, escuto.

— Viola? — chama Lee, atrás de mim.

Eu me viro. Ele cruzou metade do saguão.

— Espere lá fora — digo.

— Viola...

— *Lá fora*.

Ele está tão preocupado, tão pronto para lutar por mim que meu coração parece parar por um momento. A caminho dali, ele anunciou o mais alto possível que eu era sua prisioneira, tão alto que os outros soldados acharam que ele estava tentando encobrir o estupro que estava prestes a cometer e assoviaram desejando boa sorte quando passamos. Então nos escondemos perto da catedral e vimos Davy Prentiss indo embora, pensando coisas que eu não gostaria de ver outra vez, pensando em como ele e Todd mereciam uma *comemoração*.

Então fingimos ser a comemoração.

E funcionou.

Na verdade, foi um pouco perturbador como isso funcionou tão fácil.

Lee hesita.

— Me chame se precisar de mim.

— Tudo bem.

Ele espera um segundo e em seguida sai, deixando a porta aberta para ficar de olho em nós.

Todd continua de olhos fechados e repetindo **Eu sou o Círculo e o Círculo sou eu**, o que, preciso admitir, me soa muito como coisa do prefeito.

— Nós não matamos os Spackle — digo.

— *Nós?* — repete ele, abrindo os olhos.

— Não sei quem fez isso, mas não fomos nós.

— Vocês mandaram uma bomba para matar eles no dia em que *vocês* explodiram a torre. — Ele está quase cuspindo as palavras. — Aí voltaram no dia da fuga da prisão e terminaram o serviço.

— Bomba? Que bomba?

Mas aí eu lembro...

A primeira explosão que fez os soldados saírem correndo da torre de comunicação.

Não.

Ela não faria isso.

Não, nem mesmo ela. *Que tipo de gente você pensa que somos?*, ela disse...

Mas ela nunca respondeu.

Não, *não*, não é verdade. Além do mais...

— Quem contou isso a você? — pergunto. — Davy Prentiss?

Ele parece surpreso.

— O quê?

— Como assim *o quê*? — Falo com mais dureza, agora. — Seu novo melhor amigo. O homem que *atirou* em mim, Todd, e com quem você cavalga aos risos todo dia de manhã a caminho do trabalho.

Ele cerra os punhos.

— Você tem me *espionado*? Faz três meses que não vejo você, três meses que não tenho *nenhuma* notícia sua, e você andava me *espionando*? É isso o que você anda fazendo no tempo livre, quando não tá explodindo gente?

— É! — grito, levantando a voz para ficar no mesmo volume que a dele. — Três meses defendendo você para pessoas que adorariam te chamar de inimigo, Todd. Três meses me perguntando por que raios você está trabalhando tanto para o prefeito e como ele soube como ir direto para o mar logo depois que conversamos.

Ele se retrai. Eu estendo o braço e puxo a manga da camisa.

— Três meses me perguntando por que você botou *essas coisas* em mulheres!

O rosto dele muda em um instante. Mais: ele solta um grito como se ele mesmo sentisse a dor. Ele leva a mão à boca para abafar o grito, mas de repente seu Ruído é tomado por escuridão. Ele se aproxima, e seus dedos pairam sobre minha pele, acima da fita que nunca vai ser retirada, a menos que eu perca meu braço. A pele ainda está vermelha e a fita 1.391 ainda lateja, apesar de três mestras terem curado.

— Ah, não — lamenta ele. — Ah, não.

A porta lateral se abre, e o homem que me deixou entrar se inclina para dentro da sala.

— Tudo bem aí, tenente?

— Tenente? — pergunto.

— Está tudo bem. — Todd engasga um pouco. — Tudo bem.

O homem espera por um segundo e volta para a outra sala.

— *Tenente*? — repito, baixando a voz.

Todd se abaixou, as mãos nos joelhos, os olhos fixos no chão.

— Não fui eu, fui? — pergunta ele, também em voz baixa. — Eu não... — Ele aponta mais uma vez para a fita sem erguer os olhos. — Eu não fiz isso sem saber que era você, fiz?

— Não — digo, lendo coisas em seu Ruído, lendo seu torpor em relação a elas, lendo todo o horror que está escondido bem no fundo e que ele está se esforçando tanto para ignorar. — Foi a Resposta que fez isso.

Ele ergue rapidamente o rosto, cheio de pontos de pergunta.

— Era o único jeito de eu vir aqui encontrar você. A única forma de passar por todos os soldados marchando pela cidade era se eles achassem que eu já tinha sido marcada.

Seu rosto muda de novo quando ele compreende o que falei.

— Ah, Viola...

Eu solto o ar, com esforço.

— Todd. Por favor, venha comigo.

Seus olhos estão marejados, mas agora posso vê-lo, posso finalmente vê-lo, posso vê-lo em seu rosto e em seu Ruído e em seus braços quando eles caem ao lado do corpo, derrotados.

— É tarde demais — diz ele.

Sua voz é tão triste que meus próprios olhos começam a lacrimejar.

— Eu estava morto, Viola. Eu estava morto.

— Não, Todd — digo, me aproximando um pouco dele. — Vivemos tempos impossíveis.

Ele está olhando para baixo, os olhos sem foco.

Não sinto nada, diz seu Ruído. **Não assimilo nada.**

Eu sou o Círculo e o Círculo sou eu.

— Todd? — Estou perto o bastante para pegar sua mão. — Todd, olhe para mim.

Ele ergue o rosto, e o sentimento de perda em seu Ruído é tão grande que sinto como se eu estivesse à beira de um abismo, prestes a cair, cair para uma escuridão tão vazia e solitária que nunca haveria esperança de sair dela.

— Todd — repito, hesitando. — Perto da cachoeira, embaixo da cachoeira... Lembra o que você me disse lá? Lembra o que você me disse para me salvar?

Ele está balançando a cabeça devagar.

— Eu fiz coisas terríveis, Viola. Coisas *terríveis*...

— *Todos nós caímos*, você disse. — Eu o estou segurando com força. — Todos nós caímos, mas não é isso o que importa. O que importa é se levantar.

Mas ele se solta de mim.

— Não. — Todd se vira. — Não, era mais fácil quando você não estava aqui. Era mais fácil quando você não podia ver...

— Todd, eu vim salvar você...

— *Não*. Eu não precisava pensar em nada...

— Não é tarde demais.

— É, *sim* — diz ele, balançando a cabeça. — É!

E ele se afasta.

Para longe de mim.

Eu o estou perdendo...

Então tenho uma ideia.

Uma ideia muito, muito perigosa.

— O ataque vai ser amanhã no fim da tarde — digo.

Ele hesita.

— O quê?

— É quando vai acontecer. — Engulo em seco e dou um passo à frente, tentando manter a voz firme. — Eu só deveria saber do plano falso, mas descobri o verdadeiro. A Resposta vem pelo morro que tem uma fenda, bem ao sul daqui, bem ao sul desta *catedral*, Todd. Eles vêm direto para cá, e tenho certeza de que vêm direto para enfrentar o prefeito.

Ele olha para a porta lateral, nervoso, mas estou mantendo a voz baixa.

— São apenas duzentas pessoas na Resposta, Todd, mas estão bem equipadas com armas e bombas, têm um plano e uma líder muito decidida, que só vai parar quando derrubar o prefeito.

— Viola...

— Eles estão *vindo.* — Eu volto a me aproximar dele. — E agora você sabe quando e onde eles vão aparecer, e se essa informação chegar ao prefeito...

— Você não devia ter me contado — diz ele, e seus olhos se recusam a encontrar os meus. — Eu escondo coisas, mas ele descobre mesmo assim. *Você não devia ter me contado!*

Eu continuo a me aproximar.

— Então você tem que vir comigo, não tem? Você *precisa* vir, senão ele vai ganhar de vez, para todo o sempre, e vai ser ele quem vai governar este planeta, e vai ser ele quem vai receber os novos colonos...

— Com a mão estendida — diz Todd, a voz de repente suave.

— O quê?

Mas ele apenas estende a mão no ar e fica olhando para ela.

— Cumprimentando eles ao lado do filho.

— Bom, nós também não queremos que isso aconteça.

Eu me viro e olho, nervosa, para a porta da frente. Lee está enfiando a cabeça dentro do saguão, tentando agir como se fosse outro soldado, mas há vários marchando ali em frente.

— Não temos muito tempo — comento.

Todd continua com a mão estendida.

— Eu também fiz coisas ruins — digo. — Eu queria que tudo fosse diferente, mas não é. Só existe o aqui e agora, e você *precisa* vir comigo se quisermos ter alguma chance de fazer com que alguma coisa dê certo.

Ele não diz nada, mas sua mão ainda está estendida e ele está olhando para ela, então eu dou outro passo à frente e a seguro.

— Nós podemos salvar o mundo — digo, tentando sorrir. — Você e eu.

Seus olhos se concentram nos meus, procurando, tentando me ler, tentando ver se estou mesmo aqui, se é realmente verdade, se as coisas que digo são reais, ele procura e procura...

Mas não me encontra.

Ah, Todd...

— Indo a algum lugar? — diz uma voz do outro lado do saguão.

É a voz de um homem com uma arma.

Não é o homem que nos deixou entrar, é um que nunca vi.

Exceto uma vez, no Ruído de Todd.

— Como você saiu? — pergunta Todd, tomado por uma onda de surpresa.

— Você não ia embora sem *isto*, ia? — retruca o homem.

Na mão que não está com a arma, ele segura o livro da mãe de Todd.

— Me *dá* isso! — diz Todd.

O homem o ignora e aponta a arma para Lee.

— Entre. Ou vou ficar feliz em atirar em nosso querido amigo Todd.

Eu olho para trás. O Ruído de Lee mostra que ele pode fugir a qualquer momento, mas ele vê a arma apontada para Todd, vê meu rosto e começa a andar, seu Ruído dizendo tão alto que não vai me deixar aqui que quase me distrai da arma.

— Largue isso — diz o homem, referindo-se ao rifle dele.

Lee o joga no chão fazendo o maior barulho.

— Seu mentiroso — diz Todd para o homem. — Seu covarde.

— Pelo bem da cidade, Todd.

— Todos aqueles resmungos — diz Todd, com a voz e o Ruído ferozes. — Todos aqueles resmungos e reclamações sobre como ele está estragando tudo, e você é só mais um espião.

— Eu não era no início — explica o homem, vindo em nossa direção. — No início, era só aquilo mesmo, o ex-prefeito que caiu em desgraça e foi deixado vivo, que inconveniente.

O homem passa por Todd e se aproxima de mim, botando o livro embaixo do braço.

— Me dê a bolsa.

— O quê? — pergunto.

— Me dê.

Ele leva o braço para trás e aponta a arma direto para a cabeça de Todd. Tiro a mochila dos ombros e a entrego a ele. Ele nem a abre do jeito normal, apenas tateia o fundo, bem no lugar do bolso secreto, o bolso secreto onde, se você apertar no ângulo certo, vai sentir minha arma.

O homem sorri.

— Aqui — diz ele. — A Resposta não muda, não é mesmo?

— Se você tocar em um fio de cabelo dela, eu mato você — ameaça Todd.

— Eu também — acrescenta Lee.

O homem continua a sorrir.

— Acho que você tem um concorrente, Todd.

— Quem *é* você? — pergunto.

A irritação com os dois correndo para me defender me deixa corajosa.

— Con Ledger, prefeito de Refúgio, a seu dispor, Viola. — Ele faz uma pequena mesura. — Suponho que você seja Viola. — Ele anda ao redor de Todd. — Ah, o presidente estava muito interessado no Ruído dos seus sonhos, meu garoto. *Muito* interessado no que você pensava enquanto dormia. No quanto você sente falta da sua Viola, em como você faria qualquer coisa para encontrá-la.

Vejo o rosto de Todd começar a ficar vermelho.

— E, de repente, ele passou a se comportar de maneira bem mais simpática comigo e me pediu para dizer determinadas coisas a você, ver se conseguíamos fazer com que você fizesse o que ele queria.

O prefeito Ledger parece ridículo com tudo que está segurando, uma arma em uma das mãos, a mochila na outra, um livro encaixado embaixo do braço e ainda tentando dar a impressão de ser ameaçador.

— Devo admitir que funcionou muito bem. — Ele pisca para mim. — Agora que sei quando e onde a Resposta vai atacar.

O Ruído de Lee aumenta, e ele dá um passo adiante, furioso.

O prefeito Ledger engatilha a pistola. Lee para.

— Gostou? — pergunta o prefeito Ledger. — O presidente me deu quando me entregou minha própria chave.

Então sorri mais uma vez, em seguida vendo como estamos todos olhando para ele.

— Ah, parem com isso. Se o presidente derrotar a Resposta, então tudo isso vai acabar. Todas as explosões, todas as restrições, todos os toques de recolher.

O sorriso perde um pouco de intensidade.

— Vocês precisam aprender a trabalhar *dentro* do sistema para provocar mudanças. Quando *eu* for o vice dele, vou me esforçar muito para tornar as coisas melhores para todo mundo.

Ele me indica com um aceno de cabeça.

— Para as mulheres também.

— É melhor você atirar em mim — diz Todd. O Ruído sai dele como se estivesse em chamas. — Porque sua vida vai acabar assim que você baixar essa arma.

O prefeito Ledger dá um suspiro.

— Eu não vou atirar em *ninguém*, Todd, a não ser que...

A porta lateral se abre de repente, e o homem que me deixou entrar aparece, com o rosto e seu Ruído iluminados pela surpresa.

— O que você...

O prefeito Ledger aponta a arma para ele e atira três vezes. O homem cai de costas pela porta e tomba no chão, só seus pés visíveis.

Ficamos todos ali parados em choque, os ecos dos disparos ainda soando nos pisos de mármore.

Há uma imagem nítida no Ruído do prefeito Ledger, de si mesmo com um olho preto e o lábio cortado e do homem no chão lhe dando uma surra.

Ele se vira para nós e percebe que estamos olhando fixamente para ele.

— *Que foi?*

— O prefeito Prentiss não vai gostar disso — comenta Todd. — Ele conhece o sr. Collins desde a antiga Prentisstown.

— Tenho certeza de que o prêmio de ter Viola e informações sobre o ataque da Resposta vão compensar qualquer outro mal-entendido.

O prefeito Ledger está olhando ao redor, tentando encontrar um lugar para apoiar as coisas que ocupam suas mãos. Ele acaba apenas jogando o livro para Todd, como se não o quisesse mais. Todd se atrapalha, mas consegue pegá-lo.

— Sua mãe não era uma grande escritora, Todd — provoca o prefeito Ledger, inclinando-se para a frente e abrindo o zíper da mochila. — Quase analfabeta.

— Você vai pagar por isso.

Quando Todd olha para mim, percebo que fui eu quem disse isso.

O prefeito Ledger remexe em minha mochila.

— Comida! — exclama, o rosto se iluminando.

Ele pega uma pinha encrespada que está no alto e imediatamente a enfia na boca. Continua a fuçar e encontra pão e mais frutas, dando mordidas em quase tudo.

— Por quanto tempo você estava pensando em *ficar*? — pergunta, com a boca cheia.

Vejo Todd começar a ir lentamente para a frente.

— Acho que você esqueceu que posso te escutar — diz o prefeito Ledger, levantando a arma outra vez enquanto vasculha a mochila.

Ele para com a mão enfiada no fundo e ergue os olhos.

— O que é isso?

Ele tateia um pouco mais e começa a retirar algo maior da mochila. A princípio, acho que é a arma, mas então o prefeito Ledger o sacode para tirá-lo da mochila.

Ele se levanta.

E olha com curiosidade para a bomba Thrace em sua mão.

Durante um segundo eu penso que isso não pode ser verdade. Durante um segundo penso que meus olhos não podem estar vendo o que estão vendo, sem acreditar que, a essa altura, sei reconhecer uma bomba. Por um instante, ela está na mão dele, mas isso não significa nada, não significa absolutamente nada.

Mas então Lee engasga em seco a meu lado e tudo faz sentido, tudo faz o pior maldito sentido que eu consigo conceber.

— *Não* — digo.

Todd gira.

— O quê? O que foi?

O tempo desacelera até não existir. O prefeito Ledger a vira na mão e um bipe começa, um bipe rápido, um bipe obviamente programado para disparar quando qualquer pessoa revirasse minha mochila, a pegasse e a pulsação de sua mão a acionasse, uma bomba que você sabe que vai matá-lo se você soltá-la.

— Isso não é... — começa o prefeito Ledger, erguendo os olhos...

Mas Lee já está estendendo a mão para me puxar pelo braço...

Para sairmos correndo daqui…

— Foge! — grita ele.

Mas estou saltando para a frente, não para trás…

E estou empurrando Todd para o lado…

Seguindo aos tropeções na direção da sala onde o homem morto pelo prefeito Ledger tombou…

Ele não está tentando atirar em nós…

Ele não está fazendo nada…

Está só parado ali enquanto se dá conta…

E conforme saltamos pela porta que dá para a outra sala…

E rolamos por cima do homem morto…

E nos enroscamos um no outro para tentar nos protegermos…

O prefeito Ledger tenta jogar a bomba para longe de si…

Soltando-a…

E…

BUM

... ela o explode em mil pedaços, arrebenta as paredes às suas costas e a maior parte da sala na qual estamos entrando. O calor da explosão deixa nossas roupas e nossos cabelos chamuscados, e escombros despencam ao nosso redor. Tentamos ir para baixo de uma mesa, mas alguma coisa atinge Todd com força na nuca e uma viga comprida cai nos meus tornozelos. Sinto ambos quebrarem, mas, enquanto grito pela dor absurda, só consigo pensar *ela me traiu ela me traiu ela me traiu* e que não foi uma missão para salvar Todd, foi uma missão para *matá-lo* e, com sorte, o prefeito também...

Ela me traiu...

Ela me traiu *de novo*...

Então há escuridão.

Algum tempo depois, ouço vozes, vozes na poeira e nos escombros, vozes flutuando no ar até minha cabeça, aturdida pela dor.

Uma voz.

A voz dele.

Parado bem na minha frente.

— Ora, ora — diz o prefeito. — Vejam só quem temos aqui.

PARTE VI

A PERGUNTA E A RESPOSTA

35

VIOLA É PERGUNTADA

[Todd]

— SOLTA ELA!

Eu soco o vidro, mas não adianta a força que eu uso, ele não quebra de jeito nenhum.

— *SOLTA ELA!*

Minha voz está falhando de tanto que eu grito, mas vou insistir e insistir até ficar mudo.

— *SE VOCÊS ENCOSTAREM UM DEDO NELA, EU MATO VOCÊS!*

Viola está presa à estrutura na Arena da Pergunta, os braços esticados para trás, a pele em torno da fita de metal queimando, vermelha, a cabeça entre as pequenas hastes barulhentas que impedem que ela escute qualquer Ruído.

O barril dágua está embaixo dela, a mesa com as ferramentas afiadas ao lado.

Hammar está ali, esperando de braços cruzados, Davy também, assistindo tudo nervoso da porta distante do outro lado da sala.

E o prefeito está ali, caminhando com toda a calma em torno dela.

* * *

Só lembro do *BUM* e do prefeito Ledger desaparecendo numa confusão de fogo e fumaça.

Depois eu acordei aqui, a cabeça doendo, o corpo imundo, coberto de sujeira e escombro e sangue seco.

Levantei.

E ali estava ela.

Do outro lado do vidro.

Sendo Perguntada.

Aperto de novo o botão do alto-falante na sala.

— SOLTA ELA!

Mas ninguém age como se me ouvisse.

— Eu faço isso com muita relutância, Viola — o prefeito diz, ainda andando em seu círculo lento.

Ouço *ele* com total clareza.

— Achei que nós dois pudéssemos ser amigos. Achei que tivéssemos um acordo. — Ele para na frente dela. — Mas aí você explodiu minha casa.

— Eu não sabia que tinha uma bomba — diz ela, e posso ver a dor em seu rosto.

Tem sangue seco espalhado por todo o seu corpo também, e cortes e arranhões da explosão.

Mas o pior são os pés. Ela está descalça, os tornozelos inchados, tortos e roxos, e tenho certeza de que o prefeito não deu nenhum remédio pra dor.

Vejo isso no rosto dela.

Vejo o quanto ela está sofrendo.

Tento pegar o banco atrás de mim pra jogar na janela, mas está aparafusado no concreto.

— Eu acredito em você, Viola — fala o prefeito, voltando a andar.

Hammar está ali parado com um sorriso falso, observando tudo, de vez em quando olhando pra janela onde ele sabe que estou e sorrindo de um jeito ainda mais falso.

— Acredito que você está chateada por ter sido traída por mestra Coyle. Embora isso não deva ser uma surpresa muito grande para você.

Viola não diz nada, apenas deixa que a cabeça caia.

— Não machuquem ela… — sussurro. — Por favor, por favor, por favor.

— Caso faça você se sentir melhor, acho que eu não levaria muito para o lado pessoal — o prefeito continua. — Mestra Coyle viu isso como uma maneira de botar uma bomba bem dentro da minha catedral e destruí-la, talvez me destruindo junto.

Ele olha para a janela, na minha direção, e dou mais socos. Não tem como eles não ouvirem *isso*, mas o prefeito me ignora.

Mas Davy olha, e nunca vi ele tão sério.

E mesmo daqui consigo ouvir a preocupação em seu Ruído.

— Você ofereceu uma oportunidade boa demais para ela deixar passar — o prefeito fala. — Sua lealdade extrema a Todd podia realmente levar você mais longe que qualquer outro. Ela provavelmente não desejava matar você, mas ali estava, uma chance de me pegar, e, quando ela pesou os prós e contras, você finalmente se tornou uma pessoa que podia ser sacrificada.

Estou olhando pro rosto dela.

Está triste, muito triste e derrotado.

E sinto o silêncio dela de novo, sinto o anseio e o sentimento de perda que senti pela primeira vez no pântano tanto tempo atrás que parece ter sido em outra vida. Sinto tanto que vem água nos meus olhos, sinto um nó na garganta e um aperto no peito.

— Viola — chamo. — Por favor, Viola.

Mas ela nem levanta a cabeça.

— Então, se isso é tudo o que você significa para ela, Viola… — O prefeito está se abaixando diante dela, olhando em seu rosto. — Então talvez você finalmente saiba quem é seu verdadeiro inimigo. — Ele faz uma pausa. — E quem são seus verdadeiros amigos.

Viola diz alguma coisa muito baixo.

— O que você falou? — o prefeito pergunta.

Ela pigarreia.

— Eu só vim por Todd.

— Eu sei — fala o prefeito, e se levanta outra vez, recomeçando a andar. — Eu passei a gostar do Todd, também. Ele se tornou um segundo filho para mim. — Ele olha pra Davy, que fica com o rosto corado. — Leal e trabalhador e contribui de verdade para o futuro desta cidade.

Volto a socar a janela e grito:

— CALA A BOCA! *CALA A BOCA!*

— Se *ele* está conosco, Viola, e sua mestra está contra você, então não resta dúvidas quanto ao que você deve fazer.

Mas ela já está balançando a cabeça.

— Eu não vou contar — diz Viola. — Eu não vou contar nada.

— Mas ela traiu você. — O prefeito dá a volta e chega à sua frente outra vez. — Ela tentou matar você.

E, com isso, Viola levanta a cabeça.

Seus olhos estão fixos nos dele.

E ela diz:

— Não, ela tentou matar *você*.

Ah, boa garota!

Meu Ruído infla de orgulho.

Essa é a minha garota.

O prefeito faz um sinal para Hammar.

Que segura a estrutura e mergulha Viola na água.

— NÃO! — grito, e recomeço a socar o vidro. — DESGRAÇADO!

Vou até a porta da salinha e começo a chutar com toda a força.

— VIOLA! *VIOLA!*

Ouço um ofegar e corro de volta pra janela…

Ela está fora da água, tossindo o líquido e cuspindo com força.

— Nosso tempo está se esgotando — o prefeito diz, tirando um fiapo do casaco. — Por isso talvez devêssemos ir direto ao ponto.

Ainda estou batendo na janela e gritando enquanto ele fala. O prefeito vira e olha pra mim. Ele não consegue me ver do lado de lá do vidro, mas seus olhos se fixam nos meus.

— VIOLA! — grito, e volto a socar.

Ele franze um pouco o cenho...

— *VIOLA!*

E me atinge com seu Ruído.

Está *muito* mais forte que antes.

Como o grito de um milhão de pessoas bem no meio do meu cérebro, tão dentro dele que não consigo descobrir onde está e me proteger, e todo mundo está gritando **VOCÊ NÃO É NADA VOCÊ NÃO É NADA VOCÊ NÃO É NADA**. Parece que meu corpo está fervendo, os olhos estão saltando do crânio, mal consigo ficar de pé e cambaleio pra longe da janela. Eu acabo me jogando com força no banco, o golpe fazendo eco eco eco como se não fosse parar nunca...

Quando consigo abrir os olhos, vejo o prefeito impedir Davy de sair da Arena e depois Davy olhando pra trás, na direção da janela.

E em seu Ruído ele está preocupado.

Está preocupado *comigo*.

— Me conte quando a Resposta vai atacar — o prefeito ordena a Viola, a voz agora mais fria, mais dura. — E de onde vai partir.

Ela balança a cabeça, fazendo gotas de água voarem.

— Não vou falar.

— Vai. Lamento dizer que você vai falar.

— Não. Nunca.

E ela ainda está balançando a cabeça.

O prefeito ergue os olhos pra janela e de novo encontra o meu olhar, mesmo não conseguindo me ver.

— Infelizmente, não temos tempo para as suas recusas.

E faz um sinal com a cabeça pra Hammar.

Que mergulha ela na água mais uma vez.

— PAREM! — grito e soco. — PAREM!

Ele segura ela ali...

E segura...

Soco com tanta força que minhas mãos estão ficando feridas...

— TIREM ELA DAÍ! TIREM ELA DAÍ! TIREM ELA DAÍ!

E ela está se debatendo na água...

Mas ele ainda segura ela ali...

Ela ainda está embaixo dágua...

— *VIOLA!*

As mãos dela estão puxando com força as amarras...

Está espirrando água por toda parte com ela se debatendo no fundo...

Ah meu deus ah meu deus ah meu deus ah meu deus viola viola viola viola...

Não consigo...

Não consigo.

— NÃO!

Me perdoa...

Por favor, me perdoa...

— VAI SER HOJE! — grito. — NO FIM DA TARDE! PELA FENDA NO MORRO AO SUL DA CATEDRAL! HOJE!

E estou apertando o botão enquanto grito isso várias vezes...

— HOJE!

Enquanto ela se debate embaixo dágua...

Mas parece que ninguém me ouve.

Ele desligou o som...

Ele *desligou a droga do som*...

Eu volto pra janela e soco ela...

Mas ninguém reage...

E ela ainda continua debaixo dágua...

Não importa a força com que eu soque o vidro...

Por que ele não quebra...

Por que essa droga não *quebra*...

O prefeito faz um sinal, e Hammar levanta a estrutura. Viola engole ar aos montes, o cabelo (mais comprido do que eu lembrava) grudado no rosto e prendendo nas orelhas, água escorrendo do corpo.

— Você está no controle aqui, Viola. É só me contar quando a Resposta vai atacar e isso tudo acaba.

— HOJE! — grito, tão alto que minha voz está rachando como lama seca. — DO SUL!

Mas ela está balançando a cabeça.

E ninguém me ouve.

— Mas ela traiu você, Viola. — O prefeito está fazendo sua voz ficar com aquele tom de falsa surpresa. — Por que salvá-la? Por quê...? — Ele para, como se chegasse a uma conclusão. — Você gosta de algumas pessoas que fazem parte da Resposta.

Ela para de balançar a cabeça. Não levanta o rosto, mas para de balançar a cabeça.

O prefeito se ajoelha na frente dela.

— Mais um motivo para me contar. Mais um motivo para me dizer onde posso encontrar sua mestra.

Ele estende a mão e afasta alguns fios molhados de cabelo do rosto de Viola.

— Se você me ajudar, garanto que essas pessoas não sofrerão. Eu só quero mestra Coyle. As outras mestras podem permanecer na prisão, e todo o resto, que, sem dúvida, é composto por vítimas inocentes de um discurso inflamado, pode ser liberado assim que tivermos a oportunidade de falar com eles.

Ele gesticula para que Hammar lhe entregue uma toalha, que o prefeito usa pra passar no rosto de Viola, ela ainda sem olhar pra ele.

— Se você me contar, vai estar salvando vidas — ele argumenta, secando com delicadeza toda a água. — Você tem minha palavra.

Ela finalmente levanta a cabeça.

— Sua palavra — ela fala, olhando pra Hammar.

E o rosto dela está com tanta raiva que até *ele* parece surpreso.

— Ah, é — o prefeito diz, levantando. Ele devolve a toalha pra Hammar. — Você devia ver o capitão Hammar como um exemplo de como sou misericordioso, Viola. Eu poupei a vida dele.

Ele está andando outra vez, mas, quando passa atrás dela, olha na minha direção.

— Assim como vou poupar a vida dos seus amigos e das pessoas que você ama.

— É hoje à noite... — digo, mas minha voz é um sussurro rouco.

Como ele pode não me ouvir?

— Mas, pensando bem, se você não sabe, talvez seu bom amigo Lee possa nos contar.

Na mesma hora ela levanta a cabeça, os olhos arregalados, a respiração pesada.

Não sei como ele pode ter sobrevivido à explosão...

— Ele não sabe nada — ela se apressa em dizer. — Ele não sabe quando nem onde.

— Mesmo que eu acreditasse nisso, tenho certeza de que precisaríamos Perguntar a ele por muito tempo e insistir muito antes de podermos ter certeza.

— Deixe ele em paz! — Viola diz, tentando virar a cabeça para acompanhar o prefeito.

Ele para bem na frente da janela, de costas pra Viola e de frente pra mim.

— Ou talvez devêssemos apenas perguntar ao Todd.

Eu soco o vidro bem na frente do seu rosto. Ele nem pisca.

Então ela diz:

— Todd nunca contaria a você. Nunca.

E o prefeito apenas olha pra mim.

E *sorri*.

Meu estômago se revira, sinto um peso no peito, minha cabeça está tão estranha que parece que vou cair direto no chão.

Ah, Viola...

Viola, por favor...

Me perdoa.

— Capitão Hammar — o prefeito chama.

Viola é mergulhada na água outra vez, incapaz de não gritar de medo ao ser baixada.

— NÃO! — grito, grudando o corpo na janela.

Mas o prefeito não está nem virado pra ela.

Ele está olhando pra mim, como se fosse possível me ver mesmo se eu estivesse atrás de uma parede de tijolos.

— PAREM COM ISSO! — grito enquanto ela se debate de novo...

E mais...

E mais...

— VIOLA!

Continuo socando, mesmo quando acho que minhas mãos estão quebrando...

O sr. Hammar está sorrindo e mantendo ela ali...

— *VIOLA!*

E os punhos dela começam a sangrar onde ela está fazendo força...

— EU VOU MATAR VOCÊ!

Estou gritando direto no rosto do prefeito...

Com todo o meu Ruído...

— EU VOU *MATAR* VOCÊ!

E ele ainda segura ela ali…

— VIOLA! *VIOLA*!

Mas é Davy…

De todas as pessoas…

É Davy quem põe um fim nisso.

— Levanta ela! — ele grita de repente, saindo de seu canto e indo pra frente. — Meu Deus, vocês vão matar ela!

E ele pega a estrutura e levanta Viola da água, e o prefeito faz um sinal pra Hammar deixar. Davy ergue Viola outra vez e tira ela da água. Sua garganta ruge com o esforço de inspirar e tossir, jogando o ar pra fora outra vez junto com toda a água.

Ninguém diz nada por um tempo, o prefeito só olhando pro filho como se ele fosse uma espécie desconhecida de peixe.

— Como ela pode ajudar a gente se estiver morta? — Davy fala, sem muita firmeza, sem encarar ninguém. — Foi só isso que eu quis dizer.

O prefeito permanece em silêncio. Davy se afasta da estrutura e volta pra perto da porta.

Viola tosse e fica pendurada nas amarras. Eu me aperto com tanta força contra o vidro que é como se eu quisesse passar *através* dele pra chegar até ela.

— Bom — o prefeito diz, entrelaçando as mãos nas costas e olhando pra Davy. — Acho que, de todo modo, talvez tenhamos descoberto o que precisávamos saber. — Ele vai até um botão na parede e aperta. — Você pode, por favor, repetir o que disse, Todd?

Viola ergue o rosto ao ouvir meu nome.

O prefeito volta até a estrutura e afasta o rosto dela das hastes que confundem e escondem o Ruído. Ela olha em volta como se de repente pudesse ouvir o meu.

— Todd? Você está aí?

— Estou aqui! — grito, com a voz agora se espalhando pela Arena pra todo mundo me ouvir.

— Por favor, repita para nós o que você falou alguns momentos atrás, Todd. — O prefeito voltou a olhar pra mim. — Alguma coisa sobre esta noite ao pôr do sol?

Viola olha pra onde o prefeito está olhando. Seu rosto exprime surpresa, surpresa e choque.

— Não — ela sussurra, e é tão alto quanto um grito.

— Viola merece ouvir você falar de novo, Todd.

Ele sabia. Ele conseguia ouvir meu Ruído o tempo inteiro, é *claro*, ele conseguia ouvir meus gritos, mesmo que ela não conseguisse.

— Viola? — digo, e soa como se eu estivesse implorando.

E ela olha pra janela, à procura de onde eu poderia estar.

— Não conte a ele! Por favor, Todd, não…

— Mais uma vez, Todd — o prefeito diz, botando a mão na estrutura de afogar. — Ou ela volta para a água.

— Todd, não!

— Seu desgraçado! — berro. — Eu vou matar você. Eu juro. EU VOU MATAR VOCÊ!

— Não vai, não — ele fala. — E nós dois sabemos disso.

— Todd, por favor, não…

— Diga, Todd. Onde e quando?

E ele começa a baixar a estrutura.

Viola está tentando parecer corajosa, mas seu corpo está se encolhendo e se retorcendo, tentando manter qualquer parte que seja fora dágua.

— Não! — ela grita. — NÃO!

Por favor por favor por favor…

— NÃO!

Viola…

— Hoje no fim da tarde — digo, mais alto que os gritos dela, mais alto que o Ruído de Davy, mais alto que meu próprio Ruído, só minha voz enchendo tudo. — Acima da fenda no vale ao sul da catedral.

— *NÃO!* — Viola grita...

E a expressão no rosto dela...

A expressão do que ela sente em relação a *mim*...

E meu peito se parte ao meio.

O prefeito puxa a estrutura pra trás, afasta da água e põe de novo no lugar.

— Não — ela murmura.

E é só então que ela realmente começa a chorar.

— Obrigado, Todd — o prefeito diz. Ele vira pra Hammar. — Você sabe onde e quando, capitão. Repasse as ordens para os capitães Morgan, Tate e O'Hare.

Hammar assume posição de sentido.

— Sim, senhor — ele diz, parecendo que acabou de ganhar um prêmio. — Vou levar todos os homens, senhor. Vamos acabar com elas rapidinho.

— Leve meu filho — o prefeito diz, indicando Davy com a cabeça. — Deixe que ele veja toda a luta que conseguir aguentar.

Davy parece nervoso, mas orgulhoso e animado também, sem perceber o repuxar estranho no sorriso de Hammar.

— Vá — o prefeito diz. — E não deixe ninguém vivo.

— Sim, *senhor* — responde Hammar enquanto Viola solta um pequeno soluço.

Davy presta continência pro pai, tentando fazer seu Ruído parecer corajoso, e lança um olhar pra janela que é dirigido a mim, um olhar de compaixão. Seu Ruído está cheio de medo, empolgação e mais medo.

Então ele sai atrás de Hammar.

Aí ficamos só eu, Viola e o prefeito.

A única coisa que posso fazer é olhar pra ela, pendurada na estrutura, de cabeça baixa, chorando, ainda amarrada e encharcada, e com tanta tristeza saindo do seu corpo que quase consigo sentir na pele.

— Cuide da sua amiga — o prefeito me fala. Ele está bem do outro lado do vidro de novo, o rosto perto do meu. — Vou voltar para minha casa queimada e me preparar para o novo amanhecer.

Ele nem pisca, nem mesmo age como se alguma coisa tivesse acontecido.

Ele não é humano.

— Humano até demais, Todd — ele diz. — Os guardas vão escoltar vocês dois até a catedral. — Ele ergue as sobrancelhas. — Temos muito a discutir sobre seu futuro.

36

DERROTA

{VIOLA}

OUÇO TODD ENTRAR NA SALA, ouço seu Ruído chegar primeiro, mas não consigo erguer o olhar.

— Viola? — diz ele.

Ainda não ergo os olhos.

Acabou.

Nós perdemos.

Sinto as mãos dele nas amarras em meus punhos, puxando-as, finalmente conseguindo soltar uma, mas meu braço está tão rígido de ficar preso para trás que dói mais solto do que quando estava amarrado.

O prefeito Prentiss venceu. Mestra Coyle tentou me sacrificar. Lee foi preso, isso se não mentiram e ele já não morreu.

Maddy morreu por nada.

Corinne morreu por *nada*.

E Todd...

Ele faz a volta para ficar na minha frente e soltar a segunda amarra. Finalmente livre, eu caio da estrutura, e ele me pega e nos leva devagar até o chão, de joelhos.

— Viola?

Ele me segura, minha cabeça contra seu peito, a água em mim encharcando seu uniforme sujo, meus braços estendidos, incapazes de segurar nada, a fita de metal latejando.

Olho para cima e vejo o pequeno *P* prateado em seu ombro.

— Me solta — digo.

Mas ele continua me segurando.

— Me *solta* — repito, mais alto.

— Não.

Tento afastá-lo, mas meus braços estão muito fracos e estou muito cansada, e tudo acabou. Tudo acabou.

E ele ainda me segura.

E começo a chorar outra vez, e o sinto me segurar mais apertado, e choro mais forte. Quando consigo mexer um pouco os braços eu o abraço e choro ainda mais pelo modo como o sinto ali, o cheiro dele, seu Ruído, como ele me segura, sua preocupação, suas aflições, seus cuidados, seu toque macio...

E eu não sabia até agora o quanto sentia a falta dele.

Mas ele contou ao prefeito...

Ele *contou*...

Eu tento afastá-lo outra vez, mas mal tenho forças.

— Você contou a ele — digo, com a voz embargada.

— Desculpa — diz ele, os olhos arregalados de terror. — Ele estava afogando você, e eu não consegui, simplesmente não consegui...

Olho para ele, e ali estou eu em seu Ruído, sendo mergulhada na água com ele socando o outro lado do vidro e, pior, vejo o que ele sentiu, ver a *fúria* desesperada dele, vê-lo incapaz de me salvar...

E seu rosto está muito preocupado.

— Viola, por favor — implora ele. — *Por favor*.

— Ele vai matá-los. Todos eles. Wilf está lá, Todd. *Wilf*.

Ele parece horrorizado.

— Wilf?

— E Jane. E muitos outros, Todd, *todos* eles. Ele vai massacrá-los e vai ser o fim. Vai ser o fim de *tudo*.

Seu Ruído fica escuro e estéril, e ele meio que desmorona ao meu lado, fazendo espirrar a pequena poça que se formou à nossa volta.

— Não — insiste ele. — Ah, não.

Eu não quero dizer isso, mas mesmo assim me ouço dizendo:

— Você fez exatamente o que ele queria. Ele sabia exatamente como te fazer falar.

Todd olha para mim.

— Que escolha eu tinha?

— Você devia ter deixado ele me matar!

Todd está olhando para mim, e posso ver seu Ruído tentando me encontrar, tentando encontrar a verdadeira Viola que está no fundo dessa confusão e dessa dor, posso vê-lo olhando...

Por um minuto, não quero que ele me encontre.

— Você devia ter deixado ele me matar — repito em voz baixa.

Mas ele não podia, podia?

Ele não podia fazer isso e continuar sendo ele mesmo.

Não podia fazer isso e continuar sendo Todd Hewitt.

O garoto que não consegue matar.

O *homem* que não consegue matar.

Nós somos as escolhas que fazemos.

— Precisamos avisá-los — digo, com vergonha, sem encará-lo. — Se conseguirmos.

Eu me seguro na beira do barril de água para me levantar. A dor irradia pelas minhas pernas desde os tornozelos. Solto um grito e caio para a frente de novo.

E, mais uma vez, ele me segura.

— Meus pés.

Nós dois olhamos: meus pés descalços e muito inchados, com tons feios de azul e preto.

— Vamos levar você para uma curandeira.

Ele passa o braço ao redor do meu corpo para me levantar.

— Não — digo, interrompendo-o. — Precisamos avisar a Resposta. Essa é a prioridade.

— Viola...

— As vidas deles são mais importantes que a minha...

— Ela tentou *matar* você, Viola.

Estou respirando com dificuldade, tentando não sentir a dor nas pernas.

— Você não deve nada a ela — insiste Todd.

Mas sinto seus braços em mim e começo a perceber que as coisas não parecem mais tão impossíveis. Sinto Todd me tocar e começo a sentir uma raiva crescente, mas não dele, e solto um grunhido e me levanto, apoiada nele para me manter no lugar enquanto me ergo.

— Eu *devo* a ela, sim. Devo a ela a cara que ela vai fazer ao ver que ainda estou viva.

Tento dar um passo pequeno, mas é demais. Grito outra vez.

— Eu tenho uma égua — diz ele. — Posso botar você nela.

— Ele não vai nos deixar ir embora. Ele falou que guardas iam nos escoltar.

— É. Vamos cuidar *disso*.

Seu braço me envolve ainda mais, e ele se abaixa para passar o outro por baixo de meus joelhos.

E me levanta.

O peso nos meus tornozelos me faz gritar, mas então ele está me carregando, me levando como fez morro abaixo na direção de Refúgio.

Me carregando.

Ele também se lembra disso. Vejo em seu Ruído.

Passo o braço em volta de seu pescoço. Ele tenta sorrir.

E é um sorriso torto, como sempre.

— A gente continua tendo que um salvar o outro — comenta ele. — Será que um dia vamos ficar quites?

— Espero que não.

Ele franze o cenho, e vejo seu Ruído ficando sombrio.

— Desculpa — diz em voz baixa.

Encosto em sua camisa e aperto com força.

— Desculpa também.

— Então a gente se perdoou? — O sorriso torto surge outra vez. — De novo?

E olho bem em seus olhos, bem no fundo, até onde consigo ver, porque quero que ele me escute, quero que ele me escute com tudo o que quero dizer, sentir e falar.

— Sempre — digo. — Todas as vezes.

Ele me carrega até uma cadeira e em seguida vai até a porta e começa a bater.

— Deixem a gente sair!

— Isso tudo significa uma coisa, Todd — digo, respirando o mínimo possível, porque meus pés estão latejando. — Uma coisa que não podemos esquecer.

— O quê?

Ele torna a bater na porta e solta um "ai" em voz baixa, porque as mãos estão machucadas.

— O prefeito sabe que eu sou seu ponto fraco. Basta ele me ameaçar para você fazer tudo o que ele quer.

— É — diz Todd, sem olhar para trás. — É, eu já sabia disso.

— Ele vai continuar tentando fazer isso.

Ele se vira para me olhar, os punhos cerrados dos lados do corpo.

— Ele não vai mais botar os olhos em você. Nunca mais.

— Não. — Eu balanço a cabeça e faço uma careta de dor. — Não pode ser assim, Todd. Ele precisa ser detido.

— E por que tem que ser por *nós*?

— Alguém precisa fazer isso.

Arqueio as costas para tentar tirar o peso dos pés.

— Ele não pode vencer — acrescento.

Todd começa a chutar a porta.

— Então deixa a sua mestra fazer isso. Vamos dar um jeito de chegar nela, tentar alertar ela, e depois damos o fora daqui.

— E ir para onde?

— Não sei. — Ele começa a olhar ao redor à procura de algo que possa ser usado para derrubar a porta. — Vamos pra um dos povoados abandonados. A gente se esconde até as naves chegarem.

— Ele vai derrotar mestra Coyle e depois vai direto para as naves.

Arquejo um pouco quando viro a cabeça para acompanhá-lo.

— Só um pequeno grupo de pessoas está acordado quando as naves aterrissam, Todd. Ele pode derrotá-los e manter todo o resto dormindo pelo tempo que quiser. Não precisa nem acordá-los.

Ele para de procurar.

— Isso é verdade?

Faço que sim.

— Depois que ele destruir a Resposta, quem vai sobrar para impedi-lo?

Ele abre e fecha as mãos.

— Nós precisamos fazer isso.

— Primeiro, nós encontramos a Resposta — digo, tentando ficar de pé. — Nós os alertamos...

— E contamos pra eles exatamente o tipo de líder que têm.

Suspiro.

— Vamos ter que deter os dois, não é?

— Bom, isso é fácil. Vamos contar à Resposta tudo sobre sua mestra, e então alguém novo vai liderar o grupo. — Ele olha para mim. — Talvez você.

— Talvez *você*.

Levo um minuto para tentar recobrar o fôlego. Está ficando mais difícil.

— De qualquer jeito, precisamos dar o fora daqui.

Então a porta se abre de repente.

Um soldado está ali parado com um rifle.

— Tenho ordens de levar vocês para a catedral.

E acho que o reconheço.

— Ivan — diz Todd.

— Tenente. — Ivan faz um sinal afirmativo com a cabeça. — Recebi ordens.

— Você é de Galholongo — digo.

Mas ele está olhando para Todd, sem piscar.

Ouço alguma coisa em seu Ruído, alguma coisa...

— *Tenente* — repete ele, de um jeito que parece algum tipo de sinal.

Olho para Todd.

— O que ele está fazendo?

— Você recebeu ordens... — diz Todd, concentrando-se em Ivan.

Ouço coisas voando entre o Ruído dos dois, coisas rápidas, indistintas.

— ... *soldado* Farrow.

— Sim, senhor — diz Ivan, assumindo a posição de sentido. — Ordens de meu oficial superior.

Todd olha para mim. Posso ouvi-lo pensar.

— O que está acontecendo? — pergunto.

Vejo Lee surgir no Ruído de Todd. Ele se vira para Ivan.

— Há outro prisioneiro? Um garoto? De cabelo louro bagunçado?

— Há, sim, senhor.

— E se eu lhe ordenasse que me levasse até ele, você faria isso?

— O senhor é meu superior, *tenente*. — Agora Ivan está dando a Todd um olhar mais inflexível. — Eu seria obrigado a seguir qualquer ordem do senhor.

— Todd? — digo, mas estou começando a entender.

— Estou tentando contar isso ao senhor há algum tempo, tenente — diz Ivan, com impaciência na voz.

— Há no local oficiais de patente mais alta que a minha? — pergunta Todd.

— Não, senhor, apenas eu e os guardas. Todo o resto partiu para lutar.

— Quantos guardas?

— Somos dezesseis, senhor.

Todd umedece os lábios, pensando.

— Eles me veriam como o oficial superior também, soldado?

Ivan desvia o olhar pela primeira vez, virando-se para trás por um momento antes de dizer em voz mais baixa:

— Há alguma preocupação em relação à nossa atual liderança, senhor. Eles podem ser convencidos.

Todd ajeita a postura e estica a barra da jaqueta do uniforme. Percebo mais uma vez o quanto ele é alto, o quanto está mais alto que da última vez que o vi, como seu rosto tem traços que não são nem um pouco de um garoto, como sua voz está mais grave e mais forte.

Olho para ele e começo a ver um homem.

Ele pigarreia e para em posição de sentido diante de Ivan.

— Então eu ordeno a você que me leve ao prisioneiro chamado Lee, soldado.

— Apesar de ter sido instruído a levá-lo diretamente para o presidente, sinto que não posso desobedecer a uma ordem direta sua, *senhor* — diz Ivan, em tom solene.

Ele sai e espera. Todd vem até a cadeira e se ajoelha na minha frente.

— O que você está planejando fazer? — pergunto, tentando ler seu Ruído, mas está girando tão rápido que mal consigo acompanhá-lo.

— Você disse que nós é que vamos ter que impedir ele, porque mais ninguém vai fazer isso — explica, o sorrisinho torto crescendo. — Bem, talvez tenha um jeito da gente fazer isso.

37

O TENENTE

[TODD]

SINTO VIOLA ME OBSERVANDO enquanto saio e sigo Ivan pelo corredor. Ela está se perguntando se podemos confiar nele.

Eu me pergunto isso, também.

Porque a resposta é não, não é mesmo? Ivan se juntou ao exército como voluntário pra salvar a própria pele em Galholongo, e lembro dele ter se aproximado de mim de fininho tantos meses atrás, antes mesmo que tudo aquilo acontecesse, pra me falar que apoiava Prentisstown. Ele provavelmente mal podia esperar pra se juntar ao exército quando os homens entraram marchando na cidade, e aí ele liderou aqui em Nova Prentisstown e foi promovido a cabo.

Até o prefeito Prentiss dar um tiro na perna dele.

A gente vai aonde está o poder, Ivan me contou. *É assim que se permanece vivo.*

Então talvez ele ache que encontrou o novo poder.

— É exatamente isso o que estou pensando, *senhor* — diz Ivan, parando em frente a uma porta. — Ele está aqui.

— Ele consegue andar? — pergunto, enquanto Ivan destranca a porta...

Mas Lee já está saltando pra fora com um *AAAAAAAAAAAHHH-HHHHHHHH!!!!*. Ele derruba Ivan e enche ele de soco na cara, e eu preciso agarrar Lee pelos ombros e puxar ele, e nisso ele vira pra mim pronto pra me bater também, antes de ver que sou eu.

— Todd! — ele diz, surpreso.

— Temos que... — começo.

— Cadê ela? — ele grita, já olhando em volta.

Tenho que me colocar na frente de Lee pra impedir Ivan de meter uma coronhada na cabeça dele.

— Ela está ferida — explico. — Precisa de ataduras e talas. — Viro pra Ivan. — Vocês têm isso aqui?

— Temos um kit de primeiros socorros — ele responde.

— Serve. Pega lá e dá pro Lee, que ele vai cuidar da Viola, depois fala pros homens que quero falar com eles de frente.

Ivan está olhando de maneira agressiva pra Lee, o Ruído estridente.

— É uma ordem, *soldado*.

— Sim, *senhor* — Ivan diz, todo ressentido, e segue pro corredor.

Lee me olha estranho.

— *Sim, senhor?*

— Viola te explica depois. — E empurro ele prele ir atrás do Ivan. — Vai botar essas ataduras nela! Ela tá morrendo de dor!

Isso faz ele se mexer, então dou meia-volta pra ir pro saguão. Dois guardas me veem passar.

— O que está acontecendo? — um deles pergunta.

— O que está acontecendo, *senhor* — corrijo, sem virar.

Saio pela porta principal da Secretaria da Pergunta, percorro a pequena passagem e atravesso o portão da frente.

Onde as coisas estão quase tranquilas.

E lá está Angharrad.

Davy deve ter trazido ela.

— Oi, garota — digo, me aproximando dela devagar, esfregando seu focinho.

Menino potro?, diz seu Ruído. **Todd?**

— Tá tudo bem, garota — sussurro. — Tudo bem.

Machucado, ela diz, farejando todo o sangue seco que ainda tem no meu rosto. Ela estica a língua comprida pra me dar uma lambida muito molhada bem na boca e nas bochechas.

Dou uma risadinha e acaricio seu focinho mais uma vez.

— Eu estou bem, garota, eu estou bem.

Seu Ruído não para de dizer meu nome, **Todd Todd**, enquanto vou até minha bolsa ainda amarrada à sela. Meu rifle continua ali.

Assim como o livro da minha mãe.

Aposto que Davy também trouxe isso.

Desamarro as rédeas de Angharrad e conduzo ela um pouco pela estrada até ela estar apontando direto pro portão com o grande **P** prateado.

— Preciso fazer um pequeno discurso — digo, apertando a sela. — É melhor ser de cima de você.

Menino potro, ela diz. **Todd.**

— Angharrad.

Ponho o pé num estribo, salto e jogo a perna pro outro lado até estar sentado na sela, olhando pro céu. Ainda não está escurecendo, mas o sol vai caindo na direção da cachoeira, o fim da tarde chegando.

Não resta muito tempo.

— Me deseje boa sorte — digo.

— Adiante. — Angharrad relincha. — Adiante.

Os guardas olham pra mim e depois pra Ivan, que está tentando fazer eles pararem de falar, mas isso só ia adiantar se eles conseguissem calar o falatório do Ruído também, porque o deles está berrando feito carneiros em chamas.

— Ele é *tenente* — Ivan diz.

— Ele é um *garoto* — outro guarda rebate, um ruivo.

— Ele é o garoto do *presidente* — Ivan insiste.

— É, e você devia ter levado ele pra cidade, soldado — lembra outro com um barrigão e insígnias de cabo na manga do uniforme. — Não me diga que você está desobedecendo a uma ordem direta.

— O tenente me deu uma ordem direta diferente — Ivan se defende.

— E o que ele diz é mais importante que o que o presidente diz, é? — o Ruivo pergunta.

— Ah, qual é! — Ivan grita. — Quantos aqui receberam essa tarefa como um tipo de punição?

Isso cala a boca deles por um instante.

— Você é um idiota se acha que vou seguir um garoto contra o presidente — fala o Barrigão.

— Prentiss *sabe* de coisas — fala o Ruivo. — Coisas que não devia.

— Ele mandaria atirar em nós — outro soldado declara, um alto e pálido.

— E quem iria atirar? — Ivan pergunta. — O exército está todo longe, lutando a guerra, enquanto o presidente fica sentado em sua catedral explodida esperando que eu apareça com Todd.

— O que ele está fazendo lá? — pergunta o Ruivo. — Por que não está com o exército?

— Não é o estilo dele — respondo.

Todos voltam a olhar pra mim.

— O prefeito não luta. Ele governa, ele lidera, mas não puxa nenhum gatilho nem suja as mãos — declaro.

Angharrad sente meu nervosismo e chega um pouco pro lado.

— Ele tem outras pessoas pra fazer isso por ele — concluo.

Além disso, tento esconder em meu Ruído, *ele quer conversar comigo*.

O que, de certa maneira, parece pior que a guerra.

— E você vai derrubar ele, é isso? — o cabo pergunta, cruzando os braços.

— Ele é só um homem — digo. — Um homem pode ser derrotado.

— Ele é mais que um homem — o Ruivo fala. — As pessoas dizem que ele usa o Ruído como arma.

— E, se você se aproximar demais dele, ele pode controlar sua mente — acrescenta o Pálido.

Ivan zomba.

— Isso é tudo história pra boi dormir. Ele não consegue fazer nada disso...

— Consegue, sim — digo, e mais uma vez todos os olhos se focam em mim. — Ele pode golpear você com o Ruído, e dói pra caramba. Ele pode ver dentro da sua mente e tentar forçar você a fazer e dizer o que ele quiser. É, ele pode fazer isso tudo.

Eles agora estão me encarando, se perguntando quando vou chegar na parte útil.

— Mas acho que ele precisa olhar nos olhos pra fazer isso...

— Você *acha*? — pergunta o Ruivo.

— O golpe do Ruído não é fatal, e ele só consegue fazer isso com uma pessoa de cada vez. Ele não pode derrotar todos nós, não se atacarmos ao mesmo tempo.

Mas eu também estou escondendo em meu Ruído como o Ruído dele estava mais forte quando ele me atingiu na Arena há pouco, como estava mais potente.

Ele andou treinando aquilo, aprimorando as armas.

— Não importa — diz o Pálido. — Ele vai ter os próprios guardas. Estaríamos indo na direção da nossa morte.

— Ele vai estar esperando que vocês me escoltem — digo. — Podemos passar direto pelos guardas e ir até onde ele está esperando.

— E por que deveríamos seguir você, *tenente*? — o cabo pergunta, sarcástico em relação a minha patente. — O que nós ganhamos com isso?

— Liberdade da tirania! — Ivan grita.

O cabo revira os olhos. Ele não é o único.

Ivan faz outra tentativa:

— Porque assim que ele for derrotado, *nós* assumimos.

Menos gente revira os olhos dessa vez, mas o Pálido provoca:

— Alguém quer ser governado pelo presidente Ivan Farrow?

O objetivo era fazer as pessoas rirem, mas ele não consegue.

— O que acham de presidente Hewitt? — Ivan sugere, e me encara com um brilho estranho no olhar.

O cabo Barrigão zomba, repetindo:

— Ele é um *garoto*.

— Não. Não mais.

— Ele é o único disposto a ir atrás do presidente — Ivan argumenta. — Isso significa *alguma coisa*.

Os guardas olham de um pro outro. Posso ouvir todas as perguntas no Ruído deles, as dúvidas chacoalhando, um medo confirmando o outro. No Ruído deles, escuto a ideia ser derrotada.

Mas no Ruído deles também escuto como ela pode ser salva.

— Se vocês me ajudarem eu consigo a cura pra vocês.

Todos se calam na hora.

— Você consegue fazer isso? — pergunta o Ruivo.

— Não — o cabo diz. — Ele está blefando.

— O estoque é guardado nos porões da catedral — respondo. — Eu vi o próprio prefeito guardar lá.

— Por que você continua a chamar ele de *prefeito*? — pergunta o Pálido.

— Venham comigo. Me ajudem a fazer ele prisioneiro, e cada homem aqui vai receber toda a cura que puder carregar.

Eles agora estão me escutando.

— Já passou da hora de Refúgio se tornar Refúgio outra vez — declaro.

— Ele tirou a cura do exército inteiro — Ivan diz. — A gente derruba o presidente, dá a cura a eles, e quem você acha que eles vão começar a obedecer?

— Não vai ser você, Ivan.

— Não. — Ele me lança de novo aquele olhar. — Mas podia ser *ele*.

Os homens olham pra mim no alto de Angharrad com meu rifle, meu uniforme empoeirado, meu plano e minhas promessas. Há uma agitação no Ruído deles enquanto cada homem pergunta a si mesmo se está desesperado o suficiente pra aproveitar a oportunidade.

Penso em Viola sentada na Arena, penso nela sentada ali como tudo o que quero salvar, penso nela como tudo pelo que eu faria qualquer coisa.

Eu penso nela e sei exatamente como convencer esses homens.

— Todas as mulheres foram marcadas. Quem vocês acham que vão ser os próximos?

Lee está terminando de enrolar a última atadura nos pés de Viola quando volto, e o rosto dela parece estar com muito menos dor.

— Você consegue ficar de pé? — pergunto.

— Só um pouco.

— Não importa. Angharrad está lá fora. Ela vai levar você e Lee pra encontrar a Resposta.

— E você? — Viola pergunta enquanto senta.

— Eu vou enfrentar ele. Vou derrubar ele.

As costas dela ficam retas *na hora*.

— Eu vou com você — Lee fala na mesma hora.

— Não vai, não — digo. — Você vai avisar à Resposta pra cancelar o ataque *e* vai contar a eles exatamente como mestra Coyle trabalha.

A boca de Lee está bem fechada, mas vejo seu Ruído agitado de raiva por causa da bomba. Ele também teria morrido.

— Viola disse que você não consegue matar.

Olho feio pra ela. Ela tem a decência de desviar o olhar.

— Eu vou matar ele — Lee diz. — Vou matar ele pelo que fez com a minha irmã e a minha mãe.

— Se vocês não alertarem a Resposta, vai haver muito mais gente morta por causa dele — insisto.

— Ele pode *matar* mestra Coyle — fala Lee, mas já posso ver outras pessoas se agitando em seu Ruído, Wilf e Jane e outros homens e outras mulheres e Viola e Viola e Viola e Viola.

— O que você vai fazer, Todd? — ela pergunta. — Você não pode enfrentar ele sozinho.

— Não vou estar sozinho. Consegui alguns guardas pra ir comigo.

Os olhos de Lee se arregalam.

— Você *o quê*?

Eu sorrio.

— Comecei um pequeno motim.

— Quantos? — Lee pergunta, ainda sério.

Eu hesito.

— Sete. Não consegui convencer todo mundo.

Viola fica pasma.

— Você vai enfrentar o prefeito com sete homens?

— Vou tentar. A maioria do exército está indo pra grande batalha. O prefeito está *esperando* por mim. É o menos protegido que ele vai ficar.

Viola me observa por um segundo, então apoia uma das mãos no ombro de Lee e a outra no meu, e se levanta. Vejo que ela se contrai de dor, mas Lee apertou bem as ataduras, e mesmo que elas não sejam pra consertar ossos e essas coisas, pelo menos permitem que ela fique de pé por um ou dois segundos.

— Eu vou com você — ela diz.

— Não vai, não — digo.

Ao mesmo tempo, Lee grita:

— De jeito nenhum!

Ela fica com uma expressão determinada.

— E o que faz vocês dois pensarem que têm direito a dar opinião sobre o assunto?

— Você não consegue andar — digo.

— Você tem um cavalo — ela lembra.

— É sua chance de ir ficar em *segurança* — insisto.

— Ele está esperando *nós dois*, Todd. Se você for para lá sem mim, seu plano termina antes mesmo de começar.

Ponho as mãos nos quadris, pensativo.

— Você mesma disse que o prefeito vai usar você contra mim se tiver a oportunidade.

Ela engole em seco quando experimenta colocar o peso do corpo no tornozelo.

— Então é melhor que seu plano funcione, não é?

— Viola… — começa Lee, mas ela lança um olhar que faz ele desistir na metade da frase.

— Encontre a Resposta, Lee. Avise a eles. Você não tem muito tempo.

— Mas…

— *Vá* — ela repete, com mais firmeza.

Nós dois vemos Viola ficar mais forte no Ruído dele, nós dois *sentimos* o quanto Lee não quer deixar ela. É algo tão intenso que tenho que tirar os olhos dele.

Mas isso também me deixa com vontade de bater nele.

— Eu não vou deixar Todd. Não agora que reencontrei ele. Desculpa, Lee, mas é isso.

Lee dá um passo pra trás, sem conseguir manter a mágoa fora de seu Ruído. A voz de Viola fica mais suave.

— Desculpa — ela repete.

— Viola… — Lee fala.

Mas ela está balançando a cabeça.

— O prefeito acha que sabe tudo. Ele acha que sabe o que vai acontecer. Ele está lá sentado apenas *esperando* que eu e Todd, que a gente apareça para tentar detê-lo.

Lee tenta interromper, mas ela não deixa e continua:

— Mas o que ele está esquecendo… O que ele está esquecendo é que eu e Todd fugimos por metade deste planeta juntos, *sozinhos*. Nós derrotamos o pregador mais louco dele. Fomos mais rápidos que um exército inteiro, sobrevivemos tendo levado tiros e sendo espancados e perseguidos, e, caramba, nós *ficamos vivos* esse tempo inteiro sem acabarmos sendo explodidos nem torturados até a morte nem morrermos em batalha nem nada.

Ela tira a mão do ombro de Lee, de modo que fica equilibrada apenas em mim.

— Eu e Todd? Juntos contra o prefeito? — Ela sorri. — Ele não tem a menor chance.

38

A MARCHA PARA A CATEDRAL

{VIOLA}

— VOCÊ ESTAVA FALANDO SÉRIO quando disse aquilo tudo lá dentro? — pergunta Todd, puxando a correia da sela. Sua voz está baixa, e ele está mantendo os olhos nos apetrechos do cavalo. — Sobre ele não ter a menor chance contra a gente?

Eu dou de ombros.

— Isso ajudou, não ajudou?

Todd sorri consigo mesmo.

— Preciso ir falar com os homens.

Ele aponta com a cabeça para Lee, que está parado longe de nós com as mãos no bolso, nos observando conversar.

— Tenta tornar as coisas fáceis pra ele, tá bem?

Todd acena para Lee e vai até onde nossa escolta de sete soldados está reunida perto do grande portão de pedra. Lee se aproxima.

— Você tem certeza disso?

— Não, mas tenho certeza em relação a Todd — digo.

Ele solta o ar pelo nariz com força, olhando para o chão, tentando manter o Ruído sem revelar nada.

— Você ama ele.

Não é uma pergunta, apenas uma afirmação.

— Eu amo.

Também uma afirmação.

— *Desse* jeito?

Nós dois olhamos para Todd. Ele está gesticulando e informando aos homens os nossos planos e o que eles devem fazer.

Está parecendo um líder.

— Viola? — pergunta Lee.

Eu me viro de novo para ele.

— Você precisa encontrar a Resposta antes que o exército os encontre, Lee. Isso se você conseguir encontrá-los.

Ele franze a testa.

— Eles podem não acreditar em mim em relação a mestra Coyle. Muitas pessoas precisam que ela tenha razão.

— Bom... — digo, pegando delicadamente as rédeas da égua.

Menino potro?, pensa ela, observando Todd também.

— Pense nisso da seguinte maneira — continuo. — Se você conseguir chegar a eles e nós conseguirmos dar conta do prefeito, isso tudo pode acabar hoje.

Lee aperta os olhos na direção do sol.

— E se vocês não derem conta dele?

Eu tento sorrir.

— Bom, aí você vai ter que vir em nosso resgate, não é?

Ele tenta retribuir o sorriso.

— Estamos prontos — avisa Todd, voltando.

— Então é isso — digo.

Todd estende a mão para Lee.

— Boa sorte.

Lee aperta a mão dele e fala:

— Para você também.

Mas ele está olhando para mim.

* * *

Depois que Lee partiu para a floresta, correndo para subir os morros e interceptar a Resposta antes que o exército fizesse isso, o resto de nós começa nossa marcha pela estrada. Todd conduz Angharrad, que não para de repetir **menino potro** em seu Ruído, nervosa por ter uma pessoa nova montada nela. Todd murmura coisas para mantê-la calma, esfregando seu focinho e acariciando seu flanco conforme avançamos.

— Como você está se sentindo? — pergunta ele quando nos aproximamos do primeiro conjunto de alojamentos.

— Meus pés doem. Minha cabeça também. — Esfrego a manga que esconde a fita. — E meu braço.

— E além disso?

Ele sorri.

Eu olho para os guardas à nossa volta, marchando em formação, como se estivessem realmente escoltando a mim e a Todd para o prefeito como foi ordenado: Ivan e mais um na frente, dois atrás, dois à minha direita e o último à minha esquerda.

— Você acredita que podemos derrotá-lo? — pergunto a Todd.

— Bom — diz ele, e ri baixinho —, nós vamos fazer isso, não vamos?

Vamos.

Nós seguimos pela estrada e entramos em Nova Prentisstown.

— Vamos acelerar — diz Todd, um pouco mais alto.

Os homens apertam o passo.

— Está deserta — sussurra o guarda de cabelo bem ruivo quando passamos por áreas com cada vez mais construções.

Construções, mas não pessoas.

— Não está deserta — diz outro guarda, o da barriga grande. — Tem pessoas se escondendo.

— É assustador sem o exército — comenta o ruivo. — Sem soldados marchando pelas ruas.

— *Nós* estamos marchando — diz Ivan. — Também somos soldados.

Passamos por casas com janelas bem fechadas, lojas com persianas trancadas, estradas sem carroças ou motociclos de fissão, nem mesmo pessoas andando. É possível ouvir o **RONCO** de trás das portas, mas está com metade do volume.

E é carregado de *medo*.

— Eles sabem que a hora está chegando — comenta Todd. — Sabem que isso pode ser a guerra pela qual estavam esperando.

Eu olho ao redor do alto de Angharrad. Nenhuma casa está com a luz acesa, nenhum rosto espia pelas janelas, ninguém está nem curioso para saber o que esse bando de guardas está fazendo em torno de um cavalo carregando uma garota com os pés enfaixados.

Então a estrada faz uma curva, e a catedral aparece.

— Minha nossa! — exclama o guarda de cabelo ruivo quando paramos.

— Vocês sobreviveram a *isso*? — pergunta o barrigudo para Todd, e dá um assovio de admiração. — Talvez vocês *tenham* algo de divino.

A torre do sino ainda está de pé, embora seja difícil saber como, equilibrada no alto de uma escadaria instável de tijolos. Duas paredes do prédio principal também estão de pé, incluindo a que tem um círculo de vidro colorido.

Mas o resto...

O resto é apenas um monte de pedras e poeira.

Mesmo de trás dá para ver que a maior parte do telhado caiu e que grandes áreas de duas paredes explodiram sobre a rua e a praça à frente. Arcos se inclinam em um desequilíbrio perigoso, portas foram arrancadas nas dobradiças e a maioria da parte interna está exposta para o mundo, recebendo o resto de sol enquanto ele segue na direção do horizonte.

E não há nenhum guarda de vigia.

— Ele está desprotegido? — pergunta o ruivo.

— Isso parece algo que ele faria — comenta Todd, olhando fixamente para a catedral como se pudesse ver através das paredes e achar o prefeito.

— Se é que ele está aí dentro — diz Ivan.

— Ele está — garante Todd. — Confiem em mim.

O soldado ruivo começa a voltar pela estrada.

— De jeito nenhum — diz ele. — Estamos indo direto para a morte, rapazes. De jeito nenhum.

E, com uma última expressão assustada no rosto, ele volta correndo por onde viemos.

Todd dá um suspiro.

— Mais alguém?

Os homens se entreolham, seus Ruídos se perguntando por que resolveram se juntar a nós.

— Ele vai botar a fita de metal em vocês — diz Ivan.

Ele aponta para mim com a cabeça. Eu levanto a manga da camisa e mostro a eles. A pele ainda está vermelha e quente. Acho que é uma infecção. Os cremes de primeiros socorros não estão funcionando como deveriam.

— E depois ele vai escravizá-los — continua Ivan. — Não sei quanto a vocês, mas não foi para isso que eu entrei no exército.

— E *por que* você entrou? — pergunta outro guarda, mas está claro que ele não quer uma resposta.

— Nós derrubamos ele — diz Ivan. — E viramos heróis.

— Heróis com a cura — acrescenta o barrigudo, assentindo. — E quem controla a cura...

— Chega de falação — diz Todd, e ouço o desconforto em seu Ruído a respeito da direção que a conversa está tomando. — Nós vamos fazer isso ou não?

Os homens se entreolham.

E Todd levanta a voz.

Ele a levanta para que seja o tipo de voz que comanda.

Ele a levanta de modo que até *eu* olho para ele.

— Eu perguntei se estamos *prontos*.

— Sim, senhor — dizem os homens, parecendo quase surpresos ao ouvir aquelas palavras deles próprios.

— Então vamos — instrui Todd.

E os homens começam a marchar outra vez, *passo passo passo*, triturando o cascalho solto espalhado pela estrada, que desce uma pequena ladeira, atravessa a cidade e segue na direção da catedral, que fica maior e maior à medida que nos aproximamos.

Passamos por algumas árvores e olho à esquerda, para as colinas no horizonte ao sul.

— Meu Deus — diz o Barrigudo.

Mesmo daqui é possível ver o exército marchando ao longe, um único braço negro se retorcendo por uma trilha estreita demais para eles, até o cume do morro com a fenda no alto, subindo até onde vão encontrar a Resposta.

Eu olho para o sol se pondo.

— Talvez uma hora — calcula Todd ao perceber o que estou fazendo. — Provavelmente menos.

— Lee não vai alcançá-los a tempo — digo.

— Talvez alcance. Deve ter atalhos.

A serpente do exército rasteja encosta acima. Há tantos soldados que, se ocorrer um confronto direto, não tem como a Resposta conseguir enfrentá-los.

— Não podemos falhar — digo.

— Não vamos falhar — confirma Todd.

E chegamos à catedral.

Marchamos pela lateral. É ali que a maior parte do estrago foi feita, toda a parede norte desabou direto sobre a estrada.

— Vocês se lembrem que estão levando dois prisioneiros para ver o presidente seguindo as ordens dadas — murmura Todd para os homens enquanto passamos por cima dos escombros. — Ninguém precisa estar pensando em nada além disso.

Tiramos os destroços do caminho para seguirmos pela estrada. A pilha de pedras é tão alta que não é possível ver o interior da catedral. O prefeito pode estar ali dentro em qualquer lugar.

Fazemos a curva até onde era a frente, agora apenas um buraco aberto no saguão amplo e no santuário. A torre do sino e aquele círculo de vidro colorido ainda se erguem acima do resto. O sol, às nossas costas, atravessa exatamente aquela janela. Salas devassadas parecem cair das paredes mais altas, com os pisos desmoronando. Meia dúzia de pássaros vermelhos cisca procurando restos de alimento e coisa pior em meio às pedras. O restante da estrutura se apoia sobre si mesma, como se tivesse ficado cansada de repente e pudesse cair para descansar a qualquer momento.

E no interior de sua casca...

— Ninguém — diz Ivan.

— É por isso que não tem nenhum guarda — comenta o Barrigudo. — Ele está com o exército.

— Não está — diz Todd, olhando ao redor com o cenho franzido.

— Todd? — pergunto, sentindo alguma coisa...

— Ele *mesmo* nos mandou trazer Todd para cá — lembra Ivan.

— Então onde ele está? — pergunta o Barrigudo.

— Ah, eu estou aqui — diz o prefeito, saindo de uma sombra que parecia ser pequena demais para escondê-lo, dando quase a impressão de sair direto do tijolo, de sair de uma luz bruxuleante que o abrigaria dos olhos de todos.

— Mas que diabo...? — diz o Barrigudo, dando um passo para trás.

— Não, não o diabo — fala o prefeito, dando os primeiros passos sobre os escombros em nossa direção, as mãos abertas ao lado do corpo.

Todos os guardas apontam os rifles para ele. Ele nem parece estar armado.

E continua vindo.

— Não, não o diabo — repete, com um sorriso. — Algo muito pior.

— Para bem aí — manda Todd. — Estes homens aqui ficariam felizes em atirar em você.

— Sei disso. — O prefeito para no degrau mais baixo da entrada da catedral, apoiando o pé sobre uma pedra grande caída ali. — O cabo Farrow, por exemplo.

Ele aponta com a cabeça para Ivan.

— Ainda está furioso por ter sido punido pela própria incompetência.

— Você cale sua boca — retruca Ivan, concentrado no cano de seu rifle.

— Não olhem ele nos olhos — Todd se apressa em dizer aos homens. — Ninguém olha nos olhos dele.

O prefeito ergue as mãos devagar.

— Então eu vou ser seu prisioneiro?

Ele dá uma olhada para os soldados ao redor, para todas as armas apontadas em sua direção.

— Ah, sei, entendo. Vocês têm um plano. Devolver a cura às pessoas, se aproveitar do ressentimento delas para se estabelecerem no poder. É, *muito* inteligente.

— Não vai ser assim — diz Todd. — Você vai ordenar que o exército volte. Você vai deixar que todo mundo seja livre novamente.

O prefeito põe a mão no queixo, como se estivesse considerando o que ele falou.

— A questão, Todd, é que as pessoas na verdade não *querem* liberdade, por mais que fiquem se queixando disso. Não, o que acho que vai acontecer é o exército arrasar com a Resposta, os soldados que estão com você serem executados por traição, e eu, você e Viola termos aquela conversinha sobre seu futuro que falei que aconteceria.

Há um barulho alto quando Ivan engatilha o rifle.

— É de se esperar que você ache isso, não é? — indaga ele.

— Você é nosso prisioneiro e fim da história — diz Todd, pegando um pedaço de corda no alforje de Angharrad. — Só vamos ter que ver como o exército vai reagir a isso.

— Muito bem — concorda o prefeito, parecendo quase animado. — Mas eu devo mandar um de seus homens para o porão para que vocês comecem a tomar a cura agora mesmo. Posso ler todos os seus planos de maneira perfeitamente clara, e vocês não vão querer isso.

O Barrigudo olha para trás. Todd assente para ele, que sobe correndo os degraus, passando pelo prefeito.

— É só ir até o fundo e descer — indica o prefeito. — O caminho está bem claro.

Todd pega a corda e caminha na direção do prefeito, passando pelas armas apontadas para ele. Minhas mãos estão suando ao segurarem as rédeas.

Não pode ser assim tão fácil.

Não pode...

O prefeito estende os punhos, e Todd hesita, sem querer, na verdade, se aproximar dele.

— Se ele tentar qualquer gracinha, atirem — diz Todd sem olhar para trás.

— Com prazer — acata Ivan.

Todd leva a mão à frente e começa a enrolar a corda em torno dos punhos do prefeito.

Nós ouvimos passos no interior da catedral. O Barrigudo volta correndo, sem fôlego, seu Ruído revoltado.

— Você disse que estava no porão, *tenente.*

— Está — diz Todd. — Eu vi lá.

O Barrigudo balança a cabeça.

— Está vazio. Completamente vazio.

Todd se volta para o prefeito.

— Então você tirou de lá. Onde está?

— E se eu não disser? Vocês vão atirar em mim?

— Eu na verdade *prefiro* essa opção — opina Ivan.

— *Para onde você levou a cura?* — pergunta Todd com a voz grave, raivosa.

O prefeito olha para ele, em seguida ao redor para todos os homens, e finalmente para mim sobre o cavalo.

— Era com você que eu estava preocupado — comenta ele. — Mas você mal consegue andar, não é?

— Não olha pra ela! — explode Todd, aproximando-se dele. — Você mantenha seus olhos imundos *longe* dela.

O prefeito volta a sorrir, com as mãos ainda estendidas, amarradas de maneira frouxa.

— Muito bem — diz ele. — Vou contar a você.

Ele olha mais uma vez ao redor para todo mundo, ainda sorrindo.

— Eu queimei a cura. Depois que, infelizmente, os Spackle se foram, não havia mais necessidade, por isso eu queimei até o último comprimido, até a última planta da qual os comprimidos eram feitos, e aí explodi o laboratório de processamento e botei a culpa na Resposta.

Há um silêncio chocado. É possível ouvir o **RONCO** do exército ao longe, subindo aquele morro em marcha, seguindo na direção de seu objetivo.

— Você é um *mentiroso* — diz Ivan por fim, aproximando-se dele com a arma ainda erguida. — E, ainda por cima, um mentiroso estúpido.

— Não podemos ouvir seu Ruído — argumenta Todd. — Você não pode ter queimado tudo.

— Ah, mas Todd, meu filho... — o prefeito diz, balançando a cabeça. — Eu nunca tomei a cura.

Mais silêncio. Ouço suspeitas crescendo no Ruído dos homens. Vejo até alguns deles recuarem pensando no poder do prefeito, pensando no que ele pode fazer. Talvez ele *possa* controlar o próprio Ruído. E se ele pode fazer *isso*...

— Ele está mentindo — digo, ao me lembrar das palavras de mestra Coyle. — Ele é o presidente das mentiras.

— Bom, pelo menos você finalmente me chamou de *presidente* — comenta o prefeito.

Todd dá um empurrão nele.

— Conte onde está a cura.

O prefeito cambaleia um passo para trás, em seguida recupera o equilíbrio. Ele olha ao redor para todos nós. Ouço o Ruído de todo mundo crescendo, principalmente o de Todd, vermelho e alto.

— Eu não minto, cavalheiros — declara o prefeito. — Se vocês tiverem a disciplina necessária, o Ruído pode ser controlado. Pode ser silenciado. — Ele olha ao redor para cada um de nós, o sorriso reaparecendo. — Ele pode ser usado.

EU SOU O CÍRCULO E O CÍRCULO SOU EU, escuto.

Mas não consigo saber se é do Ruído dele...

Ou do de Todd.

— Eu já ouvi o suficiente! — grita Ivan.

— Sabe de uma coisa, soldado Farrow? — pergunta o prefeito. — Eu também.

E é nesse momento que ele ataca.

39

SEU PRÓPRIO PIOR INIMIGO

[TODD]

SINTO O PRIMEIRO GOLPE de Ruído passar por mim, um zunido de palavras concentradas, sono e imagens passando muito rápido por cima do meu ombro, na direção dos homens com rifles. Eu me encolho e me lanço no chão…

Porque os homens começam a disparar…

E estou bem no caminho. Escuto Viola gritar:

— Todd!

Mas os rifles estão disparando e os homens estão gritando, e rolo pelos escombros, batendo com o ombro. Eu viro de repente e vejo o cabo Barrigão de joelhos diante de Angharrad, de costas pra mim, as mãos nos lados da cabeça, no chão, gritando mas sem dizer uma palavra. Viola olha ele e se pergunta o que diabo está acontecendo. Outro guarda caiu de costas com os dedos nos olhos, como se estivesse tentando arrancá-los, e um terceiro está inconsciente, de bruços. Outros dois já estão correndo na direção da cidade.

O Ruído sai voando do prefeito, mais alto e mais forte do que qualquer coisa que eu tenha visto antes.

Muito mais alto que na Secretaria da Pergunta.

Capaz de derrubar cinco homens de uma vez.

Só Ivan permanece de pé, com uma das mãos no ouvido e a outra tentando apontar o rifle pro prefeito, mas ele agita a arma de maneira perigosa de um lado pro outro...

BANG

Uma bala atinge o chão em frente aos meus olhos, jogando poeira e terra neles...

BANG

Outra ricocheteia nas pedras no fundo da catedral...

— IVAN! — grito.

BANG

— Para de atirar! Você vai matar todos nós!

BANG

Seu rifle dispara perto da cabeça de Angharrad. Ela empina, e vejo Viola agarrar as rédeas, surpresa, segurando elas como se sua vida dependesse disso...

Então vejo que o prefeito está avançando e avançando e avançando...

Os olhos focados nos homens que está atacando...

Ele passa por mim...

E eu nem penso...

Salto do chão pra deter ele...

E ele vira e lança seu Ruído bem na minha direção...

O mundo fica todo claro, dolorosamente claro, como se todos pudessem ver o quanto de dor você sente, todos observando e rindo e não há lugar onde se esconder e as palavras **VOCÊ NÃO É NADA VOCÊ NÃO É NADA VOCÊ NÃO É NADA** estão todas compactadas, como uma bala, e atravessam você, contando tudo o que tem de errado com você, tudo que você já fez de ruim na vida, dizendo que você é inútil, que você é um pedaço de sujeira, **VOCÊ NÃO É NADA**, sua vida não tem sentido nem função nem propósito e você devia apenas derrubar as paredes que fazem de você

você, destruindo quem você é, ou então morrer, ou então desistir, um presente pra dar praquele que pode salvar você, um presente pro homem que pode controlar você, que pode tomar tudo, que pode fazer tudo ficar bem ficar bem ficar bem...

Mas nem o Ruído pode parar um corpo quando ele está em movimento.

Sinto todas essas coisas e ainda estou voando na direção do prefeito, ainda atinjo ele e ainda derrubo ele nos degraus da catedral.

O prefeito solta um grunhido quando o ar é expulso do corpo, e o ataque do Ruído para por um segundo. O cabo Barrigão dá um grito e cai, Ivan está respirando com dificuldade e Viola está chamando:

— Todd!

Então uma mão segura meu pescoço, obriga minha cabeça a levantar, e o prefeito me olha bem nos olhos...

E dessa vez ele me atinge com toda a força.

— Me dê o rifle! — o prefeito grita, parado ao lado de Ivan, que está agachado no chão abaixo dele, com a mão no ouvido de novo, mas com o rifle ainda apontado para o prefeito. — Me dê!

Eu pisco, com sujeira e poeira nos olhos, me perguntando por um segundo onde estou...

VOCÊ NÃO É NADA VOCÊ NÃO É NADA VOCÊ NÃO É NADA

— Me dê o rifle, *soldado*!

O prefeito está gritando com Ivan, atingindo ele várias vezes com explosões de Ruído, e Ivan está afundando no chão...

Mas seu rifle ainda está apontado...

— Todd!

Vejo patas de cavalo ao meu lado. Viola ainda está em Angharrad.

— Todd, acorde! — Viola grita.

Eu olho pra ela.

— Graças a Deus — ela berra, e dá pra ver a frustração em seu rosto. — Meus pés malditos! Eu não posso descer da droga do cavalo!

— Eu tô bem — digo, embora não tenha certeza que estou, e eu levanto com a cabeça girando.

VOCÊ NÃO É NADA VOCÊ NÃO É NADA VOCÊ NÃO É NADA

— Todd, o que está acontecendo? — Viola pergunta enquanto eu agarro uma rédea pra me ajudar a ficar de pé. — Eu escuto Ruído, mas...

— O rifle! — o prefeito grita, aproximando-se de Ivan. — Agora!

— Nós precisamos ajudar ele... — digo.

Mas eu me encolho diante do ataque mais forte até então...

Um flash de Ruído tão branco que quase dá pra ver o ar se curvar entre o prefeito e Ivan...

E Ivan dá um grunhido forte e morde a língua...

Sangue escorre de sua boca...

Antes dele gritar como uma criança e cair pra trás...

Largando o rifle...

Largando o rifle bem nas mãos do prefeito.

O prefeito pega o rifle, engatilha e aponta com um único movimento fluido. Ivan fica caído se retorcendo no chão.

— O que foi isso que aconteceu? — Viola pergunta, e parece estar com raiva demais pra se preocupar com o rifle.

Eu levanto as mãos no ar, ainda segurando as rédeas.

— Ele pode usar o Ruído — explico, mantendo os olhos nele. — Ele pode usar o Ruído como uma arma.

— Isso mesmo — o prefeito confirma, voltando a sorrir.

— Eu só ouvi gritos — ela fala, olhando pros homens que tombaram no chão, ainda respirando, mas desmaiados. — O que você quer dizer com arma?

— A verdade, Viola — o prefeito responde. — A melhor arma de todas. Você fala a um homem a verdade sobre si mesmo e, bom...

O prefeito cutuca Ivan com a bota.

— Ele descobre que tem problemas em aceitá-la.

Então franze o cenho.

— Mas não dá para matá-lo com a verdade.

Ele torna a olhar pra gente.

— Pelo menos ainda não.

— Mas... — Ela não está acreditando naquilo. — Como? Como você...?

— Acredito em duas máximas, minha cara garota — o prefeito diz, vindo lentamente em nossa direção. — Primeira: se você consegue se controlar, consegue controlar os outros. Segunda: se você consegue controlar a *informação*, consegue controlar os outros. — Ele sorri, e seus olhos brilham. — É uma filosofia de vida que tem funcionado muito bem para mim.

Eu penso em Hammar. No sr. Collins. No cântico que eu ouvia vindo da casa do prefeito em Prentisstown.

— Você ensinou pros outros — concluo. — Os homens de Prentisstown. Você ensinou eles a controlar o próprio Ruído.

— Com diferentes graus de sucesso. Mas nenhum de meus oficiais jamais tomou a cura. Por que fazer isso? É uma fraqueza depender de uma droga.

Ele está quase nos alcançando.

— Eu sou o Círculo e o Círculo sou eu — digo.

— É, você teve, sem dúvida, um início impressionante, não teve, Todd? Se controlando enquanto fazia com aquelas mulheres as coisas mais absurdas.

Meu Ruído fica vermelho.

— Você *cala a sua boca* e não fala nisso — digo. — Eu só tava fazendo o que você mandou...

— *Eu só estava seguindo ordens* — o prefeito zomba. — A desculpa que os canalhas usam, desde o princípio dos tempos.

Ele para a dois metros de nós, o rifle apontado firme pro meu peito.

— Por favor, ajude-a a descer do cavalo, Todd.

— O quê? — digo.

— Acredito que os tornozelos dela estão machucados. Ela vai precisar da sua ajuda para andar.

Ainda estou segurando as rédeas. Tenho um pensamento que procuro enterrar.

Menino potro?, Angharrad pergunta.

— Eu garanto a você, Viola, que se pensar em fugir nesse belo animal, vou meter mais de uma bala em Todd.

Ele vira de novo pra mim.

— Por mais que eu não queira fazer isso.

— Se você deixar ela ir, faço o que você quiser — digo.

— Onde foi que eu já ouvi isso? — ele pergunta. — Ajude ela a descer.

Eu hesito, me perguntando se devia dar um tapa no flanco de Angharrad mesmo assim, me perguntando se devia fazer Viola sair correndo pra longe, me perguntando se conseguiria salvar ela...

— Não — Viola diz, e ela já está passando uma perna pro outro lado da sela. — De jeito nenhum. Eu não vou deixar você.

Eu tomo seus braços e ajudo ela a descer. Viola precisa se apoiar em mim pra ficar de pé, mas eu sustento ela.

— Esplêndido — o prefeito diz. — Agora vamos entrar e ter aquela conversa.

— Vamos começar com o que eu sei.

Ele nos trouxe pro que era a sala onde ficava a janela de vidro colorido, mas que agora está sem paredes de dois lados. A janela continua lá em cima, olhando pra baixo, mas olhando pra escombros.

Olhando pruma pequena área limpa com uma mesa quebrada e duas cadeiras.

Onde eu e Viola nos sentamos.

— Eu sei, por exemplo, que você não matou Aaron, Todd, que você nunca deu seu último passo na direção de se tornar um homem, que foi Viola quem enfiou a faca nele.

Viola segura meu braço e aperta com força, pra me fazer entender que não tem problema ele saber disso.

— Sei que Viola contou a você que a Resposta estava escondida perto do mar quando deixei que fugisse para ir falar com ela.

Meu Ruído aumenta outra vez, com raiva e constrangimento. Viola aperta meu braço com mais força.

— Sei que vocês mandaram o garoto chamado Lee para alertar a Resposta. — Ele se apoia na mesa quebrada. — E é claro que também sei o local e a hora exatos do ataque.

— Você é um monstro — digo.

— Não. Sou apenas um líder. Sou apenas um líder que consegue ler todos os seus pensamentos: os que você tem sobre si mesmo, sobre Viola, sobre mim, sobre esta cidade, sobre os segredos que você acha que está guardando. Eu posso ler *tudo*, Todd. Você não está prestando atenção.

Ele ainda segura o rifle, observando nós dois sentados à sua frente.

— Eu soube tudo sobre o ataque da Resposta hoje de manhã antes mesmo de você abrir a boca.

Minhas costas ficam mais retas na cadeira.

— Você o quê?

— Mandei o exército se reunir antes mesmo de começarmos a Perguntar a Viola.

Eu começo a levantar.

— Você torturou ela à toa?

— Sente-se — o prefeito manda, e um pequeno flash vindo dele enfraquece meus joelhos, a ponto deu voltar a me sentar na mesma hora. — Não foi à toa, Todd. A essa altura você já devia me conhecer bem o suficiente para saber que eu não faço *nada* à toa.

Ele se ergue da mesa quebrada, mostrando mais uma vez que gosta de andar enquanto fala.

— Você é completamente transparente para mim, Todd. Desde nosso primeiro encontro de verdade, aqui nesta sala, até você sentado à minha frente hoje. Eu sempre soube de tudo. *Sempre*. — Ele vira pra Viola. — Ao contrário dessa sua amiguinha aqui, que é um pouco mais resistente do que eu esperava.

Viola franze o cenho. Se ela tivesse o Ruído, tenho certeza que estaria golpeando um pouco o prefeito.

Então me ocorre...

— Nem tente — o prefeito avisa. — Você não está nem perto de estar tão avançado. Até o capitão Hammar ainda precisa dominar essa parte. Você só ia acabar se machucando muito. — Ele me encara de novo. — Mas você *poderia* aprender, Todd. Você poderia ir muito, muito além de onde foram aqueles pobres imbecis que vieram comigo de Prentisstown. O pobre sr. Collins mal conseguia ser mais que um mordomo, e o capitão Hammar é apenas mais um sádico, sem nada de mais. Porém você, Todd, *você*... — Seus olhos brilham. — Você seria capaz de liderar exércitos.

— Eu não quero liderar exércitos.

Ele sorri.

— Você pode acabar não tendo escolha.

— Sempre existe uma escolha — interrompe Viola ao meu lado.

— Ah, as pessoas gostam de dizer isso — o prefeito fala. — Faz com que se sintam melhor. — Ele se aproxima de mim, os olhos fixos nos meus. — Mas eu tenho observado você, Todd. O garoto que não consegue matar outro homem. O garoto que arriscaria a própria vida para salvar sua amada Viola. O garoto que sentia tanta culpa pelas coisas horríveis que estava fazendo que tentava abafar todos os sentimentos. O garoto que ainda sentia toda a dor, toda a pontada de sofrimento que via no rosto das mulheres que marcava. — Ele se inclina pra perto do meu rosto. — O garoto que se recusou a perder a alma.

Eu sinto ele. O prefeito está no meu Ruído agora, andando por ali, fuçando as coisas, revirando a sala dentro da minha cabeça.

— Eu fiz coisas ruins — digo, sem nem ter a intenção de falar.

— Mas você *sofre* por elas, Todd. — Sua voz está mais suave, quase gentil. — Você é seu próprio pior inimigo e se pune muito mais do que eu jamais conseguiria. Homens têm Ruído e para lidar com isso se tornam um pouco mortos por dentro, mas, mesmo quando quer agir assim, *você* não consegue. Nunca conheci um homem que sentisse tanto quanto você *sente*, Todd.

— Cala a boca — digo, tentando afastar os olhos, mas sem conseguir.

— Isso torna você *poderoso*, Todd Hewitt. Neste mundo de apatia e excesso de informação, a habilidade de sentir, meu garoto, é mesmo um dom raro.

Eu levo as mãos aos ouvidos, mas ainda consigo escutar ele na minha cabeça.

— Você foi o único que não consegui domar, Todd. O único que não sucumbiu. O único que permanece inocente, não importa o sangue em suas mãos. O único que *ainda* me chama de prefeito em seu Ruído.

— Eu não sou inocente! — grito, ainda tapando os ouvidos.

— Você poderia governar comigo. Poderia ser meu braço direito. E, quando aprender a controlar o próprio Ruído, você poderia ter até mesmo mais poder que *eu*.

Então as palavras atravessam todo o meu corpo, como trovões.

EU SOU O CÍRCULO E O CÍRCULO SOU EU.

— Pare! — ouço Viola gritar, mas o som está a quilômetros de distância.

O prefeito bota a mão no meu ombro.

— Você podia ser meu filho, Todd Hewitt. Meu herdeiro legítimo e verdadeiro. Eu sempre quis um que não fosse...

— Pai?

Todos nós ouvimos isso, cortando tudo como uma bala atravessando a neblina.

O Ruído em minha cabeça para, o prefeito recua de repente, e sinto como se eu conseguisse voltar a respirar.

Davy está parado atrás de nós, uma das mãos segurando o rifle. Ele subiu os degraus com Armadilha Mortal e está olhando por cima dos escombros pra nós três.

— O que está acontecendo? Quem são aqueles homens lá no chão?

— O que você está fazendo aqui? — o prefeito retruca, franzindo o cenho. — O exército já venceu a batalha?

— Não, pai — Davy responde, subindo pelos escombros em nossa direção. — Foi um truque.

Davy desmonta ao lado da minha cadeira.

— Oi, Todd — ele diz, e faz uma saudação com a cabeça pra mim.

Então dá uma espiada em Viola, mas não consegue sustentar o olhar que ela dá.

— O *que* foi um truque? — o prefeito pergunta, mas ele já está parecendo com raiva.

— A Resposta não vem pelo morro — Davy diz. — Nós marchamos e avançamos muito na floresta, mas não tem nenhum sinal do grupo, em lugar nenhum.

Ouço Viola arfar baixo, um pouco de uma surpresa contente escapando dela, apesar de seu esforço para controlá-la.

O prefeito olha pra ela com ferocidade, o rosto pensando e pensando.

Ele ergue o rifle pra ela.

— Tem alguma coisa que você gostaria de nos contar, Viola?

40

NADA MUDA. TUDO MUDA

{VIOLA}

TODD JÁ ESTÁ DE PÉ e fora da cadeira, parado entre mim e o prefeito, o Ruído tão alto e furioso que o prefeito dá um passo para trás, admirado.

— Está vendo o seu poder, meu garoto? Foi por isso que você assistiu a ela ser Perguntada. Seu sofrimento o torna *forte*. Eu vou lhe ensinar a controlá-lo, e juntos nós vamos...

— Se você machucar ela eu arranco todos os membros do seu corpo — diz Todd, devagar e pronunciando as palavras com precisão.

O prefeito sorri.

— Eu acredito em você. — Ele ergue o rifle e continua: — Mas...

— Todd — chamo.

Ele se vira para mim e diz:

— É assim que ele ganha. Colocando um de nós contra o outro. Exatamente como você falou. Bem, isso acaba aqui...

— Todd...

Eu estou tentando me levantar, mas meus malditos tornozelos não me aguentam, e eu caio. Todd estende as mãos para me segurar...

Mas é Davy quem...

Davy me pega pelo braço, impedindo a queda, e então me baixando de novo até a cadeira. Seus olhos não encontram os meus. Nem os de Todd. Nem os do pai. Seu Ruído se enche de um amarelo de constrangimento enquanto ele me solta e se afasta.

— Ora, obrigado, Davy — o prefeito fala, incapaz de disfarçar a surpresa. Então se vira para mim: — Agora, por gentileza, me informe o *verdadeiro* plano de ataque da Resposta.

— Não conte nada a ele — pede Todd.

— Eu não sei de *nada*. Lee deve ter encontrado...

— Não deu tempo, você sabe disso — diz o prefeito. — É óbvio o que aconteceu, não é, Viola? Sua mestra enganou você mais uma vez. Se a bomba tivesse disparado conforme os planos dela, não faria a menor diferença se você tivesse a informação errada, porque você e, ela esperava, *eu* estaríamos mortos. Mas se você fosse pega, bem... A melhor mentirosa é aquela que acredita que sua mentira é verdade.

Eu não digo nada, porque não tinha como ela ter me enganado, se foi apenas algo que Lee escutou...

Mas então me ocorre...

Ela *quis* que ele escutasse aquilo.

Ela *sabia* que ele não conseguiria esconder de mim.

— O plano dela funcionou perfeitamente, não foi, Viola?

A sombra do sol que se põe alcança o rosto do prefeito, cobrindo-o de escuridão.

— Um embuste atrás do outro, uma mentira elaborada em cima da outra. Ela manipulou você como queria, não foi?

Eu olho feio para ele.

— Ela vai vencer você — digo. — Ela é tão implacável quanto você.

Ele sorri.

— Ah, eu diria que é *mais*.

— Pai?

O prefeito pisca, como se tivesse esquecido que o filho estava ali.

— Diga, David.

— Hã, o *exército*?

O Ruído de Davy está cheio de perplexidade e irritação, tentando compreender o que o pai está fazendo, sem muito sucesso.

— O que devemos fazer *agora*? Aonde devemos ir? O capitão Hammar está esperando por ordens suas.

Por toda a nossa volta o RONCO assustado e baixo de Nova Prentisstown se espalha, vindo das casas, mas ainda não há nenhum rosto nas janelas. O zunido mais escuro e retorcido do exército vem do morro com a fenda. Ainda é possível ver os soldados na encosta, reluzentes como uma trilha de besouros negros deslizando sobre as carapaças uns dos outros.

E nós estamos ali, sentados, sozinhos com o prefeito e seu filho, nas ruínas expostas da catedral, como se fôssemos as únicas pessoas no planeta.

O prefeito torna a olhar para mim.

— Isso, Viola, é você que vai nos responder. O que devemos fazer agora?

— Você deve ser derrotado — digo com firmeza, e o encaro. — Você deve perder.

Ele sorri para mim.

— De onde eles estão vindo, Viola? Você é uma garota esperta. Você deve ter ouvido *alguma coisa*, visto alguma pista dos verdadeiros planos dela.

— Ela não vai te contar — diz Todd.

— Eu não *posso* contar. Porque eu *não* sei.

E estou pensando que realmente *não* sei...

A menos que o que ela me contou sobre a estrada do leste...

— Estou esperando, Viola. — O prefeito ergue o rifle na direção da cabeça de Todd. — O preço é a vida dele.

— Pai? — chama Davy, o choque saindo de seu Ruído. — O que o senhor está *fazendo*?

— Não se preocupe com isso, David. Suba de novo em seu cavalo. Num instante já terei uma mensagem para você entregar ao capitão Hammar.

— O senhor está apontando a arma para o *Todd*, pai.

Todd se vira para ele. Assim como eu. Assim como o prefeito.

— O senhor não vai atirar nele. O senhor não pode. — As bochechas de Davy estão vermelhas, de um tom tão forte que dá para vê-las até na luz do pôr do sol. — O senhor disse que ele é seu segundo filho.

Há um silêncio desconfortável enquanto Davy tenta esconder seu Ruído.

— Vê o que quero dizer quando falo do seu poder, Todd? — diz o prefeito. — Veja a influência que você teve no meu filho. Você já conseguiu um seguidor.

Davy olha bem nos meus olhos e pede:

— Diga onde eles estão. — Há preocupação por todo o seu Ruído, ansiedade diante de como as coisas estão se desenrolando. — Anda, é só contar a ele.

Eu volto a olhar para Todd.

Ele está prestando atenção no rifle de Davy.

— Isso, Viola, me conte, por que não? — diz o prefeito. — Me dê seu melhor palpite. Elas vêm do oeste?

Ele ergue os olhos na direção da cachoeira, o ponto mais alto no horizonte, onde o sol está desaparecendo por trás da estrada em zigue-zague escavada no morro. O morro que eu desci só uma vez e nunca voltei a subir. O prefeito se vira.

— Do norte, talvez? Embora eles tivessem que arranjar um jeito de cruzar o rio... Ou de uma colina ao leste? É, talvez pelo mesmo morro onde sua mestra explodiu a torre e dizimou todas as chances que você tinha de entrar em contato com seu pessoal nas naves.

Eu fecho a boca com força.

— Ainda leal, depois de tudo isso?

Continuo calada.

— Podemos enviar tropas, pai. Para lugares diferentes. A Resposta tem que vir de *algum lugar*.

O prefeito espera por um minuto, nos encarando. Até que, por fim, ele se vira para Davy e diz:

— Vá dizer ao capitão Hammar…

E é interrompido por um *BUM* distante.

— Isso vem do leste — comenta Davy enquanto olhamos para lá, embora uma das paredes da catedral esteja no caminho.

É o leste.

É exatamente a estrada que ela me falou que seria.

Ela me fez pensar que a verdade era a mentira e que a mentira era a verdade.

Se eu escapar dessa, vamos precisar ter uma boa conversa, nós duas.

— A Secretaria da Pergunta — diz o prefeito. — É claro. Onde mais eles iriam…

Ele para de falar, inclinando a cabeça, escutando. Nós ouvimos vários segundos depois dele. O Ruído de alguém correndo a toda velocidade na direção da catedral, pela estrada que pegamos para chegar aqui, fazendo a volta na catedral e subindo pela frente, nos alcançando ofegante.

É o guarda ruivo, o que fugiu. É evidente que ele mal se dá conta de quem está vendo quando entra aos tropeções nos destroços do prédio.

— Elas estão chegando! — grita ele. — A Resposta está chegando!

Há um estrondo de Ruído vindo do prefeito, e o soldado de cabelo vermelho cai para trás e se segura.

— Calma, soldado — ordena o prefeito, a voz escorregadia como uma serpente. — Conte o que você sabe, de maneira clara.

O guarda arfa, aparentemente sem conseguir recuperar o fôlego.

— Elas tomaram a Secretaria da Pergunta. — Ele olha para o prefeito, preso por seu olhar. — Mataram todos os guardas.

— É claro que sim — diz o prefeito, ainda com os olhos fixos nos do soldado. — Quantas são?

— Duzentas. — Agora o soldado ruivo não está nem piscando. — Mas estão libertando os prisioneiros.

— Armas? — pergunta o prefeito.

— Rifles, traçantes. Elas têm lançadores. Armas de cerco nas carroças.

Ainda o olhar fixo.

— E como está a batalha?

— Elas estão lutando ferozmente.

O prefeito ergue uma sobrancelha, sem desviar o olhar do dele.

— Elas estão lutando ferozmente, *senhor* — repete o guarda, ainda sem piscar, como se não conseguisse tirar os olhos do prefeito mesmo se tentasse.

Ouvimos mais um *BUM* ao longe, e todo mundo menos o prefeito e o soldado se encolhe.

— Elas estão vindo para a guerra, senhor — avisa o soldado.

O prefeito continua o encarando com firmeza.

— Então você deveria estar tentando detê-las, não deveria?

— Senhor?

— Você deveria estar pegando seu rifle e impedindo que a Resposta destruísse a sua cidade.

O soldado parece confuso, mas mesmo assim não pisca.

— Eu deveria...

— Você deveria estar na linha de frente, soldado. Este é nosso momento mais crítico.

— Este é nosso momento mais crítico — murmura o soldado, como se não estivesse escutando a si mesmo.

— Pai? — chama Davy, mas o prefeito o ignora.

— O que está esperando, soldado? — pergunta o prefeito. — É hora de lutar.

— É hora de lutar — repete o oficial.

— Vá! — grita de repente o prefeito.

O guarda ruivo vai embora, de volta pela estrada na direção da Resposta, com o rifle erguido, gritando de forma incoerente, correndo de volta para a Resposta tão veloz quanto fugiu deles.

Em um silêncio aturdido, nós o observamos ir.

O prefeito vê Todd olhando para ele, boquiaberto.

— Sim, meu caro garoto, estou melhor *nisso* também.

— Você praticamente o matou — digo. — Seja lá o que fez...

— O que fiz foi fazer com que ele visse seu dever. Nem mais nem menos. Agora, por mais que eu esteja achando esta discussão *fascinante*, vamos precisar deixá-la para mais tarde. Infelizmente vou ter que mandar Davy amarrar vocês.

— *Pai*? — Davy chama mais uma vez, alarmado.

O prefeito olha para ele.

— Depois cavalgue até o capitão Hammar e diga a ele para trazer o exército pela estrada o mais rápido possível e para seus homens estarem prontos para destruir os inimigos. — O prefeito se vira na direção da encosta distante onde o exército espera. — É hora de acabarmos com isso.

— Eu não posso amarrar ele, pai, é o *Todd*.

O prefeito não olha para o filho.

— Já chega disso, David. Quando eu dou uma ordem direta...

Bum!

Ele para, e todos olhamos para cima.

Porque dessa vez é diferente, é outro tipo de som. Ouvimos um zumbido baixo, e um ronco começa a encher o ar, ficando mais alto a cada segundo que passa.

Todd se vira para mim, confuso.

Eu apenas dou de ombros.

— Nunca ouvi nada assim antes — afirmo.

O ronco começa a ficar mais alto e preenche o céu do anoitecer.

— Isso não parece nenhuma bomba — diz Davy.

O prefeito olha para mim.

— Viola, tem...

Ele para e vira a cabeça.

E nós todos percebemos...

Não está vindo do leste.

* * *

— Ali.

Davy está apontando na direção da cachoeira, na direção em que o céu está cor-de-rosa com o pôr do sol.

O prefeito volta a olhar para mim.

— Isso é alto demais para apenas uma traçante. — Seu rosto se torna mais duro. — Elas têm mísseis?

Ele dá um passo tão grande que fica praticamente em cima de mim.

— *Elas construíram mísseis*?

— Você, *pra trás*! — grita Todd, tentando ficar entre nós de novo.

— Eu vou *saber* o que é isso, Viola! — demanda o prefeito. — Você vai me contar.

— Eu não *sei* o que é isso! — digo.

Todd está gritando e ameaçando:

— Se você encostar *um dedo* nela...

— Está ficando mais alto! — grita Davy, levando as mãos aos ouvidos.

Nós todos nos viramos e observamos o horizonte a oeste, vemos um ponto se erguer e se perder nos últimos raios de sol antes de reaparecer, ficando maior ao se aproximar.

Ao se aproximar direto da cidade.

— *Viola*! — berra o prefeito, entredentes, enviando um pouco de Ruído na minha direção, mas eu não sinto nada do que os homens sentem.

— EU NÃO SEI! — grito.

Então Davy, que não tirou os olhos de lá, avisa:

— É uma nave.

41

O MOMENTO DE DAVY PRENTISS

[TODD]

É UMA NAVE.

Uma maldita *nave*.

— Seu povo — digo pra Viola.

Mas ela está balançando a cabeça. Não é um gesto de quem diz não, ela está só olhando pra nave que sobe acima da cachoeira.

— Pequena demais pra ser uma nave de colonos — Davy observa.

— E cedo demais — o prefeito completa, apontando o rifle pra nave como se pudesse atirar nela daqui de longe. — Elas só devem chegar daqui a pelo menos dois meses.

Mas Viola parece que continua não ouvindo nada disso. A esperança aumenta em seu rosto de uma forma tão dolorosa que machuca meu coração só de ver.

— Uma nave batedora — ela sussurra, tão baixo que sou o único que ouve. — Outra batedora. Enviada para me procurar.

Eu viro na direção da nave.

Ela passa pelo alto da cachoeira e voa acima do rio.

Uma nave batedora, igual à que se acidentou no pântano, o episódio em que os pais dela morreram e ela ficou aqui sozinha, o que aconteceu há tantos meses e tantas vidas. A nave ainda está grande como uma casa, as asas pequenas e grossas parecendo curtas demais para manter ela no ar. Saem chamas pela cauda enquanto ela voa e voa e voa acima do rio, usando ele como se fosse uma estrada centenas de metros abaixo.

Ficamos vendo aquilo se aproximar.

— Davy — o prefeito diz, sem tirar os olhos da nave —, pegue meu cavalo.

Mas Davy está com o rosto virado pro céu, o Ruído se abrindo em espanto e assombro.

E sei exatamente como ele se sente.

Nada voa no Novo Mundo exceto as aves. Nós temos máquinas que andam pelas estradas, motociclos de fissão, alguns carros de fissão, mas a maioria do que temos é só cavalo, boi, carroça, nossos pés.

Não temos *asas*.

A nave vem pelo rio, se aproxima da catedral e voa praticamente por cima de nós, sem parar, tão perto que dá pra ver as luzes na parte debaixo dela e o céu acima do escapamento, que acaba tremeluzindo por conta do calor. Ela continua a voar, seguindo o rio.

Pro leste, na direção da Resposta.

— *David!* — o prefeito chama, irritado.

— Me ajude a levantar — Viola sussurra. — Eu preciso ir até eles. Eu preciso *ir*.

Tem algo de selvagem em seus olhos, e sua respiração está pesada. Ela está me encarando de um jeito tão intenso que é como se seu olhar se transformasse em algo palpável.

— Ah, ele vai ajudar você a se levantar — o prefeito diz, apontando a arma. — Porque você vem comigo.

— O *quê?* — Viola pergunta.

— Eles são o *seu* povo, Viola — o prefeito explica. — Vão estar se perguntando onde você está. Eu posso ou levar você até eles agora mesmo... — Ele vira pra mim. — Ou posso informá-los, com o maior pesar, que você morreu no acidente. O que você prefere?

— Eu não vou com *você*. Você é um mentiroso e um assassino…

Ele interrompe:

— Davy, você vai ficar vigiando Todd enquanto levo Viola até a nave. — Ele volta a se concentrar nela. — Acho que já está familiarizada com a disposição de meu filho a atirar em quem não coopera.

Viola encara Davy, furiosa. Eu também presto atenção nele, ali parado, de rifle na mão, olhando de um lado pro outro entre mim e o pai.

Com o Ruído agitado.

Com o Ruído dizendo claramente que ele não vai atirar em mim de jeito nenhum, *nunca*.

— Pai?

— Basta disso, David.

O prefeito franze o cenho, tentando captar o olhar de Davy…

E captando ele.

— Você vai fazer o que eu digo. Você vai amarrar Todd com a corda que ele trouxe de tão bom grado e vai ficar de olho nele. Quando eu voltar com nossos hóspedes recém-chegados, tudo vai ser pacífico e feliz. O Novo Mundo vai começar.

— Novo Mundo — Davy murmura, com os olhos vidrados, da mesma maneira que o soldado ruivo, perguntas e dúvidas sendo afastadas de seu Ruído.

Conforme ele cede à força de vontade de outro.

Eu tenho uma ideia.

Me perdoa, Davy.

— Você vai deixar ele falar assim com você, Davy?

Ele pisca.

— O quê?

Ele afasta os olhos do pai.

— Você vai deixar ele apontar uma arma pra mim e pra Viola?

— Todd… — o prefeito alerta.

— Todo esse Ruído que você diz que escuta — digo pro prefeito, mas ainda estou encarando Davy, meus olhos fixos nos dele. — Você fica sempre dizendo que sabe *tudo*, mas não conhece seu próprio filho muito bem, não é mesmo?

— David! — o prefeito chama.

Mas agora *eu* estou olhando Davy nos olhos.

— Você vai deixar ele fazer o que bem entender mais uma vez? — pergunto pra ele. — Vai deixar ele mandar em você sem receber nada em troca?

Nervoso, Davy me observa, tentando piscar pra afastar a confusão que seu pai pôs em sua cabeça.

— Essa nave muda tudo, Davy — continuo. — Todo um novo grupo de pessoas. Dá pra construir uma cidade do zero e tentar fazer desse lugar algo melhor que o buraco pantanoso e fedorento que é.

— *David!* — o prefeito chama.

Vem um flash de Ruído, e Davy se encolhe.

— Para com isso, pai.

Eu continuo:

— Quem você quer que chegue primeiro naquela nave, Davy? Eu e Viola, pra conseguirmos ajuda? Ou seu pai, pra ele governar eles também?

— *Quieto* — o prefeito diz. — Por acaso esqueceu quem está com a arma?

— Davy também tem uma — respondo.

Há uma pequena pausa quando todos vemos Davy lembrar que está segurando um rifle.

Vem outro flash de Ruído do prefeito, e Davy recua mais uma vez.

— Meu Deus, *pai*, para com essa droga!

Mas ele olha pro pai ao falar isso.

E o prefeito capta seu olhar de novo.

— Amarre Todd e traga meu cavalo, David — o prefeito manda, sem tirar os olhos dos dele.

— Pai? — Davy diz, agora em voz baixa.

— Meu cavalo. Ele está lá atrás.

— Se posicione entre eles — Viola sussurra pra mim. — Interrompa o contato visual entre os dois!

Eu começo a fazer isso, mas o prefeito aponta a arma pra ela sem sequer tirar os olhos de Davy.

— Se você continuar se mexendo, Todd…

Eu paro.

— Me traga meu cavalo, filho. E vamos receber os novos colonos, lado a lado. — Ele sorri pro filho. — Você vai ser meu príncipe.

— Não é a primeira vez que ele fala isso — digo pra Davy. — Mas da outra vez não foi pra você.

— Ele está te controlando! — Viola grita. — Está usando o próprio Ruído para…

— Por favor, mande Viola ficar quieta — o prefeito diz.

— Fica quieta, Viola — Davy fala baixinho, sem piscar.

— *Davy!* — grito.

— Ele só está tentando controlar você, David. — O prefeito está falando mais alto. — Como ele fez desde o começo.

— *O quê?* — pergunto.

— Desde o começo. — As palavras saem enroladas da boca de Davy.

— Quem você acha que impediu que você fosse promovido, filho? — O prefeito diz isso direto pra dentro do cérebro de Davy. — Quem você acha que me conta todas as coisas que você faz de errado?

— Todd? — Davy responde, a voz fraca.

— Ele tá *mentindo* — digo. — Olha pra mim!

Mas Davy está sendo sobrecarregado. Está olhando paralisado pro pai, imóvel.

O prefeito dá um suspiro pesado.

— Vejo que vou ter que fazer isso sozinho.

Ele avança, gesticulando com o rifle pra gente se afastar. Ele pega Viola e faz ela ficar de pé. Ela grita de dor. Eu tento ajudar ela, no automático, mas o prefeito empurra Viola pra frente, com o rifle nas costas dela.

Eu abro a boca pra gritar, pra ameaçar, pra amaldiçoar ele…

Mas é Davy quem fala primeiro.

— Está pousando — ele diz em voz baixa.

Todos nós nos viramos na direção leste. A nave está fazendo um círculo lento, voando em torno do cume de um morro a leste da cidade…

Talvez até mesmo aquele onde ficava a torre…

Ele faz outra volta e paira acima do topo das árvores…

Antes de começar a descer devagarzinho e sumir de vista…

Eu viro pra Davy, vejo os olhos embaçados e confusos dele…

Mas ele não está mais olhando pro pai…

Está prestando atenção na nave…

Então ele vira a cabeça pra mim…

— Todd? — ele diz, como se estivesse acordando…

E seu rifle está bem ali, na sua mão…

E mais uma vez…

Me perdoa.

Eu salto pra frente e pego o rifle dele. Davy não oferece nenhuma resistência, solta na hora, solta bem nos meus dedos, e eu logo engatilho e aponto pro prefeito.

Que já está sorrindo, com o próprio rifle ainda nas costas de Viola.

— Então chegamos a um impasse, não é? — ele pergunta, sorrindo de orelha a orelha.

— Solta ela — digo.

— Por favor, pegue sua arma de volta, David — o prefeito manda, mas ele não deixa de olhar pra mim, de observar meu rifle.

— Não pega, Davy.

— Parem com isso — Davy fala, com a voz embargada, o Ruído aumentando.

Sinto que ele está levando as mãos pra cabeça.

— Vocês dois não podem *parar* com isso, droga?

Mas o prefeito ainda está olhando pra mim e eu ainda estou olhando pro prefeito.

O som da nave pousando grita acima da cidade, acima do Ruído do exército marchando morro abaixo, acima dos estrondos distantes da Resposta que chega pela estrada e acima do RONCO aterrorizado e escondido de Nova Prentisstown que está por toda a nossa volta. As pessoas não sabem que todo o futuro delas depende disso, desse instante agora, bem nesse segundo, de mim e do prefeito com nossos rifles.

— Solta ela — repito.

— Acho que não, Todd.

Eu escuto um trovejar de Ruído vindo dele.

— Meu dedo está no gatilho — aviso. — Se tentar me atingir com o seu Ruído, você é um homem morto.

O prefeito sorri.

— É justo. Mas aquilo que você precisa se perguntar, meu caro amigo Todd, é se, quando você finalmente decidir puxar o gatilho, se você pode puxá-lo rápido o bastante para não dar tempo de eu puxar o meu. Será que me matar vai resultar na morte da sua amada Viola também? — Ele abaixa o queixo. — Você poderia viver com isso?

— Você estaria morto — digo.

— E ela também.

— Vai em frente, Todd — Viola diz. — Não deixe que ele vença.

— Isso também não vai acontecer — digo.

— Você vai deixar que ele aponte uma arma para o seu próprio pai, David? — pergunta o prefeito, ainda olhando pra mim.

— Os tempos estão mudando, Davy — afirmo, ainda encarando o prefeito. — É agora que decidimos como as coisas vão ser. E isso inclui você.

— Por que tem que ser assim? — Davy pergunta. — Podíamos ir todos juntos. Podíamos ir a cavalo e...

— Não, David — o prefeito interrompe. — Não, as coisas não podem acontecer da forma como você está falando.

— Abaixa a arma — mando. — Abaixa a arma e acaba com isso.

Os olhos do prefeito brilham, e sei o que está por vir...

— Para com isso — digo, piscando sem parar e olhando prum ponto atrás dele.

— Não tem como você vencer — o prefeito fala, e escuto sua voz duas vezes, três vezes, uma legião dele dentro da minha cabeça. — Você não pode atirar em mim e garantir a vida dela, Todd. Nós todos sabemos que você nunca correria esse risco.

Ele dá um passo à frente, empurrando Viola junto. Ela grita por causa da dor nos tornozelos.

Mas eu me vejo dando um passo pra trás.

— Não olhe nos olhos dele — ela lembra.

— Estou tentando — digo, mas mesmo o *som* da voz dele está começando a entrar em mim.

— Isso não é uma derrota, Todd. — A voz do prefeito está tão alta dentro da minha cabeça que meu cérebro parece estar vibrando. — Não quero que nem você nem eu acabe morrendo. Tudo o que eu falei mais cedo era verdade. Eu quero você ao meu lado. Quero você como parte do futuro que vamos criar aqui com quem quer que desça daquela nave.

— Cala a *boca* — digo.

Mas ele ainda está avançando.

Eu ainda estou recuando.

Até que fico atrás até mesmo de Davy.

— Também não quero que nada de mau aconteça a Viola — acrescenta o prefeito. — Sempre prometi um futuro para vocês dois. Essa promessa ainda está de pé.

Mesmo sem olhar direto pra ele sua voz está zumbindo na minha cabeça e deixando ela pesada e fazendo parecer que é mais fácil se...

— Não dê ouvidos a ele! — Viola grita. — Ele é um mentiroso.

— Todd, eu considero você um filho. De verdade.

E Davy vira pra mim, seu Ruído aumentando, cheio de esperança, e ele fala:

— Viu, Todd, você ouviu isso?

E seu Ruído está se dirigindo a mim, também, com entusiasmo e preocupação, se esticando como dedos e mãos, me pedindo, me *implorando* pra abaixar a arma, abaixar a arma e fazer com que tudo fique bem, fazer tudo parar...

E ele continua:

— A gente podia ser irmão...

E dirijo os olhos para os de Davy...

E vejo a mim mesmo neles, vejo a mim mesmo em seu Ruído, vejo o prefeito como meu pai, Davy como meu irmão e Viola como nossa irmã...

Vejo o sorriso esperançoso surgir no rosto de Davy...

E pela terceira vez tenho que pedir...

Me perdoa.

Eu aponto o rifle pra ele.

— Solta ela — digo para o prefeito, sem conseguir encarar Davy.

— Todd? — Davy pergunta, franzindo o cenho.

— Solta logo ela!

— Senão você vai fazer o quê, Todd? — o prefeito provoca. — Vai atirar nele?

O Ruído de Davy está transbordando com mais pontos de pergunta, com surpresa e choque...

Com uma traição que está aumentando...

— Me responda, Todd. Senão *o quê*? — o prefeito insiste.

— Todd? — Davy repete, dessa vez mais baixo.

Olho rapidamente nos olhos dele e afasto o rosto.

— Ou então eu mato o Davy. Mato o seu filho.

O Ruído de Davy está transbordando decepção, uma decepção tão grossa que escorre dele como lama. Não leio nenhuma raiva em seu Ruído, o que só torna tudo pior. Ele não está nem pensando em pular em cima de mim, nem em me socar, nem em lutar pra afastar a arma.

A única coisa em seu Ruído sou eu apontando uma arma pra ele.

Seu único amigo apontando uma arma pra ele.

— Desculpa — sussurro.

Mas ele parece não ouvir.

— Eu te dei seu livro. Eu devolvi seu livro.

— Solta a Viola! — grito, tirando os olhos de Davy, com raiva de mim mesmo e deixando minha voz alta. — Ou eu juro por Deus que…

— Vá em frente, então — o prefeito fala. — Atire nele.

Davy olha pro prefeito.

— Pai?

— Ele nunca teve mesmo muita utilidade como filho — o prefeito comenta, ainda empurrando Viola à frente na mira do rifle. — Por que você acha que eu o mandei para a linha de frente? Eu estava torcendo para que ele pelo menos tivesse uma morte de *herói*.

Ainda tem dor no rosto de Viola, mas não só por causa dos tornozelos.

— Ele nunca conseguiu controlar o próprio Ruído — o prefeito acrescenta, olhando pra Davy, e o Ruído dele…

Não sei descrever como é o Ruído dele.

— Nunca seguiu uma ordem da qual não pudesse se livrar. Não conseguiu capturar vocês. Não conseguiu matar Viola. Só demonstrou alguma melhoria quando esteve sob a *sua* influência, Todd.

— Pai…

Mas o pai ignora ele.

— *Você* é o filho que eu quero, Todd. Sempre foi você. *Nunca* foi esse desperdício.

E o Ruído de Davy…

Ah, meu Deus, o Ruído de Davy…

— SOLTA ELA! — grito, pra não ter que ouvir aquele Ruído. — Eu vou matar ele, eu vou!

— Não vai — o prefeito diz, voltando a sorrir. — Todo mundo sabe que você não é um assassino, Todd.

Ele empurra Viola pra frente mais uma vez…

Ela grita de dor…

Viola, penso…

Viola…

Eu cerro os dentes com força e levanto o rifle…

E engatilho…

E digo o que é verdade…

— Eu mataria pra salvar ela.

O prefeito para de avançar. Olha de mim pra Davy e de volta pra mim.

— Pai?

O rosto de Davy está contorcido numa careta.

O prefeito se concentra de novo em mim, lendo meu Ruído.

— Você faria isso, não é? — ele pergunta, quase num sussurro. — Você mataria ele. Por ela.

Davy volta a olhar pra mim, os olhos molhados, mas a raiva também está aumentando.

— Não, Todd. Não faz isso — ele pede.

— Solta ela — repito. — *Agora.*

O prefeito ainda está olhando de mim pra Davy, vendo que estou falando sério, vendo que eu faria mesmo.

— Abaixa a arma agora — rosno, sem encarar Davy, ignorando seu Ruído. — *Isso tudo acabou.*

O prefeito inspira fundo e solta o ar.

— Muito bem, Todd — ele concorda. — Como quiser.

Ele se afasta de Viola.
Meus ombros relaxam.

E ele dispara a arma.

42

FIM DE JOGO

{VIOLA}

— TODD! — grito.

O som do rifle passa com um estouro por meu ouvido, apagando tudo, menos Todd. O mundo inteiro se reduz a não saber se ele está bem ou não, se foi atingido, se...

Mas não é ele...

Ele ainda está segurando a arma...

E não a disparou...

Está parado ao lado de Davy...

Que fica de joelhos...

E, ao cair nos escombros, levanta duas pequenas nuvens de poeira...

— Pai? — diz ele, em tom de súplica, como um filhote desamparado...

Então ele tosse e cospe sangue...

— Davy? — diz Todd, seu Ruído aumentando como se fosse ele próprio quem tivesse sido atingido...

E eu vejo...

Um buraco no peito de Davy, no tecido do uniforme, logo abaixo do pescoço...

E Todd corre até ele e se ajoelha ao seu lado...

— *Davy!* — grita...

Mas o Ruído de Davy está fixo no pai...

Pontos de pergunta sendo mandados para toda parte...

O rosto em choque...

A mão se erguendo até o ferimento...

Ele tosse de novo...

E engasga...

Todd também está olhando para o prefeito...

Seu Ruído está com raiva...

— *O que você fez?* — berra ele.

[Todd]

— *O QUE VOCÊ FEZ?* — grito.

— Eu fiz com que ele deixasse de ser parte do problema — o prefeito responde, com toda a calma.

— Pai? — Davy pergunta de novo, estendendo a mão ensanguentada pro prefeito...

Mas ele só tem olhos pra mim.

— Você sempre foi o filho verdadeiro, Todd. O que tem potencial, o que tem poder, o que me daria orgulho por servir ao meu lado.

Pai?, diz o Ruído de Davy...

E ele está escutando *tudo* isso...

— Seu *monstro* desgraçado — digo. — Eu vou *matar* você...

— Você vai *se juntar* a mim. Você sabe que vai. É só questão de tempo. Davy era fraco, uma vergonha...

— *CALA A BOCA!* — berro.

Todd?, escuto.

Eu olho pra baixo...

Davy me encarando...

Seu Ruído está agitado...

Agitado com perguntas, confusão e medo…

E **Todd?…**

Todd…

Desculpa…

Desculpa…

— Davy, não… — começo.

Mas seu Ruído ainda está girando…

E eu vejo…

Eu vejo…

Eu vejo a verdade…

Aqui, no fim…

Ele está me mostrando a verdade…

Aquilo que ele estava escondendo de mim…

Sobre Ben…

Tudo numa pressa confusa…

Imagens de Ben correndo pela estrada na direção de Davy…

Imagens do cavalo de Davy empinando…

Imagens de Davy disparando sua arma ao cair…

Imagens da bala atingindo Ben no peito…

Imagens de Ben indo aos tropeções na direção do mato…

Davy com medo demais pra ir atrás dele…

Davy com medo demais pra me contar a verdade depois…

Depois que eu me tornei seu único amigo…

Foi sem querer, seu Ruído está dizendo…

— Davy… — digo.

Desculpa, ele pensa pra mim…

E essa é a verdade, que se espalha…

Ele *está* arrependido…

Por tudo…

Por Prentisstown…

Por Viola…

Por Ben…

Por todos os fracassos e tudo o que deu errado...

Por decepcionar o pai...

E ele está olhando pra mim...

E está me implorando...

Ele está me implorando...

Como se eu fosse o único que pudesse perdoar ele...

Como se eu fosse o único que tivesse o poder...

Todd?...

Por favor...

E tudo o que eu consigo dizer é:

— Davy...

E o medo e o terror em sua voz são insuportáveis...

São insuportáveis...

Então tudo para.

Davy tomba, os olhos ainda abertos, os olhos ainda me encarando, os olhos ainda pedindo (eu juro) preu perdoar ele.

E ele fica ali caído, imóvel.

Davy Prentiss está morto.

{VIOLA}

— Você é louco — digo para o prefeito, que está às minhas costas.

— Não — responde ele. — Vocês dois tinham razão, esse tempo todo. Não se deve nunca amar tanto algo a ponto de ele poder ser usado para controlar você.

O sol agora se pôs, mas o céu ainda está cor-de-rosa, e o Ruído da cidade ainda **RONCA**. Ouvimos outro *Bum!* distante, conforme a Resposta se aproxima, e a essa altura a nave já deve ter pousado. Suas portas devem estar se abrindo. Alguém — provavelmente Simone Watkin ou Bradley Tench, pessoas que eu conheço, pessoas que *me* conhecem — deve estar olhando para fora, perguntando-se em que tipo de lugar pousou.

E Todd se ajoelha ao lado do corpo de Davy Prentiss.

Em seguida ergue o rosto...

Seu Ruído está fervendo e ardendo. Posso ouvir a tristeza nele, e a vergonha e a *fúria*...

E ele fica de pé...

E ergue o rifle...

Eu vejo a mim mesma em seu Ruído, vejo o prefeito ali também, atrás de mim, com o rifle apontado, os olhos brilhando em triunfo.

E sei exatamente o que Todd vai fazer.

— Vai em frente — incentivo, com um nó na garganta, mas é o certo certo certo...

E Todd ergue o rifle até alinhá-lo com um dos olhos...

— *Vai em frente!*

E o prefeito me empurra com força, provocando raios de dor por minhas pernas. Não consigo me conter, grito e caio para a frente, para a frente, na direção de Todd, para a frente na direção do chão...

E o prefeito consegue mais uma vez...

Ele me usa para controlar Todd...

Porque Todd também não consegue se conter...

Ele salta para me pegar...

Para me pegar quando estou caindo...

E o prefeito ataca.

[Todd]

Meu cérebro explode, queimando e enfurecido com tudo que o prefeito dispara na direção dele, e não parece nada com um tapa, é como um metal incandescente sendo enfiado no núcleo de quem eu sou, e quando salto pra frente pra pegar Viola ele me atinge com tanta força que minha cabeça é jogada pra trás e depois lá vem de novo, a voz do prefeito, mas de algum modo *minha* voz também, de algum modo a *dela* também, e todas elas estão dizendo **VOCÊ NÃO É NADA VOCÊ NÃO É NADA VOCÊ NÃO É NADA VOCÊ NÃO É NADA**...

Nossos corpos ainda estão se movendo juntos e eu sinto que caímos um em cima do outro, a parte de cima do crânio dela batendo com força na minha boca, e **VOCÊ NÃO É NADA VOCÊ NÃO É NADA VOCÊ NÃO É NADA**, e ela cai no meu peito e nos meus braços, que se atrapalham, e rolamos juntos pelos escombros, soando uma sirene tão alta que parece arrancar fora a parte de cima da minha cabeça **VOCÊ NÃO É NADA VOCÊ NÃO É NADA VOCÊ NÃO É NADA** e eu sinto o rifle cair e quicar pra longe e sinto o peso dela contra mim e escuto ela como se estivesse muito longe, do outro lado das luas, e ela está me chamando e **VOCÊ NÃO É NADA** e ela está dizendo "Todd" **VOCÊ NÃO É NADA VOCÊ NÃO É NADA** ela está dizendo "Todd!" e é como se eu estivesse vendo ela de debaixo dágua e eu vejo ela tentar levantar e se apoiar nas mãos pra me proteger, mas o prefeito tá em pé do lado dela segurando o rifle pelo cano e bate nela na nuca e ela cai de lado...

E meu cérebro está fervendo...

Meu cérebro está fervendo...

Meu cérebro está fervendo...

VOCÊ NÃO É NADA VOCÊ NÃO É NADA VOCÊ NÃO É NADA VOCÊ NÃO É NADA VOCÊ NÃO É NADA...

E eu vejo os olhos dela quando estão se fechando...

E sinto o corpo dela contra o meu...

E penso *Viola*...

Penso *VIOLA!*

Penso ***VIOLA!!!!***

E o prefeito se afasta de mim como se tivesse sido picado.

— Ugh!

Ele balança a cabeça enquanto pisco pra me livrar do zunido que ainda dispara pelo meu cérebro, enquanto meus olhos tornam a se focar e meus pensamentos voltam a ser meus.

— Eu falei que tem poder em você, garoto.

Seus olhos estão arregalados, brilhantes e ansiosos.

E ele me atinge mais uma vez com seu Ruído.

Eu levo as mãos aos ouvidos (sem segurar a arma, sem segurar a arma), como se esse gesto fosse parar com aquilo, mas não é pelos ouvidos que se escuta o Ruído, e ele está ali, dentro da minha cabeça, dentro de mim mesmo, invadindo minha cabeça como se eu não tivesse nenhuma individualidade, **VOCÊ NÃO É NADA VOCÊ NÃO É NADA VOCÊ NÃO É NADA**. Meu próprio Ruído é apanhado e jogado contra mim, como se eu estivesse socando eu mesmo com minha mão **VOCÊ NÃO É NADA VOCÊ NÃO É NADA VOCÊ NÃO É NADA**...

Viola, penso, mas estou desaparecendo. Estou caindo mais fundo dentro do Ruído. Estou mais fraco e meu cérebro está agitado...

Viola...

{VIOLA}

Viola, ouço, como se o som viesse do fundo de um penhasco. Minha cabeça está doendo e sangrando graças ao golpe do prefeito. Meu rosto está caído no meio da poeira e meus olhos estão entreabertos, mas não estão vendo nada...

Viola, escuto de novo.

Eu abro bem os olhos.

Todd está caindo na direção das pedras, apertando os ouvidos, os olhos fechados com força...

E o prefeito está de pé junto dele. Posso ouvir os mesmos gritos de antes, o mesmo tipo de tinido, o Ruído claro como um laser sendo disparado direto nele e...

Viola, escuto em meio a todo o barulho...

E eu abro a boca...

E grito...

* * *

[Todd]

— Todd!

Escuto isso sendo gritado de algum lugar lá fora…

E é ela…

É ela…

É ela…

E ela está viva…

E sua voz está vindo na minha direção…

Viola…

Viola…

VIOLA…

Ouço um grunhido. O Ruído em minha cabeça para mais uma vez, e abro os olhos. O prefeito está cambaleando pra trás, uma das mãos no ouvido, o mesmo reflexo que todo mundo tem…

Que todo mundo tem quando escuta um ataque do Ruído…

VIOLA, penso de novo, direto na direção dele, mas ele abaixa a cabeça pra desviar e aponta o rifle pra mim. Eu penso…

VIOLA

E de novo…

VIOLA

E ele se afasta e tropeça no corpo de Davy, caindo pra trás do lado do filho e sobre os escombros…

Eu levanto…

E corro até ela.

{Viola}

Ele corre até mim, com as mãos abertas estendidas, me pegando pelos ombros e me botando sentada e dizendo:

— Você se machucou, você se machucou, você se machucou…

E estou dizendo:

— Ele ainda tem a arma…

E Todd se vira…

[Todd]

E eu viro e o prefeito está levantando e seu Ruído vem na minha direção. Eu rolo pra sair do caminho e escuto ele me seguir enquanto me arrasto sobre as pedras, me arrasto de volta pra onde deixei meu rifle e…

E ouço um tiro…

O tiro levanta poeira diante das minhas mãos…

Mãos que estavam tentando alcançar o rifle…

E eu paro…

Levanto o rosto…

E ele está me encarando…

Eu escuto ela me chamar outra vez…

Sei que ela está entendendo…

Entendendo que preciso ouvir ela dizer meu nome…

Que assim eu posso usar o dela como arma…

— Nem tente, Todd — o prefeito fala, me botando na mira.

E eu escuto a voz dele na minha cabeça…

Não é um ataque…

A versão furtiva, traiçoeira e deformada da voz dele…

A que é ele se apossando das minhas escolhas…

A que faz ele transformar elas em escolhas dele…

— Você não vai mais lutar — ele diz.

Ele dá um passo pra mais perto…

— Você não vai mais lutar e isso tudo vai acabar…

Eu dou as costas pra ele…

Mas tenho que virar de volta…

Tenho que olhar em seus olhos…

— Me escute, Todd...

E sua voz está sibilando em meus ouvidos...

E seria muito mais fácil apenas...

Apenas...

Apenas cair...

Cair e fazer o que ele manda...

— Não! — grito.

Mas minha boca não abre...

E ele ainda está ali...

Ainda tentando me fazer...

E eu vou...

Eu vou...

VOCÊ NÃO É NADA...

Eu não sou nada...

— Isso mesmo, Todd — o prefeito diz, se aproximando, o rifle apontado pra mim. — Você não é nada.

Eu não sou nada...

— Mas... — ele continua.

Sua voz é um sussurro que me arranha na parte mais funda de mim...

— Mas...

Ele continua:

— Eu vou fazer você ser *alguma coisa.*

E eu olho direto em seus olhos...

Olhos que são um abismo em que eu sinto cair...

Mergulho na escuridão...

E pelo canto do olho...

{VIOLA}

Eu jogo a pedra com toda a força e, quando ela sai da minha mão, rezo para que minha pontaria seja tão boa quanto Lee fala...

Rezando: Por favor, Deus...

Se você está aí...

Por favor...

E *bam!*

Ela acerta o prefeito na têmpora...

[Todd]

Uma sensação de *rasgo* horrível, como se uma faixa estivesse sendo arrancada do meu Ruído...

E o abismo desaparece...

Ele é desviado...

E o prefeito vacila pro lado, a mão na lateral da cabeça, sangue já escorrendo dali...

— *TODD!* — Viola grita.

E eu olho pra ela...

Olho pro braço estendido que ela atirou a pedra...

E eu vejo...

Minha Viola.

E eu fico de pé.

{Viola}

Ele fica de pé.

Ele se levanta...

Eu grito seu nome outra vez...

— TODD!

Porque isso faz alguma coisa...

Faz alguma coisa com ele...

Faz alguma coisa *por* ele...

O prefeito está errado...

Ele está errado, sempre...

Não é que não se deve nunca amar tanto algo a ponto de ele poder ser usado para controlar você.

É que você *precisa* amar algo tanto assim para *nunca ser controlado*.

Não é uma fraqueza...

É sua maior força...

— TODD! — grito de novo.

E ele olha para mim...

E escuto meu nome em seu Ruído...

E eu sei...

Sei no meu coração...

Nesse momento...

Todd Hewitt...

Não há nada que não possamos fazer juntos...

E nós vamos *vencer*...

[TODD]

O prefeito está levantando a cabeça, meio agachado, sangue escorrendo entre os dedos que apertam o lado da cabeça...

Ele vira pra olhar pra mim, a cara fechada...

E aí vem seu Ruído...

E...

VIOLA

Eu afasto o Ruído dele...

Ele se encolhe...

Mas tenta de novo...

VIOLA

— Você não pode nos vencer... — digo.

— Posso — ele fala, entredentes. — Eu *vou* vencer.

VIOLA

Ele se encolhe outra vez...

Tenta levantar o rifle...

Eu atinjo ele com muita força...

VIOLA

Ele derruba o rifle e tropeça pra trás...

Ouço seu Ruído zunindo na minha direção, tentando encontrar um jeito de invadir...

Mas sua cabeça está doendo...

Por causa dos meus ataques...

Por causa de uma pedra que acertou ele em cheio...

— O que, exatamente, você acha que isso prova? — ele pergunta, com a voz transbordando de raiva. — Você tem poder, mas não sabe o que fazer com ele, Todd.

VIOLA

— Parece que estou me saindo bem — retruco.

E ele sorri, ainda falando entredentes:

— É mesmo?

Percebo que minhas mãos estão tremendo...

Percebo meu Ruído voar, fervilhando como uma coisa brilhante...

Não sinto meus pés...

— É preciso prática — o prefeito explica. — Ou vai acabar estourando sua cabeça.

Ele ajeita um pouco mais a postura, tentando fazer meus olhos se prenderem nos seus mais uma vez.

— Eu poderia ensinar a você.

E nesse exato momento Viola grita:

— TODD!

E eu atinjo ele com toda a minha força...

Toda a força que ela me passa...

Todos os pedacinhos de raiva, frustração e vazio...

Todos os momentos que eu não vi ela...

Todos os momentos que me preocupei...

Tudo...

Cada pequena coisa que eu sei sobre ela...

Eu mando tudo bem no centro dele...

VIOLA

E ele cai...

Pra trás, pra trás, pra trás...

Ele revira os olhos...

A cabeça gira pro lado...

As pernas cedem...

Ele cai cai cai...

Direto no chão.

E lá ele fica.

{VIOLA}

— Todd? — chamo.

Ele está tremendo, o corpo inteiro, quase a ponto de não conseguir se manter de pé, e posso ouvir um lamento que não soa nada saudável partindo do seu Ruído. Ele cambaleia um pouco quando dá um passo.

— Todd?

Tento me levantar, mas meus tornozelos...

— Caramba — diz ele, desmoronando ao meu lado. — Aquilo suga você.

Ele está ofegante, os olhos sem foco.

— Você está bem? — pergunto, botando a mão em seu braço.

— Acho que sim.

Voltamos a olhar para o prefeito.

— Você conseguiu — comento.

— *Nós* conseguimos.

Seu Ruído está ficando um pouco mais nítido, e ele se senta um pouco mais reto. Suas mãos, porém, ainda estão tremendo.

— Pobre Davy — lamenta ele.

Eu seguro seu braço.

— Os colonos — digo em voz baixa. — Ela vai chegar lá antes da gente.

— Não se eu puder impedir.

Ele se levanta e perde as forças por um segundo, mas eu o ouço chamar **Bolota** com seu Ruído.

Menino potro, ouço com clareza, e o cavalo de Davy se solta da corda e vem pelos escombros, **menino potro, menino potro, menino potro.**

Todd, escuto, vindo de mais longe.

Há mais barulho de cascos quando Angharrad vem por trás de Bolota e para ao lado dele.

— Adiante — relincha ela.

— Adiante — relincha Bolota.

— Adiante, com certeza — diz Todd a eles.

Ele passa um braço por meus ombros para me levantar. Bolota vê em seu Ruído e se abaixa, facilitando que eu o monte. Quando estou instalada na sela, Todd bate de leve em seu flanco, e o cavalo se levanta.

Angharrad se aproxima de Todd e começa a se abaixar também, mas ele a interrompe no meio do movimento.

— Não, garota — fala, acariciando seu focinho.

— *O quê?* — pergunto, alarmada. — Mas e você?

Ele aponta com a cabeça para o prefeito.

— Eu preciso cuidar dele. — Seus olhos não encontram os meus quando as palavras saem de sua boca.

— Como assim, cuidar dele?

Ele olha para algo às minhas costas. Eu me viro: os besouros do exército estão marchando na direção contrária agora e se espalham até o pé do morro.

A próxima coisa que eles vão fazer será marchar para cá.

— Vai — diz ele. — Vai até a nave.

— Todd. Você não pode matá-lo.

Ele olha para mim. Seu Ruído é uma confusão, e ele ainda está se esforçando para permanecer em pé.

— Ele merece.

— Merece, mas...

Mas Todd já está concordando com um aceno de cabeça.

— Nós somos as escolhas que fazemos — diz ele.

Faço o mesmo gesto em resposta. Entendemos um ao outro.

— Você ia deixar de ser Todd Hewitt. E eu num vou te perder de novo.

[Todd]

Quase dou uma risadinha quando ela diz *num*.

— Vou precisar ficar com ele — digo. — Você vai precisar ir até a nave o mais rápido possível, e eu vou ter que esperar a chegada do exército.

Ela assente, mesmo havendo tristeza ali também.

— E o que você vai fazer quando eles chegarem?

Eu olho pro prefeito ainda esparramado sobre as pedras, inconsciente e gemendo baixo.

Me sinto muito *pesado*.

Mas digo:

— Acho que eles talvez não fiquem muito chateados quando encontrarem o prefeito derrotado. Acho que talvez eles estejam de olho num novo líder.

Ela sorri.

— E você vai ser esse novo líder?

— E se você encontrar a Resposta? — digo, sorrindo de volta. — O que vai fazer quando achar eles?

Ela afasta o cabelo dos olhos.

— Acho que eles também podem estar precisando de uma nova líder.

Eu dou um passo à frente e ponho a mão perto da dela no flanco de Bolota. Ela não olha no meu rosto, só desliza a mão até as pontas de nossos dedos se tocarem.

— Só porque você vai pra lá e eu vou ficar aqui, não significa que estamos nos despedindo — digo.

— Não — ela responde, e eu sei que ela entende. — Não, com certeza não significa isso.

— Não vou ficar longe de você outra vez — garanto, ainda olhando pros nossos dedos. — Nem na minha cabeça.

Ela empurra a mão, cruzando os dedos com os meus. Nós dois olhamos pra eles entrelaçados juntos.

— Eu preciso ir, Todd.

— Eu sei.

Eu viro concentrado no Ruído de Bolota e mostro a ele onde está a estrada, onde a nave aterrissou e como ele precisa correr rápido rápido muito rápido.

— Adiante — ele relincha em alto e bom som.

— Adiante — repito.

Olho de novo pra Viola, que fala:

— Estou pronta.

— Eu também.

— Nós vamos vencer.

— Eu acho que é possível.

Um último olhar.

Um último olhar em que um de nós entende o outro.

Até bem fundo nas nossas almas.

E dou um tapa forte no flanco de Bolota.

E lá vão elas, passando por cima dos escombros e descendo a estrada, correndo na direção das pessoas que (eu espero eu espero eu espero) podem nos ajudar.

Eu observo o prefeito, ainda caído no chão.

Ouço o exército descendo o morro em marcha, a três quilômetros de distância, se tanto.

Eu procuro a corda.

Eu vejo ela, mas, antes de pegar, paro um segundo pra fechar os olhos de Davy.

{VIOLA}

Nós voamos pela estrada, e tenho que me esforçar muito para não cair e quebrar o pescoço.

— Fique longe dos soldados! — grito no espaço entre as orelhas de Bolota, que o vento achata e joga para trás.

Não tenho ideia do quanto a Resposta conseguiu avançar pela cidade, não tenho ideia se vão me atacar antes mesmo que dê tempo de verem que sou eu.

Não tenho ideia de como mestra Coyle vai reagir se me vir…

Quando ela me vir…

Quando eu contar a ela e a todas as outras pessoas o que tenho para contar…

— Mais rápido, se puder! — grito.

Sinto um tranco, como um motor disparando, e Bolota ganha ainda mais velocidade.

Mestra Coyle vai seguir para a nave. Não tenho dúvida disso. Aposto que a viu aterrissar e seguiu direto até lá. E, se chegar lá antes de mim, ela vai dizer que sente muito que eu tenha morrido de forma tão trágica, que caí de maneira tão cruel nas mãos do tirano que a Resposta está tentando derrubar, e vai perguntar se a nave batedora tem alguma arma que possa ser disparada do ar, em pleno voo…

E tem.

Eu me inclino mais para a frente na sela, trincando os dentes para aguentar a dor nos tornozelos, tentando nos fazer ir ainda mais rápido.

Já estamos bem distantes da catedral e seguimos entre fileiras de lojas fechadas e casas com portas e janelas trancadas. O sol se pôs por completo, tudo está se transformando em silhuetas contra o céu que escurece.

E eu penso como a Resposta vai reagir quando eles souberem que o prefeito foi derrotado...

O que vão pensar quando descobrirem que foi graças a *Todd*...

E eu penso nele...

Penso nele...

Penso nele...

Todd, Bolota pensa.

Avançamos correndo pela estrada...

E eu quase caio quando um *BUM* soa ao longe.

Bolota para de repente, mas se mexe um pouco para um lado e para o outro para me equilibrar em sua sela. Então nos viramos, e eu vejo.

Vejo os incêndios ao longo da estrada.

Vejo casas pegando fogo.

E lojas.

E depósitos de grãos.

E vejo gente correndo na nossa direção através da fumaça, não soldados, apenas moradores comuns, passando correndo por nós no escuro.

Estão com tanta pressa que nem olham direito para nós.

Estão fugindo da Resposta.

— O que ela está *fazendo*? — pergunto em voz alta.

Fogo, Bolota pensa, batendo os cascos em nervosismo.

— Ela está queimando tudo. Está queimando tudo.

Por quê?

Por quê?

— Bolota...

E uma trombeta sopra um chamado demorado e grave por todo o vale.

Bolota relincha de repente, sem palavras em seu Ruído, só um flash de medo, de um pavor tão grande que meu coração palpita. Algumas das pessoas que passam correndo por nós parecem sentir o mesmo, pois ofegam, algumas gritando e parando, olhando para algo atrás de mim, para a cidade e além.

Eu me viro, embora a escuridão no céu não permita enxergar muita coisa.

Há luzes ao longe, luzes vindo pela estrada em zigue-zague ao lado da cachoeira...

Não é a estrada em que o exército está.

— O que é isso? — pergunto para ninguém, para qualquer um. — O que são essas luzes? O que foi aquele *barulho*?

Então um homem parado ao meu lado, com o Ruído claro e dando voltas com espanto, com descrença, com um medo tão afiado quanto uma faca, sussurra:

— Não.

Ele sussurra:

— Não pode ser.

— *O quê?* — grito. — O que está acontecendo?

A trombeta demorada e grave soa pelo vale mais uma vez.

E o som parece anunciar o fim do mundo.

O COMEÇO

O PREFEITO ACORDA antes mesmo deu terminar de amarrar as mãos dele.

Ele geme, e um Ruído puro e verdadeiro cresce nele, o primeiro que eu ouço vindo da sua cabeça, agora que baixou a guarda.

Agora que foi derrotado.

— Não derrotado — ele murmura. — Apenas temporariamente surpreendido.

— Cala a boca — digo, apertando as cordas.

Eu dou a volta e fico de frente pra ele. Seus olhos ainda estão lacrimejando em consequência do meu ataque, mas ele consegue dar um sorriso.

Eu dou uma coronhada na cara dele com o rifle.

— Se eu ouvir uma pontada de Ruído vindo de você... — alerto, apontando o cano.

— Eu sei — o prefeito diz, ainda com um sorriso na boca ensanguentada. — E você faria isso, não é mesmo?

Eu não digo nada.

E essa é minha resposta.

O prefeito dá um suspiro, inclinando a cabeça pra trás como se pra alongar o pescoço, olha pra janela de vidro colorido, a que aguentou a explosão duma parede inteira mesmo sendo impossível. As luas estão ficando mais altas no céu por trás da janela, iluminando um pouco suas versões de vidro.

— Aqui estamos nós outra vez, Todd. Na sala onde nos conhecemos de verdade.

Ele olha ao redor, pensando que agora é ele que está amarrado na cadeira e sou eu que estou de pé.

— As coisas mudam, mas continuam as mesmas — ele diz.

— Não sou obrigado a ouvir você enquanto esperamos.

— Esperamos o quê?

Ele está ficando mais desperto.

Seu Ruído está desaparecendo.

— E você gostaria de conseguir fazer isso também, não é? — ele diz. — Você gostaria que, pelo menos uma vez, ninguém soubesse o que você está pensando.

— Eu mandei calar a boca.

— Agora mesmo, você está pensando no exército.

— *Cala a boca.*

— Está se perguntando se eles vão realmente ouvir você. Está se perguntando se o povo de Viola vai mesmo poder ajudar vocês...

— Vou te dar outra coronhada com a droga do rifle.

— Você está se perguntando se venceu mesmo.

— Eu venci. E você sabe disso.

Ouvimos um *BUM* a distância, mais um.

— Ela está destruindo tudo — o prefeito diz, olhando na direção de onde vem o barulho. — Interessante.

— Ela quem?

— Você não chegou a conhecer mestra Coyle, não é?

Ele alonga um ombro e depois o outro, forçando as amarras.

— Uma mulher notável, uma adversária notável. Sabia que ela podia ter me derrotado? Ela era bem capaz disso. — Ele abre um sorriso largo outra vez. — Mas você me derrotou antes, não foi?

— O que você quer dizer com *Ela está destruindo tudo*?

— Como sempre, quis dizer exatamente o que falei — ele declara.

— Por que ela faria isso? Por que ela ia sair destruindo as coisas a troco de nada?

— Por dois motivos. Primeiro: ela cria o caos, dificultando que o inimigo consiga se organizar para enfrentá-la. Segundo: ela destrói a segurança daqueles que não lutam, dando a impressão de que ela não pode ser derrotada. Assim os indivíduos são mais fáceis de serem governados quando ela vencer. — Ele dá de ombros. — Tudo é guerra para gente como ela.

— Gente como você.

— Você vai estar trocando um tirano por outro, Todd. Lamento ser eu a lhe dizer isto.

— Eu não vou estar trocando nada. E mandei você ficar quieto.

Mantenho o rifle apontado pra ele e vou até Angharrad, que observa nós dois de um espaço apertado nos escombros.

Todd, ela pensa. **Sede**.

— Ainda tem um cocho na frente? — pergunto ao prefeito. — Ou ele foi explodido?

— Foi explodido. Mas tem um nos fundos onde meu próprio cavalo está amarrado. Ela pode ir para lá.

Morpeth, penso o nome do cavalo do prefeito pra Angharrad, e uma sensação cresce nela.

Morpeth, ela pensa. **Submeta-se**.

— Boa garota — digo, acariciando seu focinho. — Ele vai se submeter mesmo.

Ela me dá um empurrão de brincadeira, uma ou duas vezes, depois sai andando em meio aos escombros, seguindo pros fundos.

Ouvimos outro *BUM*. Tenho um breve flash de preocupação por Viola. Me pergunto em que ponto da estrada ela está. Deve estar chegando perto da Resposta, deve estar...

Ouço um pequeno Ruído agitado vindo do prefeito.

Engatilho a arma.

— Eu *falei* pra você nem pensar nisso.

— Sabe de uma coisa, Todd? — ele pergunta, como se estivéssemos apenas tendo um almoço agradável. — O Ruído de ataque foi fácil. Basta se irritar muito e atacar alguém com toda a força que puder. Quer dizer, é verdade, é preciso estar concentrado, tremendamente concentrado, mas, depois que se aprende, é possível fazer isso quase sempre que se quiser.— Ele cospe um pouco do sangue que se acumulou na boca. — Como foi o caso com você e *Viola*.

— Não fala o nome dela.

— Mas a outra coisa... — ele continua. — O *controle* sobre o Ruído de outra pessoa... Bom, preciso admitir que é *muito* mais complicado, *muito* mais difícil. É como tentar levantar e abaixar mil alavancas diferentes ao mesmo tempo. É claro que em algumas pessoas, em algumas pessoas *ingênuas,* é mais fácil que em outras, e é surpreendentemente fácil em multidões, mas tentei por anos fazer com que funcionasse como uma ferramenta útil e só há pouco tempo comecei a ter algum tipo de sucesso.

Eu penso por um minuto.

— O prefeito Ledger.

— Não, não — ele diz, animado. — O prefeito Ledger estava *ansioso* para ajudar. Nunca confie em um político, Todd. Eles têm um núcleo muito maleável, por isso não se pode nunca acreditar neles. *Ele* me procurou, sabe, para me contar sobre seus sonhos e as coisas que você dizia. Não fiz nenhum esforço para controlá-lo. Basta uma fraqueza, como outra qualquer.

Eu suspiro.

— Será que você pode só *calar a boca*?

— O que estou dizendo, Todd, é que só hoje eu consegui ter o mínimo de sucesso em forçar *você* a fazer o que eu quero. — Ele olha pra mim, pra ver se estou entendendo. — Só hoje.

Mais um *BUM* a distância, mais uma coisa destruída à toa pela Resposta. Está escuro demais pra ver o exército, mas a essa altura eles devem estar entrando na cidade, vindo pela estrada direto pra cá.

E a noite está caindo.

— Eu sei do que você tá falando — digo. — Eu sei o que fiz.

— Foi tudo você que fez, Todd. — Ele mantém os olhos em mim. — Os Spackle. As mulheres. Tudo foi você. Não foi preciso nenhum controle.

— Eu sei o que fiz — repito em voz baixa, meu Ruído ganhando um fervilhar de alerta.

— Minha oferta ainda está de pé — o prefeito diz, também em voz baixa. — Estou falando muito sério. Você tem o poder. Eu ainda posso ensinar você a usá-lo, você pode governar isso tudo ao meu lado.

Eu sou o Círculo e o Círculo sou eu, escuto.

— Essa é a chave — ele diz. — Se você controla seu Ruído, controla a si mesmo. Se você controla a si mesmo... — Ele me encara. — Você pode controlar o mundo.

— Você matou *Davy* — digo, e me aproximo dele, a arma ainda apontada. — É você que tem o núcleo maleável. E agora você vai *mesmo* calar a droga dessa boca.

Então, um som baixo e poderoso troveja pelo céu, como uma trombeta gigante e grave.

Um som que Deus faria se quisesse chamar a sua atenção.

Ouço os relinchos dos cavalos nos fundos. Escuto um fio de choque correr pelo Ruído ainda escondido das pessoas de Nova Prentisstown. Escuto a marcha firme dos pés dos soldados se desfazer em uma algazarra confusa que surge de repente.

Escuto a intensidade do Ruído do prefeito dar um pulo e então se conter.

— Que diabo foi isso? — pergunto, olhando pro alto e em volta.

— Não...

O prefeito solta o ar com força.

E vejo *prazer* nisso.

— O que foi? — pergunto, e cutuco ele com a ponta do rifle. — O que tá acontecendo?

Mas ele está só sorrindo e virando a cabeça.

Na direção do morro que dá pra cachoeira, pra estrada em zigue-zague que desce até a cidade.

Eu olho pra lá também.

Vejo luzes no alto.

As luzes começam a descer pelo zigue-zague.

— Ah, Todd... — o prefeito fala, com assombro e, sério, é *alegria* que sai de sua voz. — Ah, Todd, meu garoto, o que você *fez*?

— O que é isso? — pergunto, forçando a vista no escuro. — O que está fazendo esse...

Soa um segundo toque de trombeta, tão alto que é como se fosse o barulho do céu se dobrando ao meio.

Eu ouço o RONCO da cidade aumentar, tantos pontos de pergunta que daria pra se afogar neles.

— Me diga uma coisa, Todd. — A voz do prefeito ainda está animada. — O que exatamente você estava pretendendo fazer quando o exército chegasse?

— O quê?

Franzo a testa, com os olhos ainda tentando ver o que está descendo pela estrada em zigue-zague, mas está longe demais e escuro demais. Apenas luzes, pontos distintos de luz descendo pelo morro.

— Você ia me oferecer em troca de um resgate? — ele continua, ainda parecendo alegre. — Você ia me entregar a eles para ser executado? É isso?

— Que que foi esses barulhos? — pergunto, e seguro ele pela camisa. — São os colonos pousando? Eles estão invadindo?

Ele apenas fixa os olhos nos meus, os dele brilhando.

— Você achou que fosse ser eleito o novo líder, e então você, sozinho, comandaria uma nova era de paz?

— Eu vou liderar eles — rosno em sua cara. — Espera só pra ver.

Eu deixo de prestar atenção nele e subo numa das pilhas de escombros mais altas. Vejo pessoas botando a cabeça pra fora de suas casas, ouço uns chamando os outros, noto gente começando a correr de um lado pro outro.

O que quer que seja, é o suficiente para fazer as pessoas de Nova Prentisstown saírem de seus esconderijos.

Sinto um zumbido de Ruído na parte de trás da cabeça.

Eu viro, apontando de novo a arma pro prefeito, desço dos escombros e digo:

— Eu *mandei* você não fazer nada disso!

— Eu só estava tentando continuar nossa conversa, Todd — ele se defende, cheio de uma inocência fingida. — Estou muito curioso para conhecer seu plano como líder, agora que você vai ser o comandante do exército e o presidente do planeta.

Quero tirar aquele sorriso do rosto dele com um bom soco.

— O que tá acontecendo? — grito pra ele. — *O que tá descendo aquele morro?*

Vem um terceiro estrondo de trombeta, ainda mais alto dessa vez, tão alto que sinto vibrando no meu corpo.

E agora as pessoas da cidade estão realmente começando a gritar.

— Enfie a mão em meu bolso da frente, Todd — o prefeito pede. — Acho que vai encontrar uma coisa que já foi sua.

Eu encaro ele, tentando ver se é algum truque, mas tudo o que tem ali é aquele sorriso estúpido.

Como se ele estivesse vencendo outra vez.

Empurro o rifle contra ele e uso a mão livre pra revirar seu bolso. Meus dedos encontram algo compacto de metal. Eu pego.

O binóculo de Viola.

— Essas coisinhas são realmente impressionantes. Estou ansioso para os colonos chegarem, quero ver quais inovações eles vão trazer.

Eu não respondo, apenas torno a subir a pilha de escombros e levo o binóculo aos olhos com a mão livre, tentando desajeitadamente acionar a função de visão noturna. Há muito tempo que eu não...

Eu acho o botão certo.

Logo surge o vale, em tons de verde e branco, recortando a escuridão e me deixando ver a cidade.

Levanto o binóculo na direção da estrada, do rio, do zigue-zague no morro, dos pontos de luz que descem por ele...

E...

E...

Ah, meu Deus.

Eu escuto o prefeito rir atrás de mim, ainda amarrado à cadeira.

— Ah, é verdade, Todd. Isso não é fruto da sua imaginação.

Não consigo dizer nada por um segundo.

Não há palavras.

Como?

Como isso pode ser *possível*?

Um exército de Spackle vem marchando pra cidade.

Alguns deles, os que estão perto da frente, estão montados nas costas de criaturas enormes e largas cobertas com o que parece ser uma armadura. Elas têm um único chifre curvo saindo da ponta do focinho. Os Spackle mais atrás estão reunidos em tropas, porque essa não é uma marcha amistosa, não senhor, não é nada disso, há tropas descendo em marcha a estrada em zigue-zague, tropas passando em marcha pela margem do alto da cachoeira.

Tropas que estão vindo pruma batalha.

E são milhares.

— Mas... — digo, engasgando em seco, mal conseguindo fazer as palavras saírem da minha boca. — Mas eles foram todos *mortos*. Eles foram todos mortos durante a Guerra dos Spackle!

— Todos eles, Todd? Até o último Spackle deste planeta todo, considerando que nós vivemos nesta pequena faixa de terra? Isso faz sentido para você?

As luzes que eu estava vendo são as tochas carregadas pelos Spackle no alto das criaturas, tochas que queimam para liderar o exército, tochas que queimam e iluminam as lanças carregadas pelas tropas, os arcos e as flechas, os porretes.

Todos eles carregando armas.

— Ah, nós derrotamos os Spackle — o prefeito continua. — Nós os matamos aos milhares, sem dúvida, todos eles em um raio de quilômetros. Por mais que eles tivessem a superioridade numérica por uma margem considerável, nós tínhamos armas melhores e estávamos mais motivados. Nós os expulsamos desta terra, e ficou entendido que eles nunca iriam voltar, nunca mais se tornariam um obstáculo. Nós transformamos alguns deles em escravos, é claro, para reconstruir a cidade depois daquela guerra. Foi apenas justo.

A cidade, agora, está realmente **RONCANDO**. O exército parou de marchar, e dá pra ouvir pessoas correndo de um lado pro outro e gritando umas com as outras, berrando coisas que não fazem sentido, coisas de quem não acredita no que está acontecendo, coisas de medo.

Eu desço dos escombros, apressado, e vou até o prefeito. Pressiono a arma com força contra suas costelas e pergunto:

— Por que eles voltaram? Por que *agora*?

E o sorriso continua.

— Imagino que eles tenham tido tempo para descobrir como acabar com a gente de uma vez por todas, você não acha? Passados todos esses anos… Imagino que eles estivessem apenas à procura de um motivo.

— Que motivo? — grito com ele. — Por quê…

E eu paro de falar.

O genocídio.

Todos os escravos mortos.

Os corpos empilhados como se fossem lixo.

— Isso mesmo, Todd. — Ele assente, despreocupado, como se nós estivéssemos conversando sobre o tempo. — Acho que é muito provável que seja isso, concorda?

Eu olho pra ele, começando a compreender a situação tarde demais, como sempre.

— Você fez isso — digo. — É *claro* que foi coisa sua. Você matou todos os Spackle, todinhos, e armou pra que parecesse ter sido um ataque da Resposta. — Eu empurro o rifle contra o peito dele. — Você estava *torcendo* para que eles voltassem.

Ele dá de ombros.

— Eu estava torcendo para ter a oportunidade de derrotá-los de uma vez por todas, é verdade. — Ele aperta os lábios. — Mas é você a quem tenho que agradecer por acelerar o plano.

— Eu?

— Ah, é, sem dúvida você, Todd. Eu armei tudo. Mas foi você quem enviou o mensageiro até eles.

— O mensa...?

Não.

Não.

Eu viro e subo correndo os escombros outra vez, com o binóculo no rosto, olhando, olhando e olhando.

Eles são muitos e estão muito longe.

Mas ele está lá, não está?

Em algum lugar naquela multidão.

O 1017.

Ah, não.

— Devo dizer que *Ah, não* é a resposta mais adequada, Todd. Eu deixei o Spackle vivo para que você o encontrasse, mas mesmo com o *relacionamento especial* que havia entre vocês dois, ele não gostava muito de você, não é? Por mais que você tentasse ajudá-lo. Você é o rosto do torturador, o rosto que ele levou para mostrar a seus irmãos Spackle.

Ouço um riso baixo.

— Eu detestaria ser você agora, Todd Hewitt.

Eu giro e olho pro horizonte por todos os lados. Eu dou mais uma volta. Há um exército no sul, um no leste e, agora, um marchando do oeste.

— E nós aqui sentados — o prefeito comenta, ainda parecendo calmo. — Bem no meio disso tudo. — Ele coça o nariz com o ombro. — Eu me pergunto o que aqueles pobres coitados na nave batedora devem estar pensando.

Não.

Não.

Eu giro mais uma vez, como se pudesse ver todos eles vindo. Vindo pra cima de mim.

Minha mente está acelerada.

O que eu faço?

O que eu *faço*?

O prefeito começa a assoviar, como se tivesse todo o tempo do mundo.

E Viola está lá...

Ah, meu Deus, ela está lá, no meio daquilo tudo...

— O exército — digo. — O exército vai ter que enfrentar eles.

— No tempo livre? — o prefeito pergunta, erguendo as sobrancelhas. — Quando eles tiverem alguns minutos vagos enquanto lutam contra a Resposta?

— A Resposta vai ter que se juntar a nós.

— Nós?

— Eles vão ter que lutar junto ao exército. Eles vão *ter que* fazer isso.

— Você acha mesmo que é assim que mestra Coyle vai agir?

O prefeito está sorrindo, e posso ver suas pernas começarem a quicar pra cima e pra baixo, cheias de energia.

— Ela vai considerar que eles têm um inimigo em comum, não é verdade? Pode escrever o que estou dizendo. Ela vai tentar negociar.

Ele capta meu olhar mais uma vez.

— E onde você fica nessa, Todd?

Estou com dificuldade pra respirar. Não tenho uma resposta.

— E Viola está lá, no meio da confusão — ele lembra. — Sozinha.

Ela está.

Ela está lá.

E ela não consegue nem *andar*.

Ah, Viola, o que foi que eu fiz?

— E, sob essas circunstâncias, meu caro garoto, você acha mesmo que o exército vai querer você como líder? — Ele ri como se essa sempre tivesse sido a ideia mais estúpida de todas. — Acha que eles vão confiar em *você* para liderar os homens na batalha?

Eu viro pra trás de novo com o binóculo. Nova Prentisstown está caótica. Prédios queimam a leste. As pessoas correm pelas ruas, fugindo da Resposta, fugindo do exército do prefeito, e agora fugindo dos Spackle, correndo em todas as direções sem ter nenhum lugar pra onde ir.

A trombeta soa novamente, explodindo o vidro de algumas janelas.

Eu observo a trombeta pelo binóculo.

É grande e comprida, mais comprida que quatro Spackle lado a lado, carregada nas costas de duas das criaturas com chifres e soprada pelo maior Spackle que eu já vi na vida.

E eles chegaram ao sopé do morro.

— Acho que é hora de você me soltar, Todd — o prefeito fala, sua voz um zumbido baixo no ar.

Eu viro pra ele, apontando a arma mais uma vez.

— Você não vai me controlar — digo. — Não vai mais.

— Não estou tentando controlar você. Mas acho que nós dois sabemos que é uma boa ideia, não concorda?

Eu hesito, a respiração pesada.

— Eu já derrotei os Spackle antes. A cidade sabe disso. O exército sabe disso. Acho que eles não vão ficar muito ansiosos para me dispensar e se unir sob a sua liderança agora que sabem contra o que estão lutando.

Ainda não digo nada.

— E, mesmo depois de toda essa traição da sua parte, Todd... — ele continua, olhando bem nos meus olhos — ... eu *ainda* quero você ao meu lado. *Ainda* quero que você lute ao meu lado. — Ele faz uma pausa. — Podemos vencer isso juntos.

— Eu não quero vencer isso com você — retruco, encarando o cano da arma. — Eu *derrotei* você.

Ele mexe a cabeça, como se concordasse, mas então diz mais uma vez:

— As coisas mudam, mas continuam as mesmas.

Ouço pés em marcha se aproximando da igreja. Uma tropa do exército finalmente conseguiu se recuperar o suficiente pra entrar na cidade. Ouço os homens descendo uma rua secundária na direção da praça.

Não há muito tempo.

— Eu não me importo nem que você tenha me amarrado, Todd, mas você precisa me soltar. Eu sou o único que pode derrotá-los.

Viola...

Viola, o que eu faço?

— É, Viola, mais uma vez — ele diz, todo sonso e fingido. — Viola está lá, entre eles, sozinha.

Ele espera até que eu esteja com os olhos fixos nos seus.

— Eles vão matá-la, Todd. Vão mesmo. E você sabe que eu sou o único que pode salvá-la.

A trombeta toca de novo.

Outro *BUM* no leste.

Os pés dos soldados do prefeito estão se aproximando.

Eu olho pra ele.

— Eu derrotei você — digo. — Quero que lembre disso. Eu derrotei você e vou derrotar de novo.

— Não tenho a menor dúvida.

Mas ele está sorrindo.

VIOLA, penso, apontando pra ele, que se encolhe.

— Se você salvar ela, você vive. Se ela morrer, você morre — digo.

Ele faz que sim.

— Combinado.

— Se tentar me controlar, eu atiro em você. Se tentar me atacar, eu atiro em você. Entendeu?

— Entendi.

Espero mais um segundo, mas não há mais segundos.

Não há mais tempo pra decidir nada.

Só que o mundo está em marcha pra se encontrar bem aqui, nesse segundo.

E ela está lá, no meio de tudo aquilo.

E eu nunca vou me afastar dela de novo, nem quando não estivermos juntos.

Me perdoa, penso.

E vou até as costas do prefeito e desamarro a corda.

Ele levanta devagar, esfregando os punhos.

Levanta o rosto quando a trombeta toca mais uma vez.

— Finalmente — diz. — Chega dessa luta furtiva e anônima, chega de perseguir sombras e toda essa bobagem de mistérios clandestinos.

Ele vira pra mim e capta o meu olhar, e por trás do seu sorriso eu vejo o verdadeiro brilho da loucura.

— Finalmente chegamos ao que é verdadeiro, aquilo que faz homens serem homens, aquilo para o qual *nascemos*, Todd.

Ele esfrega as mãos, e seus olhos estão brilhando quando ele diz a palavra:

— *Guerra.*

FIM DO VOLUME 2

MAIS *MUNDO EM CAOS*

UM CONTO INÉDITO DE PATRICK NESS

O VASTO, VASTO MAR

13 ANOS ANTES

— Isso precisa acabar, Declan. Você sabe disso. Nós estamos indo embora.

— Mestra...

— Vai ficar morando aqui sozinho? Sei que você acha que dezesseis anos é idade suficiente, mas...

— Eu não estaria *sozinho*...

— Declan...

— A senhora nunca me mandou parar. Só me disse para não atrapalhar ninguém...

— Nunca ia dar certo. Eu estava esperando que você percebesse isso...

— Por quê? Só porque Eli Pinchin diz...

— Eli Pinchin é um homem racista e detestável...

— Então por que eu deveria...

— Porque há outras razões além do que Eli Pinchin fala por aí!

Ela se levantou e começou a preparar a xícara de chá mais raivosa que Declan já tinha visto.

— Mestra...

— E não minta para mim, Declan. Estou vendo no seu Ruído, com a maior nitidez, que você não está escutando uma palavra do que estou dizendo.

Declan franziu o cenho e falou:

— Tudo bem, então escute isso.

Ele abriu seu Ruído e mostrou a ela.

Os últimos moradores que restavam em Horizonte carregavam suas carroças na pequena praça arenosa da cidade. Declan evitou contato ao passar por eles a caminho da casa que dividia com a mãe.

Se bem que isso não é mais verdade, né?, pensou. Sua mãe já tinha ido para Refúgio com o penúltimo grupo naquela manhã, e, antes de partir, os gritos dela foram ainda piores que os de mestra Coyle. Eles trocaram farpas e não fizeram as pazes. Isso pesava sobre ele como uma ferida aberta, que ele não conseguia deixar de cutucar. Não queria ter essas desavenças, nem com a mãe, nem com a mestra, nem com a *cidade*. Não era dado a desavenças.

Mas simplesmente não conseguia fazê-las compreender. E se elas não conseguiam compreender, então…

— Declan Lowe.

A voz de Eli Pinchin sempre soava como um sussurro, mesmo quando ressoava pelas dunas.

Embora contrariado, Declan se virou. Eli era o encarregado da mudança final. Transportaria os últimos bens da cidade, justamente os mais vitais — os geradores, remédios e suprimentos restantes —, nos quatro carros de boi e no carro de fissão que iam e voltavam de Refúgio.

Eli Pinchin *era* dado a desavenças, seu rosto sendo a própria representação da ira divina sob um chapéu. As mulheres e os homens que o ajudavam com o trabalho tinham parado também. Um muro de Ruído agitado foi emitido pelos homens, e no alto desse muro estava o Ruído do próprio Eli, como um general marchando em seu baluarte.

Não era um Ruído agradável. Estava repleto de Declan e das coisas que eles o imaginavam fazendo, coisas às quais aquelas pessoas diziam ter aversão, embora parecessem ter imagens completas pairando em suas mentes.

Não é nada assim, respondeu o próprio Ruído de Declan, embora ele soubesse por experiência própria que não lhe dariam atenção. Não mesmo.

— Eu não tenho nada para falar contigo, Eli.

— Sua hora está chegando, garoto.

— A hora de todo mundo está chegando — retrucou Declan, a ousadia de responder daquele jeito fazendo seu estômago revirar.

Eli superava Declan em vinte quilos e dez centímetros. Se chegassem às vias de fato, não duraria muito.

— Até a sua — completou Declan.

— Vamos partir de manhã, garoto. Todos nós. Você não é a exceção que pensa que é.

O Ruído de Eli mostrou uma imagem de Declan sendo arrastado pela carroça, com as mãos amarradas e amordaçado.

Declan enfiou as mãos nos bolsos e se virou, mas, ao caminhar pela praia, jurava sentir o olhar de Eli apunhalá-lo, pressionando-o entre as escápulas como o cano de uma espingarda. Forçou-se a continuar andando, desviando para a descida que levava até a água.

Mas se mantendo bem distante das ondas de verdade.

Comer, ele ouvia os peixes dizerem, vendo suas sombras compridas e escuras se movendo pela água como torpedos. Eles eram a principal razão para Horizonte estar acabando. Por mais de dez anos, as pessoas da cidade tentaram ganhar a vida como pescadores e pescadoras, não apenas obtendo alimento para si mesmos, mas também — assim esperavam — conseguindo estabelecer um recurso comercial vital para outras partes do Novo Mundo. Tinham ido para lá, como todos os colonos que chegavam, sonhando com um lar livre das máculas do Velho Mundo que haviam deixado para trás.

Mas, claro, ninguém tinha esperado que o *novo* mundo fosse cheio de Ruído. Nem que seus mares fossem cheios de monstros.

Os peixes — se é que era possível realmente chamá-los assim, uma vez que olhavam a pessoa nos olhos e anunciavam sua intenção de comê-la logo antes de fazer isso — não eram invencíveis. Eles podiam ser apanhados, podiam até ser comidos, desde que quem os comesse não se importasse com o sabor de ferro da carne, coisa que não mudava por mais que fosse temperada. Mas eles existiam em número grande demais, apesar de uma batalha de dez anos contra eles. Eram tantos que mal permitiam uma pesca *segura*, muito menos viável. Pior: acabou-se descobrindo que os peixes também criavam outros peixes como fonte de alimento, portanto defendiam e cuidavam ferozmente dos cardumes menores que comiam, cardumes que os humanos na praia gostariam de comer também. Cada dia em um barco era como pular em um covil de leões para pegar um cordeiro assustado.

A cidade havia começado com otimismo e passou para a fase de desafio antes de, lentamente, bem lentamente, ruir, derrotada. Um mês antes, o argumento de mestra Coyle de que era hora de fazer as malas e voltar para Refúgio, onde poderiam pelo menos comer com uma frequência normal, *finalmente* ganhara a discussão. Pescadores teriam que se tornar agricultores, teria que ser assim. Eli Pinchin, o único que ainda se opunha à ideia, tinha cedido depois de muito tempo, após perder um segundo filho naquele verão, quando um peixe atacou seu barco e o derrubou na água. O rapaz não teve a menor chance.

Os moradores da cidade sentiam que finalmente não restava nada que os segurasse ali. Nisso, eles estavam, na maior parte, certos.

Mas só na maior parte.

Declan fechou o zíper da jaqueta enquanto dava a volta pelos fundos da igreja. O inverno ainda não tinha se instalado por completo, mas já se anunciava, com as lufadas congelantes vindas do mar. Um frio pairava no ar, mais intenso que o habitual. Mais motivo ainda para a cidade partir no dia seguinte de manhã, escapar antes da primeira leva de temperatura mais severa, capaz de destruir a vegetação e congelar a superfície da água.

Amanhã de manhã, pensou Declan, percorrendo o curto caminho até em casa.

Ainda não tinha ideia do que fazer. Por que ele? Por que ele, de todos os garotos da cidade? Ele era o menos provável, o mais reservado, o que nunca ia causar confusão.

Até que a confusão o encontrou, pensou.

Ele abriu a porta de casa.

— Olá? — chamou.

Não houve resposta. A casa, na verdade um barraco, com os três aposentos pequenos demarcados por cortinas penduradas, estava basicamente vazia. A mãe havia levado os próprios pertences consigo naquela manhã, e Declan não tinha muita coisa para chamar de sua. Roupas, é claro, algumas fotos, seu equipamento de pesca, mantido limpo e polido. Não tinha embalado nada disso para a mudança, mas era tão pouca coisa que podia arrumar tudo em menos de cinco minutos.

Mas não ia fazer isso. Não, não ia.

— Olá? — chamou de novo, agora sendo invadido por um leve temor.

Eles não teriam *feito* nada...

Teriam?

Foi até a porta dos fundos e a empurrou, o que a fez se abrir com mais força que o pretendido, de modo que ela fez um estrondo ao bater na parede dos fundos da casa...

O que a assustou. Ela estava sentada em um canto do jardim batido, usando a mesma roupa leve de sempre, uma roupa de líquen, alheia à brisa fria. Declan viu que estava lendo um livro no tablet dele. A estranha atração dela pelas palavras escritas do povo dele ainda existia com toda a força. Ela continuava impressionada que fosse possível botar tanto de si mesmo em frases. Via aquilo como uma redução, quando a expansão parecia muito mais natural. No entanto, ali estava ela outra vez, passando tempo decodificando uma língua que não era a sua.

Talvez estivesse tentando decodificá-lo, pensou ele.

Se ela conseguisse, Declan ficaria contente em ouvir suas descobertas.

O Ruído dela vibrou com calor ao vê-lo, mas isso foi seguido imediatamente por tristeza. Ela o leu em um instante, embora soubessem havia semanas que aquele dia chegaria.

Amanhã de manhã, mostrou ela.

— Vamos dar um jeito — disse ele.

E abriu seu Ruído para ela em um abraço.

— Não é *natural*! — gritara com ele sua mãe, mais uma vez, na noite da véspera. — Ela é um animal.

— Ela *não é* um animal! — gritara ele em resposta. — Ela pensa. Ela fala. Ela *sente*...

— Eles só sentem coisas imitando o que nós sentimos, você sabe disso.

— *Eu* não sei nada disso. Isso é o que Eli Pinchin diz, mas desde que você começou a dar ouvidos a ele...

— Você está envergonhando a si mesmo. A *mim*...

— Isso não tem nada a ver com você...

— E em que cidade pequena você viveu a vida toda que o deixou com a impressão de que o que faz não importa? De que não é notado pelas outras pessoas?

— Isso não é da conta de ninguém...

— Não existe isso de não ser da conta de ninguém. Não mais. Você precisa deixá-la para trás. É o que precisa ser feito, sem discussão. Não há escolha.

— Eu não vou...

— O que exatamente você acha que vai acontecer, Declan? Que Eli Pinchin vai recebê-la como uma semelhante? Que vai te dar a bênção para se casar com ela?

— Eu não *preciso* da bênção dele. Nem da *sua*...

— Eu esperava que você quisesse minha bênção. Filho, os Spackle são *perigosos*. Há rumores de que sofreremos ataques, até histórias sobre uma possível guerra...

— Rumores vindos de Eli Pinchin. *Histórias* de Eli Pinchin. Ele não é nem prefeito...

— Mestra Coyle também não está muito feliz com isso.

— E quem são eles para me dizer como devo levar minha vida? Toda a ideia de voar tão longe, até este planeta estúpido, não foi por ser um lugar livre?

— *Ela não vai para Refúgio com a gente.*

— Mas tem mais Spackle lá. Eles trabalham lado a lado.

— Eu não vou aceitá-la na minha casa.

— Então vou arranjar uma casa para mim.

E, por alguma razão, essa foi a gota d'água para ela. Ela havia usado muitas palavras feias, nomes muito feios para os Spackle, e ele dissera coisas muito fortes e raivosas em resposta, até que ela o expulsou de casa. Ele dormiu ao relento. Nenhum dos dois queria conversar, nenhum dos dois queria ser o primeiro a tentar resolver a discussão. Naquela manhã, ele ficou de longe vendo-a partir, sem acenar em despedida, sem ela acenar de volta, e ele voltou para a casa vazia.

Que, para ele, não estava nada vazia.

O nome dela — uma palavra que não era nem de perto a exata, mas que foi o resultado de eles terem tentado encontrar *algo* em comum — era parecido com Centro de Pedra ou Intenção Resoluta ou Rocha Resistente à Maré, que não eram em Spackle os insultos que poderiam soar para os humanos. "Pedra" e "Rocha" na língua sem palavras deles significavam, entre toda uma variedade de outras coisas, algo inabalável. Uma Rocha Contra a Maré não era algo duro, ou pelo menos nem sempre, mas algo forte, resistente.

Mas não é exatamente o que você pensa, mostrara ela. **Esse nome, com todas as suas camadas, é mais um incentivo que um fato.**

— Eles acham que seu núcleo devia ser mais rochoso?

Enquanto, ao mesmo tempo, já é algo um tanto rochoso.

— Ah. Então é mais ou menos como todo o resto das pessoas.

Ela riu, um dos raros sons propriamente ditos que os Spackle faziam, uma espécie de estalo alegre. Os dois então concordaram que, como Rocha Contra a Maré era um pouco grande demais, ele podia chamá-la só de Ma.

O contato entre os Spackle e os humanos havia começado com otimismo, assim como tudo o mais no Novo Mundo. Os nativos tinham sido outra surpresa. Eles não haviam aparecido nos scans habituais feitos da órbita pelos colonos antes de pousarem, ou, se tinham aparecido, foram considerados nada mais que vida selvagem. Ou pelo menos foi nisso que os colonos escolheram acreditar enquanto lidavam com as outras surpresas do lugar.

Declan era novo demais para se lembrar do trauma do Ruído logo que as naves pousaram. Contudo, até sua mãe se juntar ao grupo que se mudou para fundar Horizonte, uma espécie de compreensão relutante quanto à sua situação já havia se estabelecido, com muitos dos colonos se espalhando o máximo possível em busca de relativa paz e silêncio. Algumas famílias sempre planejaram tentar a pesca; juntaram-se a elas outras mais, entre elas a mãe de Declan. Eles desceram o rio até o mar, ficando cada vez mais acostumados com o Ruído com o passar dos anos.

Ficando, porém, só um pouco mais acostumados com os Spackle. As primeiras relações não foram bem-sucedidas, e ocorreram alguns desastres iniciais sobre os quais os colonos nunca gostavam de falar, mas cujos detalhes sangrentos Declan tinha lido no Ruído deles. Depois de algum tempo, estabeleceu-se uma espécie de paz distante. Os dois grupos se evitavam na maior parte do tempo, e, quando os fundadores de Horizonte chegaram ao mar, os Spackle que viviam ali sabiam que deveriam manter distância de um povo cujas armas eram melhores, mais afiadas e mais eficientes para matar.

Só que os Spackle sabiam pescar. Sabiam navegar tanto nas águas do mar quanto por entre as criaturas que viviam nelas, usando para isso botes chatos e pequenos com capacidade para um só Spackle, ainda que essas embarcações não parecessem capazes de resistir a uma brisa leve. Enquanto os humanos se atrapalhavam, se afogavam e eram comidos em seus barcos de madeira pesados, os Spackle — caçando com combinações intimidadoras e sofisticadas de lança e rede — podiam ser vistos no mar ao norte, de pé em seus barcos precários e enchendo-os com volumes enormes de pesca.

Horizonte foi forçada a comercializar com os Spackle para que os moradores sobrevivessem. Nicola Coyle, prefeita da cidade e única mestra curandeira, deu início às negociações, oferecendo principalmente produtos em ferro e serviços de ferreiro — que os Spackle usaram com os animais que criavam — em troca de peixe e de conhecimento de pesca que os humanos não conseguiam assimilar. Ainda assim, os dois grupos estabeleceram uma espécie de coexistência que durou quase uma década, embora sempre tenha parecido depender da divisão clara entre Horizonte ao sul da boca do rio e os povoados Spackle ao norte.

Até o dia em que Declan estava lendo um livro na margem do rio, seis meses antes. Ele alegara estar doente para evitar seus deveres na pescaria naquela manhã, pois acordara tarde e o barco de Eli Pinchin era o único que faltava sair. Todo mundo achava horrível pescar com Eli, mas Declan odiava mais que todos. Não tinha o menor problema com as tarefas executadas em um barco, desde que os olhos desdenhosos de Eli não estivessem sobre ele. Quando isso acontecia, Declan descobria que não conseguia dar um nó, não conseguia carregar uma carretilha, não conseguia erguer uma rede. Seu Ruído vibrava cor-de-rosa de vergonha o tempo inteiro, a ponto de ameaçar não deixar espaço para o Ruído das outras pessoas no barco. Suas alegações de uma tosse forte foram bem recebidas, talvez com demasiada avidez, por Eli e sua tripulação.

Então, naquela manhã, Declan foi escondido para um lugar do qual gostava perto do rio, um local isolado e silencioso, em que a água que corria abafava a maior parte do Ruído da cidade. Seu Ruído pintava sua leitura no ar, e ele se perdeu alegremente naquilo tudo. Até chegar ao fim de um capítulo e parar.

Mas o que acontece com o garoto?, perguntou uma voz através das árvores, com um sotaque que não era humano. Havia uma Spackle acima dele, esticada sobre um galho, observando-o com atenção. **Espero que ele não... passe fome? Essa é a demonstração certa?**

— É o quê? — perguntou ele.

Ela desceu do galho com uma facilidade e agilidade que ele nunca alcançaria nem se passasse cem anos praticando e apontou para o tablet de leitura dele. **Esse garoto**, mostrou ela. **Ele não é real. Ele é uma criação da memória. Um canal para significado.**

— Uma história — respondeu Declan.

O Ruído dela ficou reluzente com essa palavra. **Uma história. Isso.**

Eles então ficaram olhando um para o outro, o Ruído dele dizendo a ela sabe-se lá o quê, o dela mais organizado, mais curioso, se estendendo na direção dele ao mesmo tempo que também se examinava, avaliando a situação. O fato de ela ser uma fêmea com Ruído foi suficiente para deixá-lo atônito por um momento. Mulheres humanas não tinham Ruído, é claro, algo que causara uma infinidade de dificuldades, considerando a avidez dos humanos por se sentirem ultrajados diante das diferenças.

Mas ali estava ela, tentando se comunicar, querendo se conectar.

O que acontece depois?, mostrou ela, e Declan levou um momento para entender que ela se referia ao livro.

O que realmente aconteceu depois foi que eles se encontraram no dia seguinte para terminar a história. E no dia seguinte ao seguinte para começar uma nova. E, de algum modo, foi simples e impossível assim.

Eles logo percorreram a pequena biblioteca dele, que passou a fazer uploads de cada vez mais textos dos estoques da cidade. Ela aprendeu a linguagem escrita com uma velocidade surpreendente, e ele acabou por deixar que ela pegasse emprestado o tablet com tanta frequência que ele nem mais o considerava de fato seu. Quando as jornadas de trabalho dos dois acabavam — ambos eram pescadores, algo tão exaustivo que só queriam falar sobre *qualquer* outra coisa —, eles se encontravam na margem do rio e liam juntos, ela observava a história se desenrolar no Ruído dele ou o contrário, o que era ainda mais incrível, pois o Ruído dela reformulava a história através da perspectiva de uma Spackle. Era melhor do que qualquer vídeo que ele já vira.

Mais rápido do que ele podia esperar, ela passou a significar algo para ele, mais que apenas amizade, apesar de todas as diferenças, apesar das simples incompatibilidades físicas, das experiências de vida extremamente distintas, do enorme fato inegável que eles não eram da mesma espécie.

O coração dele era afetado ao vê-la, isso era o máximo que ele conseguia explicar. E ele via o coração dela ser afetado quando o via, também. E, se eles não podiam estar envolvidos de maneira física no sentido que toda a maldita cidade parecia passar tempo demais tentando imaginar, havia outras maneiras que podiam inventar. Melhor ainda: em seu Ruído compartilhado, eles podiam ser íntimos de um jeito completamente diferente de tudo que Declan já havia conhecido. O suficiente para parar o mundo.

O que vai acontecer?, perguntou ela, apoiando o tablet em uma mesinha de jardim.

— Não sei — respondeu ele. — Você ainda está disposta a tentar? A agirmos por conta própria?

Sim, disse ela, mas a questão ao se falar com um Spackle era que havia mais que apenas palavras nas palavras que eles diziam. Ela disse **Sim**, mas isso continha toda a tristeza por deixar a família para trás, a preocupação que as coisas não fossem se tornar mais fáceis se eles se mudassem para Refúgio ou — a opção que ele preferia — encontrassem um lugar remoto, talvez sozinhos, onde pudessem ficar apenas os dois. Por mais improvável que soasse. Não era um grande plano, mas era o que tinham.

Porque nenhum dos lados estava muito feliz em relação a Declan e Rocha Contra a Maré.

Não era possível manter uma coisa dessas fora do Ruído, é claro, mas a cidade nunca prestara atenção especial em Declan. Algumas semanas chegaram a se passar antes que Eli Pinchin o flagrasse na igreja em um pensamento despreocupado. Nada muito ruim, só que ele havia pegado na mão dela pela primeira vez no dia anterior, sentindo o calor de algum modo surpreendente da pele dela contra a sua.

Declan ergueu os olhos e se deparou com Eli o encarando, seguido pelos rostos ao redor.

E assim a pressão começou. Os xingamentos. Até os sermões na igreja começaram a alertar contra os perigos da "impureza". A mestra, ao mesmo tempo que claramente reprovava a relação, ainda os protegeu um pouco quando as coisas ameaçaram sair de controle, mas a mãe dele apenas chorou, brigou, depois chorou mais um pouco, apesar dos protestos dele de que os dois eram "apenas amigos, só isso, não aconteceu nada".

O que, mesmo então, não era exatamente a verdade.

De parte de Ma, ela convencera seu povo de que via Declan como pouco mais que um animal de estimação. Ela riu quando ele se sentiu ofendido.

Mas eu vi como seu povo ama seus animais de estimação.

Foi quando aquela palavra apareceu pela primeira vez. Amor.

Você às vezes não se pergunta se, de certa forma, eles têm razão? Que estamos pedindo demais do mundo?, perguntou ela agora, com tristeza.

— Não. São eles que estão pedindo muito pouco.

O Ruído dela se aqueceu, ela gostou da resposta, mas não havia como disfarçar que havia também ansiedade.

E também havia algo novo no Ruído dela.

— O quê? — perguntou ele, tentando lê-la. — O que é?

Ele a sentia lutando contra o próprio Ruído, se perguntando o quanto era seguro revelar.

— Pode me contar — disse ele. — Você pode me contar qualquer coisa.

* * *

A primeira indicação que ele sentira do quanto as coisas tinham ficado perigosamente ruins surgiu num dia em que estava no barco de Eli Pinchin. Dois dos filhos de Eli — o mais jovem seria morto por um monstro mais tarde naquele verão — estavam com arpões, de guarda contra um peixe grande que cercava o barco. Outro garoto, Andrew, estava ajudando Declan com as redes, e uma garota chamada Deborah cuidava dos motores e do leme. Declan estava puxando e enrolando uma linha pesada, sem a rapidez e a habilidade de que Eli gostaria.

— Como você pode ter chegado a essa idade e ainda ser tão nulo em termos de talento, garoto? — disse Eli.

Declan ouviu os outros rirem, mas continuou apenas puxando a linha.

— Está com a cabeça em outro lugar? — provocou Eli. — Pensando na sua *fêmea* lá do rio?

Declan parou por um momento o que estava fazendo, mas voltou ao trabalho.

Ele sentiu a respiração de Eli quente em seu ouvido, de repente muito próxima.

— Você é uma abominação.

Declan girou o corpo e ficou com as costas apoiadas na amurada baixa do barco. Eli se ergueu sobre ele, enquanto o resto da tripulação acompanhava a cena.

— Não sei muito bem se gosto da ideia de ter um pervertido em meu barco — comentou Eli, alto o suficiente para todo mundo ouvir.

— Não sou um pervertido. Ela é só uma amiga…

— Ora essa, é óbvio que isso é mentira, não é, garoto? Estamos todos vendo no seu Ruído. Todos nós.

— O que você tem a ver com isso, aliás? — perguntou Declan, o rosto queimando.

Eli se abaixou, o hálito exalando mau cheiro, os olhos arregalados.

— A mestra pode concordar com isso…

— Na verdade, ela não…

— ... mas aqui na água, é o capitão quem manda. E *este* capitão não tem tanta certeza de que quer alguém como você contaminando o barco.

Por um momento houve apenas o som das ondas batendo na embarcação baixa e o Ruído do monstro que nadava em volta deles. Mas, no fundo de Eli, Declan viu um plano se formando.

— Não... — começou Declan, mas era tarde demais.

Eli o agarrou pela frente da túnica, ergueu-o com facilidade alarmante e o empurrou para fora, em direção à água...

Mas não o largou.

Declan ficou pendurado na lateral do barco, todo o seu peso acima do mar, só os pés e tornozelos ainda para dentro. A força bruta de Eli o suspendia ali, acima do monstro, que tinha passado a dizer **comer** quando sentiu que talvez estivesse prestes a ser alimentado.

— Ninguém ia sentir sua falta, garoto. Sua mãe ia chorar e se lamentar, mas, no fundo, ficaria satisfeita por ter se livrado da mancha que você...

— Capitão... — chamou um dos filhos de Eli, segurando o arpão com nervosismo.

Eli o ignorou.

— Eles são uma praga — disse com rispidez para Declan. — Estão massacrando gente no oeste. A *guerra* está chegando. E você acha que tem o direito de se juntar com umazinha deles?

Declan se debateu nas mãos do homem, a água muito perto.

— Ela não é *assim*...

— Pai! — chamou o filho de Eli, agora mais alto.

— O *que foi?* — rosnou Eli.

— Tem dois — respondeu o filho.

— Três — indicou Deborah, olhando fixamente para a água.

— Vão vir mais se você continuar com isso — comentou o filho de Eli. — Ou largue o garoto na água ou o puxe de volta.

Eli deu um sorriso desdenhoso, mas olhou para o mar abaixo de Declan, que se contorceu para olhar também. E havia mesmo três formas escuras nadando em círculos nas profundezas.

E uma quarta.

Eli e Declan se entreolharam mais uma vez. No Ruído de Eli, Declan via Eli o soltando, via seu corpo na água, na boca dos monstros que esperavam...

Mas, com um grunhido, Eli puxou Declan de volta para o barco e o deixou cair de qualquer jeito no banco de madeira.

— De volta à praia! — gritou o capitão, em um tom que não tolerava nenhuma discordância.

Deborah acionou o pequeno motor de fissão e os conduziu na direção do cais de Horizonte.

Ninguém no barco olhou nos olhos de Declan no caminho de volta.

As luas nasceram em um horizonte, enquanto o sol começava a se pôr no outro.

Declan não conseguia fazer com que seu Ruído compreendesse o que Ma tinha acabado de lhe contar.

— Se as coisas têm que ser assim — disse ele por fim, sem olhar para ela, sentindo a pressão das palavras em sua garganta —, então talvez *devêssemos* abrir mão um do outro, talvez...

Minhas palavras anteriores continuam verdadeiras. Vamos dar um jeito, mostrou ela.

— Mas, Ma...

Você acha que é o único que vai fazer um sacrifício. Mas isso não é verdade.

Declan segurou o rosto entre as mãos, sem saber o que fazer. Ma seria banida. Foi o que ela lhe informara. Ia se tornar uma inimiga dos Spackle. Naquela tarde, Ma encontrara seu povo esperando por ela quando chegou com seu bote de pesca. Eles não acreditavam mais que Declan sequer se parecesse com um animal de estimação para ela. Tinham visto a profundidade do que ela sentia em seu Ruído o tempo todo, é claro, mas acharam que fosse um capricho passageiro. Só toleraram aquilo porque o povoado

— e, portanto, Declan — estava de partida. Quando leram no Ruído dela que os dois pretendiam ficar juntos, informaram a Ma das consequências em termos que não deixavam dúvidas.

Uma guerra está chegando. Entre meu povo e o seu.

— Mas se *isso* é verdade, para onde poderíamos ir? Em que lugar estaríamos longe dessa guerra?

Do outro lado do mar. Há terras diferentes, com vozes diferentes...

— Como iríamos atravessar o mar?

Faríamos o que fosse preciso. O mundo é grande. Sem dúvida há espaço nele para alguém como você e alguém como eu.

— Bem que eu queria acreditar nisso. Mas as coisas nunca parecem ser assim.

Ele olhou ao redor, observando o pequeno quintal, com sua cerca derrubada e o mato que ninguém tinha tempo de capinar direito. Tudo isso era nos fundos de uma casa de madeira que era mais inclinada do que deveria, no momento vazia, depois de uma vida em uma aldeia para a qual todos tinham se mudado cheios de esperança e na qual não restava mais nenhuma.

Ela leu tudo isso em um instante, e ele já podia sentir o Ruído dela prestes a repreendê-lo.

— Eu abro mão de você, se for preciso — disse ele, seu olhar sem encontrar o dela. — Se isso mantiver você em segurança.

Mas o que te faz pensar que eu vou abrir mão de você?

O Ruído dela mudou mais uma vez, e ele viu que ela tinha aberto espaço para ele em seu interior. Ele tentou imitá-la, mas não conseguia fazer com que sua esperança funcionasse com força suficiente. Só lhe restava se inclinar para os braços dela e procurar uma fuga para os dois em um futuro que parecia não oferecer nenhuma.

Uma batida na porta da frente dele fez com que os dois ficassem alertas de repente. O sol estava se pondo por trás dos morros e a noite caía, trazendo ainda mais frio. O inverno, sem dúvida, se aproximava, e seria implacável.

De novo, a batida.

— Sei que você está aí dentro, Declan! — gritou alguém. — Até um cego vê o seu Ruído.

— Mestra Coyle — sussurrou Declan.

Ela já demonstrou compaixão, respondeu Ma.

— Até certo ponto.

Declan ficou de pé. Ma o seguiu para dentro da casa. Foram até a porta e a abriram.

— Preciso falar com você, Declan — disse mestra Coyle. — A sós.

— Eu já falei que não vou a lugar algum, mestra.

— Não é por isso que estou aqui.

O rosto dela estava inflexível. Ela não disse mais nada.

Declan tentou esperar que ela falasse primeiro, mas ninguém conseguia fazer isso com mestra Coyle. Ele olhou para Ma, em seguida para a mestra.

— Ma vai ficar segura aqui sozinha?

— Tão segura a quanto em qualquer outro lugar — disse a mestra Coyle.

O que não é lá muita coisa, não é?, mostrou Ma.

— Se o que vocês estivessem tentando fazer não fosse monumentalmente estúpido, eu diria que você parece bem inteligente. — A mestra se virou para Declan: — Venha comigo.

Vá. Eu vou ficar bem, mostrou Ma.

Ele esperou um momento, em seguida saiu com a mestra...

Que se virou para trás antes que a porta se fechasse e estendeu a mão para impedir que batesse, então se inclinou para dentro para se dirigir a Ma:

— Fique fora de vista. Apenas fique aí dentro e vá ler, já que sei que você gosta muito disso. — Ela ignorou as perguntas que se erguiam no

Ruído de Declan quando saiu andando a passos firmes, antes de voltar a olhar para ele e dizer: — Você vem ou não?

— Aonde estamos indo? — perguntou Declan enquanto subiam mais a trilha.

— Aonde parece? — resmungou mestra Coyle, se erguendo com o apoio de um galho de árvore.

Haviam seguido uma trilha para os morros que cercavam a cidade no lado contrário do oceano. A estrada principal seguia o rio por todo o caminho até Refúgio, mas havia várias trilhas não oficiais que entravam na floresta, usadas para caçar, tanto pelos humanos quanto pelos Spackle. A mestra o havia levado quase até o topo da mais íngreme, até que eles conseguiram ver as construções decrépitas da cidade — sua única loja, sua igreja, a pracinha triste criada para imitar a maior, de Refúgio —, assim como o mar vasto além dela, que se estendia para o norte, para o sul e para o leste literalmente até perder de vista, como se essa faixa de praia fosse o último degrau antes da eternidade.

— Parece que a senhora está querendo me levar para o mais longe possível da cidade.

Ela se sentou sob o abrigo de uma árvore baixa.

— Eu repito o que disse sobre você ser inteligente se não fosse obviamente tão, tão burro.

— Eu não vou deixá-la, mestra. Nem sei se seria capaz de fazer isso.

Ela deu um suspiro irritado.

— Você acha mesmo que é a primeira vez que isso acontece, Declan? Você acha mesmo que, na história notadamente curta deste maldito mundo, um humano e um Spackle não acharam um ao outro mais interessantes do que as pessoas decentes consideram adequado?

— A senhora quer dizer…

— Você bota pessoas juntas, não importa quão diferentes sejam umas das outras, e a natureza às vezes segue caminhos surpreendentes. Mas adivinhe de quantos finais felizes eu ouvi falar em situações parecidas com esta, Declan?

Ele não respondeu, o que pareceu bom o bastante para ela.

— Eu trouxe você até aqui em cima porque tenho uma coisa para lhe contar. — A voz de mestra Coyle era tão dura quanto qualquer rocha resistente à maré que os Spackle pudessem escolher como exemplo. — E, quando eu contar, não quero ninguém ouvindo seu Ruído. — Ela abraçou a si mesma no frio crescente. — As coisas já estão bastante ruins como são.

— Que coisas? — perguntou ele.

Ela estava sentada na sombra, e ele só conseguia ver o menor dos reflexos na umidade dos olhos dela. Havia alguma coisa ali para ser lida, se ao menos ela tivesse Ruído...

— Eu trago notícias, Declan. Notícias difíceis.

Ele engoliu em seco.

— Me conte.

Ele a viu assentir nas sombras.

— O grupo que partiu hoje cedo nunca chegou a Refúgio.

Ele esperou por mais, porém isso foi tudo o que ela disse. Então ele entendeu.

— Minha mãe. O que aconteceu com minha mãe?

— A situação está muito ruim, Declan. Pior ainda do que diz Eli Pinchin...

— *O que aconteceu com minha mãe?*

Mestra Coyle ergueu o queixo, como se para aceitar um golpe injusto.

— Ela morreu, Declan. Sinto muito. Eles foram atacados. Pelos Spackle.

Ele ficou sem reação, sem saber o que dizer. Havia tantas implicações naquilo que ele não conseguia sequer começar a encará-las.

— A guerra começou — continuou ela. — A guerra está *aqui*. E o que há de certo e errado nela, quem começou e por quê, bom, isso agora não passam de palavras. Nós estamos em guerra, e golpes estão sendo desferidos. Esse foi apenas um.

Ela olhou para as próprias mãos.

— Um, eu temo, de muitos mais por vir.

Declan ficou ali parado com os punhos cerrados, tentando lê-la.

— Não acredito nisso — disse ele. — Não acredito que eles fariam isso.

— Eles fizeram, Declan. Sinto muito, mas guerra é assim. Eu me mantive em contato com as mestras em Refúgio, e estamos em um intenso debate sobre como devemos proceder, mas as coisas ainda vão piorar antes de melhorarem.

— Minha mãe — falou Declan, pensando em como ficaram as coisas entre eles, em todas as últimas coisas que nunca disseram…

— Estamos nos atendo ao plano. O resto de nós vai partir para Refúgio assim que amanhecer. Vai ser perigoso, mas menos do que permanecer aqui. — Ela se debruçou para a frente. — Você precisa estar conosco, Declan. Você não pode ficar, agora mais que nunca. Você não pode ficar com ela.

Ele balançou a cabeça, porém foi mais por confusão que por recusa.

— Ela não teve nada a ver com isso. Eu teria visto algo se ela estivesse *minimamente*…

— Talvez não tenha sido o povo dela especificamente — retrucou a mestra. — Ou talvez eles consigam esconder as coisas melhor que nós. Você me mostrou que a ama. Me mostrou o quanto ela significa para você. Mas você a conhece mesmo, a fundo, Declan?

Ele ergueu o rosto ao ouvir isso e pensou na pergunta. Ele a *conhecia*? Tinha passado mais tempo com ela nos últimos seis meses do que com qualquer outra pessoa que já conhecera, com exceção da mãe — e a dor implicada *naquilo* estava ali à espera, quase separada do próprio Declan, esperando para ser sentida, esperando para tomá-lo quando ele permitisse —, mas Ma era muito diferente dele. Muito diferente. Talvez houvesse pontes que eles nunca pudessem cruzar, talvez sempre fosse haver alguma distância, alguma dúvida…

Ele parou quando uma luz brilhou nos olhos de mestra Coyle.

Um pequeno ponto branco e brilhante no meio da escuridão crescente...

Mas o sol estava atrás dela, então onde...

Ele se virou e olhou para a cidade.

Depois de árvores e dunas, perto da margem do rio, a menos de cem metros do próprio mar...

Sua casa estava em chamas.

Ele correu, sem olhar para trás uma vez sequer.

Estava escuro, e a trilha era íngreme. Ele teve que se agarrar a troncos de árvore várias vezes para não cair. Bateu com a cabeça em um galho suspenso, mas isso não o deteve. Sangue escorreu nos olhos. Ainda assim, ele correu.

Ma, disse seu Ruído, e isso era tudo o que ele precisava dizer.

Dava para ver o fogo no fim da trilha. As chamas que subiam pelo telhado da casa eram um farol na praia, projetando faixas longas e brilhantes sobre o mar.

— Declan! — ele ouviu a mestra gritar às suas costas, mas ele não ia parar de jeito nenhum.

Alcançou o pé do morro e correu pela pequena trilha na direção de casa.

Não havia mais jeito. A estrutura de madeira, seca e rachada devido à maresia, queimava como se fossem gravetos. As chamas se erguiam mais altas que as árvores próximas. As pessoas em torno da construção tiveram que recuar diante do calor surpreendente.

Pessoas carregando tochas.

Elas observaram Declan irromper em meio a elas e correr até a casa, mas a construção tinha sido completamente tragada pelo fogo.

— Ela está lá dentro? — gritou ele, correndo desesperado de um lado para o outro, à procura de um jeito de entrar.

Mas não havia entrada, o fogo estava forte demais, todas as portas em chamas.

Ele correu até Eli Pinchin.

— ELA ESTÁ LÁ DENTRO? — berrou ele, a centímetros de distância do rosto do homem.

Eli nem piscou.

— Isso é uma consequência dos seus próprios atos, garoto — declarou ele naquele seu sussurro arrastado.

E, embora Declan pudesse ler choque no Ruído do resto das pessoas — todas cercando a casa, ele viu, para que ela não tivesse chance de escapar —, choque pela intensidade com que o fogo queimava, choque por aquilo em que eles perceberam estar envolvidos, ainda havia algo de desafio e raiva...

Raiva que não era decorrente apenas da proximidade de Declan de uma Spackle.

— Você sabia — começou Declan. — Você sabia do ataque na estrada para Refúgio...

— Sua mãe foi morta, garoto, e mesmo assim seu Ruído está arrasado por conta da praga que a matou — retrucou Eli.

— Ela não é uma *praga*! E não foi *ela* que atacou os viajantes. Isso foi...

Mas ele foi interrompido por um soco no rosto. Caiu para trás na terra arenosa que compunha a maior parte do solo de Horizonte. Cuspiu um dente ensanguentado e se perguntou por um momento se tinha quebrado o queixo.

— Você precisa escolher um lado! — disse Eli, e seu Ruído, seu Ruído duro e implacável, se agitava, mostrando o início do incêndio...

Ecoando os gritos de Ma quando ficou presa no interior da casa...

Gritos que morriam conforme as chamas aumentavam.

A raiva de Declan fez com que se levantasse, e ele voou na direção de Eli, os punhos erguidos...

E foi socado para o lado, mais uma vez, com facilidade, e caiu no chão, a cabeça girando. O fogo ardia com tanta força atrás dele que ele sentia as roupas começarem a chamuscar.

Ma, pensou ele. *Ma*.

Mas não conseguiu se levantar dessa vez. Ele sentiu, mais do que propriamente viu, o grupo de pessoas se retirando, derretendo junto à noite.

E atrás dele sua casa queimava, e a mãe estava morta, e Ma também.

E rápido assim, em um intervalo de tempo menor que o de um dia, ele passara a não ter nada.

Acordou com uma atadura no rosto. Estava completamente escuro, e o fogo ainda queimava, embora tivesse diminuído em altura, se não na intensidade do calor. Ele tinha sido afastado das chamas para não se queimar.

Afastado por mestra Coyle.

— Você não tinha como salvá-la, Declan — disse a mestra, ajoelhando-se ao lado dele, limpando o sangue de seu rosto. — Isso nunca foi uma possibilidade.

Ele olhou para ela, e seu queixo estava tão dolorido que quase o impedia de falar, mas ele, agora, também estava compreendendo as coisas e não ficaria em silêncio.

— A senhora... A senhora me trouxe aqui para cima...

— Foi o melhor que eu pude fazer — explicou ela, aplicando outro curativo em sua testa. — Eu podia ter salvado um de vocês ou nenhum dos dois. Essa escolha tinha que ser feita, e eu fiz.

— Eles sabiam do ataque na estrada. A senhora disse que eles não sabiam. A senhora me afastou para que eles...

Ele se virou para o fogo. *Ma*, pensou, e teve a sensação de que seu corpo ia se voltar para dentro de si mesmo com a tristeza que o atingia.

— Tudo que eu lhe contei é verdade. Sua mãe morreu. Nós estamos em guerra com os Spackle. Eli Pinchin descobriu antes que eu pudesse fazer qualquer coisa para evitar que aquilo acontecesse, e eles estavam prestes a enforcar vocês dois na árvore mais alta que encontrassem.

O rosto dela se manteve firme.

— Eu convenci Eli a não fazer isso e deixei que se conformasse em queimar a casa.

— Com ela dentro. — Declan finalmente encarou a mestra, sem acreditar, os olhos se enchendo de lágrimas. — E a senhora acha que é a heroína da história.

Mestra Coyle balançou a cabeça.

— Às vezes um líder é forçado a fazer coisas terríveis, Declan, coisas horríveis, coisas desumanas.

Ele se sentou, mais devagar do que gostaria, mas ainda assim se ergueu. Então ficou de pé, arrastando-se. Mestra Coyle permaneceu ajoelhada.

— Ela morreu, mestra.

— Eu sinto muito, muito mesmo por isso, Declan.

— Ela morreu — repetiu ele, cerrando os punhos. — E a vida da senhora é o preço a se pagar por isso.

Mestra Coyle não esboçou reação, nem sequer piscou.

— Então que assim seja.

E mais do que qualquer coisa, foi a *certeza* na voz dela que fez com que ele agisse, a retidão, mesmo agora, escrita no rosto dela. Ele olhou ao redor e encontrou um pedaço de madeira curto e grosso que tinha caído da casa. Estava enegrecido, mas não queimado. Ele o apanhou.

Declan achou que sabia o que ia fazer com aquilo, e a ideia o chocou, mas só de um jeito que parecia distante de sua realidade.

Ele ergueu a madeira. Era pesada o suficiente para causar muito estrago. Segurando-a, ele se aproximou da mestra, como se olhasse para si mesmo naquela cena, de longe. Eles estavam sozinhos, as pessoas que tinham provocado o incêndio se encontravam escondidas nas próprias casas, esperando pela manhã, quando iam abandonar aquele lugar para sempre.

— O que você está planejando, Declan? — perguntou a mestra, irritantemente calma. — A escolha agora é sua.

— A senhora me afastou para que eles pudessem matá-la — disse ele, girando a madeira nas mãos. — Nós podíamos ter fugido. Podíamos estar juntos...

— O povo dela também não quer você, Declan. A *guerra* começou...

— A senhora a matou. É como se a senhora tivesse ateado o fogo com as próprias mãos.

Ela ainda estava no chão em frente a ele, e pela primeira vez ele notou nervosismo no olhar dela.

— Declan.

— Pare de falar meu nome. Nós não nos conhecemos mais.

— *Declan* — repetiu ela, em seguida olhou mais uma vez para as outras casas, lendo o Ruído ali, lendo-o, sem ver nada que pudesse ajudá-la. Ela se voltou novamente para ele, aprumando os ombros. — Faça o que quiser.

Ele parou.

— Fazer o que eu quiser?

Os olhos dela se fixaram nos dele, em desafio.

— Tudo o que você falou é verdade. Eu fiz escolhas monstruosas. Elas precisavam ser feitas. Eu mereço sofrer as consequências.

Ele levantou a madeira outra vez, olhando para ela abaixo. O Ruído de Declan agitou-se em torno deles, furioso, emaranhando-se no fogo atrás, na notícia ainda chocante da mãe e no vazio horrendo e escancarado que era a perda de Ma.

E ali estava a mestra, se oferecendo como uma válvula de escape para toda aquela raiva.

Ela o encarou, provavelmente nem mesmo com medo.

Ele levantou a madeira...

Os olhos dela se apertaram um pouco, mas essa foi sua única reação...

Até que ele jogou a madeira no chão ao lado dela com tanta força que mestra Coyle se encolheu.

— Vai chegar um dia, mestra, em que a senhora vai deixar de ter tanta certeza em relação a tudo. E nesse dia a senhora vai desmoronar, vai ser o dia em que a senhora vai desabar. Eu só espero estar presente para ver isso.

Ele se voltou para o fogo, caiu de joelhos e começou a chorar.

* * *

Quando o resto da cidade partiu, na manhã seguinte, ninguém apareceu para buscá-lo. Ele não viu ninguém, nem Eli Pinchin, nem mesmo a mestra, de onde ainda estava deitado, encolhido na grama coberta de cinzas em frente aos restos de sua casa. Estava pronto para dizer não a eles, pronto para falar o que podiam fazer consigo mesmos e com a viagem para Refúgio, mas ninguém apareceu para lhe chamar.

Ele se perguntou se aquilo era obra da mestra.

Logo depois do amanhecer, ouviu darem partida em um carro de fissão na praça, as carroças puxadas por bois começarem a ranger na direção da estrada do rio, o Ruído dos últimos moradores da cidade se agrupar com medo do que eles poderiam enfrentar antes de chegarem a Refúgio.

Declan torceu para que fossem massacrados.

Então ele parou de torcer para que isso acontecesse, por mais que desejasse. Havia pessoas que ele conhecia no grupo, que podiam não ter sido parte ativa naquilo tudo, que talvez fossem apenas fracas diante de Eli Pinchin, que era alguém que — tinha que reconhecer — ele *desejava* que fosse massacrado.

Os sons do motor e dos carros e os Ruídos todos diminuíram até que apenas o barulho habitual e demasiado familiar das ondas permaneceu.

Ele não sabia o que fazer, não sabia para onde ir, e se perguntou se conseguiria sobreviver ali sozinho.

Ou se deveria apenas caminhar na direção das ondas com os braços abertos e saudar com alívio as criaturas que o devorariam...

Então tudo pelo que passamos não serviria de nada, mostrou a ele Ma, passando um braço em torno dos ombros derrotados de Declan e envolvendo-o em seu Ruído.

Ele permaneceu deitado, ainda atônito, na proa do barco de pesca terrivelmente raso dela. Ma o revelara perto da boca do rio e o encorajou a embarcar, a se apressar, a por favor deitar mais baixo e imóvel enquanto ela empurrava o barco para as ondas.

Ele girou o velho comunicador repetidas vezes nas mãos.

— Eu não achava que algum desses ainda funcionava.

Fique aí dentro e vá ler, dissera mestra Coyle enquanto levava Declan para longe. E isso porque ela conseguira mandar para os dois um alerta e uma rota de fuga direto para o tablet de Declan, para ser lida por Ma.

Ela escreveu que não havia tempo, mostrou Ma.

Seus pés estavam plantados dos dois lados do barco como faziam os pescadores Spackle. Ela os conduziu com um único remo comprido e os levou na direção do recife de coral que agia como barreira para as águas mais profundas para além.

E que eu teria que ser convincente.

Mestra Coyle tinha deixado para Ma *dois* comunicadores embaixo de um tijolo ao lado da porta da casa de Declan, um para deixar dentro da casa enquanto a construção queimava e o outro que ela deveria usar de uma distância segura. Quando o fogo começasse, Ma deveria gritar no que tinha consigo, e o comunicador dentro da casa iria transmitir os lamentos, como se ela estivesse morrendo queimada.

Ela não achava que fosse funcionar, mas que valia a pena tentar. Ma olhou para Declan. **Nisto ela acertou.**

— E ela não podia me contar porque estaria em meu Ruído para todo mundo ouvir. Eu tinha que acreditar naquilo. — Ele olhou para Ma, assombrado. — Eu a ameacei. Estava pronto para *matá-la*. — Ele girou mais uma vez o comunicador. — Ela estava disposta a morrer para evitar que toda a cidade descobrisse e nos linchasse.

Eles precisavam acreditar que eu tinha morrido. *Você* tinha que acreditar. Isso era muito difícil.

— É — disse Declan, baixinho. — Era mesmo.

Ele baixou o comunicador.

— Ela é uma coroa durona, não é?

Sim. Embora seja funcionalmente muda, coitada.

Eles passaram pelo recife de coral. Peixes maiores começaram a rodeá-los, mas de maneira cautelosa, reconhecendo um barco Spackle que tinha seus truques.

Sinto muito por sua mãe, mostrou Ma.

Declan não disse nada, mas seu Ruído se encolheu de tristeza outra vez.

Nem todos nós queremos essa guerra. Nem todos nós queremos a dor que ela vai trazer.

O povoado dela, por exemplo, era pacífico, e enquanto os chamados para a guerra permaneceram voluntários, eles se abstiveram, na esperança de que aquilo passasse. Ainda assim, eles a amaldiçoaram por querer partir com ele, contando a Ma as atrocidades cometidas pelo povo dele no oeste. Viraram-lhe as costas, indignados, quando ela lhes disse que ele era uma pessoa, não um povo inteiro.

Declan leu em Ma a dor da separação enquanto ela remava na direção de águas mais profundas.

Então estamos os dois sofrendo a dor da perda, pensou ele.

Estamos, respondeu ela, lendo seu pensamento. **Mas pelo menos estamos sofrendo isso juntos.**

Eles se afastaram cada vez mais da praia. Os peixes monstruosos, por enquanto, mantinham distância, mas o barco ainda parecia incrivelmente frágil embaixo de Declan.

— Me diga mais uma vez aonde estamos indo.

Para um lugar onde poderemos ficar, mostrou ela, ainda remando. **Do outro lado da água.**

— Mas isso é longe demais.

Longe, mas não impossível.

Declan se virou para trás, observando o horizonte se encolher ao longe, parecendo muito pequeno. À frente deles, na direção do outro horizonte, havia apenas água, uma eternidade dela, água que eles iam de algum modo atravessar em um barco mínimo, com monstros se agitando lá embaixo.

Mas, por enquanto, eles permaneciam juntos, vivos e à tona, avançando cada vez mais pelo vasto, vasto mar.

intrinseca.com.br

@intrinseca

editoraintrinseca

@intrinseca

1ª edição MARÇO DE 2021
impressão GEOGRÁFICA
papel de miolo PÓLEN SOFT 70G/M²
papel de capa CARTÃO SUPREMO ALTA ALVURA 250G/M²
tipografia FAIRFIELD LH